ANDREA BOTTLINGER

Das Geheimnis der Papiermacherin

atb aufbau taschenbuch

ANDREA BOTTLINGER wurde 1985 in Karlsruhe geboren. Sie hat in Mainz Buchwissenschaften, Komparatistik und Ägyptologie studiert, lebt und arbeitet inzwischen als freie Lektorin und Autorin in Heilbronn.

Seit Beginn des Dreißigjährigen Krieges werden Stoffreste und Lumpen, der wichtigste Rohstoff zur Herstellung von Papier, immer knapper und teurer. Dabei steckte die Papiermühle von Anna Pechts Familie in Nürnberg zuvor bereits in finanziellen Schwierigkeiten. Ihr Vater ist ein Spieler, und seine Mühle hat nie den Privilegienbrief erlangt, der es ihnen erlauben würde, hochwertiges Schreibpapier herzustellen. Im Versuch, das Familienunternehmen zu retten, sammelt Anna außerhalb des ihrer Papiermühle zugewiesenen Bezirks Lumpen, obwohl darauf hohe Strafen stehen. Zu ihrer eigenen Überraschung wird sie schnell erfolgreich auf dem Gebiet des Lumpenschmuggels. Aber sie ahnt nicht, dass sie damit in direkte Konkurrenz zu dem ruchlosen Bartholomäus von Treist tritt, der große Teile von Nürnbergs Unterwelt kontrolliert. Als sie bemerkt, in welche Gefahr sie sich begibt, ist es bereits zu spät. Ob ihr Bartholomäus' undurchsichtiger, aber äußerst attraktiver Bruder Johann helfen kann, oder ist sie auf dem besten Wege, sich in den Feind zu verlieben?

ANDREA BOTTLINGER

Das Geheimnis der Papiermacherin

Historischer Roman

atb aufbau taschenbuch

FSC
www.fsc.org
MIX
Papier aus verantwortungsvollen Quellen
FSC® C083411

ISBN 978-3-7466-3403-6

Aufbau Taschenbuch ist eine Marke
der Aufbau Verlag GmbH & Co. KG

1. Auflage 2018

Umschlaggestaltung und Motiv www.buerosued.de, München
Satz: Greiner & Reichel, Köln
Druck und Binden CPI books GmbH, Leck, Germany
Printed in Germany

www.aufbau-verlag.de

KAPITEL 1

Blut färbte den frisch gepressten Bogen Papier rosa. Wie sollte sie das bloß ihren Kunden erklären, fragte sich Anna, bevor ihr aufging, dass das wirklich nicht ihr erster Gedanke sein sollte. Ganz gleich, wie schwer die letzten Wochen gewesen waren. Schuldbewusst wandte sie ihre Aufmerksamkeit Kurt zu, der die blutige Hand fest an seine Brust presste. Sein Gesicht war kreidebleich, und er schwankte leicht. Anna fluchte auf eine Art, die ihre verstorbene Mutter sicher nicht gutgeheißen hätte.

Hinter der Presse, in der der halb fertige und nun blutbesudelte Papierbogen steckte, trat Heinrich hervor, der alte Mühlenbaumeister, den Annas Vater eingestellt hatte, als er noch ernsthaft am Erfolg seines Geschäfts interessiert gewesen war. Er musste die Stimme über das Geräusch der Stampfer erheben, die Tag und Nacht nicht stillstanden. »Es tut mir leid.« Sein Blick huschte immer nur kurz zu Kurts Hand. »Es ist meine Schuld, ich habe nicht aufgepasst.«

Anna war sich nicht ganz sicher, ob sich diese Worte an sie oder an Kurt richteten. Der Arbeiter schwankte stärker, und starrte mit geweiteten Augen auf seine zerquetschten Finger hinab, als könne er noch nicht ganz glauben, was eben geschehen war. Heinrich packte stützend seinen Ellenbogen, beinah wäre er gefallen.

Anna nickte müde. Sie waren alle abgelenkt. Drei Jahre waren seit dem Ständeaufstand 1618 in Böhmen vergangen. Seitdem beobachteten sie alle mit steigender Nervosität die Heere der Reste der Protestantischen Union, der Katholischen Liga und wer wusste inzwischen schon noch, wer sonst alles Interessen in diesem Krieg hatte, während sie mal näher und mal weiter entfernt an Nürnberg vorbeizogen. Nun hatten sich die Gefolgsleute des Grafen Ernst von Mansfeld, von dem es hieß, er habe bereits weite Landstriche in Hessen-Darmstadt verwüstet, um sein Heer zu ernähren, in Fürth einquartiert. Seitdem strömten Flüchtlinge in die Stadt. Die Lumpen und Stoffreste, die sie in der Papiermühle benötigten, um frische Bögen herzustellen, wurden jetzt für andere Dinge gebraucht. Was sie früher in die Faulgrube und dann unter die Stampfer geworfen hatten, wurde dieser Tage noch getragen, solange es irgendwie ging. Und danach nutzte man die Lumpen noch als Verbände für die vielen Kranken und Verwundeten, die der Krieg vor sich hertrieb. Keiner von ihnen wusste, wie lange sie noch Arbeit haben würden.

»Ihr bringt ihn besser zu einem Bader.« Anna blickte von Heinrich zu Kurt und den anderen Männern, die um die Presse herumstanden. Sie deutete auf den breit gebauten Jackel, der immer ein bisschen schuldbewusst dreinblickte, selbst wenn er nichts getan hatte. »Du gehst mit Kurt. Der Rest von euch kehrt an die Arbeit zurück! Mein Vater bezahlt euch nicht fürs Maulaffen feilhalten!«

Während Jackel Kurt aus der Mühle brachte, räusperte Heinrich sich. »Wenn Kurt und Jackel weg sind, fehlt uns ein Mann an den Bütten und einer an der Presse.«

Anna nickte. »Ich springe an den Bütten ein. An der Presse müsst ihr einfach härter arbeiten. Wir haben morgen eine Ladung Packpapier auszubringen. Das kann nicht warten.« Zumindest nicht, wenn Anna weiter darauf hinweisen wollte, dass ihr Vater die Männer für irgendetwas bezahlte.

»Und was machen wir mit dem versauten Bogen?«, fragte Heinrich.

Anna musterte den Fleck auf dem graubraunen Papier. Ein ganzer Bogen. Er hatte sie teure Lumpen gekostet. »Wir stellen hier kein Schreibpapier her«, entschied sie. »Niemand muss wissen, dass es Blut ist.«

Anna war in der Papiermühle ihres Vaters Josef Pecht aufgewachsen. Als Kind war das Geräusch der Stampfer, die Lumpen und Wasser zu einem Hadernbrei zerstießen, oft genug ihr Schlaflied gewesen. Die Bewegungen, mit denen sie das Sieb in die Bütte senkte, es schwenkte, den Hadernbrei herausschöpfte, all das hatte sich so tief in ihr Körpergedächtnis eingegraben, dass ihre Gedanken abschweifen konnten, während sie Bogen um Bogen schöpfte. Jeden davon reichte sie an einen der Männer weiter, der sie zur Presse trug, wo man sie glättete und das Wasser aus ihnen herausdrückte.

Wie so oft wanderten ihre Gedanken zu den Zahlen. Jedem Arbeiter schuldeten sie demnächst einen Gulden. Die Lumpensammler wollten insgesamt drei. Dann waren da noch neun Gulden Schulden, die ihr Vater hatte. Der Auftrag, den sie am morgigen Tag ausbringen musste, würde nicht reichen, um alles zu bezahlen. Aber es würde genügen, damit sie weitermachen konnten. Das war alles, was zählte.

Sie hörte die unsicheren Schritte ihres Vaters über das Geräusch der Stampfer erst, als er schon fast neben ihr stand. Er versuchte, sich am Rand der Bütte abzustützen, griff beinahe daneben, fing sich im letzten Moment. Der saure Geruch billigen Weins schlug Anna entgegen.

»Wasn hier los?«, nuschelte er. »Wo sind Kurt und Jackel? Warum stehst du an den Bütten, Anna?«

»Es gab einen Unfall.« Anna reichte das Sieb mit dem nächsten geschöpften Bogen an Heinrich weiter, dann drehte sie sich zu ihrem Vater um, wischte sich die feuchten Hände an ihrer Schürze ab und strich eine braune Haarsträhne unter ihre Haube zurück. »Wo warst du heute Nacht?«

Er grinste. »Meine Schulden zurückgewinnen.«

Oh nein …

»Hast du …« Anna schluckte. Sie wagte es kaum zu hoffen. »Hast du tatsächlich etwas gewonnen?«

Ihr Vater kratzte sich am Kopf, als könne er sich nicht so wirklich erinnern. Er tastete seine Taschen ab, zog schließlich einen zerknitterten Zettel hervor. Ein Schuldschein? Annas Herz klopfte schneller. Sie riss ihrem Vater den Zettel aus der Hand, glättete ihn am hölzernen Rand der Bütte.

Es war kein Schuldschein. Ihre Schultern sanken herab, während sie sich bemühte, die geschwungene Handschrift zu entziffern.

Hochverehrtes Fräulein Anna Pecht,

wir wissen, dass Ihr in der Vergangenheit dafür gesorgt habt, dass Euer Vater, Josef Pecht, seine Spielschulden zeitig und zuverlässig bezahlt. Allein deshalb sind wir bereit, auf die noch ausstehende Summe, die sich seit dem heutigen Abend um 4 weitere

Gulden erhöht hat, einige weitere Wochen zu warten. Allerdings ist unsere Geduld nicht unbegrenzt. Wir erwarten, bald von Euch zu hören.

Untertänigst,
Wolfgang Gerber, Ludwig Krämer, Gerd Wagner

Man musste ihnen zugestehen, dass sie höflich waren, aber das war auch schon das einzig Gute, was Anna über die Männer zu sagen wusste, mit denen ihr Vater sich regelmäßig zum Karten- und Würfelspiel traf. Sie zerknüllte den Zettel in der Hand und atmete mehrmals tief durch, kämpfte gegen die Tränen an, die ihr in die Augen stiegen.

»Anna …«

Die Männer an der Presse hatten ihre Arbeit unterbrochen. Heinrich sah sie mitleidig an, die Blicke der anderen huschten hierhin und dorthin, als wüssten sie nicht genau, ob sie wirklich Zeuge dieses Vorfalls werden wollten.

Eilig wischte Anna sich mit dem Ärmel über die Augen. Sie hatte hart gearbeitet, um sich den Respekt dieser Männer zu verdienen. Sie würde nicht zulassen, dass ihr Vater auch das noch kaputt machte.

»Macht weiter«, befahl sie barsch. »Wir haben keine Zeit zu verlieren.«

Auch wenn sie nicht wusste, was das alles noch nützen sollte. Warum machte sie sich eigentlich etwas vor? Sie hatte diesen Kampf doch längst verloren.

Während Anna hinter dem Handwagen hertrottete, auf dem Jackel die neueste Ladung Packpapier durch die Straßen zog, starrte sie stur geradeaus. Nur keinen Blickkontakt zu den abgerissenen Gestalten rechts und links herstellen. Das sorgte lediglich dafür, dass die Bettler bittend die Hände in ihre Richtung ausstreckten oder gleich nach dem Karren griffen, als wollten sie ihn anhalten. Sie hatte nichts, das sie ihnen hätte geben können. Eher bestand die Möglichkeit, dass sie sich bald unter ihnen einreihen würde.

Anna merkte, wie Jackel seine Schritte beschleunigte, und bemühte sich, den Anschluss nicht zu verlieren. Sehr wahrscheinlich war es nicht, dass jemand Papier stehlen wollte, aber wer wusste schon, was die Leute in den Fässern auf dem Karren vermuteten. Besser, sie hatte ein Auge darauf. Zum Glück wurden die Straßen deutlich leerer, nachdem sie die spitzen Doppeltürme der Lorenzkirche hinter sich gelassen hatten.

Schließlich zog Jackel den Wagen in den Hof von Wolfgang Endters Druckerei. Der Herr des Hauses kam ihnen mit einem Lächeln entgegen, das meistens auf seinem breiten, freundlichen Gesicht wie festgeklebt schien. Er war nur sieben Jahre älter als Anna und hatte die Druckerei in diesem Jahr von seinem Vater übernommen.

»Fräulein Anna! Pünktlich wie immer!«

Anna ging um den Karren herum und erwiderte das Lächeln. »Ich bringe die gewünschte Lieferung.«

»Ich hoffe, sie ist besser als die letzte. Dein Packpapier wird immer dünner. Es nützt mir gar nichts, wenn es reißt und die Buchblöcke auf dem Weg zu den Kunden schmutzig werden.«

Das war nicht der Beginn, den sie sich für diese Verhandlungen gewünscht hatte. Anna bemühte sich um eine ausdruckslose Miene. »Wir geben unser Bestes, um trotz der schwierigen Umstände gute Ware zu liefern.«

Endter rümpfte die Nase. Wenn es ums Geschäftliche ging, war er immer ein zäher Brocken, aber diesmal kam es Anna so vor, als wäre seine Unzufriedenheit weniger gespielt als sonst. »Dieselbe Entschuldigung haben sie mir bereits in der Kleinweidenmühle gegeben, als sie schon wieder die Preise für das Druckpapier erhöht haben.«

Anna verzog das Gesicht. »Schon wieder?«

Die Kleinweidenmühle war die einzige Papiermühle mit dem Privileg, reinweiße Hadern zu sammeln, die man zur Herstellung von Schreib- und Druckpapier benötigte. Das erlaubte ihr, die Preise frei zu diktieren.

Endter nickte. »Hat mir gesagt, wenn es mir nicht passt, soll ich doch Papier aus Ravensburg liefern lassen. Kannst du dir das vorstellen? Liefern lassen! Während Soldaten und Räuber durch das ganze Umland streunen. Nicht, dass es zwischen denen einen großen Unterschied gäbe.«

Anna seufzte. »Wir müssen alle irgendwie für unser Auskommen sorgen.«

»Ja, ja. Lass mich die Ware mal sehen.«

Anna bedeutete Jackel, eines der Fässer aufzustemmen. Der Drucker zog einen Bogen Packpapier heraus und befühlte ihn mit Daumen und Zeigefinger. »Hm … ich erinnere mich an Zeiten, da war es doppelt so dick.«

»Jetzt übertreibst du! Wenn es doppelt so dick wäre, wäre es Pappe. Das ist gute Qualität. Es wird nicht reißen, wenn deine Männer ein wenig sorgsam damit umgehen.

Aber es ist nun mal Papier. Du kannst keine Wunder erwarten.«

Das brachte Endter immerhin zum Lachen. Allerdings wurde er schnell wieder ernst. »Trotzdem, ich kann nicht den vollen Preis zahlen. Wenn es Druckpapier wäre ... Druckpapier egal welcher Qualität wäre derzeit ein Segen, wenn ich es nicht von der Kleinweidenmühle kaufen müsste. Aber Packpapier, da habe ich noch drei andere Anbieter.«

Anna presste die Lippen aufeinander. Ja, wenn sie nur das Recht hätte, Schreib- und Druckpapier herzustellen, würden sich alle ihre Probleme in Luft auflösen.

Sie verhandelten noch eine Weile, und schließlich konnte Anna zumindest fast denselben Preis herausschlagen wie bei der letzten Lieferung.

Mehrere von Endters Leuten luden gemeinsam mit Jackel die Fässer vom Wagen, während Anna Wolfgang in seine Druckerei folgte. In der Nähe der Druckerpresse lagen mehrere Stapel mit Flugblättern, die gerade verschnürt wurden. Endter zog eines davon heraus und hielt es Anna hin. »Hast du die neusten Nachrichten schon gehört?«

Anna studierte das Flugblatt, auf dem oben in großen Lettern »Neue Zeitung« stand. »Ich nehme nicht an, dass du das zweiköpfige Kalb meinst, das in Wendelstein geboren wurde.« Sie tippte auf einen Holzschnitt, der eben jenes Tier zeigte.

Endter zuckte beinahe entschuldigend mit den Schultern. »Die Leute lieben solche Nachrichten.«

Ein Lachen blieb Anna im Halse stecken, als sie endlich die Nachricht entdeckte, die der Drucker meinen musste.

»Ernst von Mansfeld hat Fürth verwüstet und geplündert zurückgelassen?«

Endter nickte. »Die ersten Überlebenden sind gestern angekommen. Ich habe mit ihnen gesprochen.«

Und ihnen würden wahrscheinlich viele weitere folgen. »Es wird nicht besser.«

»Ich habe das Gefühl, es wird lange nicht besser werden«, sagte der Drucker ernst. »Möge Gott uns alle behüten.«

KAPITEL 2

»Hörst du mir überhaupt zu, Johann?« Die mit mehreren schweren Ringen besetzte Hand seines Bruders drückte das Buch nach unten, in dem Johann las. Die lateinische Ausgabe von Homers Odyssee hatte ihm auf dem Schlachtfeld seinen Verstand bewahrt und einmal sogar einen Schwertstreich abgefangen, aber zu Hause war es ihm offensichtlich nicht vergönnt, sich darin zu vergraben. Mit einem Seufzer blickte er auf.

»Ich töte niemanden für dich, Bartholomäus.«

Bartholomäus von Treist, derzeitiger Leiter des Handelshauses von Treist samt all seiner legalen und illegalen Geschäfte, ballte die Hand zur Faust und trat einen Schritt zurück. »Er hat gedroht, mit allem, was er weiß, zum Rat zu gehen!«

Das war eine neue Information oder vielleicht hatte Johann dem Monolog seines Bruders vorhin wirklich kein sonderlich aufmerksames Ohr geschenkt. Er hatte nicht mehr zuhören wollen, als Bartholomäus angedeutet hatte, es gebe da jemanden, der ihm »im Weg« sei. Johann legte das Buch neben sich auf die breite Fensterbank des Erkers, in dem er sich mit mehreren Kissen eine Leseecke eingerichtet hatte.

»Stromer, oder? Der Tuchhändler?«

Bartholomäus nickte. Seine Hände zupften nervös an den Ärmeln seines Hemds.

Er hatte tatsächlich Angst. Johann konnte sich einer gewissen Schadenfreude nicht erwehren. Wie oft hatte er seinen Bruder vor diesem Tag gewarnt. Wenn man Schmuggel, Erpressung und den Betrieb mehrerer Bordelle zu seinem Geschäft machte, dann spürte man irgendwann den Atem des Henkers im Nacken.

Für einen Moment überlegte Johann, einfach mit den Schultern zu zucken, sich wieder dem Buch zu widmen und Bartholomäus seinen Sorgen zu überlassen. Aber sein Bruder blieb sein Bruder. Es hatte Zeiten gegeben, da hatte er zu Bartholomäus aufgeschaut. Und als er versehrt aus dem Krieg heimgekommen war, hatte sein Bruder ihn mit offenen Armen empfangen. Johann wollte ihn nicht am Galgen baumeln sehen, so sehr er ihm den Schrecken auch gönnte, den die Drohung seines Geschäftsfreundes ihm eingejagt hatte.

»Was genau weiß er?«

»Er kennt die Namen einiger meiner Schmuggler. Wir verwenden sein Geschäft seit Jahren, um Waren unter den Augen des Zolls in die Stadt zu bringen.«

»Das heißt, er bringt sich selbst auf den Richtblock, wenn er dich verrät.«

Bartholomäus schnaubte. Er lief vor dem Kamin auf und ab. »Das kommt darauf an. Er hat Freunde im Rat.«

»Rede noch mal mit ihm. Schick ein paar Leute los, die ihm Angst einjagen sollen. Das machst du doch so gerne.«

»Ich habe ihm nichts mehr zu sagen, Johann. Er will keine Geschäfte mehr mit mir machen. Er hat jetzt seine eigenen Leute.«

Daher wehte also der Wind. »Also willst du ihn doch vor allem deshalb loswerden, weil er ein Konkurrent ist?« Johann stand von seinem Platz am Fenster auf. Automatisch entlastete er sein linkes Bein, verlagerte das Gewicht nur vorsichtig darauf. Es tat seit ein paar Tagen nicht mehr weh, aber er hatte es so lange geschont, dass er sich erst wieder daran gewöhnen musste, es zu benutzen. »Wie wahrscheinlich ist es tatsächlich, dass er dich verrät? Lüg mich nicht an, Bartholomäus!«

Sein Bruder schwieg für einen Moment mit aufeinandergepressten Lippen. »Die Möglichkeit bereitet mir allen Ernstes Sorgen.«

Johann schnaubte. Er kannte seinen Bruder lange genug. Es gab kaum etwas, das Bartholomäus keine Sorgen bereitete. Und es sah seinem Bruder ähnlich, die Situation zu übertreiben, damit Johann sich gezwungen fühlte, ihm zu helfen.

»Johann, hör mir zu …«

»Nein! Ich spiele nicht den gedungenen Mörder für dich.« Er drückte die Odyssee an seine Brust, spürte unter den Fingerkuppen die Kerbe auf dem einfachen Ledereinband, und schob sich an seinem Bruder vorbei zur Tür.

»Du bist ein Söldner!«, rief Bartholomäus ihm hinterher. »Wie viele Kehlen hast du schon aufgeschlitzt? Du hast mir selbst von diesem Offizier erzählt, den du im Schlaf ermordet hast! Und jetzt wirst du plötzlich zimperlich?«

Bereits im Flur blieb Johann noch einmal stehen. Es gab kaum etwas, das er mehr bereute, als Bartholomäus diese Geschichte erzählt zu haben. »Ich war im Krieg! Aber Nürnberg ist kein Schlachtfeld. Nürnberg ist meine Heimat, und ich bringe den Krieg nicht mit hierher!«

KAPITEL 3

Die Papiermühle von Annas Vater lag direkt am Ufer der Pegnitz. Ihr Rad wurde vom stetigen Strom des Flusses angetrieben, schon von Weitem hörte sie sein Klappern. In letzter Zeit war dieses Geräusch genau wie das der Stampfer zu einem Quell der Ruhe für sie geworden. Solange das Rad der Mühle noch lief, ging das Leben weiter. Der Beutel voller Gulden, den sie von Wolfgang Endter bekommen hatte, würde zumindest reichen, um die Arbeiter zu bezahlen. Die Schuldner ihres Vaters würden noch ein paar Wochen warten müssen, und dann musste sie eben mit ihnen reden. Und mit ihrem Vater. Auch wenn er ihr schon so oft versprochen hatte, mit dem Spielen aufzuhören.

»Anna!«

Während Anna noch dem von Jackel gezogenen Karren an der mannshohen Mauer entlang folgte, die die Mühle umgab, winkte ihr von der Hofeinfahrt ein Mädchen in einem zerschlissenen Kleid und einer schief sitzenden Haube zu. Wobei Mädchen wohl das falsche Wort war. Marie war gerade einmal ein Jahr jünger als Anna und damit achtzehn Jahre alt.

»Marie!« Anna beschleunigte ihre Schritte und überholte den Karren, um ihre Freundin zu begrüßen. »Ist dein Bruder auch hier?«

Marie nickte. »Der lässt mich mit unserer Beute immer noch nicht allein durch die Stadt fahren.«

»Ihr bringt neue Lumpen?« Das war die beste Nachricht, die Anna an diesem Tag bisher gehört hatte. Ihr Lager war fast leer. Sie brauchten dringend Nachschub.

Jackel stellte den Karren im Hof ab, und Anna und Marie folgten ihm durch die Einfahrt. Im Hof stand ein zweiter Karren. Auf seiner Ladefläche saß Maries Bruder Paul neben einem Haufen schmutziger Stofffetzen. Er nickte erst Jackel zu, lächelte dann, als er Anna sah. Allerdings war es nur ein kurzes, angespanntes Verziehen der Mundwinkel. Kein Wunder, der Haufen war nicht sonderlich groß, aber unglaublich schmutzig. Anna sah neben den üblichen Resten, die man von den Schneidern bekam, vor allem Stücke von etwas, was wohl einmal Getreidesäcke gewesen waren. Grober, kratziger Stoff, die schlechteste Lumpenqualität, die man finden konnte. Und irgendjemand hatte diese Säcke wohl eine Weile getragen, war vielleicht sogar darin gestorben. Es klebten Essensreste daran, und ein dunkler Fleck erinnerte Anna an das Blut auf dem Papierbogen vom gestrigen Tag.

Ein elendiger Gestank wehte von dem Haufen herüber, und sie hielt wohlweislich Abstand.

»Das ist alles?« Sie konnte nicht verhindern, dass Enttäuschung in ihrer Stimme mitschwang. Abgelenkt bedeutete sie Jackel, schon mal in die Mühle vorzugehen. Er verschwand stumm in dem Gebäude.

Paul sprang vom Wagen und hob in einer entschuldigenden Geste die Schultern. »Die Zeiten sind beschissen.«

Am Anfang, als sie immer mehr von den Geschäften ihres Vaters übernommen hatte, hatte die derbe Ausdrucksweise der Lumpensammler Anna schockiert. Ihre Mutter hatte sie dazu erzogen, irgendwann mal einen Kaufmannssohn zu heiraten, irgendeine gute Partie mit reichlich Geld. Aber nun fühlte sich Anna unter Leuten wie Paul und Marie mehr zu Hause als unter den Kaufmannstöchtern, die sie manchmal über die Nürnberger Märkte schlendern sah. Und die alle längst ihre gute Partie gemacht hatten.

Anna musterte den armseligen Lumpenhaufen erneut und versuchte abzuschätzen, wie viel Papier er hergeben würde. Zusammen mit dem, was noch in der Faulgrube lag und in diesem Moment unter den Stampfern zu Hadernbrei verarbeitet wurde, würde es auf jeden Fall reichen, um die nächste Bestellung ausliefern zu können. Ein Tuchhändler namens Stromer hatte eine nicht unbeträchtliche Menge Packpapier bei ihr bestellt.

Aber danach wären sämtliche Vorräte aufgebraucht.

»Willst du sie oder nicht?« Paul trat von einem Bein auf das andere. Er breitete entschuldigend die Arme aus. »Wenn nicht, bezahlt jemand anderes sicher gutes Geld dafür.«

»Ich will sie«, sagte Anna schnell. »Aber ich brauche mehr, und zwar bald.«

Marie biss sich auf die Unterlippe. »Tut mir leid, Anna. Wir tun, was wir können.«

Anna war klar, dass sie dieselbe Entschuldigung Endter gegenüber verwendet hatte, aber vielleicht konnte sie sie gerade deshalb langsam nicht mehr hören. Sie taten alle, was sie konnten, aber es war nicht genug.

»Ich weiß, ich weiß.«

Sie griff nach ihrem Geldbeutel, aber dabei entging ihr nicht, wie Marie sich näher an ihren Bruder heranschob und einen bedeutungsvollen Blick mit ihm wechselte. Paul zog eine Augenbraue in die Höhe, und Marie nickte nachdrücklich. Er dagegen wirkte unentschlossen.

Anna hielt darin inne, ein paar der Münzen, die sie von Endter bekommen hatte, aus dem Beutel zu fischen. »Was gibt es noch?«

Pauls Blick ruhte weiter auf seiner Schwester. »Bist du sicher?«

Noch einmal nickte Marie. »Wenn schon irgendwem, dann erzählen wir's ihr.«

»Was erzählt ihr mir?« Annas Neugierde war nun auf jeden Fall geweckt.

Paul räusperte sich. »Wir haben einige interessante Gerüchte gehört.«

Marie grinste. »Viele Bauern in der Nähe von Fürth mussten ihre Höfe ziemlich schnell verlassen.«

Anna konnte sich denken, warum. Ernst von Mansfeld. »Ihr seid schneller als Wolfgang Endters Zeitung. Die wird gerade noch gedruckt.«

Paul winkte ab. »Das kommt davon, wenn man den Leuten auf der Straße zuhört, anstatt sich auf irgendwelche Tintenkleckser zu verlassen. Aber darum geht es nicht. Es geht darum, dass diese Bauern nur mitgenommen haben, was sie tragen konnten.«

»Da ist ganz sicher einiges liegen geblieben«, ergänzte Marie. »Niemand packt seine Stoffreste ein, wenn er um sein Leben rennt.«

Anna verstand, worauf sie hinauswollten. Dennoch schüttelte sie den Kopf. »In Fürth dürfen wir nicht sammeln. Das ist nicht unser Gebiet.«

Diesmal war Paul derjenige, der grinste, und es wirkte mehr als nur ein wenig verschlagen. Er beugte sich vor und senkte die Stimme. »Das ist kein Problem, Anna. Wir kennen da jemanden, der weiß, wie man mit dem Zoll umzugehen hat.«

Auch Marie lehnte sich nun vor. »Wir brauchen einfach noch ein oder zwei Männer, die beim Tragen helfen, dann sind wir genug, damit sich so was lohnt. Du hast da welche in deiner Mühle, die sicher nichts gegen einen Ausflug hätten. Und wir machen dir dafür einen besonders guten Preis.«

Es klang fast zu gut, um wahr zu sein. Allerdings musste Anna nicht fragen, wo der Haken bei der Sache lag. Wenn sie erwischt wurden, wie sie Lumpen über Bezirksgrenzen schmuggelten, winkte ihnen eine lange Haft mit unbestimmtem Ende.

Wieder warf Anna einen Blick auf den mickrigen Haufen auf Pauls und Maries Wagen. Andererseits war es das Risiko vielleicht wert.

»Gut«, sagte sie schließlich. »Ich denke, Jackel hätte nichts gegen so eine Unternehmung einzuwenden.« Jackel war schweigsam und verlässlich. Er würde sicher nichts ausplaudern. »Aber bei den anderen bin ich mir nicht sicher. Heinrich ist zu ehrlich.«

»Was ist mit Kurt?«, fragte Paul.

»Hat sich gestern die Hand verletzt.« Und sein Zustand war ein weiteres Gewicht auf Annas Schultern. Jackel zufolge hatte er angefangen, leicht zu fiebern.

»Verdammt!«

Marie biss sich auf die Unterlippe. »Drei sind kaum genug. Der Weg muss sich lohnen, und wir müssen schnell arbeiten.«

»Dann komme ich auch noch mit.« Anna war sicher, dass sie diese Entscheidung bald bereuen würde, aber nichts zu tun, würde sie auch nicht weiterbringen.

Paul musterte sie skeptisch. »Es wird gefährlich. Da draußen streunen Räuber herum. Und vielleicht sogar noch ein paar Soldaten.«

Anna stemmte die Hände in die Hüften. »Wenn du deine Schwester mitnimmst, kannst du mich auch mitnehmen.« Sie hoffte, dass sie entschlossener klang, als sie sich fühlte.

Nach einem Moment seufzte Paul und nickte. »Es wird ein paar Tage dauern, alles vorzubereiten. Rede mit Jackel. Wir melden uns bei dir.«

Anna redete nicht direkt mit Jackel. Zuerst machte sie sich auf die Suche nach ihrem Vater. Zu ihrer Erleichterung fand sie ihn an den Bütten. Mit geübten Bewegungen schwenkte er das Schöpfsieb durch den Hadernbrei. Dass seine Hände nicht zitterten, konnte nur bedeuten, dass er den Tag mit einem kräftigen Schluck Selbstgebranntem begonnen hatte, aber für den Moment war Anna einfach nur froh, dass er nicht schon wieder in der Stadt herumstreunte.

Er begrüßte sie mit einem unsicheren Lächeln, bevor er sich wieder seiner Arbeit zuwandte. Sie hasste dieses Lächeln. Es bedeutete, dass er sich nicht sicher war, ob er etwas getan hatte, das sie unglücklich machte, er aber bereits anfing, sich schuldig zu fühlen, weil er ahnte, dass es so war.

Annas Vater reichte den nächsten geschöpften Bogen an Heinrich weiter, der ihn stumm entgegennahm. Der Mühlenbaumeister warf einen Blick auf Annas ernste Miene, und beeilte sich dann, außer Hörweite zu kommen. Anna öffnete den Mund und schloss ihn wieder. Was sollte sie sagen? Was hatte sie nicht schon zum hundertsten Mal gesagt?

»Du warst bei Endter?«, fragte ihr Vater schließlich, gerade laut genug, dass sie ihn über die Stampfer hinweg hören konnte.

Anna nickte. »Er hat sich über die Qualität des Papiers beschwert.«

Die Hände ihres Vaters verkrampften sich um die Griffe des Siebs. »Haben wir nicht genug Geld, um gute Lumpen zu kaufen?«

»Es gibt nicht genug gute Lumpen. Es herrscht Krieg, Vater.«

»Ich könnte …«

»Nein!« Das Wort kam deutlich schärfer über ihre Lippen, als Anna es beabsichtigt hatte, und Heinrich sah kurz zu ihnen hinüber, um sich dann aber schnell wieder abzuwenden. Anna senkte die Stimme wieder weit genug, dass nur ihr Vater sie hören konnte. »Ich weiß, dass du versuchst, deine Fehler wiedergutzumachen, Vater. Aber du hilfst mir mehr, wenn du einfach hierbleibst. Hilf in der Mühle, lass mich diese Angelegenheit regeln.«

Die Schultern ihres Vaters sackten sichtlich nach unten. »Ich bin also nutzlos.«

Und schon waren sie wieder an diesem Punkt. Egal, was Anna nun sagen würde, es würde alles nur noch schlimmer machen. »Nein«, sagte sie diesmal sanfter. »Du schöpfst gutes Papier.«

Das klang selbst in ihren eigenen Ohren schwach, und natürlich war es nicht das, was ihr Vater hören wollte.

»Ich schöpfe gutes …?« Mit einer plötzlichen Bewegung zog Annas Vater das Sieb aus der Bütte und knallte es auf deren Rand. Wasser tropfte auf den Boden. »Ich bin dein Vater, Anna! Ich sollte für dich sorgen! Stattdessen bereite ich dir nur Probleme.«

Das war der Punkt, an dem Anna ihn trösten musste, ihm sagen musste, dass es so schlimm nicht war, dass sie schon zurechtkommen würden, wenn sie nur zusammenarbeiten und er sich ein wenig zusammenriss. So lief es immer. So konnten sie den Frieden wahren und er würde zumindest versuchen, nicht zu viel zu trinken und nicht zu viel zu spielen.

Aber Anna würde sich in ein paar Tagen Räubern stellen müssen und vielleicht in Turmhaft enden, um die Mühle überhaupt am Laufen zu halten. Sie hatte Paul gegenüber versucht, entschlossen zu wirken, aber sie hatte Angst. Richtig Angst. Und sie wollte nicht trösten und den Frieden wahren.

»Dann hör doch endlich damit auf!«

Diesmal drehten sich alle Arbeiter in der Mühle zu ihr um. Anna wirbelte herum und stürmte davon.

KAPITEL 4

Die Frau, die Bartholomäus mitgebracht hatte, war mager, und tiefe Linien hatten sich in ihr Gesicht gegraben, obwohl ihre Augen gar nicht so alt wirkten. Sie saß vollkommen aufrecht auf ihrem Stuhl und hatte die Finger in den Stoff ihres Kleides verkrampft.

Bartholomäus lächelte. »Darf ich vorstellen, Johann? Das ist Sybille Stromer.«

Johanns Blick schoss zwischen seinem Bruder und der Frau hin und her. Stromer? Tuchhändler Stromer, der Bartholomäus angeblich an den Rat verraten wollte? Warum brachte Bartholomäus die Frau seines Konkurrenten in sein Haus? Die Miene seines Bruders verriet Johann gar nichts, sie war die übliche freundliche Maske, die er immer im Umgang mit Fremden zur Schau trug. Bartholomäus deutete mit einer ausladenden Geste auf Johann. »Das ist mein Bruder Johann, der vor ein paar Monaten aus dem Krieg zurückgekommen ist.«

Der Blick, mit dem Sybille Stromer ihn maß, war seltsam hoffnungsvoll.

Johann gab sich einen Ruck und trat vor. Was auch immer hier vorging, er würde es nicht erfahren, wenn er in der Tür stand und starrte. Er nickte Sybille Stromer freundlich zu. »Sehr erfreut.«

Dem unsicheren Blick der Frau nach zu urteilen, hörte man seiner Stimme an, wie wenig das der Wahrheit entsprach.

Bartholomäus räusperte sich. »Ich habe ihr gesagt, du kannst ihr eventuell helfen.«

Was für ein Spiel spielte sein Bruder hier? Hatte er es sich anders überlegt und wollte Stromer doch nicht mehr umbringen? Waren sie zu einer Einigung gekommen?

»Kann ich das?«, fragte Johann vorsichtig.

Bartholomäus' Lächeln gewann etwas Wölfisches. »Erzähl ihm, was du mir erzählt hast, meine Liebe.«

Wieder verkrampften sich die Hände der Frau in ihr Kleid. Sie räusperte sich umständlich. »Mein Mann, er ...«

»Keine Sorge, meine Liebe.« Bartholomäus schenkte ihr sein bestes Kaufmannslächeln, falsch und gierig. »Niemand hier wird schlecht über dich denken.«

Sybille schluckte und nickte. »Er schlägt unsere Kinder. Mein ältester Sohn wird seinetwegen nie wieder richtig laufen können.«

Johann ballte die Hände zu Fäusten. Er begann zu ahnen, was Bartholomäus' mit diesem Treffen beabsichtigte. Er hätte nur nie gedacht, dass sein Bruder einmal so tief sinken würde. Zumal dieser Johanns düsteren Blick nun auch noch mit einem selbstzufriedenen Lächeln erwiderte. »Er schlägt nicht nur die Kinder, nicht wahr?«

Sybille Stromer sah zu Bartholomäus auf, und kurz glaubte Johann etwas von seinem eigenen Widerwillen in ihrer Miene zu sehen. »Das spielt keine Rolle.« Sie wandte sich Johann zu, blickte ihm direkt in die Augen. »Ich habe Angst, er wird es wieder tun. Ich habe Angst, er könnte irgendwann in seiner Wut eines der Kinder umbringen. Euer Bruder hat gesagt, Ihr könnt mir helfen.«

Für einen Moment war Johann versucht, Bartholomäus das selbstzufriedene Grinsen aus dem Gesicht zu schlagen. Er atmete tief durch. »Mir war nicht klar, dass mein Bruder so ein kaltherziger und berechnender Hurensohn ist. Hat er erwähnt, wie meine Hilfe seiner Vorstellung nach aussehen würde?«

»Johann ...«, protestierte Bartholomäus.

Johann schnitt ihm mit einer schnellen Handbewegung das Wort ab, hielt den Blick auf Sybille Stromer gerichtet. Diese nickte langsam, und Johann wusste nicht, ob es das schlimmer oder besser machte.

»Ich glaube, ich sollte Euch nach Hause bringen.«

»Johann ...«, begann Bartholomäus wieder.

Johann wirbelte zu ihm herum. »Dich will ich heute nicht mehr sehen!«

Zu seiner Überraschung machte sein Bruder tatsächlich einen Schritt nach hinten. Er nickte der Frau des Tuchhändlers zu, dann verließ er den Raum.

Sybille Stromer erhob sich. Johann erwartete fast, dass sie ihn genauso bedrängen würde wie Bartholomäus, aber sie schenkte ihm nur ein dünnes Lächeln. »Danke, dass Ihr mich angehört habt.«

Er nickte nur knapp und geleitete sie nach draußen. Sie schwiegen, bis die Tür von Johanns Elternhaus hinter ihnen zufiel und sie gemeinsam draußen auf der Straße standen. Fuhrwerke rumpelten vorbei und Menschen eilten an ihnen vorüber. Langsam setzten sie sich in Bewegung. Johann musste sie natürlich nicht nach Hause begleiten, aber irgendwie hatte er das Gefühl, er war ihr etwas schuldig, wenn er sie schon mit ihrer Situation alleine ließ. Und vielleicht, wenn sie in Ruhe miteinander sprechen konnten, ließ sich noch eine andere Lösung für ihr Problem finden. Auch wenn er nicht wusste, wie diese aussehen könnte.

»Ihr geht sehr gefasst mit all dem um«, sagte er schließlich.

Es dauerte einen Moment, bis Sybille antwortete. Sie machte einen Schritt zur Seite, um einem Jungen auszuweichen, der laut rufend Flugblätter feilbot. »Ich weiß selbst nicht genau, was ich über den Plan Eures Bruders denken soll. Ich weiß nur, dass ich nicht noch einmal eines meiner Kinder zu Schaden kommen lassen will.«

Johann nickte, während sein Magen sich zusammenkrampfte. Er verstand sie, verstand die schwierige Lage, in der sie stecken musste. Gleichzeitig wusste er, dass Bartholomäus auf sein Mitgefühl setzte und dass er sich in dem Netz verheddern würde, das sein Bruder für ihn spann, wenn er es zuließ.

»Was werdet Ihr jetzt tun?«, fragte er trotzdem.

»Ich weiß es nicht. Ich fürchte, wenn ich ihn vergifte, wird es zu viele Fragen geben.« Sie sprach leise genug, dass ihre Stimme fast vom Lärm in den Straßen verschluckt wurde.

Johann warf ihr einen langen Seitenblick zu. Vielleicht war gefasst nicht der richtige Ausdruck für Sybille Stromers Verhalten. Vielleicht war sie einfach an einem Punkt der Verzweiflung angekommen, an dem sie nichts mehr hatte als ihre Entschlossenheit und ein Ziel: die Sicherheit ihrer Kinder.

Wie hatte Bartholomäus wohl herausgefunden, was für ein gutes Werkzeug sie dabei sein konnte, Johann zu seinem Handlanger zu machen?

»Es würde so oder so Fragen geben.«

Nun warf die Frau des Tuchhändlers ihm ihrerseits von der Seite her einen Blick zu. »Euer Bruder sagte, wenn man ihn mit aufgeschlitzter Kehle in einer Gasse fände, würde niemand sich wundern bei all dem Gesindel, das in die Stadt strömt.«

Johann schnaubte. »Ja, das klingt nach Bartholomäus. Ganz offensichtlich hat er sich in der Zeit, in der ich weg war, nicht zum Besseren verändert.«

»Ihr wart im Krieg, ja?«

Johann nickte. Kurz überlegte er, ob er mehr verraten sollte. Nürnberg befand sich in der komplizierten Situation, dass es zwar kaisertreu, aber protestantisch war, und damit weder ganz auf der Seite der kaisertreuen katholischen Liga noch auf der der protestantischen Union stehen konnte. Aber sie hatten gerade über Mord gesprochen, insofern spielte es wahrscheinlich keine Rolle, ob Sybille Stromer ihn für die Seite verurteilte, für die er als Söldner gekämpft hatte. Und die Union war im vergangenen Jahr ohnehin zerfallen. Nun stand der Winterkönig Friedrich mit seinen Ambitionen auf den böhmischen Thron allein gegen die Liga. »Ich war Feldwebel in Tillys Heer.«

»Bei den Katholiken?«

»Bei den Kaisertreuen. Ich gebe nicht viel auf Konfessionszugehörigkeit.«

Sybille Stromer lächelte, und mit einem Mal wirkte sie genauso jung wie ihre Augen. »Die ganze Streiterei ist ein bisschen dumm, nicht wahr? Letztendlich sind wir alle Christen.«

Johann ertappte sich dabei, das Lächeln zu erwidern.

»Ich mag Euch deutlich mehr als Euren Bruder«, erklärte die Frau des Tuchhändlers nach einem Moment.

Johann lachte. »Obwohl ich Euch nicht helfen will?«

»Vielleicht gerade deshalb. Es ist eine schwierige Entscheidung, nicht wahr? Ich habe lange mit mir gerungen. Euer Bruder dagegen scheint keine Skrupel zu kennen.«

»Das ist einer der Gründe, warum ich in den Krieg gezogen bin. Möglichst weit weg von ihm.« Er machte einen Schritt um ein Fuhrwerk herum, das Weinfässer geladen hatte, und löste behutsam die Finger eines Bettlers von seinem Ärmel, als dieser nach ihm griff.

»Warum seid Ihr zurückgekommen?«

»Ich wurde verwundet und war nicht sicher, ob ich je wieder richtig würde laufen können.«

Erneut warf ihm Sybille Stromer einen Seitenblick zu. »Wie es scheint, hattet ihr Glück.«

»Ja, ich bin gesund genug, um einen weiteren Versuch zu unternehmen, mich auf dem Schlachtfeld umbringen zu lassen. Vielleicht wäre das der Gesellschaft daheim vorzuziehen.«

Sybille lachte wie ein kleines Mädchen, presste sich dann schnell eine Hand auf den Mund, als sich ein paar vorbeieilende Tagelöhner nach ihnen umsahen.

In der nächsten Straße blieb sie vor einem Haus stehen, dessen Fassade fast ebenso aufwendig verziert war wie die von Johanns Elternhaus. Die Vordertür wies einen Türklopfer aus Messing auf, der eine hässliche Fratze zog, und führte offensichtlich in ein Geschäft, dem Schild daneben nach zu urteilen. Sybille führte Johann durch einen Torbogen in einen Hinterhof und dort zu einem deutlich einfacher gestalteten Eingang. Mit der Hand an der Klinke blieb sie stehen. »Es tut mir leid, dass Euer Bruder mich dazu benutzt hat, Euch zu etwas zu überreden, das Ihr offensichtlich nicht tun wollt.«

»Dafür ist mein Bruder verantwortlich, nicht Ihr. Es tut mir leid, dass ich Euch nicht …«

Johann unterbrach sich. Die Frau des Tuchhändlers hatte die Tür einen Spalt weit aufgedrückt, halb in der Bewegung einzutreten. Durch den Spalt drang ein unterdrücktes Schluchzen heraus. Sie wurde blass. »Ihr solltet gehen.«

Ohne eine Antwort abzuwarten, stieß sie die Tür ganz auf und eilte hinein. Dahinter lag die Küche, in der Feuerstelle leuchtete noch ein wenig Glut. Davor kniete ein Junge von vielleicht sechs Jahren auf dem Boden und sammelte blutige Scherben von etwas auf, das wohl einmal ein Tonbecher gewesen war. Seine Schultern zuckten, und wieder drang ein leiser Schluchzer über seine Lippen.

Johann wusste, dass sie recht hatte, dass er wirklich gehen sollte. Stattdessen stand er in der Tür und sah zu, wie Sybille sich vor ihren Sohn kniete. Stumm und mit geübter Hand tastete sie ihn ab. Er schluchzte wieder, als sie ihn aufstehen hieß. Johann sah Blutflecken an den Knien seiner Hose.

»Es tut mir leid …«, stammelte der Junge. »Es tut mir leid … Ich habe den Becher fallen lassen, Mutter.«

Und wie es aussah, hatte ihn irgendjemand dann in die Scherben gestoßen, damit er sie aufsammelte.

»Es ist gut«, sagte Sybille leise. »So etwas kommt vor. Wo ist er jetzt?«

Es bedurfte wohl keiner weiteren Erklärung, wer mit »er« gemeint war.

»Ein Kunde hat im Laden geläutet.«

»Gut. Sehr gut. Wir bringen das in Ordnung.«

Johann hielt es nicht länger aus. Er trat vollständig in die Küche und schloss die Tür hinter sich. »Ich kenne mich ein bisschen mit der Versorgung von Wunden aus.«

Der Blick des Jungen wurde ängstlich, als würde er Johann nun zum ersten Mal bemerken.

Sybille sah über die Schulter zu ihm zurück. »Warum seid Ihr noch hier?«

»Wahrscheinlich, weil ich ein Narr bin. Darf ich helfen?«

Für einen Moment starrte ihn die Tuchhändlersfrau mit ausdrucksloser Miene an, dann nickte sie knapp. »Er ist ein Freund«, flüsterte sie ihrem Sohn zu. »Geh zu ihm.«

Während sie mit einem Kehrblech die Scherben auffegte, säuberte und verband Johann mehrere tiefe Schnitte an den Knien des Jungen. Mehrmals musste er abbrechen, weil seine Hände dabei zitterten, vor Wut.

»Du bist sehr tapfer«, hörte er sich selbst sagen. »Ich habe schon Soldaten mehr jammern sehen wegen weniger.«

Der Junge schniefte und wischte sich mit dem Ärmel den Rotz aus dem Gesicht. Immerhin weinte er nicht mehr.

»Bist du der Älteste?«

Er schüttelte den Kopf.

»Mein Zweitältester«, sagte Sybille Stromer leise. »Markus.«

Schwere Schritte tiefer im Haus ließen sie zusammenfahren. »Ihr solltest jetzt wirklich gehen«, drängte sie.

Johann erhob sich, doch da wurde bereits eine Tür auf der anderen Seite des Raumes aufgestoßen. »Ich hoffe, du hast die Sauerei inzwischen beseitigt, du nichtsnutziger …«, der

Tuchhändler hielt mitten im Satz inne und starrte Johann aus großen Augen an. Er war ein hagerer Mann mit einer riesigen, spitzen Nase und einem Zug um die Mundwinkel, der ihn selbst nun unglücklich wirken ließ, da sein Mund vor Überraschung halb offen stand. Seine Stirn legte sich in Falten. »Sybille, wer ist das?«

Johann setzte sein bestes Lächeln auf, obwohl in seinem Inneren kalter Zorn einen festen Klumpen formte. »Johann von Treist.« Er deutete eine knappe Verbeugung an. »Zu Diensten.«

»Du bringst einen von Treist in mein Haus?« Stromer machte einen Schritt auf seine Frau zu, aber Johann trat ihm in den Weg. Es war ein Fehler gewesen, zu bleiben, aber nun gab es kein Zurück mehr. Er konnte nicht mehr einfach gehen und so tun, als hätte er die Verletzungen des Jungen nicht gesehen und die Art, wie Sybille zusammengezuckt war, als der Blick ihres Mannes auf sie gefallen war.

»Sybille«, sagte er ruhig. »Vielleicht möchtet Ihr Euren Sohn nach draußen bringen.«

Er hörte geflüsterte Worte hinter sich, dann Schritte, eine Tür, die zuklappte. »Wie könnt Ihr es wagen?«, brauste Stromer auf. Er packte Johann an den Schultern, der gab jeden Versuch der Beschwichtigung auf. Er holte aus, und Schmerz schoss durch seine Fingerknöchel, als er den Tuchhändler genau am Kiefer traf. Dieser fiel wie ein Sack Mehl zu Boden.

Wenig später fand Johann Sybille allein auf der Stiege, die ins obere Stockwerk des Hauses führte. Sie starrte ihm ängstlich entgegen. »Ist er …?«

Johann schüttelte den Kopf, und blickte sie ernst an. »Aber wenn du dir immer noch sicher bist, musst du ihn nie wieder sehen.«

Sybille schluckte. Für einen Moment schloss sie die Augen, ihre Lippen bewegten sich wie in einem stummen Gebet, dann straffte sie die Schultern und sagte: »Ich denke nicht, dass es einen Weg zurück gibt, selbst wenn ich noch Zweifel hätte. Immer wenn sich jemand von außen einmischt, zahlen wir am Ende den Preis. Ich ...« Sie stockte. »Ich will nicht wissen, was er nach dem heutigen Tag täte. Ich bin mir sicher.«

»Dann bin ich es auch. Du musst keine Angst mehr vor ihm haben. Er wird euch nichts mehr tun. Man wird ihn mit aufgeschlitzter Kehle und ohne Geld und ohne Schuhe in einer Gasse finden.«

Tränen rollten über Sybilles Wangen. »Danke ... Johann. Falls ich je irgendetwas für dich tun kann ...«

»Da gibt es etwas. Wenn mein Bruder in ein paar Wochen zu dir kommt, mit einem Angebot, das Geschäft aufzukaufen, mach es ihm so schwer wie möglich.«

Sybille lachte durch die Tränen. »Darauf kannst du dich verlassen.«

Bartholomäus stellte Johann gerne einen Wagen zur Verfügung, auf dem er den Tuchhändler unter viel Stroh verborgen durch die Stadt schieben konnte, ohne dass jemand etwas bemerkte. Er hielt sich dankenswerterweise mit jeglichen Kommentaren zurück. Als Johann allerdings mitten in der Nacht mit Blutflecken an den Ärmeln nach Hause zurückkehrte, wartete sein Bruder bereits mit zwei Bechern Wein auf ihn. Einen davon drückte er Johann in die Hände, und dieser stürzte ihn in einem Zug hinunter. Der Alkohol nahm dem schlechten Gewissen kaum den Biss.

»Du hast die richtige Entscheidung getroffen.«

Johann schnaubte. »Es gab keine richtige Entscheidung. Und du kannst froh sein, dass du mein Bruder bist.«

Bartholomäus lächelte nachsichtig. »Wie wäre es, wenn du morgen nach Regensburg reist und dort ein paar Geschäfte für mich abwickelst?«

Johann beäugte ihn misstrauisch. »Legale?«

»Vollkommen legal. Und du kannst die Hälfte der Einnahmen behalten, für deine Mühe.«

Johann war klar, dass Bartholomäus ihn aus der Stadt haben wollte, falls es doch Ärger geben sollte. Aber es war ihm nur recht, dann musste er das Gesicht seines Bruders für die nächsten Tage nicht sehen.

Er nickte.

KAPITEL 5

Sie verließen Nürnberg gegen Mittag. Anna war übel. Sie hatte seit dem Morgen kaum einen Bissen herunterbekommen, und während sie an den gerüsteten und bewaffneten Wachen am Stadttor vorübergingen, hatte sie das Gefühl, die Männer müssten ihnen ansehen können, was sie vorhatten. Jeden Moment rechnete sie damit, dass ein Ruf ihre kleine Gruppe zurückhielt.

Sahen sie nicht verdächtig aus? Jeder von ihnen trug ein langes Messer am Gürtel – gut, alles andere wäre in diesen Zeiten wahrscheinlich dumm gewesen. Paul sowie sein Freund Matthias, der sich angeblich damit auskannte, wie man alle möglichen Arten von Waren schwärzte, zogen außerdem Handkarren, die aus irgendeinem Grund mit Feuerholz beladen waren. Matthias hatte angekündigt, das später noch zu erklären. Er war ein eher schlaksiger Mann mit einem Bart, der nicht richtig wachsen zu wollen schien, und einem ständigen Lächeln auf den Lippen, als würde er sich gerade über einen Witz amüsieren, den nur er kannte.

Anna, Marie und Jackel trotteten hinter den Karren her, und erst als das Stadttor außer Sicht geriet, atmete Anna erleichtert auf. Nach und nach konzentrierte sie sich weniger auf das, was vor ihnen lag, und mehr auf ihre eigentliche Umgebung.

So dicht bei der Stadt gab es keine Hinweise auf einen Krieg. Das Getreide war längt geerntet, aber noch standen goldene Stoppeln auf den Feldern. Ein Stück weiter waren magere Bauern damit beschäftigt, Steckrüben aus der Erde zu ziehen. Nur hin und wieder kamen ihnen Menschen entgegen, die große Säcke mit ihrer Habe oder erschöpfte, weinende Kinder auf den Schultern trugen. Der große Flüchtlingsstrom war offensichtlich bereits wieder dabei, zu versiegen. Fürs Erste zumindest.

Nach der ersten Meile drehte Matthias sich im Gehen zu ihnen um. »Langsam kommen wir in das Gebiet, in dem die Räuber sich etwas trauen. Aber keine Angst, meine Damen. Tut einfach, was ich sage, und euch wird nichts passieren.« Bei diesen Worten zwinkerte er Anna und Marie zu.

Anna runzelte die Stirn. In der Mühle tat jeder, was sie sagte, und ihre Kunden behandelten sie wie eine Gleichberechtigte. Es war lange her, dass jemand so von oben herab mit ihr gesprochen hatte. Für einen Moment vergaß sie ihre Nervosität und erwiderte Matthias' Blick mit düsterer Miene. »Solange du nicht vergisst, dass dies meine Unternehmung ist und nicht deine.«

»Oh natürlich«, spottete Matthias. »Wenn wir Räubern begegnen, sagen wir ihnen einfach, dass wir in deinem Auftrag unterwegs sind. Dann rennen sie bestimmt mit eingezogenen Schwänzen davon.«

Anna presste die Lippen aufeinander und schwieg. Sie waren auf das Wissen und die Fähigkeiten dieses Mannes angewiesen, wenn die Unternehmung gelingen sollte. Wenn sie wütend auf ihn werden wollte, dann wartete sie damit besser, bis sie wieder sicher hinter den Stadtmauern waren. Nach einem Moment wandte sich Matthias mit einem Grinsen ab, für das sie ihn gerne getreten hätte, und setzte seinen Weg fort.

Es war ein halber Tagesmarsch nach Fürth, und je weiter der Tag fortschritt, desto mehr bereute Anna, kaum etwas gegessen zu haben. Sie versuchte, sich von ihrem knurrenden Magen abzulenken, indem sie sich darauf konzentrierte, sich über Matthias aufzuregen. Der Schmuggler redete praktisch ununterbrochen und lieferte ihr damit genügend Material. »Die Flüchtlinge sind schlecht fürs Geschäft«, beschwerte er sich. »Sind überall im Weg. Ein paar meiner besten Freunde sind Bettler, wisst ihr. Immer gut, wenn man wissen will, was vor sich geht. Auf jeden Fall, die sind ehrliche Bettler, wenn ihr versteht, was ich meine. Haben ihre festen Plätze, geben ihren Anteil an die richtigen Leute ab. Das alles. Aber jetzt? Diese Flüchtlinge meinen wirklich, man kann sich einfach an eine Straßenecke setzen und die Hände ausstrecken und sich Bettler nennen. Das wird noch Ärger geben, sage ich euch.«

»Er redet Unfug, oder?« flüsterte Anna Marie zu.

Ihre Freundin schüttelte den Kopf. »Du musst das Recht haben, an bestimmten Ecken zu betteln, sonst gibt es Ärger mit den falschen Leuten.«

Wahrscheinlich war es gut, das zu wissen, falls es sie demnächst betreffen sollte.

Sie war sich nicht sicher, ob es schlimmer oder besser war, als Matthias anfing, zu singen. Er hatte eine recht angenehme Stimme, allerdings gab er damit nur Lieder zum Besten, die wahrscheinlich selbst der einen oder anderen Hure die Röte in die Wangen getrieben hätte. In ihrer kleinen Gruppe war es vor allem Jackel, dessen Wangen sich rot färbten. Als Matthias das bemerkte, lehnte er sich im Gehen bewusst in die Richtung des anderen Mannes und sang ihm die unanständigsten Zeilen direkt ins Gesicht. Immerhin war er nicht wählerisch damit, wem er auf die Nerven ging.

Schließlich kamen im Licht der untergehenden Sonne die Dächer von Fürth in Sicht. Anna hatte halb damit gerechnet, die Stadt brennen zu sehen, aber zumindest aus der Ferne wirkte sie recht friedlich.

Dann fanden sie den Baum mit der Leiche.

Der Baum stand vor dem Haupthaus eines Bauernhofs. Zuerst streifte Annas Blick ihn nur, ganz auf die niedrigen Gebäude konzentriert, deren Türen schief in den Angeln hingen und deren Fensterläden herausgebrochen worden waren. Erst nach einem Moment befiel sie das Gefühl, etwas übersehen zu haben, und sie betrachtete den Baum genauer.

Der Mann hing an einem dicken Ast, ein Strick schnitt tief in seinen Hals, seine Hände waren auf dem Rücken gefesselt. Er trug nichts als dreckige Lumpen und keine Schuhe mehr.

Anna öffnete den Mund, war sich halb der Tatsache bewusst, dass ein Laut über ihre Lippen drang, eine Mischung zwischen einem Würgen und einem entsetzten Ruf. Ihr ohnehin leerer Magen krampfte sich zusammen.

»Da werden wir wohl nicht mehr so viel finden«, stellte Paul ungerührt fest. »Wie es aussieht, sind Mansfelds Männer uns zuvorgekommen.«

Anna konnte den Blick nicht von dem Toten nehmen. Sie spürte, wie Marie ihre Hand drückte. »Er kann dir nichts mehr tun. Er ist tot.«

Wenn das beruhigend sein sollte, war es nicht sehr erfolgreich. Anna fragte sich, wie ihre Freundin so ruhig bleiben konnte. Dann fiel ihr ein, dass die meisten Lumpen ehemals von jemandem getragen worden waren. Marie sah wahrscheinlich viele Tote während ihrer Arbeit.

Matthias schritt zügig auf den Baum zu, zog dabei das lange Messer hinter seinem Gürtel hervor.

»Was hast du vor?«, fragte Anna mit schriller Stimme.

Matthias blieb stehen und drehte sich zu ihr um. »Du wolltest Lumpen, oder nicht? Ich schneide ihn runter.«

»Das …« Anna räusperte sich. Was hatte sie erwartet? Dass dieser Ausflug einfach und angenehm werden würde? Sie zwang sich zu einem Nicken. »Ein guter Gedanke.«

Sie ließ Maries Hand los, drückte die Schultern durch und wandte sich ihrer Freundin und Jackel zu. Vorhin hatte sie noch darauf bestanden, dass sie die Unternehmung anführte. Es wurde Zeit, dass sie sich entsprechend verhielt. »Wir sollten uns im Haus umsehen.«

Als sie zu dritt auf die herausgebrochene Tür des Bauernhauses zugingen, glaubte Anna die Blicke des Toten im Nacken zu spüren. Sie schauderte.

Drinnen fanden sie zerschlagene Möbel und eine geplünderte Speisekammer. Außerdem eine weitere Leiche, diesmal eine Frau mit aufgeschlitzter Kehle und zerrissener Kleidung. Anna presste die Hand auf den Mund, um sich nicht zu übergeben, starrte die Frau für einen Augenblick einfach nur an. Was hatte sie sich nur gedacht? Sie hatte natürlich gewusst, dass hier Menschen gestorben waren. Es hatte in Endters Flugblatt gestanden, und es war nun mal das, was im Krieg geschah. Und es war nicht so, als hätte sie noch nie einen Toten gesehen. Manchmal starb ein Bettler am Straßenrand, und es dauerte ein wenig, bis ein Leichenwagen kam, um ihn einzusammeln. Und da war ihre Mutter gewesen, auch wenn sie friedlich gewirkt hatte in ihrem Bett, als wäre der Tod nach ihrer langen Krankheit eine Erleichterung.

Aber das hier, das war nicht einfach nur der Tod. Das war das Versprechen, dass dasselbe ihr passieren konnte, wenn sie hier zu lange blieb. Vielleicht würde sie nie nach Nürnberg zurückkehren.

Als Jackel sie an der Schulter berührte, zuckte Anna zusammen. Er zog sie ein Stück beiseite, und Anna zwang sich, flach und ruhig zu atmen. Mansfelds Männer waren weitergezogen, erinnerte sie sich. Es bestand immer noch Gefahr, aber sie war längst nicht mehr so groß. Sie musste einen kühlen Kopf bewahren. Ihr Vater, Heinrich, Jackel und all die anderen Männer in der Papiermühle, ihr aller Schicksal hing davon ab, dass Anna einen kühlen Kopf bewahrte.

Marie schob sich an Anna vorbei. Wortlos kniete sie sich neben die Tote und schnitt ihr mit ihrem langen Messer den Stoff vom Leib. Aber auch Maries Lippen waren ein schmaler Strich, und sie arbeitete mit knappen, abgehackten Bewegungen. Sie hatte genauso viel Angst wie Anna. Seltsamerweise war das ein beruhigender Gedanke.

Anna wandte sich ab und ging in den nächsten Raum.

Es würde schon gut gehen. Es würde alles gut gehen. Sie konzentrierte sich wieder auf ihre Suche, zwang alle anderen Gedanken aus ihrem Kopf.

Falls die Bauernfamilie Decken auf ihren Bettstätten besessen hatte, waren sie alle verschwunden. Aber die mit Stroh gefüllten Säcke, auf denen sie geschlafen hatten, waren noch da. Anna schlitzte sie auf und schüttelte das Stroh heraus, froh darüber, etwas Nützliches zu tun zu haben. Sie fand auch einige Reste von Kleidung, die die Plünderer zurückgelassen hatten. Einen löchrigen Strumpf und einfache Kopftücher von nicht vollkommen schlechter Qualität.

Ein aufgeregter Ruf von Jackel ließ sie erneut zusammenzucken. Erst nach einem Moment ging ihr auf, dass es eher freudig als alarmiert geklungen hatte. Sie eilte mit ihrer Beute in seine Richtung, offensichtlich die Stube des Hauses.

Jackel stand neben einer geöffneten Truhe und hielt ein Tischtuch aus weißer Wolle in die Höhe. Anna schnappte nach Luft. Sie ließ ihre eigenen Fundstücke fallen und eilte zu Jackel hinüber, um die Finger über den Stoff gleiten zu lassen. »Das ist fast zu schade, um Papier daraus zu machen.«

Jackel grinste. »Gut genug für Schreibpapier, hm?«

»Wenn wir nur welches machen dürften.«

Jackels Grinsen wurde breiter. »Wenn wir hier nur Lumpen sammeln dürften ...«

Da hatte er nicht unrecht. Wenn man einmal damit anfing, das Gesetz zu brechen, eröffneten sich viele neue Möglichkeiten. Aber wollte sie tatsächlich so weit gehen? Schließlich zuckte sie trotzdem mit den Schultern. »Ein Tischtuch wäre kaum genug für ein oder zwei Bögen, aber nimm es mit.«

Als sie wieder nach draußen kamen, hatte Matthias ein paar Scheite des Feuerholzes auf den Karren beiseite geräumt. Ein großer Teil davon lag seltsam ordentlich aufgereiht im Staub des Hofes. Dann umrundete Anna den Karren, und endlich erkannte sie, was es damit auf sich hatte.

Was sie für einen Stapel Feuerholz gehalten hatte, waren in Wirklichkeit nur ein paar Scheite, die jemand so zusammengenagelt hatte, dass sie die Form eines Stapels bildeten. Sein Inneres jedoch war hohl. Matthias war gerade damit beschäftigt, durch eine Öffnung die Lumpen des Toten in den Hohlraum zu stopfen. Er bedeutete Anna und den anderen, mit ihrer Beute dasselbe zu tun.

Schließlich hob er die Scheite vom Boden auf. Auch sie waren aneinander genagelt, und bildeten einen Deckel, der sich passgenau in die Öffnung des falschen Holzstapels einfügen ließ.

Anna beäugte das Ergebnis ihrer Bemühungen skeptisch. »Das ist alles? Was, wenn jemand merkte, dass sich keiner der Scheite bewegen lässt?«

»Es gibt ein paar lose.« Matthias hob ein Holzstück vom Karren und zeigte es ihr. »Siehst du?«

»Das kommt mir wir eine ziemlich billige Täuschung vor.« Niemals würden sie damit an den Torzöllnern vorbeigelangen, oder?

Er schnaubte. »Es hat bisher immer genügt. Ist immerhin nicht das erste Mal, dass ich Lumpen schmuggle.«

Sie wanderten von Bauernhof zu Bauernhof. Als es dunkel wurde, verteilte Paul Lampen, die sie allerdings nur innerhalb der Häuser benutzten. Licht zog zu viel Aufmerksamkeit auf sich, und der Anblick der Toten war ihnen noch allzu frisch im Gedächtnis.

Einige der Bauernhöfe waren genauso verwüstet wie der erste, andere einfach nur verlassen. Stets fanden sie aber nur wenig Kleidung und Decken. Entweder hatten die Flüchtenden das meiste davon mitgenommen oder die Plünderer.

Dennoch waren die Hohlräume unter den falschen Holzstapeln gegen Mitternacht schließlich voll. Als sie die letzten Lumpen hineinstopften und Matthias das Versteck wieder verschloss, führte Marie einen kleinen Freudentanz auf. »Oh, warum haben wir das nicht schon viel früher gemacht?«

Anna lachte. »Vielleicht weil es uns in Turmhaft oder sogar an den Galgen bringen könnte?« Aber selbst mit der Erinnerung an die Gefahr, in der sie immer noch schwebten, war Maries Freude ansteckend. Die Menge der Lumpen würde für viele weitere Bögen Packpapier reichen. Endter hatte bereits wieder bestellt, genau wie einige andere. Sie hatte nur einen Kunden verloren in den letzten Tagen. Als Anna die letzte Lieferung Packpapier bei Tuchhändler Stromer vorbeigebracht hatte, hatte seine Frau ihr mitgeteilt, dass er verstorben war. Aber sie hatte die Lieferung bezahlt. Vielleicht würde sie das Geschäft weiterführen.

»Wenn das hier gelingt, sollten wir so etwas vielleicht tatsächlich öfter machen«, sagte Paul. »Es gibt nicht nur Richtung Fürth leerstehende Bauernhöfe. Überall fliehen die Leute in die Städte.«

Jackel nickte nachdenklich, und Matthias grinste. »Ich habe auf jeden Fall nichts gegen so leicht verdientes Geld einzuwenden«, erklärte er.

Natürlich musste er prahlen. Als wäre irgendetwas leicht daran, sich in so gefährliches Gebiet zu begeben. Anna verdrehte die Augen. »Wenn du findest, dass es leicht verdient ist, bezahle ich dir vielleicht zu viel.«

Das sorgte immerhin dafür, dass Matthias für eine Weile den Mund hielt.

Sie teilten ein karges Mahl aus Vorräten, die Anna mitgebracht hatte, und legten sich auf dem Heuboden des letzten Bauernhofs zur Ruhe. Marie und Paul kuschelten sich dicht beieinander ins Heu, Anna rollte sich etwas abseits in ihren Mantel. Als Matthias sich in ihre Nähe legen wollte, schob Jackel sich dazwischen. Ob Heinrich ihm eingeschärft hatte, auf sie aufzupassen?

Matthias hob die Schultern und grinste. »Wenn du kuscheln willst, musst du nur was sagen, Jackel.«

Der Mühlenarbeiter schnaubte nur. »Weniger reden, mehr schlafen.«

Anna war so erschöpft, dass sie schnell einschlief. Ihr letzter Gedanke galt der Hoffnung, dass ihr Vater nicht in Schwierigkeiten geriet, während sie fort war. Sie hatte Heinrich gesagt, dass sie eine Weile fort sein würde, um neue Möglichkeiten aufzutun, an Lumpen zu kommen. Er hatte versprochen, in der Zwischenzeit auf ihren Vater achtzugeben. Er hatte sie außerdem angesehen, als ahne er, was sie vorhatte, aber er hatte nichts gesagt, außer, dass sie auf sich achtgeben solle.

Am nächsten Morgen brachen sie früh wieder auf. Anna fühlte sich mit jedem Schritt, dem sie sich Nürnberg näherten, besser. Die trutzigen Mauern der Stadt versprachen Sicherheit, und mit einem Mal konnte sie all die Leute viel besser verstehen, die alles aufgaben, was sie hier draußen hatten, um sich in diese Sicherheit zu flüchten.

Nur wenn Anna die falschen Holzstapel auf den Handkarren von Paul und Matthias ansah, krampfte sich ihr Magen wieder zusammen. Der schwerste Teil stand ihnen noch bevor, sobald sie das Stadttor erreichten.

Oder auch nicht. Als sie dem Weg in einem Wäldchen um eine Biegung folgten, kam eine Gruppe Männer am Wegesrand in Sicht. Sie saßen im Gras, lachten und tranken aus einem Lederschlauch, der zwischen ihnen herumging. Sie alle trugen kaum mehr als Lumpen, aber es hingen lange Messer an ihren Gürteln. Vielleicht waren sie dennoch nicht mehr als eine harmlose Gruppe reisender Bauern. Ganz sicher waren sie reisende Bauern. Aber das hieß noch lange nicht, dass sie harmlos waren.

Plötzlich war sich Anna sehr sicher, dass der schwierige Teil anfangen würde, lange, bevor sie das Stadttor erreichten.

Die anderen sahen das offensichtlich ähnlich. Paul und Matthias wurden langsamer. Jackel ließ sich hinter Anna und Marie zurückfallen und spähte die Straße hinunter, die sie gekommen waren. Jackel mochte schweigsam sein, aber Anna begann zu ahnen, dass sie ihn bisher unterschätzt hatte. Zurück war der einzige Fluchtweg, den sie hatten. Sollten sie es hier mit einer organisierten Räuberbande zu tun haben, dann würde ihnen jemand diesen Fluchtweg versperren wollen.

»Ich glaube, da kommt ein Reiter«, flüsterte er.

Anna sah wieder zu den Bauern nach vorne. »Denkst du, er gehört zu denen?«

»Vielleicht, aber dann sind sie sehr viel gefährlicher, als sie aussehen.«

»Was sollen wir jetzt machen?« Marie fingerte nervös am Griff ihres langen Messers herum.

Zwei der Bauern blickten inzwischen in ihre Richtung. Sie lächelten und nickten ihnen freundlich zu. Aber wenn Anna Fremden auf der Straße auflauern wollte, würde sie auch versuchen, sie in Sicherheit zu wiegen. Was waren das nur für scheußliche Zeiten, in denen man jedem misstrauen musste, dem man begegnete?

»Wir gehen weiter«, entschied Matthias. »Wir können die Wagen schlecht über die Felder ziehen. Und die sind nur zu viert, wir sind fünf. Solches Gesindel sucht immer nach schwachen Opfern. Lasst euch einfach nicht anmerken, dass ihr Angst habt.«

Mit diesen Worten beschleunigte er seine Schritte wieder.

Es gefiel Anna nicht, dass ausgerechnet Matthias das Kommando übernahm, aber sie widersprach nicht. Sie drückte die Schultern durch, schob das Kinn vor und folgte ihm, eine Hand auf dem Griff ihres eigenen Messers. Nun blickte jeder Einzelne der Männer am Wegesrand in ihre Richtung.

»Einen wunderschönen Tag«, rief einer von ihnen. Er hatte eine krumme Nase, die aussah, als wäre sie schon einmal gebrochen worden. »Kommt ihr aus Fürth?«

Matthias lächelte, ohne jedoch stehen zu bleiben. »Zum Glück nicht«, erwiderte er.

Die Männer lachten. Ein anderer, dem einer der Schneidezähne fehlte, stand auf und spähte neugierig in Richtung der Handkarren. Unwillkürlich packte Anna ihr Messer fester.

»Was habt ihr denn da Gutes geladen?«

»Feuerholz.« Matthias' Lächeln wich nicht für einen Augenblick.

»So, so, Feuerholz.« Nun standen weitere der Männer auf. Der mit der gebrochenen Nase trat vor Paul auf die Straße. Ein breit gebauter Bursche mit einem dunklen, struppigen Bart, der bisher schweigend zugehört hatte, trat Matthias in den Weg. Nun hatten sie keine andere Wahl mehr als stehen zu bleiben.

»Das muss ja gewaltig gutes Feuerholz sein.« Der Bärtige musterte jeden aus der kleinen Gruppe mit wachem Blick. »Wenn ihr es zu dritt mit Messern bewachen müsst.« Sein Blick blieb an Marie hängen, wanderte dann zu Anna weiter. »Schaut euch das an, sie haben sogar dem Weibsvolk lange Messer gegeben.«

Neben Anna verengte Marie die Augen zu Schlitzen. »Das Weibsvolk weiß sogar, wie man sie benutzt.«

»Marie«, zischte Anna ihr zu. »Nicht!« Provozieren war das Letzte, was sie jetzt tun sollten.

»Es wird kälter«, hörte sie Matthias sagen. »Viele Leute in Nürnberg brauchen Feuerholz.«

»Ich glaube dir nicht.« Der Bärtige packte Matthias am Kragen. »Was habt ihr wirklich geladen?«

»Feuerholz, ich schwöre bei Gott!«

»Gut, wenn du stur sein möchtest, schauen wir eben selbst nach.« Damit schlug der Mann zu. Mit einem Schrei stolperte Matthias zurück und hielt sich die Nase.

Neben Anna schnappte Marie nach Luft. Anna packte mit zitternden Händen ihr Messer. Sie würde sich zumindest nicht kampflos die Kehle aufschlitzen lassen.

Der Bärtige zog sein Messer und trat auf Matthias zu. Zwei der anderen Räuber nahmen sich jeweils Paul und Jackel vor. Der Mann mit der Zahnlücke kam mit einem breiten Grinsen auf Anna und Marie zu. Er machte sich nicht mal die Mühe, nach seiner Waffe zu greifen. Schwielige Hände grabschten nach Marie, die entgegen ihrer Behauptung das Messer in ihrer Hand vergessen zu haben schien und ängstlich zurückwich. Bevor Anna wusste, was sie tat, sprang sie ihrer Freundin zur Seite und trat nach dem Mann.

Er schrie überrascht auf, als sie ihn am Knie traf, das Grinsen wie weggeblasen. Eilig stolperte er einen Schritt nach hinten. Für einen Moment triumphierte Anna. Diese Räuber waren keine ausgebildeten Soldaten, sondern einfach nur Bauern. Vielleicht konnten sie sie vertreiben.

Da hallte ein weiterer Schrei den Weg entlang. Annas Kopf ruckte in die entsprechende Richtung. Matthias hielt sich die Hand, sein Messer war zu Boden gefallen. Der Bärtige packte ihn am Schopf, setzte die Klinge an seine Kehle.

»Nein!« Paul wollte seinem Freund zu Hilfe eilen, aber ein Schlag in den Magen von seinem eigenen Gegner ließ ihn zusammenklappen.

Für einen Moment schien die Zeit stillzustehen. Entsetzt starrte Anna auf das, was sich vor ihren Augen abspielte.

Plötzlich hallte ein Schnalzen durch das Wäldchen und riss Anna aus ihrer Schockstarre. Ein Bolzen traf den Bärtigen in der Brust, augenblicklich sackte er zusammen. Das Messer, das eben noch an Matthias Kehle gelegen hatte, fiel zu Boden. Anna konnte ihren Blick nicht von dem Bärtigen lösen, der am Boden lag, Blut rann aus seiner Brust, die Augen waren weit geöffnet und starrten ins Leere.

Hufgetrappel ließ sie herumwirbeln. Im nächsten Moment sah sie den Reiter heranpreschen. Ein dicker Mantel wehte hinter ihm, an seinem Hut flatterte eine lange Feder. In einer Hand hielt er eine Armbrust. Das musste der Reiter sein, den Jackel gesehen hatte! Als der Mann fast heran war, ließ er die Armbrust fallen. In einer fließenden Bewegung sprang er vom Pferd und zog ein Rapier. Wenn seine Kleidung noch irgendeinen Zweifel gelassen hätte, bewies spätestens der fein gearbeitete Griff seiner Waffe, dass er ein Edelmann war.

Ein Schritt, dann lag die Spitze seines Rapiers an der Kehle von Pauls Gegner, der mit der krummen Nase. Paul selbst machte schnell ein paar Schritte nach hinten. Für einen Augenblick starrten Reiter und Räuber einander an. Anna hielt den Atem an.

»Das ist der Zeitpunkt, zu dem ihr wegrennen solltet. Ich würde es vorziehen, heute nicht noch jemanden zu töten.« Der Edelmann klang müde, die Stimme heiser, wahrscheinlich vom Staub der Reise.

Anna hätte fast gelacht. Die Gefahr war noch nicht vorüber, aber die Gelassenheit, mit der der Fremde mit der Situation umging, weckte Zuversicht in ihr.

»Einer gegen drei?« Der Räuber mit der Zahnlücke schien ihre Ansicht nicht zu teilen, vielleicht, weil er nicht derjenige war, der die Klinge des Fremden an der Kehle hatte. Er machte einen halben Schritt nach vorne, wieder auf Marie zu.

»Kannst du nicht zählen?« Marie hob drohend ihr Messer. »Drei von euch gegen sechs von uns.«

Auch Anna hob ihre Waffe wieder, funkelte Maries Angreifer so entschlossen an, wie sie nur konnte. Wenn es ihnen gelang, diese Männer genug einzuschüchtern, würden sie nicht kämpfen müssen.

Die Räuber tauschten Blicke. Der Reiter trat einen Schritt auf den Mann mit der krummen Nase zu, drängte ihn nach hinten. »Also?«

Deutlich sichtbar hüpfte der Adamsapfel des Mannes dicht unter der Spitze der Klinge auf und ab. Er machte einen weiteren Schritt zurück, und diesmal folgte der Reiter ihm nicht. »Es tut mir leid.«

Er warf seinen Kumpanen nur einen kurzen Blick zu, dann machte er kehrt und rannte davon. Die anderen beiden folgten ihm eilig.

»Ja!«, schrie Matthias ihnen hinterher. Er kam langsam wieder auf die Füße, bewegte die Finger seiner rechten Hand als wollte er prüfen, ob sie gebrochen waren. Blut rann aus seiner Nase, doch das schien er nicht zu bemerken. »Rennt ihr nur, ihr feigen Hurensöhne!«

Anna lachte und jubelte zusammen mit den anderen, bis die Räuber zwischen den Bäumen verschwunden waren. Nur der bärtige Anführer der Bande blieb tot auf der Straße liegen. Anna bemühte sich, ihn nicht direkt anzusehen.

Schließlich schob sie ihr langes Messer wieder in die einfache Lederscheide an ihrem Gürtel und wandte sich dem Reiter zu. »Danke.«

Er hatte ihre kleine Gruppe bisher mit ernster Miene gemustert. Nun blieb sein Blick an Anna hängen und er lächelte kurz. »Gern geschehen. Seid ihr nach Nürnberg unterwegs?«

Anna nickte.

»Dann kann ich euch begleiten. Wer weiß, ob noch mehr Gesindel am Straßenrand lauert.«

Für einen Moment zögerte Anna. Sie waren mit Schmuggelware unterwegs, Begleitung konnten sie eigentlich nicht gebrauchen. Aber es gab keinen höflichen Grund, das Angebot abzulehnen, und der Gedanke an mehr Räuber sorgte dafür, dass ihre Hände schon wieder zitterten. »Das ist sehr freundlich von Euch, Herr ...«

»Johann von Treist.« Er deutete eine leichte Verbeugung an.

Paul und Jackel zogen den toten Räuber von der Straße, dann setzten sie sich wieder in Bewegung. Johann von Treist ritt langsam neben den Handkarren her. Matthias presste sich ein Stück aus dem Hemd des Toten an die Nase, um die Blutung zu stoppen. Immerhin bedeutete das, dass er für den Moment keine unanständigen Lieder sang.

Marie stieß Anna mit dem Ellenbogen in die Seite. »Er ist ein von Treist!«, flüsterte sie.

»Ich habe es gehört«, gab Anna zurück. Und natürlich wusste sie auch, wer die von Treists waren. Es gab kaum eine vermögendere Kaufmannsfamilie in Nürnberg.

»Bist du begriffsstutzig?«, zischte Marie. »Er ist reich! Das ist deine Gelegenheit, um ihm schöne Augen zu machen. Und alle deine Geldsorgen lösen sich in Luft auf!«

»Das ist nicht dein Ernst, Marie!« Es war nicht so, als hätte Anna nie darüber nachgedacht, zu heiraten, um ihren Geldsorgen ein Ende zu bereiten. Andere Mädchen mochten romantischen Vorstellungen von Liebe nachhängen, aber Anna hatte ohnehin keine Zeit für solche Dinge. Doch genau darin lag die Haken mit einer Heirat. Sie mochte all ihre Geldsorgen verfluchen, aber sie war gerne allein für die Mühle verantwortlich. Sie hielt den Betrieb ihres Vaters über Wasser, seit sie alt genug war, um die Bücher zu führen. Es war ihre Papiermühle. Zu heiraten würde bedeuten, den Großteil der Verantwortung an ihren Ehemann abzutreten. »Ich brauche nicht noch einen Mann, der alles daransetzt, meinen Betrieb zu ruinieren«, gab sie etwas barscher zurück, als sie beabsichtigt hatte. »Mein Vater reicht mir.«

Mal ganz abgesehen davon, dass es wahrscheinlich ohnehin keinen Mann gab, der sie freiwillig heiraten würde. Wer wollte schon eine eigensinnige Frau, die fluchen konnte wie eine Hure und mit Schulden im Gepäck kam?

Marie ließ sich nicht beirren. »Ich bin sicher, die von Treists wissen, wie man einen Betrieb nicht ruiniert. Außerdem, schau ihn dir an.« Sie gestikulierte ganz ungeniert in Richtung Johann von Treist, der ihnen für den Moment den Rücken zuwandte. »Hast du gesehen, wie er mit wehendem Mantel herangaloppiert ist? Und dieses Funkeln in seinen Augen, als er den Räubern gesagt hat, sie sollten besser fliehen.« Marie presste sich beide Hände an die Brust und seufzte theatralisch.

Anna musste lachen. »Bist du sicher, dass du ihm nicht schöne Augen machen möchtest?«

Marie errötete und starrte auf die Spitzen ihrer ausgetretenen Stiefel. »Ach, ich bin ja nur eine einfache Lumpensammlerin.«

Annas Nervosität kehrte zurück, als die Stadttore von Nürnberg in Sicht kamen. Sie musste daran denken, wie schnell die Räuber vermutet hatten, dass auf den Karren sicher nicht nur Feuerholz geladen war. Was, wenn ihnen dasselbe am Tor passierte? Kurz entschlossen beschleunigte Anna ihre Schritte. Sie zog an von Treists Pferd vorbei und holte schließlich Matthias ein, der mit seinem Karren an der Spitze ging.

Er begrüßte sie mit einem Grinsen. »Fräulein Anna, sehnst du dich nach meiner Gesellschaft?«

Oh, sie hatte wirklich keine Zeit für Anzüglichkeiten. »Wir sind zu viele Leute«, zischte sie ihm zu. Sein Grinsen wurde breiter. »Du möchtest allein mit mir sein?«

Was für ein Dummkopf! Anna ballte die Hände zu Fäusten und atmete einmal tief durch, bevor sie weitersprach. »Die Räuber haben sofort geahnt, dass wir mehr als nur Feuerholz transportieren, allein aufgrund unserer Anzahl.«

Endlich verschwand das Grinsen aus Matthias' Gesicht. Für einen Moment musterte er sie, als sähe er sie zum ersten Mal, dann nickte er. »Schlägst du vor, dass wir uns trennen?«

»Das wäre die beste Idee. Allerdings ...« Anna warf einen Blick zurück zu Johann von Treist.

Matthias nickte wieder, dann tippte er sich nachdenklich mit dem Finger gegen die Unterlippe.

»Mach ihm schöne Augen«, sagte er schließlich. »Falls du weißt, wie das geht.«

Für einen Moment starrte Anna ihn einfach an. War dieser Ausflug allen ihren Begleitern irgendwie zu Kopfe gestiegen? »Wie bitte?«

Matthias seufzte. »Verwickle das Kaufmannssöhnchen zusammen mit Marie in ein Gespräch. Lasst euch ein bisschen zurückfallen, wandert einfach mit ihm durch das Tor, als würdet ihr nicht zu uns gehören. Paul, Jackel und ich kümmern uns um die Wagen.«

Es gefiel Anna nicht, Matthias mit ihren Lumpen allein zu lassen, aber solange Jackel ein Auge darauf hatte, würde es wohl gut gehen. Also presste sie die Lippen aufeinander und nickte.

»Vergiss nicht«, flüsterte Matthias ihr mit einem Grinsen zu, »schöne Augen machen bedeutet, dass du tatsächlich nett zu ihm sein musst.«

Anna warf ihm den düstersten Blick zu, den sie aufbieten

konnte, und Matthias lachte, während sie sich zurückfallen ließ.

Hinter ihr schnaubte Johann von Treists Pferd. Anna trat einen Schritt zur Seite und ließ es an sich vorbeiziehen, bis sie auf der Höhe des Sattels war und zu dem Kaufmannssohn aufsehen konnte. Sein fragender Blick traf sie, wanderte von ihr zu Matthias und zurück.

Sie winkte ab. »Er ist ein Dummkopf, und es gefällt ihm, mich zu ärgern.«

Von Treists Mundwinkel zuckten. Wenn er nicht ganz so ernst dreinschaute, hatte er einen gewissen Charme, stellte Anna fest. Allerdings würde es sie nicht weiterbringen, wenn sie weiter zu ihm hochstarrte und die Art bewunderte, wie er fast lächelte.

Nur, wie verwickelte man jemanden in ein Gespräch, ohne tatsächlich über irgendetwas Bestimmtes sprechen zu wollen? Wie lange war es her, dass Anna sich ohne besonderen Grund mit jemandem unterhalten hatte? In der Mühle gab es immer so viel zu tun. Sie räusperte sich und sagte das Erste, was ihr in den Sinn kam.

»Ist es sehr schwer, zu Pferd mit einer Armbrust etwas zu treffen?« Kaum waren die Worte heraus, bereute sie sie bereits wieder. Das war nicht die Art von Gesprächsthema, das eine Dame interessieren sollte.

Johann von Treist blinzelte kurz überrascht, aber dann wurde aus seinem Fast-Lächeln ein ganzes. »Es bedarf einer gewissen Übung. Aber eine Armbrust ist immerhin treffsicherer als eine Feuerwaffe.«

»Tatsächlich?« Anna musste ihr Interesse nicht heucheln. Sie wusste wenig über das Kriegshandwerk, doch in Zeiten wie diesen war es vielleicht nicht verkehrt, etwas mehr darüber zu erfahren.

An von Treists Gürtel entdeckte sie den Griff einer Pistole neben dem des Rapiers. »Dennoch habt Ihr auch eine Feuerwaffe«, stellte sie fest.

Er folgte ihrem Blick und zuckte dann mit den Schultern. »Ach die. Die ist nie geladen.«

Anna lachte. »Warum habt Ihr sie dann dabei?«

Von Treist grinste verschmitzt. »Es muss ja niemand wissen, dass sie nicht geladen ist.«

Inzwischen war das Tor nah. Schritte hinter ihr verrieten Anna, dass Marie zu ihnen aufschloss. Als die Freundin an ihr vorbeigehen wollte, eventuell, um zu ihrem Bruder zu gelangen, packte Anna sie am Arm. Marie warf ihr einen fragenden Blick zu, den Anna auf eine Art erwiderte, von der sie hoffte, dass sie Marie dazu bewegen würde, an ihrer Seite zu bleiben.

Anna wandte sich wieder dem Kaufmannssohn zu. Auch wenn Waffen vielleicht nicht das beste Gesprächsthema waren, schien es doch ein sicheres zu sein, also deutete sie auf die Pistole. »Darf ich mal sehen?«

Wieder ein überraschter Blick, aber dann hob von Treist die Schultern und reichte ihr die Pistole. Sie hatte einen Griff aus glattem Holz. Darüber prangte ein bewegliches Stück Metall, das wie ein Schwanenhals geformt und in das ein kleines Stück Feuerstein eingespannt war.

»Das ist eines dieser neuartigen Steinschlösser«, erklärte Johann von Treist. »Wenn man den Abzug betätigt, löst der Feuerstein einen Funken aus, der das Pulver entzündet. Man braucht keine Lunte mehr. Sehr praktisch.«

Vor ihnen erreichten Matthias und Jackel mit ihren Wagen das Tor. Abgesehen von ihnen waren nur noch ein paar abgerissene Gestalten da, die ganz sicher nichts zu verzollen hatten. Anna sah, wie der Torzöllner auf Matthias zutrat, und ihr Herz klopfte schneller.

Aus dem Sattel heraus streckte von Treist die Hand nach der Pistole aus, und Anna reichte sie ihm zurück. »Ich nehme an, hier trennen sich dann unsere Wege.«

Anna rang sich ein Lächeln ab. Sie konnten mit ihm durch das Tor schlendern, während sie sich verabschiedeten, und ihn dann loswerden. So sollte es funktionieren. »Vielen Dank noch einmal, dass Ihr uns gerettet habt.«

»Seid ihr nicht gestern schon mal mit zwei Karren Holz hier durchgekommen?«

Die Frage ließ Annas Herz einen Schlag aussetzen. Einer der Torwächter hatte sie gestellt. Ein kurzer Seitenblick verriet ihr, dass der Mann Matthias, Jackel und Paul misstrauisch musterte. Anna packte Maries Hand fester und beschleunigte ihre Schritte ein wenig. So verdeckte das Pferd den Blick auf sie und ihre Freundin. Gestern waren drei Männer und zwei Frauen mit den beiden Karren durch das Tor gegangen. Dass es jetzt nur noch drei Männer waren brachte den Wächter hoffentlich durcheinander.

Bei alldem hörte Anna kaum, was von Treist sagte. Irgendetwas über die Zeiten, die immer unsicherer wurden. Sie lächelte zu ihm hoch und versuchte gleichzeitig, zu hören, was bei den Karren gesagt wurde.

»Da müsst Ihr euch täuschen«, erklang Matthias' Stimme. »Warum sollten wir mit einer Ladung Holz aus der Stadt und kurz darauf mit mehr Holz wieder in die Stadt fahren?«

Der Torwächter nickte. »Da habt Ihr wohl recht. Die Gruppe gestern war auch größer, wenn ich mich recht entsinne.«

Anna atmete auf und merkte, wie nun auch Marie sich bemühte, so hinter dem Pferd zu bleiben, dass es die Sicht auf sie verdeckte.

»Ich glaube«, sagte von Treist gerade, »Ihr habt mir bisher gar nicht Euren Namen verraten.«

»Anna Pecht«, sagte Anna, noch immer abgelenkt, und hätte sich dafür im nächsten Moment am liebsten geohrfeigt. Besser wäre es gewesen, wenn ihr Name nie in Verbindung mit dieser Unternehmung gekommen wäre.

»Ich bin Marie«, stellte Annas Freundin sich mit einem kecken Augenaufschlag ebenfalls vor.

Hinter ihnen bezahlte Paul den Wegzoll für die Karren.

»Von der Pecht-Mühle?«, fragte von Treist, und Anna fluchte still vor sich hin. Aber das nun zu leugnen würde sie nur umso verdächtiger machen, also nickte sie. »Sie gehört meinem Vater.«

»Interessant. Es hat mich sehr gefreut.« Johann von Treist lächelte. »Vielleicht sieht man sich unter besseren Umständen mal wieder.«

Dann hatten sie das Ende des Torgangs erreicht. Von Treist lupfte seinen Hut zum Abschied und trieb sein Pferd die Straße hinunter.

Marie zog Anna in den Schatten der Stadtmauer. »Ich glaube, er hat Interesse an dir«, flüsterte sie.

»Was?« Anna spähte über die Schulter, wo Matthias und Jackel gerade wieder vor die Karren traten und sie aus dem Torgang zogen. Paul lief daneben her und grinste ihnen entgegen.

»Von Treist«, sagte Marie. »Er hat dich ziemlich fasziniert angesehen. Man hätte fast neidisch werden können.«

Das hatte Anna gerade noch gefehlt. »Glaub mir, es wäre mir viel lieber, er würde einfach vergessen, dass ich existiere.«

Doch je weiter sie sich der Mühle näherten, desto mehr trat der Gedanke an Johann von Treist in den Hintergrund. Stattdessen rechnete Anna in Gedanken bereits durch, wie viele Aufträge sie mit den gesammelten Lumpen würde erfüllen können. Sie würden die Bögen diesmal nicht ganz so dünn schöpfen müssen. Endter würde zufrieden sein. Vielleicht konnte sie, nachdem alle anderen Kosten beglichen waren, sogar den Schuldnern ihres Vaters einen Teil ihres Geldes geben.

Sie zogen die Wagen auf den Hof der Mühle, und Anna gab jedem seinen Lohn für die Unternehmung. Matthias nahm seine Münzen mit einer übertriebenen Verbeugung entgegen. »Es hat mich sehr gefreut, mit dir Geschäfte zu machen, Fräulein Anna. Vielleicht können wir das irgendwann wiederholen?« Als er wieder hochkam, lag ein spitzbübisches Grinsen auf seinem Gesicht.

Im Grunde hatte Anna nichts dagegen einzuwenden. Auf diese Art würde sie die Mühle gut über Wasser halten können. »Nur, wenn dir bis dahin ein besseres Versteck für die Lumpen einfällt«, sagte sie dennoch. »Ich habe gehört, wie sie euch fast ertappt hätten.«

Matthias' Grinsen wankte nicht im Geringsten. »Lass das nur meine Sorge sein.«

Anna war sich nicht sicher, ob das Gutes versprach.

KAPITEL 6

Johann lenkte sein Pferd langsam durch die Straßen von Nürnberg. Anna Pecht also. Er hatte von Anfang an vermutet, dass etwas mit der kleinen Gruppe nicht stimmte, der er gegen die Räuber geholfen hatte. Niemand kam derzeit mit zwei Wagen voller Feuerholz aus der Richtung von Fürth.

Anna Pechts Reaktion am Tor hatte aus dieser Vermutung eine Gewissheit gemacht. Diese zwei Karren hatten sicher nicht nur Feuerholz geladen, und so nervös, wie die beiden Mädchen gewirkt hatten, waren sie derartige Unternehmungen nicht gewohnt.

Johann grinste in sich hinein. Gut für sie, dass sie ihre Ware unbemerkt durchs Tor gebracht hatten. Er würde sie sicher nicht anschwärzen. Er hoffte nur, dass sie keine Gewohnheit aus diesen Fahrten machen würden. Früher oder später würden sie damit seinem Bruder ins Gehege kommen, und Bartholomäus nahm derlei Dinge gerne mal etwas zu persönlich.

Johann gab sein Pferd in dem Stall ab, in dem er es gemietet hatte, und legte den Rest des Weges zu seinem Elternhaus zu Fuß zurück. Wenn er Glück hatte, war Bartholomäus zu beschäftigt, um sich vor dem nächsten Tag für das Ergebnis von Johanns kleiner Reise zu interessieren.

Wie sich herausstellte, hatte er kein Glück. Sein Bruder eilte aus seiner Schreibstube, kaum, dass er Johanns Schritte auf der Stiege hörte. »Wie ist es gelaufen?«

»Es war eine lange Reise, Bartholomäus.«

»Du wirst sicher zwei Sätze erübrigen können, um mir einen ungefähren Eindruck zu verschaffen. Danach lasse ich dich in Ruhe.«

Johann seufzte. Er zog ein eng zusammengerolltes Bündel Dokumente aus seiner Tasche und warf es Bartholomäus zu. Zufrieden beobachtete er, wie sein Bruder zu kurz griff, das Papier zu Boden fiel und er sich ächzend danach bücken musste. »Das sind wichtige Dokumente, Johann!«

»Ein bisschen Staub wird nichts daran ändern, dass das Handelshaus Fuhrmann in Regensburg jetzt dir gehört.«

Das sorgte nur dafür, dass Bartholomäus die Dokumente umso eifriger auf Schäden untersuchte. »Gut. Sehr gut.«

»Darf ich mir jetzt den Staub der Reise abwaschen?«

Bartholomäus machte eine gönnerhafte Handbewegung. »Natürlich, natürlich. Verzeihung, dass ich dich aufgehalten habe.«

Johann schob sich an seinem Bruder vorbei auf dem Weg in sein eigenes Zimmer.

»Da ist allerdings noch eine Sache«, sagte Bartholomäus hinter ihm.

Johann blieb stehen, drehte sich aber nicht um. Was konnte es nun noch geben?

»Es besteht etwas mehr öffentliches Interesse an Stromers Tod, als ich erwartet hatte. Dieser Drucker Endter hat in einem seiner Flugblätter darüber berichtet.«

Johann versteifte sich. »Was heißt das?«

»Oh, mach dir keine Sorgen. Ich habe die letzten Tage damit verbracht, jeden Verdacht von dir abzulenken.«

Nun drehte sich Johann doch um. Sein Bruder wirkte sehr zufrieden mit sich selbst.

»Was?«, fragte Bartholomäus, als Johann weiter schwieg. »Kein Dank?«

»Ich denke doch, das ist das Mindeste, was du tun konntest.«

Bartholomäus lächelte. »Natürlich. Natürlich. Wir sind Brüder. Wir sind immer füreinander da, nicht wahr?«

Und mit einem Mal ging Johann auf, dass er einen noch größeren Fehler gemacht hatte als bisher gedacht. Was unausgesprochen zwischen ihnen in der Luft hing, war eine Drohung. Bartholomäus war so lange für Johann da, wie dieser es im Gegenzug für ihn war. Sollte Johann ihm aber etwas verweigern, dann hatte Bartholomäus nun etwas gegen ihn in der Hand.

Johann fluchte leise. »Du verdammter Bastard, das hast du dir genau überlegt, nicht wahr?«

Bartholomäus lächelte. »Ich weiß nicht, wovon du redest. Vielleicht hat dich die Reise mehr erschöpft, als gedacht? Du solltest dich ausruhen.«

»Versuch mich zu erpressen, und ich schwöre dir, ich bringe dich um.« Mit diesen Worten drehte sich Johann auf dem Absatz um und legte den Rest des Weges zu seinem Zimmer zurück. Er wusste nicht, wie ernst er seine Drohung meinte. Sie waren immer noch Brüder. Aber dem Schweigen in seinem Rücken nach zu urteilen, wusste Bartholomäus es ebenso wenig. Das war immerhin etwas wert.

Das Messer fuhr herab, und entsetzte Augen glitzerten im Licht des Mondes, starrten ihn einen Moment vorwurfsvoll an, bevor ihr Blick brach. Blut floss warm über Johanns Hände, und er zwang das Bedürfnis, sich zu übergeben, genauso nieder wie jede Schuld. Schob sie dorthin, wo er auch all die Angst auf dem Schlachtfeld verbannte. Dennoch war da Blut an seinen Händen, und es gehört einem Mann, der weder bewaffnet noch gerüstet gewesen war …

Mit einem Keuchen fuhr Johann aus dem Schlaf hoch. Gehetzt huschte sein Blick durch die Dunkelheit. Irgendetwas stimmte nicht. Sein Untergrund war weich, er hörte das Schnarchen seiner Kameraden nicht. Und war da nicht Blut gewesen? Er rieb die Finger aneinander, aber sie fühlten sich sauber an. Keine halb getrocknete Schicht, die mit jeder Bewegung abblätterte. Sein Blick blieb an einem rechteckigen Umriss hängen, und langsam schälte sich das Schreibpult aus dem Schatten. Johann atmete auf. Er war zu Hause. In Nürnberg. Es kam nicht mehr oft vor, dass er aufwachte, ohne zu wissen, wo er war, aber die Reise hatte ihn wahrscheinlich wieder durcheinandergebracht. Oder der Streit mit Bartholomäus gestern. Oder die Begegnung mit den Räubern. Oder der Mord an Stromer, dem zweiten unbewaffneten Mann, dem er die Kehle durchgeschnitten hatte. Er war sich nicht einmal sicher, was ihn dabei mehr beschäftigte. Das beendete Leben oder dass er den Tod damit in die Mauern seiner Heimatstadt gebracht hatte. Was für ein selbstsüchtiger Gedanke.

Johann schob ihn beiseite und schwang die Beine aus dem Bett.

Als er die Vorhänge beiseitezog, war es draußen bereits hell. Er hatte zu lange geschlafen. Aber er hatte auf dem Weg von Regensburg zurück nach Nürnberg mehrere Nächte im Freien verbracht, weil viele der Wirtshäuser in der Gegend geschlossen hatten. Das forderte nun seinen Preis.

Er schlüpfte in Hose und Hemd und tappte hinunter ins Speisezimmer. Sein Magen knurrte. Natürlich war hier nicht aufgedeckt, aber in der Küche hörte er die Hausmädchen schwatzen. Kurz lauschte er, um sicherzugehen, dass Bartholomäus' Frau Christine nicht während seiner Abwesenheit beschlossen hatte, ihrem Ehemann einen Besuch abzustatten, anstatt bei ihrer ständig kranken Mutter zu weilen, und dann schob er die Tür langsam auf.

Die alte Margarete stand am Herd mit einem der neuen Mädchen, dessen Namen Johann sich noch nicht gemerkt hatte. Als er eintrat, zuckten sie zusammen, aber zumindest Margarete entspannte sich wieder, als sie erkannte, dass er es war.

»Es ist noch Braten von gestern da«, sagte sie und deutete auf einen Topf auf der Anrichte. »Euer Bruder hatte Gäste.«

Johann nickte ihr dankbar zu und lud sich einen Kanten Brot und ein paar kalte Bratenscheiben auf einen Teller, um seinen rumorenden Magen zum Schweigen zu bringen. Das neue Mädchen starrte ihn immer noch an. Erzählten die Bediensteten wieder irgendwelche Geschichten über ihn? Offenbar gab es ein paar wilde Gerüchte darüber, was er während des Krieges getan hatte. Erst als Magarete die jüngere Frau anstieß, machte sie sich wieder an die Arbeit.

»Wo ist Bartholomäus jetzt?«, fragt Johann.

»Irgendwo in der Stadt. Der Herr hat sich nicht bequemt mir zu sagen, was er heute vorhat.«

Johann schnaubte. Natürlich nicht. »Danke.«

Als er mit seinem Teller die Küche verließ, starrte das neue Mädchen ihm schon wieder nach. Was hatten die anderen Bediensteten ihr erzählt?

Bartholomäus kam zurück, als Johann wieder mit der Odyssee an seinem Fensterplatz saß. Johann hörte seine Schritte auf der Treppe, bevor die Tür aufgerissen wurde und Bartholomäus mit finsterer Miene im Rahmen stand.

»Du hast ihr gesagt, sie soll mir das Leben schwermachen, oder?«

Oh, hatte Bartholomäus bereits versucht, den Stromer'schen Tuchhandel aufzukaufen? Johann setzte ein unschuldiges Lächeln auf. »Wem soll ich das gesagt haben?«

Mit einem Schnauben trat Bartholomäus in den Raum und schloss die Tür hinter sich. Die Art, wie er tief Luft holte, ließ vermuten, dass er sie gerne mit mehr Kraft zugeschlagen hätte. »Du weißt genau, von wem ich rede.«

»Verhandelt Sybille Stromer gut?«, fragte Johann und konnte nicht ganz verhindern, dass sein Lächeln etwas weniger unschuldig und ein bisschen schadenfroh wurde.

»Das tut sie in der Tat.« Nun schwang unter dem Ärger auch so etwas wie widerstrebende Bewunderung in Bartholomäus' Stimme mit.

»Sie hat zwei Kinder zu ernähren und keinen Mann mehr«, sagte Johann. »Sie muss dafür sorgen, dass sie ihr Auskommen hat.« Er war sich nicht ganz sicher, warum er überhaupt versuchte, an Bartholomäus' Verständnis zu appellieren. Als ob sein Bruder so etwas für fremde Leute aufbringen konnte.

»Sie kann neu heiraten«, grummelte dieser.

»Ich glaube nicht, dass sie das so bald noch einmal möchte.«

Bartholomäus schnaubte, aber dann verschwand mit einem Mal aller Missmut aus seiner Miene. Er trat einen Schritt näher und musterte Johann nachdenklich. »Du magst sie, hm?«

Was auch immer es war, woran sein Bruder gerade dachte, Johann wollte nichts damit zu tun haben. »Ich werde sie nicht heiraten.«

Mit einem Grinsen auf den Lippen zupfte Bartholomäus seinen hohen Kragen zurecht. »Das ist mir bisher gar nicht in den Sinn gekommen, aber mir gefällt, wie du denkst.«

Johann hob warnend die Odyssee. »Nein.« Sybille Stromers Entschlossenheit und die Art, wie sie sich trotz allem ihre Menschlichkeit und ihre Würde bewahrt hatte, hatten ihm imponiert. Sie hatte etwas Besseres verdient als jemanden, der ihr widerwillig und aus taktischen Überlegungen heraus den Hof machte.

Bartholomäus winkte mit der ringbesetzten Rechten in einer gönnerhaften Geste ab. »Darauf wollte ich wirklich nicht hinaus. Aber du magst sie, ja?«

Vorsichtig hob Johann die Schultern. Ja, Sybille Stromer war ihm sympathisch, aber wenn Bartholomäus nach so etwas fragte, zeigte man lieber nicht allzu viel Begeisterung. »Ich habe ihren Mann umgebracht, weil ich Mitleid mit ihr hatte. Ich weiß nicht, ob das zählt.«

»Aber es würde dich freuen, wenn ich ihr ein gutes Angebot mache?«

Was für ein Spiel spielte Bartholomäus jetzt? Als Johann ihn aus misstrauisch zusammengekniffenen Augen anstarrte, seufzte sein Bruder schwer. »Johann, ich versuche dir einen Gefallen zu tun! Ein Wort von dir, und ich gehe auf den Großteil ihrer Forderungen ein.«

Das klang fast zu gut, um wahr zu sein. »Was willst du dafür?«

»Du bist mein Bruder, Johann!« Bartholomäus' rechtschaffene Empörung war recht gut gespielt. »Und du hast mir, wenn ich es recht bedenke, womöglich gar das Leben gerettet, indem du, wie ich sehr wohl weiß, etwas getan hast, das dir sehr unlieb war. Ich denke, ich habe mich noch nicht ausreichend erkenntlich gezeigt. Was meinst du?«

So sah es also aus. Langsam begann Johann zu begreifen. Hatte er Bartholomäus am vergangenen Abend tatsächlich Angst eingejagt?

»Nun?«, hakte Bartholomäus noch einmal nach.

»Hast du vor, mich in Zukunft öfter in geschäftlichen Dingen nach meiner Meinung zu fragen?« Vielleicht war wegzulaufen die falsche Taktik gewesen. Vielleicht hätte er stattdessen schon lange versuchen sollen, Einfluss zu nehmen.

Diesmal wirkte Bartholomäus ehrlich erfreut. »Wenn du dich in Zukunft mehr an den Familiengeschäften beteiligten möchtest, gerne.« Oh natürlich. Das war, worüber sie als Kinder immer geredet hatten, nicht wahr? Wie sie gemeinsam Konkurrenten austricksten und die besten Geschäfte abschlossen. Bevor sie gewusst hatten, wie sehr ihre Prinzipien und Moralvorstellungen sich unterschieden.

Dennoch ... nachdenklich stützte Johann das Kinn auf sein Buch und starrte seinen Bruder an. Wenn Bartholomäus ihm Macht anbot, dann ließ sich vielleicht etwas Gutes damit bewirken. Oder vielleicht machte er sich da etwas vor. Aber noch einmal in den Krieg ziehen konnte er wohl immer noch jederzeit. Immerhin sah es nicht so aus, als würde der Krieg allzu bald enden. »Mach ihr ein gutes Angebot.«

Nun erinnerte Bartholomäus' Lächeln an einen Wolf, der nach einem Kaninchen geschnappt und stattdessen unvermittelt ein ganzes Reh zwischen seinen Fängen vorgefunden hatte. »Mit Vergnügen.«

Sybille Stromer strahlte, als Johann ihr den Vertrag vorbeibrachte, den Bartholomäus unter seinen wachsamen Augen aufgesetzt hatte. Sie winkte Johann herein, diesmal durch die Vordertür. Er trat in den Laden, ein Raum voller Regale, in denen sich Stoffballen stapelten, und sie entrollte das Dokument auf dem Ladentisch, auf dem Quittungen und Schuldscheine durcheinander lagen.

Dann las sie es sehr sorgfältig.

Johann verschränkte die Hände hinter dem Rücken und wartete geduldig. An ihrer Stelle wäre er ähnlich misstrauisch gewesen. Um ehrlich zu sein, traute er der Angelegenheit immer noch selbst kaum.

Schließlich sah sie auf und ein kleines, ungläubiges Lachen kam über ihre Lippen. »Wie ist dir das gelungen?«

Johann hob die Schultern. »Mein Bruder schien der Meinung zu sein, mir einen Gefallen tun zu müssen.«

Langsam wich die Freude aus Sybilles Miene, und sie sah Johann aus zusammengekniffenen Augen an. »Er möchte, dass du in Zukunft wieder für ihn tötest, nicht wahr?«

Es hatte ohne Zweifel seine Gründe, warum Johann Sybille mochte. Er nickte.

Mit einem Seufzer schob Sybille das Dokument von sich. »Ich kann das nicht annehmen.«

Ja, es hatte ganz ohne Zweifel seine Gründe. »Nimm es an«, sagte Johann. »Ich habe mich so oder so zu tief in seinem Netz verstrickt, und ich bin es leid, wegzulaufen. Vielleicht kann ich mehr bewirken, wenn ich ihm über die Schulter sehe.«

Für einen Moment zögerte Sybille noch, betrachtete Johann ganz genau, dann zog sie das Dokument wieder zu sich heran. »Danke.« Sie griff nach Federkiel und Tintenfass, um ihre Unterschrift unter den Vertrag zu setzen. »Ich weiß, dass ich dir wahrscheinlich nie werde vergelten können, was du für mich getan hast. Aber falls es je etwas gibt, das ich im Gegenzug für dich tun kann ... Und sei es nur, dass dir etwas auf der Seele liegt, das du nur bei jemandem loswerden kannst, der ... weiß, was du tust ... meine Tür steht dir immer offen.«

Überrascht blickte Johann sie an. »Ich hatte erwartet, du würdest mit dieser Sache abschließen wollen.«

Sie schwenkte das Dokument, damit die Tinte trocknen konnte. »Ich weiß, es ist nicht sonderlich christlich, aber ich bin so erleichtert, dass er tot ist. Ich fühle mich besser als seit Jahren, als wäre ein großes Gewicht von meinen Schultern genommen.« Ein beinahe entschuldigendes Lächeln erschien auf ihren Zügen. »Dann wieder fühle ich mich schuldig, weil ich so denke. Aber ich hatte fast vergessen, wie es ist, keine Angst haben zu müssen, wenn eines meiner Kinder etwas fallen lässt. Verstehst du, was ich meine?«

Johann nickte und mit einem Mal war die Schuld auf seinen eigenen Schultern ein wenig leichter.

KAPITEL 7

Als Anna aus Endters Druckerei trat, saß Jackel mit einem Flugblatt in den Händen auf dem leeren Handkarren und wartete auf sie. Seit dem Ausflug nach Fürth waren ein paar Tage vergangen, und Anna hatte mehrere Lieferungen qualitativ hochwertigen Packpapiers ausgebracht. Der Drucker war äußerst zufrieden gewesen, und er hatte den Preis nicht weiter gedrückt, obwohl er schon wieder auf die Kleinweidenmühle und ihre horrenden Preise für Schreibpapier geschimpft hatte. Das wurde ihm wohl langsam zur Gewohnheit.

Anna musste wieder an das Tischtuch denken, das sie seit ihrer Rückkehr aus Fürth unter ihrer Matratze versteckt hielt. Beinahe hätte sie Endter angeboten, Schreibpapier für ihn zu machen. Aber gerade liefen die Dinge gut, und Lumpen aus dem Umland nach Nürnberg hineinzuschmuggeln war riskant genug. Wenn sie jetzt noch mehr riskierte, nur weil sie es konnte, war sie nicht besser als ihr Vater, wenn er wieder einmal all sein Geld verlor, weil er glaubte, gerade eine Glückssträhne zu haben.

Jackel sah auf, als sie näher kam, und stopfte das Flugblatt eilig in einen Beutel an seinem Gürtel. Warum er meinte, es vor ihr verstecken zu müssen, war ihr ein Rätsel. Sie wusste, dass er lesen konnte, und auch wenn das ungewöhnlich für jemanden seines Standes war, musste er sich ganz bestimmt nicht dafür schämen.

Er sprang vom Karren, um dessen Griffe zu packen, und nickte ihr zu, um ihr zu sagen, dass er bereit zum Aufbruch war.

»Was gibt es denn Neues?« Anna nickte in Richtung des Beutels, aus dem immer noch eine Ecke Papier herausragte, während sie sich langsam in Bewegung setzten. Sie las Endters Flugblätter oder die anderer Drucker meistens nicht. Zeit dafür hatte sie ohnehin kaum, und wenn etwas wirklich Wichtiges passierte, würde es ihr bestimmt irgendjemand erzählen.

Jackel kaute auf seiner Unterlippe, und für eine Weile wirkte es, als würde er nicht auf ihre Frage antworten. »Maximilian von Bayern und sein Oberst Tilly haben sich jetzt in Fürth einquartiert. Haben eine Menge Kriegsgefangene in die Synagoge gesperrt«, sagte er schließlich doch, während sie gemeinsam auf die Straße traten.

Für die Leute in Fürth machte es wahrscheinlich keinen großen Unterschied, ob Mansfeld oder Tilly mit seinen Soldaten dort hauste. Anna taten sie leid.

»Ach, und sie haben den Mann gefunden, der den Tuchhändler Stromer getötet hat«, fügte Jackel hinzu.

»Ach, tatsächlich?« Damit hatte Anna nicht gerechnet. Dass Stromer gestorben war, war inzwischen mehrere Wochen her. Wer auch immer das getan hatte, musste doch schon längst über alle Berge sein.

Jackel hob die Schultern, dann nahm er eine Hand von den Griffen des Karrens und zupfte an der Ecke des Flugblatts. »Sieh selbst.« Zusammen mit dem Papier kamen mehrere weitere zerknüllte Zettel heraus. Sie fielen auf die Straße, und Jackel hielt den Wagen kurz an, um sie eilig aufzulesen. Hinter ihnen schimpfte jemand, aber Anna war zu sehr damit beschäftigt, einen Blick auf das zu erhaschen, was sie auf der Rückseite einiger der zerknüllten Flugblätter erkennen konnte. Schnelle Kohlestriche skizzierten dort Landschaften und Menschen. Sie beugte sich ein wenig vor. »Ist das Matthias?«

Jackel errötete und stopfte das entsprechende Papier noch schneller in seine Tasche zurück. »Er hat ein seltsames Gesicht.« Dann hielt er Anna das Flugblatt hin, das er ihr eigentlich hatte geben wollen. »Hier.«

Annas Meinung nach war Matthias' Gesicht noch das am wenigsten Seltsame an ihm, aber sie nahm das Flugblatt entgegen, damit sie ihren Weg fortsetzen konnten. Die Flüche hinter ihnen waren inzwischen recht derb geworden.

Im Gehen überflog sie den Text, den sie neben einem Holzschnitt entdeckte, der wohl den hinterhältigen Mord an Stromer darstellen sollte. Der Holzschnitt zeigte eine Gestalt mit einer Kapuze, die den erschrockenen Tuchhändler in einer Gasse packte, Messer in der Hand. Der Text war ähnlich dramatisch und beschrieb die Vorgänge in der entsprechenden Nacht, wahrscheinlich ohne viel Rücksicht auf die tatsächlichen Fakten. Immerhin konnte Endter wohl kaum im Detail wissen, was dort geschehen war.

»Sie hatten denselben Text schon einmal gedruckt«, sagte Jackel, »kurz nachdem Stromer gefunden wurde. Jetzt gibt es nur unten die Ergänzung, dass der Mörder am kommenden Donnerstag gehängt werden soll.«

Anna nickte und sah sich das Ende des Berichts an. Offenbar war der Schuldige irgendeiner der Flüchtlinge. Das Flugblatt erging sich in langen Beschreibungen von schrecklichen Taten, die er zuvor bereits begangen haben sollte. Eine Bettlerin hatte ihn offenbar bei dem Mord beobachtet. Anna verzog das Gesicht und reichte Jackel das Stück Papier zurück, der es diesmal ohne Unfall zurück in seine Tasche stopfte.

»Es erstaunt mich, dass sie einer Bettlerin überhaupt zugehört haben«, sagte sie.

Jackel hob die Schultern. »Sie wollten den Mörder wohl unbedingt finden.«

Anna nickte. »Ja, ich glaube, er hatte Freunde im Rat. Wenn man den richtigen Leuten wichtig ist, machen sie vieles möglich.« Nicht, dass es Stromer noch etwas nützte, aber seiner Witwe vielleicht.

Nachdenklich starrte Anna die Straße hinab, auf der sich die Menschen und Fuhrwerke drängten. Der Stromer'sche Tuchladen lag gar nicht weit von hier. Vielleicht sollte sie einen Abstecher dorthin machen und sich nach der Witwe Stromer und ihrem Geschäft erkundigen. Nun, da sie gerade genügend Lumpen hatten, wäre es doch ärgerlich, einen zuverlässigen Kunden zu verlieren. Wer auch immer das Geschäft übernahm, musste früher oder später auch Packpapier brauchen.

»Geh schon mal vor«, wies sie Jackel an. »Ich mache einen kleinen Umweg.«

Anna schlängelte sich zwischen Bettlern, Karren und Passanten hindurch, bis die kunstvoll bemalte Fassade des Tuchhandels vor ihr auftauchte. Sie hatte die Eingangstür gerade erreicht, als sie aus dem Augenwinkel eine Bewegung bemerkte. Ein Mann trat aus einer nahen Seitengasse. Sie setzte dazu an, auszuweichen, da stießen sie bereits zusammen.

Ein Hut fiel zu Boden, dann griffen Hände nach ihren Oberarmen und verhinderten, dass sie zurückstolperte und aus dem Gleichgewicht geriet. Im nächsten Moment blickte Anna auf und direkt in das Gesicht von Johann von Treist.

Als er sie erkannte, zuckte die Andeutung eines Lächelns um seine Mundwinkel. »Fräulein Anna! So schnell hatte ich nicht erwartet, Euch wiederzusehen.«

Still fluchte Anna in sich hinein. Nun würde er ganz sicher nicht so schnell vergessen, dass er ihr außerhalb der Stadt begegnet war. Sie setzte ihrerseits ein verlegenes Lächeln auf und trat einen Schritt nach hinten, sich nur allzu sehr der Tatsache bewusst, wie dicht sie gerade beieinandergestanden hatten. Marie hätte jetzt sicher irgendetwas Kokettes gesagt. Und sie hatte recht, hässlich war er nicht, mit diesem geheimnisvollen Halblächeln und den dunklen Augen. Aber was tat das überhaupt zur Sache? Er sollte möglichst wenig an sie denken. Sonst ging ihm eventuell noch auf, dass ihr Verhalten am Stadttor ein wenig verdächtig gewesen war.

»Es tut mir leid!« Eilig bückte sie sich nach seinem Hut, und klopfte den Straßenstaub von dem Filz, bevor sie ihn zurückreichte. »Ich habe nicht aufgepasst.«

Er nahm den Hut entgegen und setzte ihn wieder auf. Als er seinerseits einen Schritt zurück machte und dabei das linke Bein belastete, verzog er kurz das Gesicht. War der Zusammenstoß doch heftiger gewesen, als er sich für sie angefühlt hatte? »Es tut mir schrecklich leid«, sagte sie noch einmal mit Blick auf sein Bein.

Für einen Moment blickte er sie verwirrt an, dann schien er zu verstehen. »Ach, das?« Er klopfte auf sein Bein. »Nein, das war die Pieke eines Unionssoldaten. Keine Sorge.«

Erleichtert atmete Anna auf. Natürlich war er im Krieg gewesen. Niemand, der nicht schon einmal einem Feind gegenübergestanden hatte, nahm es so einfach mit vier Räubern auf.

»Gut«, sagte Anna, weil ihr nichts Besseres einfiel. »Gut. Ich sollte dann weiter.« Sie deutete vage in Richtung von Stromers Laden, machte einen weiteren Schritt von ihm fort. Wahrscheinlich machte sie gerade einen schrecklichen Eindruck, aber das ließ sich nun wohl nicht mehr ändern. Sie holte tief Luft und wandte sich ab.

»Fräulein Anna!«

Verwirrt drehte Anna sich wieder zu von Treist um. Nun war seine Miene vollkommen ernst. Hatte er etwa gerade einen Schaden an seinem Hut entdeckt? Wollte er sich beschweren? Einen Ersatz würde sie ihm sicher nicht bezahlen können.

»Ihr wisst, dass der Tuchhändler Stromer verstorben ist?« fragte er stattdessen.

Anna kämpfte darum, sich ihre Erleichterung nicht anmerken zu lassen. Das hätte wohl etwas unpassend gewirkt. Stattdessen nickte sie. »Er war einer meiner Kunden, und ich dachte, ich sehe mal, ob sein Nachfolger … na ja, die Geschäftsbeziehungen fortführen will.«

»Mein Bruder hat den Tuchhandel vor ein paar Tagen aufgekauft.«

Oh. Das erklärte wohl, warum von Treist hier war. Und das ruinierte nun auch alle ihre Pläne, sich möglichst von ihm fernzuhalten. Aber dafür war es jetzt wahrscheinlich ohnehin zu spät. Stattdessen kratzte Anna alles von ihrer Würde zusammen, das nach dem Zusammenstoß noch übrig war, und richtete sich gerade auf. »Euer Bruder braucht nicht zufällig einen Lieferanten für Packpapier?« Einen Versuch war es vielleicht wert.

Johann von Treists Mundwinkel zuckten. »Geschäftstüchtig.« Dann jedoch wurde er ernst. Für einen Moment schien er seine nächsten Worte abzuwägen. »Ich glaube nicht.« Seltsam, warum klang es so, als wäre es nicht das, was er ursprünglich hatte sagen wollen?

Anna legte den Kopf schief. »Seid Ihr sicher? Mein Packpapier ist von sehr guter Qualität. Vielleicht sollte ich mal mit ihm persönlich sprechen?« Sie setzte ihr bestes Lächeln auf und war für einen Moment versucht, es mit dem Augenaufschlag zu probieren, den Marie so gut beherrschte. Aber im Zweifelsfall machte sie sich damit nur lächerlich.

Von Treist seufzte und schüttelte den Kopf. Wieder schien er seine nächsten Worte abzuwägen, dann trat er erneut dichter heran. Annas Herz schlug schneller, als er sich ein wenig zu ihr vorbeugte.

»Ich weiß, dass ihr Waren geschmuggelt habt«, sagte er so leise, dass es niemand sonst hören konnte. »Ihr habt euch nicht allzu geschickt angestellt.«

Schlagartig wurde Annas Mund staubtrocken. Sie leckte sich die Lippen, versuchte etwas zu finden, was sie sagen konnte, aber ihr Kopf war wie leergefegt. Konnte sie denn nicht einmal Glück haben?

»Mir ist es gleich«, fuhr von Treist fort, und ein zarter Funke Hoffnung glomm in Anna auf. »Ich will Euch nichts

Böses. Aber mein Bruder wird es nicht mögen, und je mehr Ihr mit ihm zu tun habt, desto größer ist die Wahrscheinlichkeit, dass er es herausfindet.« Er musterte sie einen Moment lang unter der Krempe des Huts hervor. »Vor allem, wenn Ihr eine Gewohnheit daraus machen wollt.«

Anna schluckte. Doch langsam wich der erste Schreck von ihr. Er konnte es nicht mit Sicherheit wissen. Vielleicht hatte er etwas Verdächtiges bemerkt, aber er konnte die Lumpen in ihrem Versteck nicht gesehen haben. Vielleicht war das ein Trick. Der Versuch, sie dazu zu bringen, etwas zuzugeben. Also holte Anna tief Luft. »Ich weiß nicht, wovon Ihr redet.«

Das brachte ihr ein anerkennendes Lächeln ein. »Natürlich nicht«, sagte er und richtete sich wieder auf. Dann fuhr er in normaler Lautstärke fort. »Ich kann Euch gerne meinem Bruder vorstellen, falls Ihr immer noch Interesse daran habt, mit ihm Geschäfte zu machen.«

Oh, dieser hinterhältige Bastard! Mit leicht schiefgelegtem Kopf musterte er sie aufmerksam. Wenn sie jetzt ablehnte, würde sie zugeben, dass er recht hatte, oder nicht? Aber wenn sie zustimmte, begab sie sich vielleicht tatsächlich in Gefahr. Was für einen Grund sollte Johann von Treist sonst haben, sie zu warnen?

Für einen Moment rasten Annas Gedanken bei dem Versuch, eine Entscheidung zu fällen. Sie hatte auch ohne den Stromer'schen Tuchhandel genug Kunden. Es war wirklich besser, nichts zu riskieren.

Anna holte tief Luft. »Danke für das freundliche Angebot. Aber normalerweise meide ich Leute, die mir haltlose Anschuldigungen an den Kopf werfen.«

In Johann von Treists Augen blitzte es amüsiert und er nickte anerkennend. Oder zumindest schien es Anna fast so, bevor sie mit hoch erhobenem Kopf kehrtmachte und davonstolzierte.

Selbst als sie drei Straßen weiter war, klopfte ihr das Herz noch immer bis zum Hals. Hoffentlich hatte er es ernst gemeint, dass er ihr nichts Böses wollte. Was sollte sie tun, wenn er irgendjemandem von seinem Verdacht erzählte? Früher oder später würde ihr gesammelter Lumpenvorrat wieder zur Neige gehen und dann würden sie erneut ins Umland hinaus müssen.

Nervosität sorgte dafür, dass Anna ihre Schritte beschleunigte. Sie musste mit Marie und Paul reden. Vielleicht konnten sie gemeinsam besser einschätzen, was von dieser ganzen Situation zu halten war.

KAPITEL 8

Johann sah Anna Pecht nach, während sie davonging. Er hatte ihr keine Angst einjagen wollen, aber ihm war keine andere Möglichkeit eingefallen, wie er sie dazu bringen konnte, sich von seinem Bruder fernzuhalten. Er konnte ihr immerhin schlecht sagen, dass Bartholomäus dazu tendierte, Konkurrenz auf sehr endgültige Weise loszuwerden. Trotzdem war ein Teil von ihm erleichtert, dass sie mehr mit Trotz als mit Furcht regierte hatte. Leise lächelte er in sich hinein.

»So, wie du ihr nachschaust, solltest du ihr besser schleunigst nachlaufen und dich für dein schreckliches Verhalten entschuldigen.«

Als Johann sich umdrehte, stand Sybille in der schmalen Gasse, die hinter das Haus führte. An ihrem Arm hing ein Korb und wie es sich für eine Witwe gehörte, trug sie schwarz.

Eine ihrer Bedingungen für den Verkauf des Tuchhandels war es gewesen, dass Bartholomäus nur Stromers Ware und seinen Laden kaufte, der Rest des Hauses aber weiterhin ihr gehörte – etwas, dem Bartholomäus nur sehr widerwillig zugestimmt hatte. Aber so mussten sie und ihre Kinder sich kein neues Heim suchen.

Nun funkelten ihre Augen amüsiert, während sie Johann

musterte. »Ich habe bisher gedacht, du hast bessere Manieren, Johann.«

Wenn er überhaupt jemandem alles über Anna Pecht erzählen konnte, dann wohl Sybille, aber für den Moment war es sicher besser, wenn so wenige Leute wie möglich das Geheimnis der Papiermüllerstochter kannten. Also schüttelte er nur den Kopf. »Ich hatte genau die Wirkung, die ich haben wollte.«

»Wirklich?« Sybille sah ihn skeptisch an. »Dann hat es wohl nur so ausgesehen, als hättest du ihr verträumt und ein wenig traurig hinterhergeschaut.«

Johann warf ihr einen düsteren Blick zu, der nur zur Hälfte ernst gemeint war. »Das hat es.«

Sybille lachte und schob sich an Johann vorbei aus der Gasse. »Wenn du es sagst, wird es wohl stimmen. Dann solltest du allerdings nicht hier herumstehen und Löcher in die Luft starren. Hattest du nicht gesagt, dass du zu Hause erwartet wirst?«

»Da es Bartholomäus ist, der auf mich wartet, wird er es überleben, wenn ich ein wenig zu spät komme.« Bartholomäus hatte angekündigt, am Abend mit ihm sprechen zu wollen. Johann hatte die Zeit davor genutzt, um kurz nach Sybille und ihren Kindern zu sehen, wie er es öfter in letzter Zeit tat. Irgendjemand musste ja sicherstellen, dass Bartholomäus sich an die Vertragsbedingungen hielt, denen er zugestimmt hatte.

Sybille wiegte den Kopf. »Wenn du wirklich Einfluss auf ihn nehmen willst, wirst du dir genau überlegen müssen, wann du ihn ärgern willst und wann es besser wäre, ihn bei guter Laune zu halten.«

Natürlich hatte sie recht. Dennoch verzog Johann das Gesicht, und Sybille legte ihm kurz die Hand auf die Schulter. »Ich kann verstehen, dass du ihn hin und wieder daran erinnern willst, dass er nicht über dich verfügen kann wie es ihm gerade beliebt. Ich meine nur, dass du deine Schlachten weise wählen solltest.«

Johann seufzte, nickte aber. »Natürlich.« Manchmal war es schwer zu glauben, dass Sybille Stromer vor ein paar Wochen noch verzweifelt um seine Hilfe gebeten hatte. Inzwischen schien es, als könne das Schicksal ihr kaum etwas entgegensetzen, das sie tatsächlich erschüttern könnte. »Ich werde daran denken.«

Sie nickte zufrieden, dann wandte sie sich ab und eilte in Richtung Markt davon.

Als Johann das Haus seiner Eltern erreichte, hatte Bartholomäus bereits zu Abend gegessen.

»Er ist nicht in guter Stimmung«, flüsterte Margarete Johann zu.

Er nickte. »Danke.«

Johann fand seinen Bruder mit einem Becher Wein am großen Tisch des Speisesaals. Am anderen Ende des Tisches lag ein unberührtes Gedeck. Ohne ein Wort nahm Johann davor Platz. Während Bartholomäus düster in seinen Becher starrte, häufte Johann sich Hirse auf den Teller. Er hatte nicht vor, sich das Abendessen davon verderben zu lassen, dass sein Bruder einen schlechten Tag gehabt hatte.

»Verfluchtes, undankbares Gesocks«, murmelte Bartholomäus schließlich.

»Willst du mir tatsächlich etwas mitteilen oder macht es dir einfach Spaß, in Rätseln vor dich hin zu murmeln?«, fragte Johann.

Bartholomäus starrte ihn missmutig an, was Johanns Laune nur hob. Er konnte sich ein leichtes Grinsen nicht verkneifen. »Ich meine nur, dass ich es vielleicht wissen müsste, wenn du erwartest, dass ich dir tatsächlich Aufmerksamkeit schenke.«

Sein Bruder deutete mit dem Weinbecher auf ihn. »Du warst schon wieder bei Sybille Stromer, nicht wahr? Du hast immer viel zu gute Laune, nachdem du sie besucht hast.«

Natürlich konnte man sich darauf verlassen, dass Bartholomäus jegliche gute Stimmung schnell zunichte machte. Johann hob die Schultern. »Ich schätze sie«, sagte er, ohne den Rest der Frage zu beantworten.

Bartholomäus schnaubte. Dann allerdings richtete er sich ein wenig gerader auf. »Es gibt nicht genügend ehrliche Arbeit für all die Flüchtlinge«, sagte er.

»Ich sehe die Bettler auf den Straßen genauso wie du.« Worauf wollte sein Bruder hinaus? Sicher war er nicht um das Wohlergehen der vom Krieg entwurzelten Menschen besorgt.

»Oh, ich habe kein Problem mit den Bettlern.« Bartholomäus gestikulierte mit dem Becher, sodass beinahe ein wenig Wein herausschwappte. »Die lernen schnell, wo sie sitzen dürfen und wo nicht und an wen sie einen Teil ihrer Einnahmen abgeben müssen. Nein, was mich wirklich ärgert, sind die Leute, die meinen, sie seien schlauer.«

Johann schob sich einen Löffel mit Hirse in den Mund und legte fragend den Blick schief.

»Du wirst nicht glauben, wer mir heute untergekommen ist. Ein pfiffiger junger Mann, der im Keller seines Onkels einen primitiven Branntwein panscht und ihn außerhalb der Schankzeiten auf der Straße verkauft.«

»Das klingt doch nach jemandem, mit dem du dich wunderbar verstehen solltest. Dieselbe Art von Geschäftssinn. Ist das nicht sogar etwas, was einige deiner Leute auch tun?«

Bartholomäus hielt darin inne, einen Schluck Wein zu trinken, und starrte Johan mit zusammengezogenen Brauen über den Becher hinweg an. Nach einem Moment ließ er selbigen sinken. »Wenn meine Leute es tun, werde ich an den Gewinnen beteiligt.«

Johanns gute Laune war inzwischen vollständig wiederhergestellt. Mit einem Grinsen lehnte er sich zurück. »Hat er sich geweigert, für dich zu arbeiten?«

Bartholomäus nickte. »Nicht nur das, er hat inzwischen nicht wenige Leute, die für ihn arbeiten, und meint wohl, er könne es mit mir aufnehmen.«

Johann nahm einen weiteren Löffel Hirse. »Ich muss sagen, ich bin beeindruckt.«

»Johann!«, protestierte Bartholomäus. »Ich dachte, du wolltest dich mehr für die Familiengeschäfte interessieren.«

»Ich interessiere mich dafür. Ich höre dir zu, oder nicht?« Dann allerdings musste Johann an das denken, was Sybille zuvor gesagt hatte. Vielleicht sollte er Bartholomäus wirklich nicht grundlos ärgern, auch wenn es Spaß machte. Er seufzte und legte sein Besteck beiseite, lehnte sich ein wenig vor. »Was sagen die Leute des Jungen dazu?«

Bartholomäus blinzelte verwirrt. »Was?«

»Die Leute, die für den Jungen arbeiten«, erklärte Johann mit so viel Geduld, wie er aufbringen konnte. »Du hast ihnen allen angeboten, für dich zu arbeiten, oder nicht?« Nun, selbst angeboten hatte er es natürlich nicht. Für so etwas hatte Bartholomäus seine Leute.

»Das sind nur irgendwelche Halsabschneider.« Bartholomäus winkte ab.

Johann verdrehte die Augen. Sein Bruder war gefährlich intelligent, aber manchmal versperrte ihm sein Stand den Blick auf wichtige Erkenntnisse. »Ohne seine Leute wird dein junger Konkurrent sich kaum so stark fühlen wie im Moment. Ein Offizier ist nichts ohne seine Armee, nicht wahr?«

Noch immer eher skeptisch wiegte Bartholomäus den Kopf. »Allerdings müsste man erst jeden Einzelnen finden und mit ihm sprechen, und nicht alle werden sich überzeugen lassen. Es wäre eine Menge Arbeit. Deutlich mehr, als dem Biest einfach den Kopf abzuschneiden und den Vorfall als Exempel dafür zu verwenden, was mit denjenigen geschieht, die meinen Geschäften in die Quere kommen.«

»Davon müsstest du allerdings erst mich überzeugen. Deshalb erzählst du mir davon, nicht wahr?« Johann nahm er sein Besteck wieder auf und aß langsam weiter, versuchte, sich möglichst unberührt zu geben. Für seinen letzten Mord sollte demnächst ein Unschuldiger hingerichtet werden, und das schmeckte ihm immer noch nicht, obwohl Bartholomäus ihm versichert hatte, dass ›unschuldig‹ den Mann wirklich nicht zutreffend beschrieb.

»Ich dachte, wir arbeiten jetzt zusammen, Bruder.« Bartholomäus schenkte Johann sein bestes Kaufmannslächeln.

»Und habe ich dir in letzter Zeit nicht viele Gefallen getan? Eine Hand wäscht die andere, wie es so schön heißt.«

Natürlich, das musste ja kommen. Johann holte tief Luft, um nicht schon wieder wütend zu werden. Immerhin sah Bartholomäus davon ab, ihm noch mal zu drohen, sei es nun direkt oder indirekt.

»Wie wäre es mit einer Wette?«, schlug Johann vor. Er hatte eine Idee, war sich nur noch nicht sicher, ob sie funktionieren würde.

Zweifelnd zog Bartholomäus eine Braue in die Höhe. »Ich neige nicht zum Glücksspiel.«

»Oh, das hier wird dir gefallen.« Ganz so sicher war sich Johann da noch nicht, aber es war einen Versuch wert.

Bartholomäus beugte sich vor. »Ich höre.«

Sehr gut. »Du versuchst es auf meine Art«, erklärte Johann. »Mach ihm zumindest ein Drittel seiner Männer abspenstig. Dann rede ich mit ihm. Wenn er danach bereit ist, für dich zu arbeiten, hörst du das nächste Mal gleich auf mich.«

Nachdenklich strich sich Bartholomäus über das Kinn. »Und wenn ich recht habe und es nicht funktioniert?«

»Dann sorge ich dafür, dass er dir nicht mehr in die Quere kommt.« Die Worte kamen nur schwer über Johanns Lippen, aber irgendetwas musste er anbieten, damit Bartholomäus seinerseits Zugeständnisse machte. Immerhin, er hatte Bartholomäus nicht versprochen, den Jungen zu töten. Das ließ ihm die Möglichkeit, noch einen anderen Weg zu finden. Dennoch spielte er hier mit dem Leben eines Menschen, aber wenn er Bartholomäus beweisen konnte, dass es sich lohnte, auf ihn zu hören, würde er in Zukunft viel mehr bewirken können.

Und vielleicht, ganz vielleicht, konnte er seinen Bruder sogar zum Umdenken bewegen. Ihm zeigen, dass rücksichtsvoller vorzugehen nicht immer weniger lukrativ sein musste.

Nun trat ein interessiertes Funkeln in Bartholomäus' Augen. »Tatsächlich?«

Johann nickte. »Tatsächlich.« Die meisten Leute waren feige. Sein Plan würde funktionieren. Er musste funktionieren.

Bartholomäus schien das anders zu sehen. Er lächelte. »Einverstanden.«

Wenige Tage später folgte Johann im Licht des Mondes dem jungen Mann eine enge Gasse hinunter. Bartholomäus hatte seinen Teil der Abmachung eingehalten, jetzt war es an ihm, dasselbe zu tun.

Der Name war Hans, er war zuvor Knecht auf einem Hof nahe Fürth gewesen, und ein kurzer Blick, den Johann im Licht, das aus der Tür einer Schenke gefallen war, auf sein Gesicht erhascht hatte, hatte glatte Züge und ein jungenhaftes Grinsen enthüllt. Er war vielleicht achtzehn Jahre alt, höchstens neunzehn.

Nun blickte er sich immer wieder nervös um. Er hatte Johann bemerkt. Viel nützen würde ihm das nicht.

Hans bog um eine Hausecke in eine noch engere Gasse, und Johann bückte sich, um einen losen Pflasterstein aufzuheben. Hier, nahe der Stadtmauer, waren die Straßen nicht in gutem Zustand, genau wie die Häuser und die Menschen, die darin lebten. Und niemand würde wagen, sich in das einzumischen, was gleich geschah.

Als Johann ebenfalls um die Ecke bog, beschleunigte Hans seine Schritte. Johann holte aus und warf.

Der Stein traf Hans zwischen die Schulterblätter. Er stieß einen erstickten Schrei aus und stolperte einen Schritt nach vorne. Bevor er sein Gleichgewicht zurückgewinnen konnte, hatte Johann zu ihm aufgeholt, ihn gepackt und gegen die nächste Hauswand gestoßen. Der Aufprall trieb dem jungen Mann die Luft aus den Lungen, und so sog er sie nur erschrocken wieder ein, als Johann ihm ein Messer an die Kehle setzte.

»Keinen Mucks, und hört mir zu.«

Der Junge deutete ein Nicken an, die Augen groß und ängstlich.

»Du wurdest gewarnt«, fuhr Johann fort, »was deine Geschäfte angeht.«

Nun begann Hans' Unterlippe zu zittern. Er würde doch nicht etwa weinen? Oh nein.

»Bitte«, brachte er mit bebender Stimme hervor, »meine Familie, wir brauchen das Geld.«

Das konnte Johann sich gut vorstellen. Seine Finger verkrampften sich um das Messer. »Nun, meine Auftraggeber sind nicht herzlos«, behauptete er, obwohl das nun wirklich nicht stimmte. »Deshalb bekommst du noch eine Chance. Einmal die Woche wird jemand kommen, die Hälfte deiner Gewinne einstreichen und dir sagen, in welchen Bereichen der Stadt du deine Geschäfte führen darfst. Verstanden?«

»Vor ein paar Tagen war noch die Rede von einem Drittel«, protestierte der junge Mann.

»Aber das Angebot hast du ausgeschlagen, nicht wahr?« Bartholomäus hatte darauf bestanden, dass man nicht zu freundlich mit aufmüpfigen Jungspunden umgehen durfte, aber Johann konnte sich vorstellen, was das wahrscheinlich für die Familie des Jungen bedeutete.

»Ich kann nicht …«

Johann seufzte. Allzu schlau war Hans wohl auch wieder nicht. Er erhöhte den Druck der Klinge, und der Junge verstummte sofort. »Ein drittes Angebot wird es nicht geben.«

Erneut bebte Hans' Unterlippe. »In Ordnung, in Ordnung! Ich nehme das Angebot an.«

»Sehr klug.« Johann trat einen Schritt zurück. »Morgen früh wird dir jemand einen Besuch abstatten. Sei zu Hause.«

Mit diesen Worten drehte er sich um und ging davon. Nur mit Mühe unterdrückte er ein Schaudern. Ein unangenehmes Kribbeln wie von unzähligen Insektenbeinen kroch über seine Haut und weckte in ihm das Bedürfnis nach einem Bad. Er hatte gedacht, zumindest ein wenig Triumph zu verspüren. Er hatte immerhin seinen Kopf durchgesetzt. Das nächste Mal würde Bartholomäus gleich auf ihn hören müssen. Aber er fühlte nichts außer Erschöpfung und Ekel vor sich selbst.

Hinter ihm zog Hans Rotz hoch und spuckte aus.

Es war wahrscheinlich vor allem die Wut auf Bartholomäus und sich selbst, die Johann herumwirbeln ließ. Der Junge erstarrte sofort. »Ich habe dir gerade das Leben gerettet, dummer Junge! Jetzt verschwinde schon! Lauf nach Hause und tu, was man dir sagt! Das nächste Mal werfe ich etwas Schärferes als einen Stein!«

Endlich schien zu Hans durchzusickern, in welcher Gefahr er schwebte. Er fuhr auf dem Absatz herum und rannte davon.

Wieder wartete Bartholomäus mit einem Becher Wein auf ihn, den Johann in einem Zug hinunterstürzte. Er war klug genug, nichts zu sagen, bis Johann von sich aus sprach.

»Er hat sich deinen Bedingungen gefügt.«

Bartholomäus nickte anerkennend. »Wir werden sehen, für wie lange.«

»Das nächste Mal wirst du direkt auf meinen Rat hören, egal, ob er noch mal Ärger macht oder nicht.«

Bartholomäus lächelte. »Sehr gerne. Das hast du dir verdient.«

Johann schnaubte. Für den Moment war er sich nicht sicher, ob er sich überhaupt für den richtigen Pfad entschieden hatte.

KAPITEL 9

Anna eilte durch enger werdende Gassen an Häusern vorbei, deren Fassaden immer schäbiger wirkten, je weiter sie kam. Sie besuchte Marie und Paul nicht oft, und der Gestank, der ihr nun aus den Rinnsteinen in die Nase stieg, erinnerte sie auch daran, warum. Genauso wie die misstrauischen Blicke, die ihr die Menschen auf der Straße nachschickten. Im Vergleich zu den Lumpen, die viele Leute hier trugen, stach sie mit ihrem einfachen, aber sauberen Kleid hervor. Anna raffte ihre Röcke, damit sie nicht durch den Unrat am Boden schleiften, straffte die Schultern und ging zügig, aber nicht zu schnell weiter. Solange sie so aussah, als hätte sie hier zu tun, würde man sie in Ruhe lassen. Wer allerdings verloren und ziellos durch diese Straßen wanderte, rief sich damit praktisch selbst als Opfer aus.

Das Gedränge in dieser Gegend Nürnbergs schien seit ihrem letzten Besuch schlimmer geworden zu sein. Am Straßenrand und in den Hauseingängen saßen überall zusammengesunkene Gestalten. Sie sahen Anna nur müde hinterher. Das hier waren keine Bettler. Die hielten sich meistens in der Nähe der Kirchen auf. Die Menschen hier wirkten, als hätten sie jede Hoffnung aufgegeben, von irgendwem Hilfe zu bekommen.

Als Anna die unscheinbare, gedrungene Hütte erreichte, die Marie und Paul ihr Zuhause nannten, atmete sie erleichtert auf. Sie klopfte an die windschiefe Tür.

Marie war es, die öffnete. Überrascht runzelte sie die Stirn, als sie Anna entdeckte.

Anna holte tief Luft. »Johann von Treist weiß, was wir getan haben.«

Maries Augen wurden groß. »Was?«

»Na ja, zumindest ahnt er etwas. Ich …« Mit einem Mal stürzte alles auf Anna ein. Nun erst drang wirklich zu ihr durch, was diese neue Entwicklung bedeutete. Was, wenn Johann von Treist sie doch verriet? Was, wenn sie ihre neue Möglichkeit, ihre Mühle über Wasser zu halten, bereits wieder aufgeben musste? Sie stockte und musste schlucken, bevor sie weitersprechen konnte. »Ich weiß nicht, was ich tun soll.«

»Oh Anna.« Marie ergriff Anna bei den Schultern und zog sie in eine Umarmung. »Komm herein. Wir werden uns etwas überlegen.«

Wenig später saßen sie auf einigen Fässern und Kisten in dem kleinen Hinterhof von Marie und Pauls Haus. Hier stank es nach den Ausdünstungen einer nahen Gerberei, aber drinnen im Haus roch man die Lumpen, die die Geschwister sammelten, und draußen gab es zumindest frische Luft. Paul saß neben seiner Schwester, und beide hörten Anna aufmerksam zu, als sie berichtete, was sich bei Stromers Tuchhandel zugetragen hatte.

Schließlich runzelte Paul die Stirn. »Er hat also versucht, dich zu warnen?«

Anna hob die Schultern. »Vielleicht wollte er mich auch einfach nur dazu bringen, seinen Verdacht zu bestätigen?«

»Was du nicht getan hast«, sagte Marie.

Anna nickte und fühlte eine Welle der Erleichterung. Sie hatte sich richtig verhalten und Johann von Treist keinen Anlass für weitere Verdächtigungen gegeben. »Was ich nicht getan habe.«

»Gut.« Paul zog ein Bein auf seine Kiste und stützte die Arme darauf, während er das andere baumeln ließ. Annas Blick blieb an einer zerfasernden Naht an einem seiner Stiefel hängen. »Dann müssen wir beim nächsten Mal einfach noch vorsichtiger sein. Matthias wird schon wissen, wie wir es am besten anstellen.«

Anna verzog das Gesicht. Es war Matthias' Idee gewesen, einfach in einer geschlossenen Gruppe durch das Tor zu gehen. Auf ihn wollte sie sich lieber nicht verlassen. Aber wenn sie sich beim nächsten Mal aufteilten und durch unterschiedliche Tore gingen, funktionierte es vielleicht besser. Sie durften zudem nicht zu oft denselben Trick verwenden, sonst würden die Wachen irgendwann misstrauisch werden. Anna spürte, wie sich die Schockstarre langsam löste, in die von Treists Enthüllung sie versetzt hatte. Sie mussten vorsichtig sein, aber sie konnten weitermachen, wenn sie wollten.

»Ich wüsste nur zu gerne, ob er es ernst gemeint hat, dass es ihn nicht kümmert«, sagte sie schließlich.

»Es könnte gut sein.« Als sowohl Anna als auch Paul sich zu Marie umdrehten, errötete diese ein bisschen und senkte den Blick. »Ich habe … ähm … eventuell ein paar Erkundigungen über Johann von Treist eingezogen.«

Unwillkürlich musste Anna grinsen. »Er hat dich schwer beeindruckt, nicht wahr?«

Marie schnaubte und schob eine entkommene Haarsträhne unter ihre Haube zurück. »Es passiert nicht alle Tage, dass jemand mit wehendem Mantel zu meiner Rettung eilt.«

Paul verdrehte die Augen. »Seit dieser Sache summt sie den ganzen Tag irgendwelche Lieder über Ritter vor sich hin.« Er wandte sich Anna zu. »Und es scheint sie nicht zu kümmern, wenn ich ihr sage, dass sie keinen Edelmann haben kann. Sag du es ihr, Anna!«

Anna blickte zwischen den Geschwistern hin und her. Sich in Streitgespräche zwischen den beiden einzumischen, war nie eine gute Idee. Außerdem gönnte sie Marie ihre glückliche Stimmung. Natürlich war es nur eine Tagträumerei, dass von Treist sich für eine Lumpensammlerin interessierte, aber das wusste Marie sicher genauso gut wie sie alle. »Soweit ich weiß, sind die von Treists vor allem Kaufleute und weniger Edelleute.«

Marie grinste und Paul verdrehte noch einmal die Augen.

»Und«, fuhr Anna schnell fort und sah dabei Marie an, »mich würde jetzt sehr interessieren, was du herausgefunden hast.«

Verschwörerisch beugte ihre Freundin sich vor, und Anna tat es ihr automatisch gleich. »Ich habe jemanden gefunden, der in derselben Einheit gekämpft hat wie er. Von Treist war Feldwebel in Tillys Heer.«

»Das nützt uns wenig«, murmelte Paul.

Marie hob die Hände, um ihm zu bedeuten, sie fortfahren zu lassen. »Geduld! Also, ich habe jemanden gefunden, der in derselben Einheit war, und der sagt, der Johann von Treist hat's mit dem, was gut und richtig ist, nie so genau genommen. Die Obersten mochten das wohl an ihm. Hat man ihm einen Befehl gegeben, ist es erledigt worden, auch wenn man dafür ein paar Regeln brechen musste.«

Anna schluckte. Falls sie diese Neuigkeit beruhigen sollte, erreichte sie ihre Wirkung nicht. Das klang nicht gerade nach einem aufrechten Mann, der ihr Geheimnis wahren würde.

»Man sagt«, fuhr Marie fort, »er habe ihnen einmal eine Schlacht gewonnen, ohne dass sie überhaupt geführt wurde. Da sind sie auf eine gegnerische Einheit gestoßen, die ihnen zwei zu eins überlegen war. Und sie waren alle sicher, dass sie am nächsten Tag sterben würden. Aber der von Treist hat sich in der Nacht weggeschlichen. Und manche sagen, er sei mit Blut an der Uniform zurückgekehrt. Auf jeden Fall kam am nächsten Tag kein Mucks von den Gegnern. Keiner!«

»Marie!«, zischte Anna. »Ich dachte, du wolltest irgendwas Beruhigendes sagen! Das ist schrecklich!«

»Geduld, Geduld.« Marie machte beschwichtigende Handbewegungen. »Was ich nur sagen will, er ist kein aufrechter Bürger, wenn ihr wisst, was ich meine. Es ist ihm vielleicht wirklich egal, ob wir irgendwas schmuggeln. Er wird uns nicht an die Stadtwache verpfeifen.«

Paul wiegte den Kopf. »Außer, er will Anna erpressen.«

Das Gefühl, alles im Griff zu haben, entglitt Anna langsam wieder. »Ihr solltet mir helfen, nicht alles noch schlimmer klingen lassen!«

Paul stieß seine Schwester in die Seite. »Das hast du ganz wunderbar hinbekommen, Marie.«

Beschämt ließ Marie den Kopf hängen. »Tut mir leid. So war es gar nicht gemeint. Ich dachte eher, er passt vielleicht sogar ganz gut zu uns, wisst ihr? Hält sich nicht an Regeln, aber hat sein Herz am rechten Fleck. Schaut, er hat seiner ganzen Einheit das Leben gerettet, oder nicht?« Sie lugte unter dem Rand ihrer Haube zu Anna hinauf. »Und uns doch auch, gegen die Räuber. Ich glaube wirklich, er meint es gut mit dir.«

Anna wünschte sich, sie könnte die Dinge ähnlich positiv sehen wie Marie. »Ich weiß nicht …«

»Wir sollten ihn wirklich sehr genau im Auge behalten«, sagte Paul.

»Ich könnte mich mit den Dienern im Hause Treist anfreunden«, schlug Marie vor. »So was ist immer einfach.«

Anna nickte. »Das ist eine gute Idee. Falls er plant, uns zu verraten, erfahren wir es so vielleicht rechtzeitig. Und so können wir auch immer herausfinden, wo er ist, wenn wir einen neuen Beutezug planen.«

»Anna, du solltest auch freundlich zu ihm sein, wenn du ihm noch mal begegnest«, sagte Paul. »Ich meine nicht, dass er es gut mit uns meint, aber nur für den Fall … Einen einflussreichen Freund zu haben kann nie schaden.«

»Jetzt sag mir bloß nicht, ich soll ihm schöne Augen machen«, drohte Anna.

Paul lachte. »Was, du? Nein, da rechne ich ja selbst Marie bessere Chancen bei ihm aus.«

Endlich jemand, der es einsah! Als Anna schließlich nach Hause aufbrach, fühlte sie sich tatsächlich ein wenig besser.

Beim Betreten der Mühle wehten Anna Stimmen entgegen, die selbst das Geräusch der Stampfer übertönten. Sie klangen wütend.

Eilig schob sie sich an den sich hebenden und senkenden Holzarmen der Stampfer vorbei, die von dem Rad der Mühle angetrieben wurden. Im hinteren Bereich des Raums erwartete sie, ihren Vater bei den Bütten zu sehen. In den letzten Tagen hatte er sich ehrlich bemüht, wenig Ärger zu machen, und sich darüber gefreut, wieder qualitativ hochwertiges Papier schöpfen zu können.

Nun allerdings war Jackel mit dem Schöpfen beschäftigt, und Annas Vater war nirgendwo zu sehen. An der Papierpresse blickte Heinrich auf, als sie näherkam, und deutete auf die Treppe, die nach oben führte. Anna nickte ihm dankend zu und eilte hinauf.

Hier wurden die fertigen Bögen geleimt und zum Trocknen aufgehängt. Derzeit allerdings tropfte der Leim von dem Pinsel nicht auf Papier, sondern auf den Boden, während Annas Vater sich vor einem Besucher aufgebaut hatte.

Der lange Rock des Gastes war an den Schößen fleckig und zerknittert, als hätte er darin geschlafen. Sein Hut sah aus, als sei ihm dasselbe passiert wie früher am Tag dem von Johann von Treist. Als der Mann einen Schritt nach hinten machte und sich halb abwandte, erkannte Anna Ludwig Krämer, einen der Männer, mit denen sich ihr Vater regelmäßig zum Kartenspielen traf. Er war ein niederer Schreiber in der Stadtverwaltung und hätte zu dieser Tageszeit doch eigentlich mit seiner Arbeit beschäftigt sein müssen. Anna runzelte die Stirn.

»Ihr hattet doch gesagt, dass ihr euch gedulden würdet!« Annas Vater machte einen weiteren Schritt nach vorne, sichtlich aufgebracht. »Ich habe es schriftlich! Du kannst nicht einfach …«

Dann entdeckte er Anna und hielt mitten im Satz inne. Mit einem Mal verschwand alle Aggression aus seiner Haltung. »Wir sollten darüber nicht hier reden. Lass uns …« Er machte eine vage Bewegung in Richtung der Treppe.

Doch nun wandte sich auch Ludwig Krämer um, und seine Miene hellte sich auf, als sein Blick auf Anna fiel. Er lächelte, zuckte dann jedoch zusammen und betastete seine Unterlippe, die aufgeplatzt und ein wenig geschwollen war. Was auch immer ihm zugestoßen war, in seiner Schreibstube hatte er sich heute sicher noch nicht aufgehalten. Immerhin war die Verletzung schon verkrustet, also konnte niemand Annas Vater die Schuld geben.

»Fräulein Anna! Wie gut, dass Ihr hier seid! Wisst ihr, ich …«

»Du musst meine Tochter nicht mit meinen Angelegenheiten belästigen«, unterbrach Annas Vater ihn. Anna verzog das Gesicht. Offenbar war es damit, dass er sich bemühte, seinen Stolz zu schlucken und keinen Ärger zu machen, schon wieder vorbei, und er versuchte wie so oft, zu beweisen, dass er seine Probleme selbst lösen konnte. Etwas, das früher oder später immer zu Schwierigkeiten führte.

»Doch, offenbar muss ich das«, widersprach Ludwig Krämer. »Ich gedenke nämlich nicht ohne Geld hier wegzugehen. Es tut mir wirklich leid, aber sieh dir das an!« Er deutete auf seine aufgeplatzte Lippe. »Was denkst du, was sie mit mir machen, wenn ich nicht bald bezahlen kann?«

Offenbar war Annas Vater nicht der Einzige mit Schulden, aber das machte es nun wirklich nicht besser.

Unwillkürlich tastete Anna nach dem Geldbeutel an ihrem Gürtel, in dem unter anderem Endters Bezahlung der letzten Lieferung klimperte. Sie würde demnächst den Arbeitern wieder ihren Lohn geben müssen. Und die nächste normale Lieferung Lumpen von Paul und Marie stand an. Nur weil sie nun auch andere Bezugsquellen hatte, konnte sie sich die nicht entgehen lassen. Zuletzt war da natürlich die nicht unwichtige Kleinigkeit, dass sie und ihr Vater irgendetwas essen mussten.

»Wie viel schuldet er Euch, Herr Krämer?«

»Anna!«, protestierte ihr Vater. »Du solltest nicht ...«

Ja, sie sollte nicht mit dem Geld, das sie brauchte, um das Geschäft am Laufen zu halten, seine Spielschulden bezahlen müssen. Aber wenn er das so dringend vermeiden wollte, musste er eben aufhören zu spielen. »Herr Krämer?«, wiederholte sie scharf, um ihren Vater zu unterbrechen.

Ludwig Krämer lächelte schon wieder, wenn auch diesmal etwas vorsichtiger. »Ich wusste, Ihr seid eine äußerst vernünftige und geschäftstüchtige junge Dame, Fräulein Anna.«

»Wie viel?«

»Fünf Gulden.«

Anna schluckte. Das war die Hälfte von dem, was sie in den vergangenen Tagen eingenommen hatte. »Wie viel davon braucht Ihr sofort?«

In einer beinahe entschuldigenden Geste deutete Krämer erneut auf seine aufgeplatzte Lippe. »Fünf Gulden.«

»Wenn du dich mit gefährlichen Leuten einlässt, ist das nicht unsere Schuld!«, versuchte Annas Vater es noch einmal. »Sicherlich wirst du mit der Hälfte vorerst zurechtkommen. Ich besorge den Rest in Kürze, ich schwöre es!«

Oh nein, wenn ihr Vater versprach, Geld zu besorgen, lief das früher oder später nur darauf hinaus, dass er aus Frust über seine Misserfolge zu viel trank, und dann kam er wieder auf die Idee, die benötigte Summe beim Glücksspiel gewinnen zu können. Eilig öffnete Anna ihren Geldbeutel und zählte fünf Gulden ab. Danach fühlte er sich entmutigend leicht an, aber sie drückte Krämer die Münzen in die Hand, bevor sie es sich anders überlegen konnte.

»Ich will so bald nichts mehr von Euch hören.«

Ludwig Krämer grabschte mit leuchtenden Augen nach dem Geld und nickte eifrig. »Gewiss nicht, Fräulein Anna. Gott segne euch.« Er lupfte seinen verdreckten Hut und eilte die Treppe hinunter, bevor einer von ihnen noch etwas sagen konnte.

Als Anna sich wieder ihrem Vater zuwandte, starrte er sie düster an. »Das muss aufhören. Ich werde den Rest meiner Schulden selbst abbezahlen.«

»Wie denn?« Die Worte waren heraus, bevor Anna darüber nachdenken konnte. Im nächsten Moment presste sie die Lippen aufeinander. Hoffentlich verstand er das nicht als Herausforderung.

»Mir wird schon etwas einfallen.« Natürlich verstand er es als Herausforderung. Er würde ganz sicher demnächst wieder in Schwierigkeiten geraten. Anna holte tief Luft, um nicht noch einmal etwas Unüberlegtes zu sagen. »Vater, bitte. Bleib einfach in der Mühle. Die Geschäfte laufen gerade gut. Es wird sich alles richten.«

Ihr Vater schnaubte. »Hast du gesehen, wie sich Ludwig an dich gewandt hat, kaum, dass du hier warst? Als wäre ich ein unvernünftiges Kind!«

Anna presste die Lippen aufeinander, um nicht darauf hinzuweisen, dass er sich oft genug genau so benahm.

»Du bist meine Tochter, Anna!«

Fing er damit schon wieder an. Anna seufzte. Nicht schon wieder streiten. Streiten würde alles nur schlimmer machen. »Diese Bögen müssen heute noch geleimt werden.« Sie deutete auf den Stapel, dem sich ihr Vater bisher noch nicht gewidmet hatte. »Das wäre sehr wichtig.«

Das war es nicht, die nächste Auslieferung stand erst übermorgen an. Aber alles, was ihn in der Mühle hielt, war einen Versuch wert.

»Mach dir keine Sorgen«, gab er zurück. »Das werden sie.«

Anna rang sich ein Lächeln ab. »Danke.«

Doch während sie die Treppe hinuntereilte, wusste sie, dass sie sich nur ein wenig Zeit erkauft hatte. Sie musste die Schulden ihres Vaters schnell abbezahlen. Nicht, weil Gefahren von seinen Schuldnern ausging. Nein, die größere Gefahr drohte von ihm selbst.

Noch einmal wog sie den Geldbeutel in ihrer Hand. Dort waren kaum mehr genug Münzen drin, um die Arbeiter zu entlohnen. Paul und Marie wären sicher bereit, eine Weile auf ihr Geld zu warten, aber auch sie mussten essen.

Am Fuß der Treppe blieb Anna stehen. Für einen Moment ließ sie den Blick durch den Raum schweifen. Heinrich drehte gerade mit aller Kraft an den Rädern der Presse, während Wasser aus dem dazwischen gespannten Bogen tropfte. An der anderen Seite stand Kurt und erledigte dieselbe Arbeit einhändig, seine Linke nur noch ein verbundener Stumpf. Der Bader hatte die Hand amputieren müssen, um das Wundfieber einzudämmen. Kurt weiter in der Mühle zu beschäftigen war eigentlich unvernünftig, aber Anna fühlte sich schlecht bei dem Gedanken, ihn auf die Straße zu setzen.

Jackel schöpfte immer noch Bogen um Bogen an den Bütten. Weitere Männer stapelten die fertigen Bögen und überprüften den Zustand des Hadernbreis in den Bottichen der Stampfer. Das hier war Annas Leben. Sie wusste nicht, was sie tun würde, sollte sie es verlieren.

Schließlich gab sie sich einen Ruck und ging zur Presse hinüber. »Heinrich, kann ich kurz mit dir sprechen?«

Der Mühlenbaumeister warf ihr einen besorgten Blick zu, nickte aber und winkte jemanden von den Stampfern heran, um seinen Platz einzunehmen.

Anna zog ihn hinter die Stampfer, wo sie über den Lärm sicher niemand hören würde. Das sorgte nur dafür, dass sich Heinrichs Stirn noch mehr in Falten legte. »Haben wir ein großes Problem?«, fragte er schließlich.

Anna wiegte den Kopf. »Das kommt darauf an. Was würdest du davon halten, wenn wir demnächst Schreibpapier machen?« Allein die Worte auszusprechen, machte die Idee plötzlich greifbarer als zuvor, führte ihr noch einmal vor Augen, wie verrückt sie war. Da war sie also und ging doch ein zusätzliches Risiko ein. Aber was sollte sie sonst tun?

Heinrichs Blick hellte sich auf. »Wie ist es dir gelungen, das Privileg dafür zu bekommen?«

Anna holte tief Luft. Nun würde sich wohl zeigen, wie loyal der alte Mühlenbaumeister war. Aber sie würde es schlecht vor ihm geheim halten können, wenn sie plötzlich hochwertige, reinweiße Bögen pressten anstelle des graubraunen Packpapiers.

»Wir haben kein Privileg.«

Sofort fiel Heinrichs erfreute Miene in sich zusammen. Mit einem Seufzer fuhr er sich durch das ergrauende Haar.

»Kind, ich weiß, dass du irgendein krummes Geschäft gemacht hast, als du vor einer Weile fort warst, aber ein Privileg zu verletzen ist noch einmal etwas anderes. Sie werden die gesamte Mühle schließen.«

»Ich werde die gesamte Mühle schließen müssen, wenn mir nicht bald etwas einfällt.« Sie hielt Heinrich den fast leeren Geldbeutel hin und wackelte damit, um zu verdeutlichen, wie leer er war. »Mein Vater schuldet seinen Freunden ein kleines Vermögen, und wenn wir nicht aufpassen, zieht er bald los und macht neue Schulden in dem Versuch, die alten abzubauen.«

Für einen Moment starrte Heinrich nur mit düsterer Miene den Geldbeutel an. Schließlich schüttelte er den Kopf. »Würde es helfen, dass ich gestern einen Händler kennengelernt habe, der Waren nach Heilbronn ausbringen will und für einige empfindlichere Ballen Tuch noch heute Packpapier benötigt?«, fragte er schließlich.

Anna konnte nicht verhindern, dass ihr ein erleichterter Seufzer über die Lippen kam. »Das würde helfen.« Vielleicht kam dadurch schon genug zusammen, um sowohl Paul und Marie als auch die Arbeiter zu bezahlen. Das würde ihr etwas Zeit verschaffen, um den Verlust, den sie gerade gemacht hatte, durch normale Aufträge wieder hereinzuholen.

Heinrich lächelte. »Dann nehme ich einen Handkarren und bringe den Auftrag gleich noch aus.«

Anna nickte. »Danke.«

Der alte Mühlenbaumeister klopfte ihr auf die Schulter. »Gerne.«

Als Anna sich bereits abwandte, um wieder an die Arbeit zu gehen, rief er sie noch einmal zurück. »Hör zu, Anna. Solange du achtgibst, werde ich nicht fragen, woher du neue Lieferungen Lumpen bekommst. Es sind schwere Zeiten. Aber ich will kein Gerede mehr über das Verletzen von Privilegien hören, ja? Wir sind ein ehrlicher Handwerksbetrieb. Wir verdienen unser Auskommen mit ehrlicher Arbeit.«

»Ja, natürlich.« Anna lächelte, aber gleichzeitig fühlte sie sich wie eine Lügnerin. Wieder dachte sie an das Leinentuch unter ihrer Matratze. Vielleicht brauchte sie es nie. Sie wäre nicht traurig, es nie zu brauchen. Aber es war gut, es zu haben. Nur für den Fall, dass nichts anderes mehr funktionierte.

KAPITEL 10

Nun, da Bartholomäus ernsthaft hoffte, Johann für das Familiengeschäft zu interessieren, gab er mehr und mehr Geheimnisse preis. Er mochte den Großteil der illegalen Geschäfte in der Stadt kontrollieren, aber die wenigsten wussten, dass er derjenige war, der im Hintergrund die Fäden zog. Eine Handvoll Männer und Frauen überwachten für ihn die verschiedenen Bereiche, in die er sein Geld investiert hatte.

Nach und nach erfuhr Johann ihre Namen, auch wenn Bartholomäus sie ihm nie persönlich vorstellte. »Sie müssen nicht wissen, was du für mich tust«, sagte Bartholomäus schlicht. »Du bist mein Ass im Ärmel. Lass sie denken, du hast weiterhin nichts mit den Familiengeschäften zu tun.«

Als Johann das Sybille gegenüber erwähnte, strich sie sich nachdenklich über das Kinn. »Zum einen ergibt es Sinn, zum anderen stellt er so sicher, dass du nicht aus Versehen etwas erfährst, von dem er nicht will, dass du es weißt.«

Johann nickte. »Ich schätze, er vertraut mir genauso wenig wie ich ihm.«

Sybille lächelte dünn. »Familie, ist sie nicht immer wieder eine Freude?«

Was Bartholomäus allerdings gern tat, war, sich Johann gegenüber über die Dinge zu beschweren, die nicht so liefen, wie er sich das wünschte. An diesem Tag saß Johann bereits beim Abendessen, als Bartholomäus wütend hereingestapft kam, dicht gefolgt von Margarete, die noch dabei war, ihm Hut und Mantel abzunehmen. Soweit Johann es wusste, war er im Rathaus gewesen.

»Sie haben das Gesuch abgelehnt!«, polterte Johanns Bruder. »Abgelehnt! Kannst du dir das vorstellen?«

Johann machte sich nicht die Mühe, von seinem Essen aufzusehen. »Möchtest du von vorne beginnen, damit ich deinen Ausführungen tatsächlich folgen kann?«

Bartholomäus schnaubte. Er winkte Margarete fort, die aus dem Zimmer eilte, und ließ sich in den Stuhl gegenüber Johann fallen. Für einen Moment häufte er sich schweigend Essen auf den Teller. »Sie weigern sich, die gesperrten Handwerke zu öffnen«, sagte er schließlich.

Johann kaute nachdenklich. Er wusste, dass es Handwerksberufe gab, die rein auf Nürnberg beschränkt waren. Wer das Brillenmachen, die Goldspinnerei oder das Kompassmachen lernen wollte, musste ein Nürnberger Bürger sein. Meister in diesem Beruf durften nicht in eine andere Stadt ziehen und nur sehr eingeschränkt reisen. Bartholomäus' Problem verstand er allerdings nicht. »Ist das nicht gut?«, fragte er. »Ich dachte, es sind gesperrte Handwerke, weil niemand außerhalb von Nürnberg alle ihre Geheimnisse kennt. Solltest du dich nicht freuen, Waren in alle Welt verkaufen zu können, die es nur hier gibt?«

Bartholomäus schüttelte den Kopf. »Das haben diese Nichtsnutze im Rat auch gesagt. Und dir lasse ich es noch durchgehen, du bist Soldat, kein Kaufmann.«

»Zu großzügig.«

Offensichtlich verärgert über die Unterbrechung deutete Bartholomäus mit seinem Löffel auf Johann. »Aber die im Rat, die sollten es besser wissen. Nürnberg ist nicht die einzige Stadt mit Geheimnissen. Es wäre klüger, Geheimnisse gegen Geheimnisse zu tauschen. Zu handeln. Gib denen im Norden ein bisschen Zeit, und sie kommen selbst darauf, wie man eine Brille herstellt. Man muss Geheimnisse verkaufen, solange sie noch Geheimnisse sind. Das ist wie mit frischem Brot.«

Unwillkürlich musste Johann schmunzeln. Bartholomäus dabei zuzusehen, wie er sich über irgendetwas aufregte, entwickelte sich zu einer seiner liebsten Freizeitbeschäftigungen. »Aber du verkaufst sie doch trotzdem.«

»Natürlich«, sagte Bartholomäus beinahe beleidigt. »Aber es wäre leichter, wenn der Rat es erlauben würde. Manche dieser Handwerker wollen sich immerhin tatsächlich an die Weisungen des Rates halten.«

Wieder musste Johann schmunzeln. »Kaum zu glauben.«

Bartholomäus schnaubte und beugte sich über sein Essen. »Immerhin konnte ich einen Brillenmacher …«

Ein Klappern in der Küche ließ Johann aufblicken. Es war kein allzu lautes Geräusch. Bartholomäus schien es nicht gehört zu haben, denn er plapperte fröhlich weiter. Dennoch, wenn er das Klappern hörte, dann hörte man auf der anderen Seite, worüber sie hier sprachen.

Johann hob eine Hand und sein Bruder verstummte. Nun, zumindest hörte er auf über das zu reden, worüber er soeben noch geredet hatte. »Johann, was ist?«

Ohne zu antworten stand Johann auf, ging zur Küchentür hinüber und öffnete sie.

Das neue Mädchen schrubbte in einem großen Bottich einen Topf und sah beim Geräusch der Tür auf. Als sie Johann erkannte, wurden ihre Augen groß, aber ein wenig ängstlich sah sie ihn ja immer an. Er wollte sich schon wieder abwenden, da fiel sein Blick auf einen Eimer dicht neben der Tür zur Stube. Er war umgefallen, was sicher ein Klappern verursacht hatte.

Das Dienstmädchen folgte seinem Blick und wurde bleich. Hatte sie also doch gelauscht.

Johann schenkte ihr ein Lächeln und schloss die Tür wieder. Darum würde er sich später kümmern.

»Johann?«, fragte Bartholomäus.

Johann schüttelte den Kopf. »Ich höre offenbar Dinge, die es nicht gibt.«

Bartholomäus setzte einen mitleidigen Gesichtsausdruck auf. »Du bist nicht mehr im Krieg. Nicht hinter jedem Busch lauert ein Feind.«

Langsam nickte Johann. »Da hast du sicher recht.« Im Krieg hatte er zumindest ohne Zweifel gewusst, wer der Feind war. Hier hatte er einen Bruder, von dem er sich nur wünschen konnte, dass es möglich wäre, ihm zu vertrauen. »Wie heißt eigentlich das neue Dienstmädchen?«

Bartholomäus runzelte die Stirn. »Sofie? Ich weiß es nicht. Frag Margarete.«

Sie hieß tatsächlich Sofie. Johann fand sie später beim Aufhängen der Wäsche im Hof hinter dem Haus. Nun, sie gab sich zumindest allergrößte Mühe, so zu wirken, als würde sie die Wäsche aufhängen. In Wirklichkeit tuschelte sie mit irgendeiner anderen Frau, deren Kleidung selbst für ein Dienstmädchen ein wenig zu ärmlich und zerschlissen wirkte.

Kaum trat er hinaus, schreckten die beiden Frauen auf und die Fremde eilte davon. Johann erhaschte hinter der wehenden Wäsche nur einen kurzen Blick auf ihr Gesicht. Er runzelte die Stirn. Sie sah fast aus wie Anna Pechts Freundin. Sie spionierte ihm doch nicht etwa hinterher? Oder sah er nun wirklich hinter jedem Busch einen Feind?

Nachdenklich betrachtete Johann Sofie, die ihm schon wieder so ängstlich entgegenstarrte. Er hatte vorgehabt, sie rauszuwerfen. Er mochte nicht gutheißen, was Bartholomäus tat, aber wenn er gewollt hätte, dass sein Bruder an den Galgen kam, weil jemand den falschen Leuten zu viel verriet, dann konnte er ihn auch selbst beim Rat anschwärzen. Doch so sehr er auch missbilligte, was Bartholomäus tat, sein Bruder blieb sein Bruder.

Nun allerdings wollte er sichergehen. Hatte sich tatsächlich Anna Pechts Freundin in der Nähe des Hauses herumgetrieben oder irrte er sich? Johann lehnte sich an den Rahmen der Tür und bemühte sich, möglichst harmlos auszusehen. »Ich weiß nicht, was du über mich gehört hast, aber ich tue dir nichts.«

Sofie errötete und wandte sich wieder der Wäsche zu. »Ich höre nur Gutes über Euch.«

»Ach ja?«

Das Dienstmädchen nickte eilig. »Ihr seid ein Kriegsheld, sagt man.«

So konnte man das, was er getan hatte, wahrscheinlich auch umschreiben. »Sagt man das?«

Wieder ein Nicken. Für eine Weile hängte Sofie schweigend Wäsche auf, während Johann einfach an Ort und Stelle blieb. Er wusste, dass er sie nervös machte, aber wenn er sie nervös genug machte, würde sie hoffentlich weiterreden, um die Stille zu füllen. Dann musste er nicht nachbohren, um Informationen zu erhalten.

Sofie warf ihm über die Schulter mehrere Blick zu, bevor sie schließlich wieder sprach. »Man sagt auch, dass Ihr letztens ein paar Wanderer gegen Räuber verteidigt habt, vor den Mauern der Stadt.«

Nun kamen sie der Sache schon näher. »Wer sagt das? Die Freundin, mit der du vorhin geredet hast?«

Vorsichtig nickte Sofie, als wäre sie nicht sicher, ob sie damit etwas Falsches zugab. »Ich habe nicht bei der Arbeit getrödelt!«, fügte sie nach einem Moment hinzu.

»Da bin ich mir sicher.« Johann schenkt ihr ein hoffentlich beruhigendes Lächeln. »War deine Freundin dabei, als ich die Räuber vertrieben habe?«

Sofie runzelte die Stirn als würde sie nachdenken. »Das hat sie nicht gesagt. Aber ich glaube, sie ist eine Lumpensammlerin. Manchmal kommt sie mit ihrem Bruder hier vorbei und fragt, ob wir Lumpen übrighaben. Was sollte sie außerhalb der Stadt wollen?«

Das war eine gute Frage. Allerdings, eine Lumpensammlerin und eine Papiermüllerin passten sehr gut zusammen. Und wenn Anna Pecht und ihre Freunde dort draußen tatsächlich etwas Verbotenes getan hatten, dann würden sie natürlich nicht damit hausieren gehen, wo sie gewesen waren. »Ah«, sagte er, »dann habe ich mich wohl geirrt, als ich dachte, sie kommt mir bekannt vor.«

Nun schlich sich ein wenig Neugierde in Sofies Blick. »Habt Ihr tatsächlich gegen Räuber gekämpft?«

Johann nickte, schwieg aber.

Für einen Moment sah ihn Sofie erwartungsvoll an, drehte das nächste Stück Wäsche dabei in den Händen.

»Du bist ziemlich neugierig, was?« Johann lächelte, um den Worten die Schärfe zu nehmen.

Wieder errötete sie. Mit einem gemurmelten »Verzeihung« wandte sie sich wieder ihrer Arbeit zu.

»Ich kann dir von den Räubern erzählen«, bot Johann an. »Aber du solltest damit aufhören, an Türen zu lauschen.«

Sie drehte sich nicht zu ihm um, aber selbst das Stück ihres Nackens, das Johann zwischen Kragen und Haube sehen konnte, färbte sich nun rot. »Ich habe nicht gelauscht und gar nichts gehört.«

»Das ist gut, sonst müssten wir uns wohl ein neues Dienstmädchen suchen.« Natürlich war das eine Drohung, und Johann fühlte sich ein wenig zu sehr wie Bartholomäus, während er die Worte aussprach. Aber hoffentlich hielt es sie tatsächlich vom Lauschen ab. Das würde das Problem auch lösen. Und sie in der Nähe zu behalten, bedeutete eine Verbindung zu Anna Pecht und ihren Freunden, die ganz offensichtlich nur allzu versessen darauf waren, Bartholomäus Konkurrenz zu machen. Besser, diese Situation genau zu beobachten, sodass er im Zweifelsfall etwas unternehmen konnte, bevor Bartholomäus ihn wieder losschickte, um jemanden umzubringen.

»Also«, fragte Sofie vorsichtig, wahrscheinlich auch, um das Thema zu wechseln, »die Räuber?«

Johann nickte und begann, zu erzählen.

KAPITEL 11

Anna spähte skeptisch in die Fässer, die Matthias für sie geöffnet hatte. »Äpfel?« Die Früchte wirkten recht schrumpelig und lagen auf etwas Stroh.

Matthias nickte eifrig. »Wir breiten eine Lage Stroh und ein paar Äpfel über den Lumpen aus. Es ist auch die richtige Jahreszeit dafür. Und Fässer sind weniger auffällig als Feuerholz. Wenn jemand fragt, sagen wir einfach, wir haben Waren gegen Waren getauscht, deshalb sind wir mit Wagenladungen von Fässern rausgegangen und mit Fässern wieder reingekommen.«

Gut, das ergab tatsächlich Sinn.

»Ich nehme einen Karren«, fuhr Matthias fort. »Du und Jackel einen zweiten. Und Marie und Paul den dritten. Wir gehen alle zu unterschiedlichen Zeiten oder durch unterschiedliche Tore und treffen uns draußen.«

Nachdenklich kaute Anna auf ihrer Unterlippe. Sie wollte etwas an Matthias' Plan auszusetzen finden, allein deshalb, weil es Matthias' Plan war, aber sie fand nichts, worüber sie sich beschweren konnte. »Brauchen wir drei Karren?«, fragte sie schließlich. Bei ihrer letzten Unternehmung hatten sie immerhin nur zwei dabeigehabt.

Matthias zog eines von Endters Flugblättern unter seinem Wams hervor und hielt es ihr hin.

»Du kannst lesen?«, fragte Anna überrascht, während sie das Flugblatt entgegennahm. Wenn sie nicht gewusst hätte, dass Marie und ihr Bruder ganz sicher nicht lesen konnten, wäre sie sich langsam seltsam vorgekommen.

Matthias grinste. »Seh' ich so aus? Nein, aber du kannst es, und ich hab's mir vorlesen lassen.«

Aus zusammengekniffenen Augen starrte Anna das Flugblatt an. Sie fand schnell, was Matthias ihr hatte zeigen wollen. Das Dorf Sorg bei Wendelstein war von den abziehenden Soldaten von Tilly geplündert und offenbar vollständig zerstört worden. In dem Text war von »gar gräulichen Schreckenstaten« der Soldaten die Rede, über die Anna gar nicht so genau Bescheid wissen wollte.

»Bist du sicher, dass sie weitergezogen sind?«, fragte Anna.

Matthias nickte eifrig. »Hab's von ein paar Leuten gehört.«

In einem Dorf gab es wahrscheinlich tatsächlich mehr zu holen als in den verstreuten Bauernhöfen rings um Fürth. Und Endter hatte ihr erzählt, dass einigen der anderen Papiermühlen gerade die Lumpen knapp wurden und sie nicht liefern konnten. Das war ihre Gelegenheit, in die Bresche zu springen. Sie konnte womöglich tatsächlich alle Schulden ihres Vaters abbezahlen, bevor er etwas Dummes tat.

»Gibt es weitere Beanstandungen an meinem Plan, oh furchtlose Anführerin?«, fragte Matthias mit einem leicht spöttischen Funkeln im Blick.

Anna schnaubte. »Nein. So machen wir es.«

»Ich sagte doch, ich lasse mir etwas einfallen.«

Anna nickte widerwillig. Hoffentlich begegneten sie diesmal allerdings keinen Räubern. Johann von Treist würde sie sicher nicht noch einmal retten.

Anna saß zwischen den Fässern auf dem Handkarren, den Jackel bis an einen kleinen Bachlauf außerhalb von Nürnberg gezogen hatte. Sie waren die ersten am Treffpunkt, und es zerrte an ihren Nerven, hier untätig warten zu müssen. Immer wieder sah sie sich um, rechnete halb damit, dass im nächsten Moment ein Räuber aus dem Gebüsch hervorspringen würde.

Das Einzige, was geschah, war, dass sie irgendwann das Geräusch von Karrenrädern auf der Straße hörte. Sie spähte in die Richtung der Stadt und sah Paul und Marie über einen nahen Hügel kommen. Paul zog den Karren hinter sich her.

»Sie haben gefragt, warum wir fast leere Fässer raus transportieren!«, rief Marie ihnen entgegen.

Das fing ja gut an. Das hieß, die Torwächter würden sich an sie erinnern. »Was habt ihr ihnen gesagt?«, fragte Anna, als die Geschwister nah genug waren, dass man für eine Unterhaltung nicht mehr schreien musste.

Paul hob die Schultern. »Dass wir in Wendelstein Waren abholen. Wir gehen auf dem Rückweg besser durch ein anderes Tor.«

Anna nickte.

Danach warteten sie.

Anna war zu ihrer eigenen Überraschung nicht die Erste, die aufstand und begann, auf und ab zu gehen. Das war Jackel. Er ging den Weg ein Stück in Richtung Stadt, spähte zu dem einzigen von hier aus sichtbaren Tor hinüber, und wanderte dann wieder zu den Wagen zurück, nur, um den ganzen Vorgang Augenblicke später zu wiederholen. Dass ausgerechnet Jackel nervös wurde, den doch sonst kaum etwas aus der Ruhe bringen konnte, sorgte nur dafür, dass sich ein eisiger Klumpen in Annas Magen festsetzte.

Vielleicht war Matthias ertappt worden? Vielleicht hatte er sie verraten? Allerdings, an wen? Was hätte er schon davon, sie an die Stadtwache zu verraten?

Während Jackel schon wieder den nahen Hügel hinaufstieg, um zur Stadt hinüberzuspähen, kaute Anna nervös und nachdenklich auf ihrer Unterlippe. Vielleicht sollten sie die Unternehmung abbrechen? Eventuell wäre es sicherer, es an einem anderen Tag noch mal zu versuchen.

Sie stand gerade auf, um etwas Entsprechendes zu sagen, als vom Hügel plötzlich ein Ruf herüberdrang. »Matthias!«

Jackel stand auf der Hügelkuppe und winkte. Wenig später kam Matthias in Sicht, der ebenfalls einen Handkarren hinter sich herzog. Er wirkte erschöpft und zerzaust, als wäre er schon eine Weile unterwegs. Dennoch grinste er Jackel an. »Na immerhin freut sich einer, mich zu sehen«, glaubte Anna über die Entfernung zu hören.

Jackel senkte den Blick und zog eine missmutige Miene. »Wo warst du so lange?«

Gemeinsam mit Marie ging Anna Matthias entgegen. Nur Paul blieb bei den Karren zurück. Matthias Antwort verstand sie schon deutlicher: »Bin durch ein weiter entferntes Tor raus. War wohl langsamer, als ich dachte.«

Immerhin hatte er es offensichtlich ernst genommen, dass sie dieses Mal vorsichtiger sein mussten als letztes Mal. »Wir werden uns sputen müssen, wenn wir Sorg noch vor Einbruch der Dunkelheit erreichen wollen«, sagte Anna trotzdem.

»Das sagt sich so leicht, wenn du keinen Karren ziehen musst«, murrte Matthias.

Gejammer konnten sie nun wirklich nicht gebrauchen. »Wenn du nicht mehr kannst, ziehe ich deinen Karren.« Herausfordernd sah Anna Matthias an. Wie schwer konnte ein Karren voller leerer Fässer schon sein?

Überrascht zog der die Augenbrauen in die Höhe. »Sieh an, sieh an, unsere furchtlose Anführerin lässt sich zu niederer Arbeit herab?«

Anna verdrehte die Augen. »Soll ich den Karren für dich übernehmen oder nicht? Wir müssen auf jeden Fall weiter.«

In einer betont gleichgültigen Geste hob Matthias die Schultern. Er ließ den Karren langsam auf seine Stützen herab und trat dann zur Seite. »Wenn du es anbietest, sage ich nicht Nein.«

Wie sich herausstellte konnte ein Karren voller leerer Fässer durchaus schwer sein, aber Anna wollte verdammt sein, wenn sie zugab, dass nach der halben Strecke ihre Arme und Schultern schmerzten. Gut, vielleicht war sie schwere Arbeit tatsächlich nicht gewohnt. Sie führte die Bücher der Mühle, schöpfte hin und wieder Papier und leimte manchmal die fertigen Bögen. Die Presse bedienten die anderen.

Marie bot ihr an, sie abzulösen, aber Anna schüttelte nur den Kopf und bedeutete ihr, stattdessen ihrem Bruder zu helfen. Die anderen sollten nicht denken, dass sie weniger zu dieser Unternehmung beitragen konnte als sie.

Matthias wanderte derweil fröhlich neben den Karren her. Anna war froh, dass er sie größtenteils in Ruhe ließ. Sah man einmal davon ab, dass er seine Lieder natürlich laut genug sang, dass jeder von ihnen sie hören konnte. Zwischendurch beugte er sich hin und wieder zu Marie, um Bemerkungen zu machen, die Anna nicht verstehen konnte. Mal lachte Marie, mal gab sie ihrerseits spitz etwas zurück. Als er den Arm um sie legen wollte, schob sie ihn fort. »Wenn du die nächste Räuberhorde in die Flucht schlägst, kannst du wiederkommen.«

Matthias schnaubte. »Es kann nicht jeder ein von Treist sein.«

»Matthias!«, rief Jackel plötzlich von etwas weiter hinten. »Jetzt lass die Mädchen doch in Ruhe!«

Anna tauschte einen überraschten Blick mit Paul, der nur die Schultern zuckte. Immerhin waren sie sich beide darin einig, dass es nicht so ausgesehen hatte, als würde Marie Hilfe brauchen.

Matthias ließ sich zurückfallen, bis er mit Jackel auf einer Höhe war. »Eifersüchtig?«

Jackel schnaubte, aber es wirkte nur halb überzeugend. Anna seufzte. Hoffentlich würden die beiden nicht anfangen, um Marie zu streiten. Das war wirklich das Letzte, was sie gebrauchen konnten.

Als Anna nach eine Weile jedoch wieder nach hinten schaute, weil es dort verdächtig still geworden war, sah sie, wie Matthias und Jackel sich leise unterhielten. Es geschahen offenbar doch noch Wunder.

Sie erreichten Sorg kurz vor Einbruch der Nacht. Die tiefstehende Sonne schickte ihre Strahlen über verlassen daliegende Häuser. Bei einigen hingen die Türen schief in den Angeln, und hier lag tatsächlich der Geruch von Rauch in der Luft.

Als sie sich vorsichtig die Straße entlang ins Dorf hineinwagten, entdeckte Anna die verkohlten Reste einer Scheune auf einer Wiese dicht am Dorfrand. Glücklicherweise schien das Feuer nicht um sich gegriffen zu haben.

»Sind wir sicher, dass hier niemand ist?« Marie hatte ihre Stimme so weit gesenkt, dass Anna die Frage kaum verstehen konnte. Marie zog derzeit den Karren, während ihr Bruder neben ihr herging.

»Es kann immer sein, dass jemand dieselbe Idee hatte wie wir.« Pauls Hand lag auf dem Griff seines langen Messers und er sah sich aufmerksam um.

»Oder die Bewohner kommen zurück«, gab Anna zu bedenken. Dann hielt sie inne, als ihr ein schrecklicher Gedanke kam. »Es hat jemand überlebt, oder?« Sie würden doch hoffentlich keinen großen Haufen Leichen irgendwo in diesem Dorf finden? Anna schluckte.

»Ja, es hat jemand überlebt«, beruhigte Matthias sie, der noch immer neben Jackel ging. »Die meisten davon sind im Moment in Nürnberg. Nach allem, was man reden hört, wollen sie noch ein bisschen warten, um sicher zu sein, dass sie gefahrlos zurückkehren können.«

»Na, dann hoffe ich, dass du die richtigen Leute reden gehört hast …«

»Im Gegensatz zu gewissen anderen Leuten hier habe ich viele Freunde, die mich gut informiert halten«, gab Matthias missmutig zurück. »Und weißt du, warum? Weil ich keinen Stock im A…«

»Seid mal still«, unterbrach Paul ihn unvermittelt.

Erstaunlicherweise reagierte Matthias sofort und klappte den Mund zu.

Anna hielt inne und legte lauschend den Kopf schief. Nun hörte sie es auch. Stimmen, die sich genauso unterhielten wie sie es gerade noch getan hatten. Sie kamen von irgendwo vor ihnen, wo die Straße hinter einer leichten Kurve zwischen den Häusern außer Sicht geriet.

Für einen Moment lauschten sie alle mit angehaltenem Atem. Immerhin schienen die Stimmen nicht näher zu kommen.

»Ich gehe nachsehen«, sagte Matthias schließlich. Ohne irgendjemandes Antwort abzuwarten, setzte er sich wieder in Bewegung.

»Ich komme mit!« Paul eilte ihm nach, und ließ Anna mit ernsthaften Zweifeln darüber zurück, ob sie hier tatsächlich etwas zu sagen hatte.

Allerdings hatte sie auch keine bessere Idee, was sie sonst tun sollten. Also sah sie den beiden Männern hinterher, wie sie, dicht an den Fassaden der Häuser entlang, die Straße hinunter schlichen und schließlich außer Sicht verschwanden. Nervös spielte sie am Griff des langen Messers herum, das hinter ihrem Gürtel steckte. Nicht, dass ihr das beim letzten Mal viel genützt hatte, aber mit dem Gewicht an ihrer Seite fühlte sie sich ein wenig sicherer.

Es dauerte zum Glück nicht lange, bis Paul und Matthias zurückkehrten.

»Sieht aus, als hätte jemand dieselbe Idee gehabt wie wir«, berichtete Maries Bruder.

Matthias grinste. »Nur, dass die ein Bierfass aus der Schenke geholt haben und das in aller Ruhe auf dem Dorfplatz leeren.«

Das klang zugegebenermaßen nicht nach gefährlichen

Räubern. Oder waren sie gerade deshalb gefährlich, weil sie sich so unbekümmert verhielten, obwohl hier überall Gefahren lauern konnten? »Es sind keine Soldaten?«, versicherte Anna sich.

Paul schüttelte den Kopf. »Keine Uniformröcke. Und sie haben auch nur lange Messer dabei so wie wir.«

Langsam wagte Anna es, ein wenig aufzuatmen. Vielleicht wäre es trotz allem sicherer, umzukehren. Aber nun waren sie schon einen halben Tag gewandert, und wenn die überlebenden Dorfbewohner bald zurückkehren würden, konnten sie es auch schwerlich später noch einmal versuchen.

»Gut«, sagte sie schließlich. »Wir sollten sicherheitshalber aufpassen, dass sie uns nicht sehen. Das heißt, wir fahren nicht mit den Wagen durch die Straßen, sondern wir verstecken sie irgendwo und teilen uns in Gruppen auf, um nach Lumpen zu suchen. Wer einen Armvoll hat, kommt damit zu den Wagen zurück.«

So würde es wahrscheinlich länger dauern, aber die über die Straßen rumpelnden Wagen würden sie ganz sicher verraten.

Jackel deutete auf das Haus neben der niedergebrannten Scheune. Ein Weg führte darum herum, wahrscheinlich auf einen Hof.

Anna nickte. »Ja, das sieht gut aus.«

»Ich kann die Wagen bewachen«, sagte Matthias.

»Ach, hast du Angst, dich tiefer ins Dorf zu wagen?«, spottete Marie.

Matthias schnaubte. »Ich dachte nur, wer auch immer die Wagen bewacht, sollte sie auch tatsächlich verteidigen können.«

»Gegen die Räuber hast du aber auch nicht viel ausgerichtet«, gab Anna zu bedenken.

Beleidigt verzog Matthias das Gesicht. »Mit ein paar Betrunkenen werde ich schon fertig«, behauptete er. »Außerdem weiß ich noch am wenigsten, was für Lumpen ihr eigentlich sucht.«

Damit hatte er natürlich recht, trotzdem kam Anna sein Beharren, bei den Wagen zu bleiben, reichlich feige vor. Marie hätte diese Aufgabe wahrscheinlich genauso gut übernehmen können.

Letztendlich stimmte sie dem Plan trotzdem zu. Sie zogen die Wagen hinter das Haus, wo sie sie zwischen einem offenen und leeren Hühnerstall und einem Gemüsegarten abstellten. Dann zogen Paul und Marie gemeinsam los, genauso wie Anna und Jackel.

Eventuell hatten die Soldaten, die hier gewütet hatten, den Anstand besessen, die getöteten Dorfbewohner zumindest in einem Massengrab zu verscharren. Sie fanden auf jeden Fall keine Leichen, wofür Anna sehr dankbar war. In den Häusern waren allerdings alle Truhen und Schränke aufgerissen. Zerbrochenes Geschirr lag herum. Anna stieg vorsichtig über Scherben und Trümmer von Möbeln, um in eine bereits offene Truhe zu spähen. Mehr als ein paar Taschentücher fand sie nicht.

»Anna!«

Sie schreckte zusammen, als Jackels Stimme aus dem Nachbarzimmer erklang. Eilig trat sie in etwas, das wohl das Schlafzimmer des Hauses gewesen war. Jackel hatte bereits einige löchrige Kleidungsstücke in einer Ecke des Zimmers aufgehäuft. Doch nun hob er etwas vom Boden auf, das offenbar halb unter einer der strohgefüllten Matratzen verborgen gewesen war, die jemand von den Betten gerissen hatte.

Anna sah Weiß und Braun. Das rötliche Braun von getrocknetem Blut.

Jackel bückte sich noch einmal und hob einen weiteren weißen Fetzen auf. Langsam trat Anna näher und streckte eine Hand danach aus. Es war guter Leinstoff. Sehr guter Leinstoff. Jackel schob die Matratze mit dem Fuß beiseite und fischte etwas Durchscheinendes aus einer eingetrockneten Blutlache. Ein Schleier.

Anna wurde übel. Also hatten die Soldaten wirklich ein Massengrab irgendwo ausgehoben, damit sie für ein paar Tage in Ruhe in diesem Dorf hausen konnten. Ohne ein Wort half sie Jackel, weitere weiße Fetzen von etwas einzusammeln, das wahrscheinlich mal ein Brautkleid gewesen war. Verbissen versuchte sie an das Schreibpapier zu denken, das sie daraus machen konnte. Falls sie sich je dazu entscheiden würde. Aber alles war besser, als darüber nachzugrübeln, was mit der Braut geschehen war.

Während Jackel alles zu einem Bündel zusammenschnürte, was sie gefunden hatten, schlitzte Anna noch die Matratzen auf und schüttelte das Stroh heraus. Sie hatte darüber nachgedacht, die hierzulassen, genauso wie alles andere, was noch brauchbar schien. Immerhin bestahlen sie eventuell Leute, die vorhatten, in dieses Haus zurückzukehren. Aber wenn das Blut eines deutlich machte, dann, dass es in diesem Haus zumindest einen Rückkehrer weniger geben würde. Während sie arbeiteten, glaubte Anna, es immer mehr riechen zu können. Ein erstickend süßliches Aroma, das ihr die Luft abzuschnüren drohte. So schnell sie konnte, schnürte sie auch die Säcke, aus denen die Matratzen gefertigt worden waren, zu einem Bündel. »Ich glaube, wir haben genug.«

Jackel nickte.

Erst als sie wieder auf die Straße traten, hatte Anna das Gefühl, wieder richtig atmen zu können.

Jackel legte ihr eine Hand auf die Schulter, und für einen Moment schloss Anna die Augen, um sich wieder zu sammeln.

»Wie kannst du jetzt so ruhig bleiben, wo du vorhin, als wir auf Matthias gewartet haben, so nervös warst?«, fragte sie schließlich.

Er hob die Schultern. »Ich dachte, Matthias wurde erwischt. Aber hier? Hier ist alles Schlimme ja schon passiert.«

Damit hatte er wohl nicht ganz unrecht.

Als sie zu den Karren zurückkehrten, waren Matthias und einer der Karren fort. Die meisten der leeren Fässer allerdings standen neben den verbliebenen Karren auf dem Boden.

Anna fluchte auf eine Art, die dafür sorgte, dass sogar Jackel eine Augenbraue hob. Ihr war es doch gleich seltsam vorgekommen, dass Matthias unbedingt bei den Wagen hatte bleiben wollen. Aber wo konnte er hingegangen sein? Warum sollte er weggehen? »Warum sollte er das tun?«, wandte sich Anna an Jackel, der ebenso verwirrt dreinblickte, wie sie sich fühlte. »Das ergibt doch keinen Sinn! Ich bezahle ihn doch erst, wenn wir wieder in Nürnberg sind, und den Karren hat er selbst mitgebracht!«

»Vielleicht gab es Ärger und er musste sich verstecken?«, vermutete Jackel.

Anna nickte. Das erklärte nicht, warum Matthias einen der Karren mitgenommen hatte, aber es war immer noch die beste Erklärung, die ihr im Moment einfiel. »Wir sollten ihn suchen gehen.«

Eilig verstauten sie die gesammelten Lumpen in einem der Fässer, dann machten sie sich wieder auf den Weg.

Der Gedanke, dass eventueller Ärger irgendetwas mit den Leuten auf dem Dorfplatz zu tun hatte, führte sie in diese Richtung. Tatsächlich hörte Anna Stimmen, noch bevor sie um die Kurve bogen, hinter der der Platz verborgen war.

Schließlich duckten sie sich in einen Hauseingang, und spähten die Straße hinunter.

Der Platz war nicht groß. In der Mitte stand ein Brunnen, dahinter erhob sich ein Gebäude, das wahrscheinlich das Rathaus war.

Und am Brunnen standen drei Männer und ein Handkarren.

Anna erkannte Matthias, obwohl er ihnen den Rücken zuwandte. Er stand zwischen den zwei anderen Männern und einem einzelnen Fass auf seinem Karren.

»Mir wurde gesagt, ihr wollt diese Waren kaufen!«, hallte seine aufgeregte Stimme zu ihnen herüber. »Und meine Auftraggeber erwarten, dass ich mit dem Geld dafür zurückkomme. Ich gehe hier sicher nicht ohne das Geld weg!«

»Dieser hinterhältige Lügner!«, flüsterte Anna. Er hatte also hinter ihrem Rücken ein zweites Schmuggelgeschäft geplant. Kein Wunder, dass der Wagen schwerer gewesen war, als sie erwartet hatte.

Im nächsten Moment zog einer von Matthias' Verhandlungspartnern sein langes Messer. »Bist du dir da sicher?«

»Wir müssen ihm helfen!«, zischte Jackel.

Für einen Moment war Anna versucht, Matthias einfach seinem Schicksal zu überlassen. Wer wusste schon, was für ein Geschäft es war, das er dort versuchte, abzuwickeln, und in wie große Schwierigkeiten es sie alle noch bringen könnte. Andererseits, von irgendwelchen Betrügern die Kehle durchgeschnitten zu bekommen, hatte er deswegen auch nicht verdient. Außerdem würde er keine Fragen mehr beantworten können, wenn er tot war.

»Ihr macht einen großen Fehler!«, hörte sie Matthias in der Zwischenzeit sagen.

»Nein«, verbesserte einer der Männer. »Du hast einen Fehler gemacht, als du allein hergekommen bist.«

Diesmal würde es immerhin zwei gegen drei stehen. Das konnten sie hoffentlich bewältigen. Anna holte tief Luft und nickte.

Bevor sie es sich noch einmal anders überlegen konnte, trat sie aus dem Hauseingang. »Er ist nicht allein hergekommen!«

Sie bemühte sich, ihre Stimme möglichst fest klingen zu lassen. Sie dachte daran, wie Johann von Treist aufgetreten war, als er sie vor den Räubern gerettet hatte. Er hatte nicht gewirkt, als würde er die Möglichkeit überhaupt in Betracht ziehen, dass er verlieren könnte. Und der Großteil der

Räuber war ohne einen Kampf geflohen. Also nahm Anna die Schultern zurück und zog das lange Messer mit einer schwungvollen Bewegung hinter ihrem Gürtel hervor. Mit langen Schritten ging sie auf die kleine Gruppe zu.

Das Einzige, was dafür sorgte, dass sie die Scharade überhaupt aufrechterhalten konnte, war Jackel, der dicht hinter ihr ging und ebenfalls nach seiner Waffe gegriffen hatte. Seine Präsenz gab ihr Sicherheit. Zumindest war sie nicht allein.

Matthias wirbelte zu ihnen herum und riss vor Überraschung die Augen auf. Für einen Moment ging sein Blick unsicher zwischen Anna und Jackel hin und her. Dann fing er sich schnell wieder. Er trat einen Schritt zurück und wandte sich erneut seinen beiden Geschäftspartnern zu.

Anna hatte das Gefühl, dass man ihr Herz in ihrer Brust klopfen hören musste. Zitterten ihre Hände? Sie war sich nicht sicher. Stumm verfluchte sie Matthias. Genau so eine Begegnung hatte sie diesmal vermeiden wollen. Wenn doch zumindest Paul und Marie auch hier wären. Dann wären sie deutlich in der Überzahl und hätten weniger zu befürchten.

Das brachte sie auf eine Idee. »Es sitzt außerdem ein Schütze mit einer Armbrust hinter einem der Fenster des Rathauses«, log sie. »Aber wir wollen dieses Geschäft friedlich abschließen, wenn es möglich ist.«

Einer der beiden Männer, mit denen Matthias verhandelt hatte, drehte sich zum Rathaus um, entdeckte natürlich nichts und starrte sie aus zusammengekniffenen Augen an, als wäre er nicht sicher, ob sie die Wahrheit sagte oder nicht. Anna erwiderte seinen Blick mit ausdrucksloser Miene.

Die beiden Männer sahen einander unschlüssig an. Zwischen ihnen stand immer noch das Bierfass auf dem Brunnenrand. Vielleicht hatten sie genug getrunken, um unvorsichtig zu werden. Daran hatte Anna bisher gar nicht gedacht. Sie hielt den Atem an. Für einen Moment schien alles möglich zu sein.

Dann steckte der, der vorhin gesprochen hatte, sein langes Messer zurück und griff nach einem Geldbeutel. Er löste ihn von seinem Gürtel und warf ihn Matthias zu, der ihn etwas ungeschickt mit der linken Hand fing.

Matthias warf einen Blick in den Beutel und nickte. »War eine Freude, mit euch Geschäfte zu machen«, sagte er in einem Tonfall, der das Gegenteil deutlich machte.

Dann trat er hinter den Karren zurück, und Anna und Jackel folgten ihm. Sie sahen zu, wie die beiden das Fass vom Karren luden und es zwischen sich wegtrugen. Es schien schwer zu sein.

»Was ist da drin?«, zischte Anna Matthias zu, während sie die beiden sich entfernenden Männer nicht aus den Augen ließ.

»Oh … ähm …« Für einen Moment glaubte Anna schon, Matthias würde sich vor einer Antwort drücken. »Brillenmacherwerkzeuge«, sagte er schließlich.

Anna blinzelte. »Was?«

»Nürnberger Brillen sind einzigartig«, erklärte Matthias. »Weil niemand sonst diese Werkzeuge hat.«

»Jetzt schon«, stellte Jackel trocken fest.

Aus dem Augenwinkel sah Anna, wie Matthias mit den Schultern zuckte. »Früher oder später wäre irgendwer in einer anderen Stadt von selbst darauf gekommen. Man muss Geheimnisse verkaufen, solange sie noch Geheimnisse sind.«

Die beiden Männer verschwanden mit ihrem Fass hinter einem der Häuser, und Anna atmete auf. Nun zitterten ihre Hände tatsächlich. Es hätte wie mit den Räubern beim letzten Mal enden können. Jemand hätte verletzt werden können!

Sie steckte ihr langes Messer weg und wandte sich Matthias ganz zu. Langsam schlug der Schreck in Wut um. »Jetzt solltest du erklären, was du dir dabei gedacht hast!«

Beschwichtigend hob Matthias die Hände. »Es tut mir leid! Es hieß, ich soll nur ein Fass mit Waren hier abliefern, und ich dachte, es passt so gut. Ich konnte nicht ahnen, dass es Ärger gibt!«

Anna schnaubte. »Und deshalb sagst du uns nichts davon?«

»Ich dachte wirklich, es sei vollständig harmlos. Keine große Sache. Wirklich.« Matthias warf Jackel einen hilfesuchenden Blick zu, begegnete aber nur einer missbilligenden Miene. »Es tut mir leid. Ich hätte etwas sagen sollen.«

Die Frage war, warum er das nicht getan hatte, wenn er es für sie harmlos gehalten hatte. Plötzlich allerdings glaubte Anna zu wissen, warum. »Aber dann hättest du die Bezahlung teilen müssen, die du dafür bekommst, nicht wahr?«, bohrte sie weiter. »Du wärst niemals alleine hier rausgegangen. Wenn du nicht mit uns gegangen wärst, hättest du andere Leute anheuern müssen. Hast du behauptet, du arbeitest mit mehreren Leuten zusammen, und streichst das Geld für alle ein?«

Matthias Blick huschte noch einmal zwischen Anna und Jackel hin und her, seine Miene ein Schuldeingeständnis. »Ihr bekommt natürlich einen Teil von der Bezahlung.«

Oh nein, so leicht würde er nicht davonkommen. Er hatte sie alle in Gefahr gebracht. »Ja, jetzt! Weil wir dir auf die Schliche gekommen sind!«

Wieder warf Matthias Jackel einen hilfesuchenden Blick zu. »Was sagst du?«

Jackel verschränkte die Arme vor der Brust. »Du hast uns angelogen.«

»Und es tut mir leid, ehrlich! Aber wenn einen der alte Silberzahn fragt, ob man einen Auftrag für ihn erledigt, dann sagt man nicht Nein. Ich muss auch von irgendwas leben, wisst ihr? Wenn man einmal etwas ablehnt, gibt er den nächsten Auftrag einfach jemand anderem.« Matthias sah Jackel für einen Moment flehend an, dann wandte er sich Anna zu. »Und ich war mir nicht sicher, ob ihr damit einverstanden gewesen wärt, aber es war keine Zeit, beides nacheinander zu machen.«

In gewisser Weise ergab diese Argumentation sogar Sinn, auch wenn das alles nichts daran änderte, dass Matthias ihnen wichtige Informationen verschwiegen hatte. Anna sah zu Jackel, dessen Miene bereits ein bisschen weicher geworden war.

Schließlich seufzte sie. Immerhin konnten sie alle ein wenig zusätzliches Geld gebrauchen, und rückgängig machen ließ sich das Geschäft nun ja kaum. »Also schön«, sagte sie. »Jeder von uns bekommt einen Teil der Bezahlung, auch Marie und Paul.«

Für einen Moment wirkte Matthias, als wollte er protestieren, aber dann nickte er. »Meinetwegen.«

»Und wenn du noch mal lügst«, fügte Anna hinzu, »bist du bei zukünftigen Unternehmungen nicht dabei!«

Das allerdings schien Matthias zu amüsieren. Er warf ihr einen herausfordernden Blick zu. »Ach? Kennst du sonst noch einen Schmuggler, der dir helfen kann?«

Nein, das tat sie natürlich nicht, und auch wenn seine Tricks einfach waren, fühlte Anna sich besser damit, jemanden dabeizuhaben, der wusste, wie man mit den Torwächtern umzugehen hatte. Mal ganz abgesehen davon, dass sie das zusätzliche Paar Hände gebrauchen konnten. Angesichts von Matthias' Frechheit allerdings würde sie ganz sicher nicht eine Fingerbreit nachgeben. »Man muss nicht vom Schmuggeln leben, um darauf zu kommen, Lumpen unter Stroh und ein paar Äpfeln zu verstecken.«

Matthias zuckte die Schultern, als wäre es ihm egal. »Trotzdem bin ich derjenige, der darauf gekommen ist.«

»Matthias«, sagte Jackel warnend. »Wie wär's damit, einfach in Zukunft nicht mehr zu lügen, hm?«

Zu Annas Überraschung seufzte Matthias und nickte. Worüber auch immer die beiden sich auf dem Herweg unterhalten hatten, sie hatten offenbar tatsächlich einen positiven Einfluss aufeinander. Oder zumindest Jackel auf Matthias. »Wie gesagt«, murmelte er noch einmal. »Ich versuch nur, mein Auskommen zu machen.«

Auch Anna merkte, wie ihr Zorn langsam verrauchte. »Versuche es beim nächsten Mal gleich mit Ehrlichkeit, dann kannst du dein Auskommen machen, ohne dass wir sauer genug werden, um dir dann vielleicht nicht mehr aus der Klemme zu helfen.«

Überrascht schaute Matthias sie an.

»Was?«, fragte sie missmutig. »Denkst du, du bist der Einzige, der Geld braucht?«

Matthias grinste. »Weißt du, ich dachte ja, du bist ein bisschen hochnäsig. Aber ich glaube, ich fange an, dich zu mögen, furchtlose Anführerin.«

Anna schnaubte. Sie war sich nicht sicher, ob sie wollte, dass Matthias sie mochte, aber falls es dafür sorgte, dass er sich von nun an vernünftiger verhielt, sollte es ihr nur recht sein.

Marie und Paul kehrten bald darauf mit jeweils einem Arm voll Lumpen zurück. Als Anna ihnen erzählte, was geschehen war, starrte Marie Matthias düster an. Paul versetzte ihm einen Stoß. »Und ich dachte, wir wären Freunde.«

»Ich hätt's dir später erzählt und dir einen Teil vom Geld abgegeben, ehrlich«, beteuerte Matthias. »Wollte nur nicht riskieren, dass du 's Anna sagst. Oder Marie, die 's dann Anna sagt.«

Anna war sich nicht sicher, ob es das schlimmer oder besser machte. Paul starrte seinen Freund auf jeden Fall noch eine Weile aus zusammengekniffenen Augen an. »Wie viel?«, fragte er schließlich.

Matthias grinste, als sei er sicher, den Streit damit gewonnen zu haben. »Mehr als genug.«

Bis alle Fässer voll waren, war längst die Nacht hereingebrochen. Anna fröstelte, nicht nur, weil sie in der Dunkelheit immer wieder Geräusche zu hören glaubte, sondern auch, weil es selbst für eine Oktobernacht recht kalt geworden war. Sie sehnte sich nach ihrem warmen Bett, aber vor dem nächsten

Tag würde sie das nicht wiedersehen, denn nun war es längst zu spät, um noch in die Stadt zurückzukehren.

Sie suchten sich stattdessen eine Scheune am Ortsrand von Sorg, zogen die Karren hinein und krochen hinauf auf den Heuboden. Marie winkte Anna zu sich, und diese rollte sich neben ihrer Freundin ein. Nach der Anstrengung des Tages dämmerte sie schnell weg und hörte nur noch mit halbem Ohr, wie Matthias sich über die Kälte beschwerte.

Was sie schließlich wieder weckte, waren Stimmen und die Schritte schwerer Stiefel. Ruckartig setzte Anna sich auf und ließ den Blick über den Heuboden schweifen. Auf Maries anderer Seite lag Paul, und nicht weit entfernt hatte Matthias im Schlaf das Gesicht an Jackels Schulter vergraben. Das entlockte Anna ein kurzes Grinsen, bevor draußen erneut Stimmen ertönten und ihre Aufmerksamkeit auf sich zogen. Möglichst leise stand Anna auf und schlich über den Heuboden, bis sie ein Astloch fand, durch das sie hinausspähen konnte.

Was sie sah, entlockte ihr einen leisen Fluch. Draußen zog ein Trupp Soldaten vorbei.

KAPITEL 12

Johann stand mit vor der Brust verschränkten Armen etwas abseits der kleinen Bühne auf dem Marktplatz, auf der gerade ein Puppentheater dargeboten wurde. Aber statt dem Schauspiel zu folgen, ruhte sein Blick auf Markus und dessen etwas älterem Bruder Lukas, Sybilles Kindern. Die beiden Jungen verfolgten das Schauspiel mit strahlenden Gesichtern und jubelten zusammen mit den anderen Kindern, als der Held des Stücks mit Geschick und Schläue eine Horde Räuber in die Flucht trieb.

Er war sich nicht sicher, wie es dazu gekommen war, dass er auf Sybilles Kinder aufpasste. Ja, sie hatte sich beklagt, dass die beiden Jungen sie bei der Arbeit im Haus behinderten, aber das war es nicht gewesen. Es lag auch sicher nicht daran, dass er unbedingt gerne Zeit mit Kindern verbrachte. Er wusste nie so recht, was er mit ihnen eigentlich anfangen sollte. Aber die beiden waren etwas, das durch Bartholomäus' Berührung nicht verdorben worden war. Sie glücklich zu sehen, machte die Schuldgefühle wegen des Mords an ihrem Vater ein wenig leichter. Ohne ihn blühten sie sichtlich auf. Und sie waren meistens erfreulich leicht zu beschäftigen. Wenn es nicht gerade das Puppentheater war, dann erzählte er ihnen Geschichten aus dem Krieg. Nicht die blutigen natürlich, sondern die, wie Gefreiter Georg einmal in die Abortgrube gefallen war. Oder darüber, wie er und seine Kameraden zusammengelegt hatten, um sich ein Fass guter Butter zu kaufen, nur um ganz unten in dem Fass schließlich eine tote Maus zu finden.

Während sich das Theaterstück dem Ende neigte, näherten sich schnelle Schritte. Johann sah sich um und entdeckte Sofie, die auf ihn zu gerannt kam. Kurz vor ihm blieb sie schwer atmend stehen. Für einen Moment schnappte sie einfach nur nach Luft, bevor sie wieder sprechen konnte. Das konnte nichts Gutes bedeuten.

»Oh, Gott sei Dank, dass ich Euch finde!«, sagte sie schließlich. »Euer Bruder hat mir aufgetragen, Euch zu suchen.«

»Ist etwas passiert?«, fragte Johann.

Sofie schüttelte den Kopf, nur um kurz darauf mit den Schultern zu zucken. »Der Herr sagt mir ja nichts, aber es kam vor vielleicht einer Stunde ein Bote und seitdem hat er schlechte Laune.«

Das klang alles andere als gut. Johann nickte. »Lauf vor, ich komme gleich nach.« Bewusst sah er nicht in die Richtung von Markus und Lukas. Wenn man bedachte, wie leicht man aus Sofie Informationen herausbekommen konnte, war sie wirklich die Letzte, von der er wollte, dass sie wusste, dass er Sybilles Kinder hütete.

»Jawohl, natürlich«, erwiderte sie eifrig. Als sie sich allerdings abwenden wollte, fiel Johann noch etwas ein.

»Ach, und Sofie?«

Unsicher sah sie über die Schulter zu ihm zurück.

»Du magst Geschichten, nicht wahr?«

Sie nickte eifrig.

»Aber du kannst nicht lesen?«

Diesmal schüttelte sie den Kopf.

»Wie wäre es dann damit? Ich weiß, dass du neugierig bist, aber wenn du dein Wort hältst und nicht lauschst, was mein Bruder und ich zu besprechen haben, dann lese ich dir später etwas vor, während du arbeitest.«

Nun stritten Freude und Misstrauen in ihrer Miene miteinander. »Ich hätte ohnehin nicht gelauscht.«

Johann lächelte. »Natürlich. Aber du willst, dass ich dir etwas vorlese?«

»Sehr gerne, der Herr.« Nach einem Moment fügte sie hinzu: »Wenn es nicht zu viele Umstände macht.«

»Das macht es nicht. Und nun lauf.«

Als das Dienstmädchen nun davonrannte, war ihr Schritt sichtlich beschwingter.

Als sie fort war, wandte sich Johann wieder zu den beiden Jungen um. Das Stück war ohnehin zu Ende, und sie schoben sich durch die sich zerstreuende Menge auf ihn zu. Lukas humpelte dabei, das Vermächtnis seines Vaters.

»Wir gehen«, rief Johann ihnen zu. »Ich muss nach Hause.«

Beide zogen lange Gesichter.

»Warum tust du immer, was dein Bruder sagt?«, fragte Markus.

Johann schnaubte. »Tue ich nicht.«

»Doch tust du«, mischte sich nun auch Lukas ein. »Immer wenn er ruft, rennst du.«

Durchschaut von zwei Kindern. Das war bitter. »Er ist mein Bruder«, versuchte er abzuwiegeln. Dabei setzte er sich in Bewegung, langsam, damit Lukas mithalten konnte. »Kommt, ich bringe euch nach Hause zurück.«

»Lukas ist auch mein Bruder«, sagte Markus. »Aber ich tue nie, was er sagt.«

Lukas knuffte ihn. »Solltest du aber besser.«

»Manchmal mache ich es«, räumte Markus ein. »Weil ich Lukas mag.« Er wandte sich direkt an Lukas. »Aber Johann mag seinen Bruder nicht.«

Lukas nickte nachdenklich, als wären sie damit gerade einem Geheimnis auf die Spur gekommen. Es wäre amüsant gewesen, wäre es nicht um Johann persönlich gegangen.

»Als Familie muss man zusammenhalten, egal, ob man einander mag oder nicht«, versuchte Johann zu erklären. Warum klang das in seinen Ohren wie eine Ausrede?

»Heißt das, wir hätten auch mit Vater zusammenhalten müssen, wenn er nicht tot wäre?« Plötzlich wirkte Lukas beunruhigt. Hatte er sich genau wie Sybille gefreut, seinen Vater los zu sein? Dann hatte er deswegen wahrscheinlich ohnehin ein schlechtes Gewissen.

Vorsichtig wog Johann seine nächsten Worte ab.

»Nein«, sagte er schließlich. »Jemandem, der einem wehtut, ist man überhaupt nichts schuldig, egal, ob er zur Familie gehört oder nicht.«

Lukas atmete erleichtert auf.

»Na endlich!«, begrüßte ihn Bartholomäus, kaum, dass er zur Tür hereingekommen war. »Wo warst du so lange?«

Vielleicht lag es an Lukas' und Markus' Fragen, aber Johann war wirklich nicht in der Stimmung, freundlich zu sein. »Mein Leben dreht sich nicht darum, auf deinen nächsten Befehl zu warten.«

Für einen Moment starrte Bartholomäus ihn aus zusammengekniffenen Augen an. Dann erschien sein Kaufmannslächeln auf seinem Gesicht. »Natürlich.« Er trat einen Schritt zurück, damit Johann tiefer ins Haus hineingehen konnte, begleitete ihn schließlich in die Stube und bot ihm sogar einen Stuhl an.

Johann blieb stehen. »Du willst etwas, nehme ich an.«

Für einen Moment wirkte Bartholomäus beleidigt. »Ich bin auch ansonsten freundlich zu dir, Johann. Du bist derjenige, der immer wieder diese Anwandlungen schlechter Laune hat. Das tut weh, weißt du das? Wenn du mich behandelst wie einen dahergelaufenen Bettler. Ich bin dein Bruder!« Es gelang ihm tatsächlich, eine verletzte Miene aufzusetzen.

Johann seufzte. Nein, darauf würde er sich nicht einlassen. »Was gibt es für ein Problem?« Es gab doch immer ein Problem, vor allem wenn Bartholomäus es eilig damit hatte, mit ihm zu sprechen.

Sofort war Bartholomäus keine Spur von verletzten Gefühlen mehr anzumerken. »Ich habe seit vorgestern nichts über den Ausgang eines wichtigen Geschäfts gehört, das in der Nähe von Sorg abgehandelt werden sollte«, sagte er.

Johann runzelte die Stirn. »Ist das nicht das Dorf, das vor einiger Zeit geplündert wurde?«

Bartholomäus nickte. »Von Tillys Leuten. Und gerade erreichte mich die Nachricht, dass offenbar noch ein paar Nachzügler dort durchgekommen sind.«

»Tillys Leute?«, vergewisserte sich Johann. Das bedeutete, seine ehemaligen Kameraden.

Wieder nickte Bartholomäus. »Sie verfolgen Ernst von

Mansfeld, wie es scheint, der im Moment Richtung Elsass zieht.«

»Und du denkst, sie könnten etwas damit zu tun haben, dass du nichts über dieses wichtige Geschäft hörst?« Neugierde regte sich nun doch in Johann. »Worum ging es dabei überhaupt?«

Bartholomäus machte eine wegwerfende Handbewegung, als sei das nicht weiter von Belang, beantwortete die Frage dann aber doch. »Brillenmacherwerkzeug.«

Johann seufzte. »Natürlich.«

»Auf jeden Fall«, fuhr Bartholomäus fort, »dachte ich, du könntest vielleicht nachsehen gehen, wie es um meine Geschäfte dort steht. Wenn ich schon mein Geld nicht bekomme, hätte ich zumindest gerne meine durchaus wertvolle Ware zurück.«

Natürlich machte Bartholomäus sich keine Sorgen um die Leute, die mit dem Auftrag betraut worden waren. »Wer hat die Ware ausgeliefert?«

Ein Schulterzucken. »Ich habe den alten Silberzahn damit beauftragt. Du wirst ihn fragen müssen. Trage unseren Namen aber nicht zu sehr vor dir her, hörst du?«

Für einen Moment regte sich Widerstand in Johann, schon allein weil Bartholomäus bereits davon auszugehen schien, dass er die Aufgabe übernahm. Andererseits war das eine gute Gelegenheit, mehr über Bartholomäus' Geschäfte zu erfahren, ohne dass dieser kontrollieren konnte, was man ihm erzählte. Also nickte Johann nur.

»Wenn du die Stadt verlässt, solltest du außerdem ein paar Männer mitnehmen«, fuhr Bartholomäus fort. »Nur für den Fall, dass es doch nicht Tillys Leute sind.«

Das brachte Johann zum Grinsen. »Man könnte fast meinen, du machst dir Sorgen um mich.«

»Natürlich!« Wieder gelang es Bartholomäus, ernsthaft beleidigt auszusehen. »Du bist mein Bruder.«

»Natürlich«, antwortete Johann mit bemüht ernster Miene. Allerdings, für einen Moment wünschte er wirklich, es könnte so sein. Abgesehen von den illegalen Aspekten war das die Art von Auftrag, die für seinen Bruder zu übernehmen er sich früher immer vorgestellt hatte. Reisen und vor Ort Probleme lösen, während Bartholomäus den Überblick über das große Ganze behielt. Wenn er Bartholomäus nur irgendwie überzeugen könnte, sich auf ehrliche Geschäfte zu beschränken.

Der alte Silberzahn war zwar nicht wirklich alt, silberne Zähne hatte er allerdings. Sie blitzten im Licht, das durch die hohen Fenster der Sebalduskirche hereinfiel. Er und Johann saßen auf harten Holzbänken auf einer der Galerien im Seitenschiff hinter der Kanzel. Johann war sich ziemlich sicher, dass hier normalerweise außerhalb der Gottesdienste niemand hoch durfte, aber das galt offenbar nicht für den alten Silberzahn. Und es war ein guter Ort für ein Treffen. In einer Kirche fiel keiner von ihnen besonders auf, und im Vergleich zu der Lorenzkirche im Stadtmittelpunkt, vor der sich die bettelnden Flüchtlinge scharten, ging es in St. Sebald deutlich ruhiger zu.

»Die Brillenmacherwerkzeuge?«, fragte Silberzahn, nachdem Johann erklärt hatte, was er wollte. Nachdenklich strich er sich über das Kinn. »Ah, ja, die habe ich Matthias gegeben.

Einfach nur Matthias«, fügte er auf Johanns fragenden Blick hin hinzu. »Mutter war eine Straßenhure, glaube ich. Kenne ihn, seit er sich als Beutelschneider hervorgetan hat.«

Das klang nicht gerade nach einem Mann, dem man wichtige Waren anvertrauen wollte. »Ist dieser Matthias zuverlässig?«, fragte Johann.

Der alte Silberzahn grinste. »Du meinst, ob er vielleicht mit der Ware auf und davon ist? Nein, das glaube ich nicht. Das hat er noch nie gemacht. Einer der Gründe, warum ich ihn nicht längst für seine ständige Schwätzerei zum Teufel gejagt habe.«

Ständige Schwätzerei? »Könnte er den falschen Leuten von der Ware erzählt haben?«

Missbilligend schnalzte Silberzahn mit der Zunge. »Wenn ich sage, er schwätzt ständig, meine ich, dass sein Mundwerk nie stillsteht. Das heißt nicht, dass er tatsächlich etwas von Wert von sich gibt. Er ist unvorsichtig und übermütig, aber nicht dumm. Hat das Feuerholz-Versteck erfunden.«

Johann war sich nicht sicher, ob er mehr wissen wollte. Silberzahn und dieser Matthias hatten ganz offensichtlich einiges gemeinsam. Aber er fragte dennoch. »Das Feuerholz-Versteck?«

»Oh ja.« Wieder verzog sein Gegenüber die Lippen zu einem silbernen Grinsen. »Man nagelt ein paar Scheite Feuerholz zusammen, sodass sie aussehen wie ein Stapel. Aber innen ist der Stapel hohl, verstehst du? Eignet sich bestens, um alles Mögliches zu schmuggeln, von in Stroh eingeschlagenen Kupferbarren bis hin zu Lumpen.«

Oh. Schlagartig kamen Johann die Karren mit Feuerholz in den Sinn, die Anna Pecht und ihre Freunde in die Stadt gebracht hatten. Er hatte doch geahnt, dass etwas an ihrer Ladung faul gewesen war, egal, wie sehr die Papiermüllerstochter es auch geleugnet hatte. Interessant allerdings, dass Anna Pecht von einer solchen List wusste. Er hatte sie bisher für eine Tochter aus gutem Hause gehalten. Warum sollte sie sich überhaupt mit dem Schmuggelgeschäft abgeben? Und warum kehrten seine Gedanken immer wieder zu ihr zurück? Er war ihr bisher zweimal begegnet, und doch ging sie ihm nicht mehr aus dem Kopf. Er wollte mehr über sie wissen, merkte, wie sehr es ihn reizte, sich mit ihr zu unterhalten.

»Hat sich die Neuigkeit über das Feuerholzversteck inzwischen weit herumgesprochen?«, fragte Johann.

Nachdenklich kratzte sich Silberzahn den Kopf. »Ich glaube nicht. Die Idee ist noch nicht sonderlich alt. Wieso? Hast du etwas Entsprechendes gehört? Sobald die Stadtwache davon weiß, müssen wir uns wieder etwas Neues einfallen lassen.«

Hastig schüttelte Johann den Kopf. »Ich glaube nicht, dass die Stadtwache davon weiß.« Es konnte nicht sein, dass Anna Pecht für Bartholomäus arbeitete, oder? Warum sollte sie das tun, wenn ihrem Vater eine Papiermühle gehörte? Außerdem hatte sie auf ihrem Weg durch das Tor unerfahren und nervös gewirkt. Viel wahrscheinlicher war doch, dass sie in eigenem Interesse irgendwelche Waren transportiert hatte. Wenn man bedachte, was in ihrer Mühle hergestellt wurde, wahrscheinlich Lumpen. Ein Geschäft, auf dem Bartholomäus Johanns Wissen nach auch normalerweise den Daumen hatte. Sorge um sie mischte sich mit einem gewissen Respekt. Die Zeiten waren hart. Alles wurde teurer, aber die Geschäfte liefen schlechter. Nicht jeder besaß genug Einfallsreichtum und Mut, um das Beste aus der Situation zu machen.

»Wenn du nach Sorg reitest«, riss Silberzahns Stimme ihn aus seinen Gedanken, »sieh zu, dass du nicht nur die Ware oder das Geld dafür zurückbringst, sondern auch den Matthias. Ich mag den Jungen. Auch wenn er wirklich viel zu viel schwätzt.«

Johann nickte und verscheuchte alle Gedanken an Anna Pecht. Im Moment hatte er andere Sorgen.

KAPITEL 13

Anna starrte auf die mageren Reste ihrer Vorräte hinunter. Ein bisschen Brot, ein bisschen Hartkäse und ein wenig Dörrfleisch. Wenn sie es gut rationierten, würden sie noch einen halben Tag lang zumindest halbwegs volle Mägen haben.

Sie saßen schon einen Tag und eine Nacht länger in dieser Scheune als geplant, und die Soldaten wollten einfach nicht weiterziehen. Paul und Marie hatten sich einmal hinausgeschlichen, um im Gasthaus nach etwas Essbarem zu suchen, aber viel hatten sie dort nicht gefunden. Immerhin, Wasser konnten sie in der Nacht am Brunnen holen. Und wahrscheinlich könnten sie sich auch davonschleichen, wenn sie wollten. Aber nicht mit den Karren. Die Karren waren das Problem. Sie würden all ihre Beute zurücklassen müssen, und dazu war noch keiner von ihnen bereit.

Allerdings, langsam sah es so aus, als hätten sie keine andere Wahl.

Mit einem Seufzen schlug Anna die Vorräte in ein Tuch ein. Eine Nacht konnten sie noch warten. Dann würden sie zwar mit knurrenden Mägen nach Nürnberg zurückkehren, aber wenn ihnen das erlaubte, die gesammelten Lumpen mitzunehmen, war es das wert.

Von draußen näherten sich Schritte. Alarmiert setzte

Anna sich auf, doch Marie, die durch ein Astloch nach draußen spähte, machte eine beruhigende Geste. »Paul kommt zurück.«

Im Heu regte sich Matthias, der dort gedöst hatte, und Jackel schaute von einer Zeichnung auf, die er auf die Rückseite eines Flugblatts kritzelte.

Im nächsten Moment wurde das Tor der Scheune ein Stück aufgeschoben. Paul schlüpfte herein und zog das Tor möglichst leise wieder zu.

»Irgendjemand kommt aus der Richtung von Nürnberg.«

Sie alle stöhnten.

»Noch mehr Soldaten?«, fragte Matthias verschlafen.

»Nein, Dummkopf«, schalt Paul ihn, während er die Leiter zum Heuboden hochkletterte. »Ich sagte, aus Richtung Nürnberg. Aus der Richtung kommen keine Soldaten, außer Tilly oder Mansfeld haben mal eben die Stadt erobert, während wir hier festsaßen.«

»Was weiß ich, wohin dieser Krieg noch führt«, verteidigte sich Matthias. »Pilsen wurde sowohl vom Mansfeld als auch vom Tilly einmal erobert. Wer weiß, welche Stadt die sich als Nächstes ausgucken. Fürth war schon viel zu nah dran, wenn ihr mich fragt.«

Niemand widersprach ihm. Paul ließ sich auf einen Heuhaufen fallen, und sie alle verfielen in düsteres Schweigen. Nur das Kratzen von Jackels Zeichenkohle auf dem Papier durchbrach die Stille.

Ob sie wollten oder nicht, sie würden hierbleiben müssen, bis sie wussten, wer dort in ihre Richtung kam. Selbst, wenn sie beschlossen, die Karren zurückzulassen, war es vorher zu gefährlich, aufzubrechen. Anna zog die Beine an den Körper und fragte sich, was ihr Vater wohl gerade tat. Versuchte er bereits, den Rest seiner Schulden zurückzugewinnen? Bei dem Gedanken wurde ihr übel. Und Heinrich fragte sich wahrscheinlich schon längst, wo sie blieb. Aber immerhin konnte sie sich darauf verlassen, dass er die Geschäfte in ihrer Abwesenheit gut weiterführte.

Anna stand auf und wanderte ruhelos über den Heuboden, bis sie schließlich ein Astloch in der Wand fand, durch das sie die Straße Richtung Nürnberg überblicken konnte.

Nach einer Weile entdeckte sie eine Wolke aufgewirbelten Staubs, und schließlich schälten sich daraus zwei Reiter hervor. Anna kniff die Augen zusammen und musste an Johann von Treist denken. Aber aus dieser Entfernung sah jeder Reiter mit Mantel und Hut gleich aus.

Hätte die Sonne nicht hin und wieder auf den Schnallen des Zaumzeugs geblinkt, hätte Anna angenommen, dass es sich um die Söhne von Bauern handelte, die nachsehen wollten, ob man in Sorg bereits wieder leben konnte. Aber Bauern ritten ihre Pferde – die sowieso breit gebautere Ackergäule gewesen wären, nicht die schlankeren, leichtfüßigen Tiere, die Anna hier zu sehen glaubte – meist ohne Sattel und einem einfachen aus Stricken geknüpften Halfter.

Die beiden Reiter kamen in gemütlichem Trab auf sie zu. »Vielleicht wollen sie sich rekrutieren lassen«, vermutete Anna schließlich.

Hinter ihr stöhnte Marie. »Bloß nicht! Das würde bedeuten, dass die Soldaten noch länger hierbleiben.«

»Nun, sie sehen nicht wie Dorfbewohner aus.«

»Lass mich mal sehen.« Marie schob sie zur Seite. Nachdem sie einen Moment hinausgespäht hatte, nickte sie. »Du hast recht. Wenn sie sich als Rekruten anheuern lassen, sollten wir die Karren vielleicht wirklich aufgeben.«

Anna ließ den Blick über den Heuboden schweifen. Paul nickte mit zusammengepressten Lippen. Jackel blickte mit düsterer Miene von seinen Zeichnungen auf. Matthias kickte missmutig nach einem Heuhaufen. »Wir können es auch riskieren und sehen, ob es uns gelingt, uns mit den Karren davonzustehlen.«

Das sorgte nur dafür, dass die Gesichter ringsum noch länger wurden. Sie wussten alle, was passieren würde, wenn die Soldaten sie mit schwer beladenen Karren erwischten. Genau wie die Räuber bei ihrer ersten Fahrt würden sie davon ausgehen, dass etwas Wertvolles in den Fässern wäre. Und das war es ja auch. Für die Lumpen, die sie gesammelt hatten, hätte Anna unter normalen Umständen eine Menge Geld bezahlen müssen.

Nach einem Moment richteten sich erstaunlicherweise alle Blicke auf Anna. Überließen sie die Entscheidung tatsächlich ihr? Nun ja, sie hatte ja darauf bestanden, die Unternehmung anzuführen. Jetzt verhielt sie sich wohl besser auch entsprechend. Also holte sie tief Luft und straffte die Schultern.

Dann erst fiel ihr auf, dass sie immer noch nicht wusste, was es am besten zu unternehmen galt. Sie ließ den Atem wieder entweichen und sackte ein wenig in sich zusammen.

»Wir sollten erst einmal herausfinden, was sie tatsächlich wollen«, sagte sie schließlich. Das war doch keine schlechte Idee, oder nicht? Mehr Informationen konnten nie schaden. Anna ließ den Blick über ihre Mitverschwörer schweifen und blieb schließlich an Matthias hängen. »Matthias und ich schleichen uns näher an die Soldaten heran, um zu sehen, worüber sie mit den Reitern reden. Falls sie reden. Vielleicht finden wir so auch heraus, wie lange die Soldaten noch hierbleiben wollen.«

»Paul und ich können auch gehen!«, protestierte Jackel.

»Hey!« Paul verschränkte die Arme vor der Brust. »Sprich für dich selbst!«

»Aber warum ich?«, fragte nun auch Matthias.

»Weil du immer noch etwas gutzumachen hast. Und ich will selbst hören, was sie sagen, also gehen wir zusammen.« Wenn sie noch länger hier in der Scheune herumsaß und auf Nachricht wartete, wurde sie ganz sicher noch verrückt.

Noch einmal sah Anna sich in der Runde um, aber es kamen keine Proteste mehr. Aus irgendeinem Grund sorgte das dafür, dass sie sich ein wenig besser fühlte. Wenn sie diese zusammengewürfelte Gruppe dazu bringen konnte, auf sie zu hören, konnte sie sich vielleicht auch etwas einfallen lassen, wie sie alle mit ihrer Beute aus diesem gottverdammten Dorf herauskamen.

Wenig später schob sich Anna dicht hinter Matthias an der Wand eines Bauernhauses vorbei in Richtung des ersten Wachpostens, den der Soldatentrupp aufgestellt hatte. Zwei der Männer lungerten an einer niedrigen Mauer herum, die ehemals einen Gemüsegarten begrenzt haben mochte, und spähten die Straße hinunter den beiden Reitern entgegen. Weitere kamen gerade aus der Richtung des nahen Hauses, das der Trupp besetzt hatte. Sie trugen größtenteils leichte Lederrüstungen und Rapiere und Degen. Offenbar hatte eine der Wachen vorsichtshalber Alarm gegeben, auch wenn zwei Reiter kaum eine angreifende Armee darstellten.

Geduckt huschte Matthias hinter einen nahen Busch, und Anna tat es ihm eilig nach, bevor der Rest der Soldaten nah genug heran war, um sie eventuell zu erspähen. Dort hockte sie sich hin, versuchte möglichst flach zu atmen und lauschte.

Es schien ihr ewig zu dauern, bis die Reiter endlich dicht genug heran waren. Sie zügelten ihre Pferde und näherten sich im Schritt. Sie hatten beide ihre Mantelkrägen hochgeschlagen, um den Staub abzuhalten, sodass Anna kaum einen Blick auf ihre Gesichter erhaschen konnte.

Der vordere sprang elegant aus dem Sattel, während der hintere deutlich vorsichtiger abstieg. Ersterer lüpfte seinen Hut, enthüllte blondes Haar und eine lange Narbe auf seiner Wange. »Seid gegrüßt«, sagte er fröhlich.

Die Soldaten starrten ihn misstrauisch an, bis schließlich derjenige von ihnen vortrat, der offenbar den Befehl hatte.

»Was wollt ihr hier?«

Der Fremde mit der Narbe setzte seinen Hut wieder auf. »Nur nicht zu freundlich. Wir suchen ein paar Freunde. Sie haben nach dem Stand der Dinge hier in Sorg sehen wollen, aber sind nicht zurückgekommen. Habt ihr irgendwen hier gesehen?«

Für einen Moment wandte Anna den Blick vom dem Geschehen auf der Straße ab und sah Matthias an. Abgesehen von ihnen, den Soldaten und den beiden Männern, mit denen Matthias gehandelt hatte, war niemand in den letzten Tagen nach Sorg hereingekommen, da war sie sich sicher. Matthias begegnete ihrem Blick und hob die Schultern. Doch im nächsten Moment sah er zu Boden, schien kurz zu überlegen, bevor er wieder aufschaute. »Ich kenne den Kerl mit der Narbe«, flüsterte er schließlich. »Taucht manchmal beim alten Silberzahn auf. Ich bin nicht sicher, ob er für ihn arbeitet oder nicht. Silberzahn hat gehörig Respekt vor ihm.«

»Denkst du, sie sind deinetwegen hier?«, zischte Anna ihm zu. Im ersten Moment klang das fast wie ein Segen, aber was würden Matthias' Auftraggeber sagen, wenn sie erfuhren, dass er zwei Schmuggelgeschäfte auf einmal hatte erledigen wollen? Würden sie dadurch eventuell nur in mehr Schwierigkeiten geraten?

Matthias machte eine Kopfbewegung, die sowohl Ja als auch Nein bedeuten konnte, und wandte sich wieder der Straße zu.

Dort war das Gespräch inzwischen weitergegangen. Die Soldaten behaupteten, niemanden gesehen zu haben, und wollten die beiden Reiter sichtlich loswerden. Anna hielt den Atem an, während sie beobachtete, wie die Gesten auf beiden Seiten ausladender und aggressiver wurden. Die Pferde tänzelten unruhig hin und her.

Da trat der zweite Reiter vor. »Ihr seid Tillys Männer, nicht wahr?« Seine Stimme war über die Entfernung kaum zu verstehen, aber sie kam Anna irgendwie vertraut vor.

Der Befehlshaber der Soldaten hielt inne und musterte den zweiten Reiter. Schließlich nickte er.

»War ich auch bis vor ein paar Monaten. Wurde verletzt.« Er klopfte auf sein Bein.

Der Befehlshaber behielt seine wachsame Körperhaltung bei. »Wirklich? Welche Einheit?«

Die Antwort hörte Anna nicht mehr, denn nicht nur die Stimme kannte sie, sondern auch die Geste, mit der der Reiter auf eine alte Verletzung hingewiesen hatte. Sie schnappte nach Luft. »Das ist …«

»Treist!«, rief der Befehlshaber. Mit einem Mal fiel jegliche Aggressivität von den Soldaten ab. Der Befehlshaber nahm die Hand vom Griff seines Rapiers und überbrückte den Rest des Abstands zwischen ihm und Johann von Treist. Anna konnte nicht mehr tun als starren. Was machte der Kaufmannssohn hier mit jemandem, den Matthias aus Verbrecherkreisen kannte?

Der Befehlshaber der Soldaten klopfte von Treist auf die Schulter. »Ich hab die Geschichten gehört. Warum gesellt ihr euch nicht für eine Weile zu uns? Im Wirtshaus gibt es noch Bier.«

»Danke«, erwiderte Johann von Treist. Anna hörte es wie aus weiter Ferne. Ihre Gedanken rasten. Nun ergab es immerhin mehr Sinn, dass von Treist sich nicht weiter an ihren Schmuggelgeschäften gestört hatte. Eventuell hatte er tatsächlich nicht vor, sie an die Obrigkeit zu verraten. Am Rande nahm sie wahr, wie er fortfuhr. »Aber wir suchen immer noch unseren Freund.«

»Natürlich, natürlich.« Der Befehlshaber der Soldaten nickte. »Wie hieß er noch gleich?«

»Matthias«, meldete sich der Mann mit der Narbe wieder zu Wort. »Wäre euch aufgefallen. Redet ohne Unterlass.«

Wieder wandte sich Anna Matthias zu, der im Moment die Lippen zusammengekniffen hatte und überhaupt nichts sagte. »Ich glaube«, flüsterte sie nach einem Moment, »wir haben ein ernsthaftes Problem.«

Für den Rest der Unterhaltung saß Anna wie auf Nadeln. Sie bekam nur am Rande mit, wie Johann von Treist die Soldaten dazu bewegte, aufzubrechen. So, argumentierte er, konnten er und sein Begleiter in Ruhe nach ihrem vermissten Freund suchen, der sich eventuell aus Angst vor den Soldaten irgendwo versteckt hatte. Und sollten sie sich nicht ohnehin beeilen, sich wieder Tillys Heer anzuschließen?

Letzteres wurde mit wenig Begeisterung aufgenommen. Offenbar hatte man gehofft, sich noch eine Weile länger abseits der Kämpfe eine schöne Zeit machen zu können. Aber von Treists Wort schien unter ihnen Gewicht zu haben. Kaum, dass die kleine Versammlung sich auflöste, huschten Anna und Matthias aus ihrem Versteck und zurück zur Scheune. Eilig berichteten sie den anderen, was sie gehört hatten.

Marie lehnte sich mit einem Lächeln zurück. »Schon wieder gerettet von Johann von Treist.« Offenbar war sie immer noch fest entschlossen, ihn im bestmöglichen Licht zu sehen.

Pauls Miene war deutlich düsterer. »Sobald die Soldaten fort sind, müssen wir auch machen, dass wir davonkommen. Egal für wen Treist und sein Begleiter arbeiten, derjenige wird nicht glücklich sein, dass Matthias sich verspätet hat, weil wir zusätzlich in eigenem Interesse schmuggeln.«

Anna nickte. Allerdings glaubte sie nicht, dass sie sich einfach so würden davonstehlen können. »Sie werden das Dorf nach Matthias durchsuchen. Und selbst wenn wir mit den Karren hier fortkönnen, bevor sie uns finden, holen sie uns spätestens auf der Straße zurück nach Nürnberg ein.«

Matthias saß auf einem Heuhaufen, hatte die Beine an den Körper gezogen und wirkte ungewöhnlich schweigsam. Gut.

Immerhin schien ihm klar zu sein, in was für einer Klemme sie seinetwegen steckten.

»Ich kann mich von Treist zu erkennen geben und behaupten, ich hätte mich aus Angst vor den Soldaten versteckt«, sagte er schließlich. Er lächelte schief. »Den Feigling kaufen die Leute einem immer gerne ab. Aber sie werden fragen, wo der Rest der Gruppe ist. Ich habe ihnen ja gesagt, dass ich nicht allein hier hinausgehe.«

»Ich komme mit«, sagte Jackel plötzlich. »Um die Wagen zu ziehen, braucht es nur drei Leute.«

Da hatte er recht. Und mit Soldaten so nahe bei war es unwahrscheinlich, dass Räuber sie angreifen würden. Dennoch gefiel Anna die Idee nicht. »Er wird euch beide erkennen, und dann wird er sicher wissen, dass wir beim letzten Mal etwas Verbotenes getan haben.«

Matthias hob die Schultern. »Und wir wissen sicher, dass er irgendetwas mit meiner Schmuggelware am Hut hat.«

Dem konnte Anna schwerlich widersprechen. Langsam nickte sie, während sie den Plan noch einmal in Gedanken durchging. Sobald Johann von Treist und sein Begleiter Matthias und damit die Bezahlung für das Brillenmacherwerkzeug gefunden hatten, würden sie nach Nürnberg zurückkehren wollen. Zusammen mit Marie und Paul konnte Anna ihnen etwas später mit den Karren folgen. Es gab nur noch einen Haken.

»Aber ihr seid nur zwei«, wandte sie ein. »Du hast doch sicher nicht von nur einem Begleiter gesprochen, bevor du aufgebrochen bist.«

Langsam streckte Matthias die Beine aus und lehnte sich zurück. »Dafür wird mir eine Erklärung einfallen. Also machen wir es so? Es wird höchste Zeit, dass wir heimkommen.« Er grinste. »Das Geld, das ich in den letzten Tagen verdient habe, muss dringlichst für etwas Gutes ausgegeben werden.«

Anna seufzte. Es wäre schön gewesen, wenn Matthias' Schuldbewusstsein etwas länger angehalten hätte. »So machen wir es«, entschied sie schließlich trotzdem.

Alles war besser, als hier herumzusitzen und darauf zu warten, gefunden zu werden.

KAPITEL 14

Johann sah den Soldaten mit gemischten Gefühlen nach. Er hatte nicht gewusst, dass sein Name in Tillys Armee solches Gewicht hatte, aber der Offizier hatte ihn angesehen, als wäre er ein Held.

Während der kleine Trupp nun abzog, trat Götz neben ihn. Johann wandte den Kopf und blickte in das Gesicht mit der Narbe auf der Wange. Götz grinste. »Beeindruckend. Was habt Ihr getan, um so viel Ehrerbietung zu verdienen?«

Das war die erste Frage, die der Mann seit ihrem Aufbruch aus Nürnberg stellte. Bartholomäus hatte ihn persönlich ausgewählt. Soweit Johann wusste, gab es nur eine Handvoll Personen, die darüber informiert waren, dass der Name von Treist hinter so vielen der illegalen Geschäfte in der Stadt steckte. Diese Personen wiederum hielten in Bartholomäus' Auftrag den Kontakt zu unzähligen unwichtigeren Strohmännern wie dem alten Silberzahn. Götz war einer von ihnen.

Etwas verspätet hob Johann die Schultern. »Einem Mann die Kehle durchgeschnitten.«

Götz runzelte die Stirn. »Passiert das im Krieg nicht dauernd?«

»Ja«, erwiderte Johann. »Normalerweise auf dem Schlachtfeld.«

»Ah.« Götz nickte. »Wenn man dem richtigen Mann die Kehle durchschneidet, muss man sich seinen Leuten danach nicht mehr auf dem Schlachtfeld stellen?«

Für einen Moment sah Johann den Offizier von damals wieder vor sich, die Augen weit aufgerissen in dem spärlichen Licht im Zelt. Er schüttelte das Bild ab und griff nach den Zügeln seines Pferdes. »Gut erkannt. Kommst du? Wir müssen ein paar Leute finden oder zumindest ein paar Leichen.«

Götz ergriff ebenfalls die Zügel seines Pferdes, und sie machten sich auf den Weg. Es kamen keine weiteren Fragen mehr. Gut.

Die Hufe der Pferde klapperten auf der staubigen Straße und das Geräusch wurde von den Wänden der Häuser rechts und links zurückgeworfen. Ansonsten war es gespenstisch still. Hoffentlich konnten sie diesen Matthias und seine Gruppe schnell finden, denn Johann hatte nicht die geringste Lust, jedes Haus in diesem gottverlassenen Dorf nach ein paar Männern zu durchsuchen, die offenbar zu feige waren, um an einem kleinen Trupp Soldaten vorbeizuschleichen. Falls sie noch lebten.

Dennoch machten sie sich methodisch an die Arbeit, gingen in jedes Gebäude hinein, warfen einen Blick in alle Räume. Es war derselbe Anblick, den er aus seiner Zeit als Söldner kannte. Das, was dabei herauskam, wenn man Versorgungslinien für zu viel Aufwand hielt und sich darauf verließ, dass das Heer sich schon vom Land ernähren könne. Jede Seite in diesem Krieg würde das noch bereuen. Das zumindest war Johanns Meinung. Es ließ den Gewinner mit geplünderten Landstrichen zurück, auf denen kaum noch jemand lebte, um sie zu bewirtschaften.

»Jetzt schaut nicht so düster drein«, sagte Götz. »Wir finden sie schon. Oder zumindest die Waren Eures Bruders.«

Als sie an der Schenke vorbeigingen, über den Platz mit dem Brunnen, kamen ihnen tatsächlich zwei Männer entgegen. Der eine war eher breit gebaut mit einer stoischen Miene, der andere schmaler und mit einem vorsichtigen Lächeln auf dem Gesicht. Beide trugen sie jeweils ein langes Messer am Gürtel, und sie kamen Johann sehr vertraut vor.

»Wir haben gesehen, wie die Soldaten abgezogen sind«, rief der Schmalere. »Haben wir das euch zu verdanken?«

»Matthias!«, grüßte Götz. Denselben Tonfall hatte er zuvor schon mit den Soldaten verwendet. Er klang oberflächlich freundlich, aber darunter schwang eine gewisse Kälte mit. »Der alte Silberzahn macht sich Sorgen um dich.«

Matthias und sein Begleiter kamen vor ihnen zum Stehen, und nun wusste Johann, woher er sie kannte. Anna Pecht! Er hatte doch geahnt, dass sie irgendwelche Waren durch das Tor gebracht hatte, die die Wachen nicht hatten sehen sollen. Und nun stellte sich heraus, dass sie tatsächlich in der Begleitung zweier Schmuggler unterwegs gewesen war.

Derweil grinste Matthias breit, während jedoch gleichzeitig sein Blick immer wieder zu Johann huschte. Also hatte er ihn seinerseits erkannt. Seinem Begleiter gelang es etwas besser, seine ausdruckslose Miene beizubehalten, aber auch seine Haltung wirkte angespannt.

»Um mich?«, fragte Matthias. »Oder vielleicht eher um sein Geld?« Er klimperte mit einem Beutel voller Münzen an seinem Gürtel. »Ist alles hier.«

»Gut für dich«, sagte Götz. »Was hat dabei so lange gedauert? Und wo ist der Rest deiner Gruppe?«

Der zweite, breiter gebaute Mann spannte sich noch weiter an, während Matthias' Gesicht sich verdüsterte. »Die Leute, die die Ware abgeholt haben, wollten nicht bezahlen. Wir konnten ihnen das Geld doch noch abringen, aber es hat uns einiges gekostet.«

Damit hatte Johann nicht gerechnet. Bartholomäus würde kräftig fluchen, und ausnahmsweise konnte Johann sich darüber nicht sonderlich freuen. »Der Rest eurer Begleiter ist tot?«, fragte er.

Matthias nickte mit ernster Miene. »Danach wollten wir kein Risiko mehr eingehen, wisst ihr. Mit den Soldaten vorne am Ortseingang. Deshalb haben wir uns erst mal versteckt.«

Götz nickte, und auch Johann konnte den beiden Männern kaum mehr als ein wenig Feigheit vorwerfen. Immerhin hatte der alte Silberzahn recht gehabt. Matthias hatte sich tatsächlich als loyal erwiesen. Nicht jeder hätte überhaupt um Waren gekämpft, die nicht ihm gehörten.

»Fürs nächste Mal lernt, wie man an einem Trupp schlafender Soldaten vorbeischleicht«, sagte er dennoch. Dass Matthias zwar den Mut hatte, hinter dem Rücken seiner üblichen Auftraggeber Geschäfte mit einer Papiermüllerin zu machen, aber sich dann vor ein paar Soldaten verkroch, ärgerte ihn trotzdem. »Ich habe keine Lust, noch mal für euch die Eskorte zu spielen.«

Immerhin hatte Matthias den Anstand, ein wenig zerknirscht auszusehen. »Natürlich. Wie habt ihr die Soldaten dazu gebracht, abzuziehen?« Mit halb neugierigen, halb bewundernden Blicken sah er zwischen ihnen hin und her. »Wir hatten uns in einer Scheune versteckt und haben sie nur fortwandern sehen. Falls ihr ihnen Angst eingejagt habt, müsst ihr ganz ohne Zweifel ein paar sehr gute Asse im Ärmel haben.«

Eine gute Taktik, mit Komplimenten von den eigenen Fehlern abzulenken, das musste Johann ihm lassen. Der alte Silberzahn hatte recht gehabt. Matthias redete wirklich viel, aber dumm war er nicht.

So einfach würde Johann es ihm aber nicht machen. »Wir haben mit ihnen geredet«, sagte er. Dann wandte er sich ab und schwang sich auf sein Pferd. »Aber wir sollten uns beeilen, wenn wir Nürnberg erreichen wollen, bevor es dunkel wird.«

Johann und Götz ritten voraus, und Matthias und sein Begleiter – Jackel, wie Johann jetzt erfahren hatte – trotteten hinter ihnen her. Matthias hatte sich geweigert, das Geld herauszugeben. »Bei aller Dankbarkeit«, hatte er gesagt, »aber es ist mein Auftrag, die Bezahlung für die Waren zum alten Silberzahn zu bringen, also werde ich das tun.«

Ganz eindeutig nicht dumm.

Jedes Mal, wenn Johann sich nun nach ihm und Jackel umsah, hatten die beiden die Köpfe zusammengesteckt und redeten leise miteinander. Gerade legte Matthias seinem größeren Begleiter die Hand in einer beruhigenden Geste auf die Schulter. Glaubten sie, sie würden wegen der Verspätung noch Ärger bekommen oder machten sie sich über etwas anderes Sorgen?

Dann stahl sich ein Funkeln in Matthias' Blick und er sagte etwas mit einem Grinsen auf den Lippen, das Jackel dazu brachte, den Blick zu senken und mit einem leichten Lächeln den Kopf zu schütteln.

Götz lenkte sein Pferd näher an Johanns heran. »Wer auch immer versucht hat, denen die Waren abzuluchsen, muss kaum gewusst haben, was er tut.«

Johann dachte an den Räuberangriff zurück, den er verhindert hatte, und musste zustimmen. Jackel hatte sich nicht ganz schlecht geschlagen, wenn er sich recht erinnerte, wahrscheinlich schon allein wegen seiner Größe und seiner Kraft. Matthias wäre mit durchgeschnittener Kehle im Straßenstaub gelandet, wäre Johann auch nur Augenblicke langsamer gewesen.

»Jeder, der bei so einem Handel versucht, die Waren zu stehlen, muss entweder kaum wissen, was er tut, oder sehr sicher sein, damit Erfolg zu haben«, sagte er.

Götz nickte. »Und die beiden hier sind ganz unverletzt, wenn Ihr versteht, was ich meine. Nicht mal ein blaues Auge.«

Das war ein interessanter Punkt. Johann sah seinen Begleiter nachdenklich an. »Du meinst, sie haben gelogen.«

Götz hob die Schultern. »Matthias hat genug Geld bekommen, um fünf Leute zu bezahlen. Und mit weniger hier hinauszugehen, ist im Moment auch dumm …«

»Aber man könnte es eventuell riskieren, um mehr Geld einzustreichen?«, fragte Johann. Er wies nicht darauf hin, dass sie auch nur zu zweit unterwegs gewesen waren. Zu Pferde und schwer bewaffnet zu sein, machte ebenfalls einen Unterschied.

»Man könnte.« Kurz warf Götz einen Blick zu den beiden Schmugglern zurück. »Wenn man sein eigenes Leben nicht allzu sehr schätzt.«

»Laut Silberzahn ist Matthias alles andere als dumm«, gab Johann zu bedenken.

»Unvorsichtig allerdings schon«, wandte Götz ein. »Schaut Euch die beiden doch nur an.«

Nun drehte sich Johann seinerseits ein wenig im Sattel um. Matthias lehnte halb auf Jackels Schulter, während er auf ihn einredete.

Mit einem Stirnrunzeln wandte Johann sich wieder Götz zu. »Was meinst du?«, fragte er.

Götz grinste. »Wenn ihr es nicht seht, ist es vielleicht doch noch nicht so schlimm. Aber ich würde sagen, die beiden knüpfen gerade die Art von Verbindung, die einen Mann auf den Scheiterhaufen bringen kann.«

Noch einmal sah Johann zu Matthias und Jackel nach hinten. Nun rieb sich Jackel mit einer Hand verlegen den Nacken. Matthias beugte sich noch näher zu ihm, um ihm etwas ins Ohr zu raunen. Jackels Kopf ruckte hoch, und für einen Moment starrte er seinen Begleiter an, bevor er leise ebenfalls etwas sagte.

Langsam wandte Johann sich wieder nach vorne und verlagerte sein Gewicht ein wenig, um sein Pferd daran zu hindern, von der Straße abzukommen. Während seiner Zeit als Söldner hatte er das eine oder andere Paar gesehen, das verdächtig unzertrennlich gewesen war, aber gut darin, zwischen Freunden und denen zu unterscheiden, die mehr waren, war er nie geworden. Es war ohnehin besser, nichts zu wissen oder zumindest so zu tun. »Ich maße mir normalerweise nicht an, über die Sünden anderer Leute zu urteilen«, sagte er nach einem Moment.

Götz' Grinsen wurde breiter. »Sehr gute Einstellung. Praktisch ist es allerdings, das Wissen darüber zu sammeln, damit man es vielleicht später einmal verwenden kann.«

Von einem Vertrauten von Bartholomäus hatte Johann nichts anderes erwartet.

»Unvorsichtig also«, kam er wieder auf das eigentliche Thema zurück.

Götz nickte. »Vielleicht irre ich mich. Aber irgendetwas an der Geschichte, die er erzählt hat, passt nicht zusammen.«

Da konnte Johann ihm nicht einmal widersprechen, auch wenn er nicht genau sagen konnte, woher das Gefühl rührte. Schließlich allerdings hob er die Schultern. »Er hat die Waren abgeliefert und das Geld dafür bekommen. Wenn ihm das mit zwei Leuten gelungen ist anstatt mit fünf, soll er die zusätzliche Bezahlung meinetwegen behalten.«

Noch einmal hob Götz die Schultern. »Meinetwegen auch. Aber wir werden sehen, was Euer Bruder dazu sagt.«

Johann musste zugeben, Bartholomäus hatte seine Vertrauten gut gewählt.

Sie erreichten das am nächsten gelegene Stadttor von Nürnberg ohne Zwischenfälle, als die Sonne noch einen Fingerbreit über dem Horizont stand. Johann und Götz bezahlten den Wegzoll für ihre Pferde, dann lenkten sie sie unter dem Torbogen hindurch und auf die Straßen der Stadt. Johann hielt sein Pferd an und wartete auf die beiden Schmuggler, die hinter ihnen durch das Tor kamen. »Den Rest des Weges findet ihr selbst, nehme ich an.«

»Natürlich.« Matthias lächelte und deutete eine etwas übertriebene Verbeugung an. »Danke für die Eskorte.«

»Ich begleite euch noch bis zum alten Silberzahn«, verkündete Götz.

Johann hatte angenommen, dass er zuerst bei Bartholomäus Bericht erstatten wollte, aber offenbar wollte er das Geld nicht aus den Augen lassen. Silberzahn würde seinen Anteil nehmen und Matthias bezahlen und den Rest dann Götz übergeben, damit er es Bartholomäus bringen konnte. Allein wegen der verschlungenen Wege, die sein Bruder einschlug, damit seine Identität so wenigen Menschen wie möglich bekannt wurde, schienen Johann all diese Geschäfte manchmal kaum die Mühe wert zu sein.

»Jackel!«, ertönte in diesem Moment eine Stimme. Ein älterer Mann in unordentlicher Kleidung und mit rot unterlaufenen Augen stürmte auf sie zu. »Jackel, da bist du ja! Wo wart ihr? Wo ist Anna?«

Anna? Wie in Anna Pecht? Johann horchte auf. Das versprach interessant zu werden.

Jackel warf Johann einen nervösen Seitenblick zu. »Es geht ihr gut.«

Also war Anna Pecht auf dieser Unternehmung dabei gewesen? Allerdings, wenn ja, wo war sie jetzt? Ganz abgesehen davon, dass Johann immer noch nicht verstand, warum jemand mit einem allem Anschein nach gut laufenden Papiergeschäft für Bartholomäus arbeiten sollte.

»Es geht ihr gut? Was soll das denn heißen, Jackel?«, brauste der ältere Mann auf. Er schenkte dem Rest ihrer Gruppe nicht die geringste Beachtung. »Wo ist sie? Weißt du, wie viele Sorgen ich mir gemacht habe? Wir haben seit …«

»Ich erkläre es Euch gleich«, unterbrach Jackel ihn eilig, sehr zu Johanns Bedauern. Er hätte gewettet, dass der andere

Mann hatte sagen wollen, dass sie seit Tagen nichts mehr von Anna Pecht gehört hatten.

Wo sie jetzt wohl war? Schließlich hatte er sie nicht vor den Räubern gerettet, nur damit sie kurz darauf schon wieder in Schwierigkeiten geriet. Vielleicht fühlte er sich deswegen für sie verantwortlich und musste ständig an sie denken. Allein bei dem Gedanken, ihr könnte etwas zugestoßen sein, musste er schlucken. Aber sie war einfallsreich und klug. Sicher ließ sie sich so leicht nicht unterkriegen. Dennoch nahm er sich vor, Erkundigungen einzuziehen, sobald Götz nicht mehr in der Nähe war. Schaden konnte es immerhin nicht.

Jackel legte eine Hand auf die Schulter des älteren Mannes, und führte ihn von der Gruppe fort, während dieser weiterplapperte. »Ich war krank vor Sorge! Und aus Heinrich war nur herauszubekommen, dass sie für eine Weile weg ist! Ich habe sie überall gesucht!«

Jackel ignorierte den Redeschwall und warf Matthias einen kurzen Blick zu, der zur Antwort nickte. Erst etwas verspätet wandte er sich auch Johann und Götz zum Abschied zu. »Ich danke für die Hilfe. Matthias wird sich um alles kümmern.«

»Sollten wir …?«, fragte Götz so leise, dass nur Johann es hören konnte, während Jackel und sein Bekannter sich entfernten.

»Nein«, sagte Johann. »Wir finden sie wieder, wenn wir ihnen später Fragen stellen wollen.« Und zwar in Anna Pechts Mühle. Er hätte einiges darauf verwettet, dass sie beide für sie arbeiteten. Was bedeutete, dass auch Jackel nicht hauptsächlich ein Schmuggler war.

Matthias, der das leise Gespräch zwar mitbekommen haben musste, aber wahrscheinlich nicht verstanden hatte, wandte sich ihnen mit einem entschuldigenden Lächeln zu. »Mädchengeschichten. Bringen einen immer wieder in Schwierigkeiten, nicht wahr?« Dann sah er Götz an. »Sollen wir dann?«

Götz nickte und bedeutete ihm, voranzugehen.

Bevor er sein Pferd antrieb, um Matthias zu folgen, beugte sich Götz noch einmal zu Johann hinüber. »Wenn der Junge je in seinem Leben ein Mädchen hatte, fresse ich meinen Hut. An der Geschichte stimmt ganz sicher etwas nicht.«

Johann war sich noch immer nicht ganz sicher, wie sehr er Götz' Einschätzung in dieser Hinsicht trauen sollte, aber Jackel und Anna Pecht? Das konnte er sich ebenfalls nicht vorstellen.

Es überraschte Johann ein wenig, dass Bartholomäus nicht direkt bei der Tür auf ihn wartete, als er nach Hause kam. Allerdings trat sein Bruder kurz darauf aus seinem Studierzimmer, um Johann auf dem Weg durch den Flur abzufangen.

Unter Bartholomäus' erwartungsvollem Blick seufzte Johann. »Du bekommst dein Geld. Lass dir den Rest von Götz erzählen. Er ist dein Handlanger, nicht ich.«

Ausnahmsweise war die schlechte Laune zur Hälfte gespielt. Johann war sich nicht sicher, wie viele von Götz' Verdächtigungen er weitergeben wollte, aber wenn er und Götz sich widersprachen, würde ihn das nur Bartholomäus' Vertrauen kosten. Besser, er wartete ab, was der Mittelsmann sagte und welche Schlüsse sein Bruder daraus zog. Dann konnte er sich immer noch überlegen, was es zu unternehmen galt.

KAPITEL 15

Als die Mühle vor ihr in Sicht kam, wurde Anna fast schwindelig vor Erleichterung. Sie wusste kaum mehr, wie sie es mit ihrem Wagen durch das Tor geschafft hatte. Das Gespräch mit den Wachen und das Bezahlen des Wegzolls waren nichts weiter als eine verschwommene Erinnerung, die ihr wie ein Traum vorkam. Sie, Marie und Paul hatten sich getrennt, um die Stadt durch unterschiedliche Tore zu betreten. Das letzte Mal, als Anna sich so allein, schutzlos und verlassen gefühlt hatte, war beim Tod ihrer Mutter gewesen. Als sie festgestellt hatte, dass ihr Vater so sehr mit seiner eigenen Trauer beschäftigt war, dass er ihr auch keine Stütze mehr sein konnte. Das war der Tag gewesen, an dem sie beide Elternteile verloren, und gelernt hatte, auf eigenen Beinen zu stehen.

Bei den letzten paar Schritten durch das Tor zitterten ihre Knie so stark, dass sie einen Moment lang glaubte, sie würde es nicht schaffen. Aber dann stand sie im Hof der Mühle und ließ den Wagen mit einem erleichterten Seufzer auf seine Stützen sinken. Wie es aussah, war sie die Erste. Hoffentlich ging es Paul und Marie gut und sie würden bald nachkommen, aber für den Moment fehlte ihr die Kraft, um sich noch mehr Sorgen zu machen. Sie fühlte sich, als hätte man sie durch ihre Papierpresse gedreht.

Noch war es allerdings nicht vorbei.

Anna drehte sich zu dem Karren um und starrte das vorderste Fass von links an. Das, in das sie den Schleier, die Reste des Brautkleids und andere weiße Tücher gestopft hatte, die sie in Sorg gefunden hatten. Heinrich hatte gesagt, er wolle nichts darüber hören, dass sie Schreibpapier herstellten. Also durfte er diese Lumpen nicht sehen.

Mit einem Ächzen hievte Anna das Fass von der Ladefläche. Jackel ließ das immer so leicht aussehen. Ihre Knie gaben unter der Last tatsächlich nach, und das Fass krachte viel zu laut auf den Boden. Anna packte die oberen Kanten, um es zu stabilisieren, und rang für einen Moment nach Atem.

Dann gab sie sich einen Ruck und rollte das Fass über den Hof. Das Tor zum Lager stand bereits einen Spaltbreit auf, und Anna spähte hinein, um sicherzugehen, dass niemand dort war. Gestank schlug ihr entgegen, sowohl von den Haufen noch unbearbeiteter Lumpen als auch aus der Faulgrube in der hinteren Ecke. Ansonsten jedoch war das Lager leer. Eilig schob sie das Fass hinein und stellte es dicht bei der Tür an der Wand ab. Sie wollte sich schon wieder abwenden, als ihr die Äpfel einfielen. Sie öffnete das Fass und holte sie heraus. Sie waren zwar schrumpelig, aber noch essbar. Kein Grund, sie zu verschwenden.

Auch aus den anderen Fässern holte sie Äpfel und Stroh. Gerade als sie damit fertig war, trat Kurt aus dem Hauptgebäude der Mühle. Er bekam große Augen, als er sie sah. »Anna?«

Anna lächelte. Dann richtete sie sich etwas gerader auf, um sich ihre Erschöpfung nicht anmerken zu lassen. »Es gibt eine neue Ladung Lumpen. Sag den anderen, sie sollen rauskommen und helfen, sie abzuladen. Ist Jackel schon wieder zurück?«

Kurt blinzelte verwirrt, dann nickte er langsam. Gut. Das war eine Sache weniger, über die sie sich Sorgen machen musste.

»Nun dann!« Anna machte eine scheuchende Bewegung. »Worauf wartest du?«

Vielleicht, wenn sie so tat, als sei alles in Ordnung, würde niemand Fragen stellen, auf die sie am liebsten keine Antworten geben wollte.

Natürlich erfüllte sich diese Hoffnung nicht. Heinrich war der Erste, der aus der Mühle trat, nachdem Kurt wieder darin verschwunden war. Er trug eine düstere Miene zur Schau. Als er allerdings Anna erblickte, machte sich Erleichterung darauf breit. Er eilte zu ihr hinüber, legte ihr die Hände auf die Schultern und musterte sie von oben bis unten. Schließlich nickte er, als wäre er zufrieden damit, festzustellen, dass sie noch an einem Stück war, und trat einen Schritt zurück. »Müssen wir mit Schwierigkeiten rechnen?«

Anna schüttelte den Kopf. »Marie und Paul müssten auch bald mit weiteren Lumpen hier sein. Wir müssen alles ins Lager bringen, dann …«

»Anna!«

Anna hatte kaum Zeit, sich umzudrehen, da lagen diesmal die Hände ihres Vaters auf ihren Schultern. Er zog sie in eine feste Umarmung, klammerte sich an sie, als könnte er sie so davon abhalten, jemals wieder in Gefahr zu geraten. »Was hast du dir dabei gedacht? In diesen Zeiten die Stadt zu verlassen? Du hättest sterben können!«

In gewisser Weise tat es gut, zu wissen, dass er sich Sorgen um sie gemacht hatte. Allerdings, was hatte Jackel ihm noch darüber erzählt, wo sie gewesen waren? Nach einem Moment löste sie sich vorsichtig aus der Umarmung und schob ihren Vater auf Armlänge fort.

»Ich habe dafür gesorgt, dass wir im Geschäft bleiben.« Sie biss sich auf die Zunge, um nicht noch zu sagen, dass das nicht nötig gewesen wäre, wenn er endlich aufhören würde, Schulden zu machen. Es war nun wirklich nicht der richtige Zeitpunkt für so ein Gespräch.

»Außerhalb der Stadt?«, fragte ihr Vater. Nun wirkte er umso besorgter. »Du hast außerhalb der Stadt Lumpen gesammelt?«

»Natürlich nicht«, log Anna geradeheraus. »Das wäre verboten. Ich habe Papier ausgeliefert und auf dem Rückweg eine Ladung Lumpen bei Marie und Paul abgeholt. Ich wurde aufgehalten, aber es ist nichts passiert.«

Sie warf Heinrich einen kurzen Blick zu. Dieser hatte die Lippen zu einem dünnen Strich zusammengepresst. Im Gegensatz zu ihrem Vater hatte er den Überblick darüber, was mit den gepressten Bögen geschah und dass sie nichts mitgenommen hatte, das ausgeliefert werden musste. Er wusste, dass sie log. Aber er hatte ihr bereits gesagt, dass er bereit war, wegzusehen. Hoffentlich hielt er sein Wort.

Annas Vater starrte sie für einen Moment aus zusammengekniffenen Augen an. Schließlich hob er einen Zeigefinger. »Du wirst nicht noch einmal die Stadt verlassen, solange dort draußen Krieg herrscht!«

Nun war Anna diejenige, die die Lippen aufeinanderpresste. Ein solches Versprechen würde sie nicht geben können. Viel besser wäre es gewesen, wenn ihr Vater nie von diesen Unternehmungen erfahren hätte. Anna sah sich nach Jackel um und entdeckte ihn bei ihrem Karren. Er warf ihr einen schuldbewussten Blick zu. Also war wirklich er derjenige, der alles ausgeplaudert hatte.

»Anna?«, fragte ihr Vater streng. Er klang beinahe wieder so wie früher.

Sie sah ihn an und schüttelte den Kopf. »Ich werde tun, was ich tun muss, um die Mühle über Wasser zu halten.«

Ihr Vater richtete sich gerader auf. »Das ist meine Aufgabe, und ich habe Sorge dafür getragen, dass es in Zukunft keine Schwierigkeiten mehr gibt. Meine Schulden sind bezahlt.«

Oh nein! Was hatte er getan? Anna warf Heinrich einen fragenden Blick zu, der nur mit den Schultern zuckte.

»Woher hattest du das Geld?«, fragte sie ihren Vater schließlich vorsichtig.

»Das ist nicht deine Sorge«, beschied er sie. »Wichtig ist, dass du keinen Grund mehr hast, dich in Gefahr zu begeben. Und ich will keine Widerworte mehr hören!«

Widerworte waren genau das, was Anna auf der Zunge lag. Aber sie schluckte sie herunter und nickte.

»Ich helfe dann wohl besser beim Abladen.« Mit diesen Worten schob sie sich an ihrem Vater und Heinrich vorbei. Auf dem Weg zum Eingang der Mühle kam sie an Jackel vorbei. »Was hast du ihm erzählt?«, zischte sie ihm zu.

»Es tut mir leid!«, flüsterte Jackel zurück. »Er ist mir am Tor entgegengekommen.«

Am Tor? Annas Herz schlug mit einem Mal schneller. »Hat Johann von Treist ihn gesehen?«

»Ich fürchte schon«, gab Jackel zurück. »Ich habe ihn so schnell wie möglich dort weggebracht, aber von Treist muss gehört haben, dass dein Vater nach dir gefragt hat. Allerdings hat er nichts gesagt.«

Anna nickte grimmig. Johann von Treist wusste inzwischen eindeutig viel zu viel über ihre Unternehmungen. Und es beschäftigte sie, dass sie nicht wusste, was er mit diesen Informationen anzufangen gedachte.

Bevor sie jedoch länger darüber nachdenken konnte, bog Marie mit ihrem Karren in die Hofeinfahrt ein, und kurz darauf Paul. Die Erleichterung darüber, dass sie beide wohlbehalten in die Stadt hineingekommen waren, vertrieb für einen Moment ihre düstere Stimmung.

Mit den zwei zusätzlichen Wagen voller Lumpen war der Trubel im Hof komplett. Jeder, der es sich leisten konnte, seine Arbeit in der Mühle liegen zu lassen, half dabei, die Fässer abzuladen. Marie und Paul hatten zum Glück daran gedacht, die Äpfel in ihren Fässern schon vor ihrer Ankunft herauszuholen, und Anna gab ihnen den Großteil der sauren, schrumpeligen Dinger mit. So, wie Marie sich darüber freute, stellten sie eine willkommene Abwechslung in ihrem Speiseplan dar.

Zusammen mit den Äpfeln steckte Anna Marie auch die Bezahlung für die Unternehmung zu. »Wenn ihr Matthias seht, schickt ihn her. Er schuldet uns allen außerdem noch Geld.«

Marie nickte. »Alles in allem ist es nicht schlecht gelaufen, oder?«

Unschlüssig wiegte Anna den Kopf hin und her. »So bald möchte ich es trotzdem nicht noch mal machen müssen.« Vor allem nicht, während Johann von Treist ihnen vielleicht schon viel zu dicht auf der Spur war.

Am nächsten Tag lehnte Matthias neben der Hofeinfahrt an der Mauer, als Anna mit Jackel aufbrach, um die nächste Lieferung Packpapier zu Wolfgang Endter zu bringen.

»Gut nach Hause gekommen, wie ich sehe.« Kurz ging Matthias' Blick an Anna vorbei, um Jackel ein Lächeln zuzuwerfen, dann zog er eine Geldbörse von seinem Gürtel und hielt sie Anna hin. »Niemand soll mir nachsagen können, dass ich meine Schulden nicht bezahle. Aber die Hälfte davon gehört Jackel, klar?«

Als Anna den Beutel entgegennahm, wog er schwer in ihrer Hand. Sie lächelte. Eventuell war Matthias wirklich gar nicht so übel. »Hast du Ärger bekommen?«, fragte sie.

Matthias schüttelte den Kopf, zuckte dann mit den Schultern. »Der alte Silberzahn mag mich. Der hat mir unsere Geschichte abgenommen, glaube ich. Dieser Götz, der Begleiter vom von Treist, hat ein paar Fragen gestellt. Aber ich denke, er konnte an den Antworten nichts Schlechtes finden.« Matthias grinste. »Falls euch jemand fragt, Anna, dein Vater war aufgebracht, weil er dachte, du und Jackel seien zusammen abgehauen. Was aber nicht stimmte.« Mit einem noch breiteren Grinsen schlenderte er zu Jackel hinüber und legte ihm einen Arm um die Schultern. »Er hat dir den Frauenheld nicht abgenommen, also habe ich die Geschichte so rum gesponnen.«

Jackel senkte den Blick und murmelte irgendetwas, aber Anna bekam es nur am Rande mit. Matthias hatte was über sie erzählt? Zum einen war sie froh, dass er gut improvisiert hatte, zum anderen nahm sie sich vor, es ihm nie wieder zu überlassen, sich Entschuldigungen für ihre illegalen Aktivitäten auszudenken.

Matthias fing ihren Blick auf und lachte. »Nun schau nicht so! In den Kreisen, in denen ich verkehre, werden solche Geschichten schon nicht deinen Ruf ruinieren. Es ist alles gut ausgegangen, das ist alles, was zählt, oder nicht?«

Widerwillig musste Anna nicken. »Wir sollten dennoch erst Gras über diese Sache wachsen lassen, bevor wir zu einer neuen Unternehmung aufbrechen.«

»Ganz meine Meinung«, stimmte Matthias zu. Er klopfte Jackel auf die Schulter, löste sich von ihm und wandte sich zum Gehen. »Wenn ihr mich wieder braucht, fragt Paul, wo ihr mich findet.«

Damit war er fort.

Als Anna sich wieder zu Jackel umdrehte, starrte dieser verlegen zu Boden. »Er meint es gut«, sagte er.

Anna winkte ab. »Lass uns einfach nicht mehr darüber reden. Komm, Endter wartet nicht gerne.«

KAPITEL 16

»Ich muss ehrlich sagen, es passt alles nicht vernünftig zusammen, fest steht, dass dieser Matthias uns einige Lügen aufgetischt hat«, sagte Götz. »Vielleicht hat er zumindest einen Teil der Ware gestohlen. Und auf irgendeine Weise scheint Anna Pecht darin verwickelt zu sein. Ich habe gesehen, wie er sich mit ihr und diesem Jackel getroffen hat.«

Sie saßen in Bartholomäus' Studierzimmer. Nun ja, Bartholomäus saß, und zwar hinter einem Schreibpult. Götz stand davor in einer Haltung, die Johann denken ließ, dass er auch mal Soldat gewesen sein musste. Und Johann lehnte nahe dem Fenster an der Wand und tat so, als würde ihn Götz' Bericht eher langweilen, während er aufmerksam zuhörte. Bartholomäus hatte ihn gebeten, bei diesem Gespräch dabei zu sein, nur für den Fall, dass er noch etwas hinzuzufügen hätte. Insgeheim war Johann froh darüber, auch wenn er so getan hätte, als würde er nur widerwillig zustimmen.

Nachdenklich rieb sich Bartholomäus das Kinn. Bevor er etwas sagen konnte, stieß Johann sich von der Wand neben dem Fenster ab. »Du solltest jemanden zu deinen Kunden schicken, um in Erfahrung zu bringen, ob die Ware vollständig angekommen ist. So lässt sich am schnellsten herausfinden, ob etwas gestohlen wurde. Das wäre ohnehin klug, immerhin hat Matthias berichtet, die Unterhändler, mit denen er sich getroffen hat, hätten versucht, ihn um die Bezahlung zu betrügen.«

Für einen Moment blinzelte Bartholomäus überrascht in seine Richtung, dann hellte sich seine Miene auf. »Es ist schön zu sehen, dass du ernsthaftes Interesse zeigst, Johann. Genau das werde ich tun.«

Es war auch schön, dass sein Bruder ohne zu zögern auf seinen Ratschlag hörte, stellte Johann fest. Manchmal konnte er sich fast vorstellen, wie sie gut zusammenarbeiteten.

Bartholomäus wandte sich wieder Götz zu. »Sieh zu, dass du in der Zeit mehr über diese Anna Pecht herausfindest. Wenn sie sich in meine Geschäfte einmischt, ohne tatsächlich Teil meiner Geschäfte zu sein, möchte ich wissen, warum.«

Das beantwortete endgültig die Frage, ob Anna Pecht eventuell die ganze Zeit für Bartholomäus gearbeitet hatte. Was allerdings hatte sie dann mit Schmugglern zu tun? Hatte sie tatsächlich den Lumpensammel-Bezirk ihrer Mühle etwas mehr ausgeweitet, als tatsächlich erlaubt war?

Johann schüttelte den Kopf. Was auch immer es war, spielte letztendlich keine Rolle. Fest stand zumindest, dass sie in Schwierigkeiten steckte. Und Johann wusste genau, wer ausgeschickt werden würde, um sie zu beseitigen, sollte Bartholomäus entscheiden, dass sie eine Gefahr darstellte. Deshalb trat er noch einen Schritt weiter in den Raum hinein. »Ich habe ihr vor einiger Zeit das Leben gerettet. Vielleicht kann ich mehr herausfinden als jemand, den sie nicht kennt.«

Diesmal wandte sich Bartholomäus sehr abrupt zu ihm um. »Du hast was?«

Johann hob die Schultern und hatte mit einem Mal das

Gefühl, sich entschuldigen zu müssen. »Als ich aus Regensburg zurückgekommen bin, habe ich gesehen, wie sie von einigen Wegelagerern angegriffen wurde. Ich habe sie in die Flucht geschlagen.«

Das brachte ihm einen beeindruckten Blick von Götz ein. Wieder hob Johann die Schultern, versuchte deutlich zu machen, dass es keine große Sache gewesen war. »Es ist nicht so, als könnte man an so etwas unbehelligt vorbeireiten.«

Die Art, wie Bartholomäus ihn nachdenklich und ein wenig abschätzend ansah, erinnerte Johann an ihre gemeinsame Mutter. Eleonore von Treist hatte stets darauf beharrt, dass man nie etwas umsonst tat. »Gib ihnen einmal Almosen, und sie wollen immer wieder welche«, hatte sie gerne gesagt. Auch ihr gegenüber hatte er oft das Gefühl gehabt, sich entschuldigen zu müssen. Vor allem dafür, dass er viel lieber Zeit damit verbracht hatte, seinem Vater beim Malen zuzusehen, als sich in Buchführung und Verhandlungsstrategien einweisen zu lassen. Eleonore hatte die Familiengeschäfte mit strenger Hand geführt, während ihr Ehemann sich darum bemüht hatte, als Künstler Anerkennung zu finden. Bartholomäus war immer ihr Lieblingssohn gewesen.

»Warum hast du mir das bisher nicht erzählt?«, fragte Johanns Bruder nun.

»Es schien mir nicht weiter wichtig zu sein.«

Götz lachte. »Ihr spielt den Helden und haltet es nicht für weiter wichtig?«

»Nun, wenn es nach meinem Bruder ginge, hätte ich mich dafür wahrscheinlich bezahlen lassen müssen.« Johann warf Bartholomäus einen düsteren Blick zu, den dieser mit einem Kaufmannslächeln erwiderte.

»Ich weiß doch, dass du ein großes Herz hast, Johann. Und so, wie es scheint, zahlt es sich diesmal sogar aus. Geh und rede mit ihr. Sieh, was du herausfinden kannst.«

Johann nickte, während er Götz' nachdenklichen Blick auf sich ruhen spürte. Dieser Mann war viel zu aufmerksam für seinen Geschmack. Aber immerhin hatte er nun ein wenig Zeit gewonnen. Hoffentlich konnte er damit etwas Vernünftiges anfangen.

Als allererstes klemmte Johann sich die Odyssee unter den Arm und suchte Sofie auf. Er würde ihr daraus nicht vorlesen können, immerhin war sie auf Latein, aber er konnte sie als Gedächtnisstütze verwenden, um die Geschichte nachzuerzählen.

Sofie war gerade damit beschäftigt, den Hof zu fegen, und beäugte ihn misstrauisch, als er im Rahmen der Hintertür stehen blieb.

Als er das Buch hob, hellte sich ihre Miene auf. Im nächsten Moment allerdings formte ihr Mund ein erstauntes O. Johann brauchte einen Moment, um zu verstehen, dass sie die Scharte im Einband bemerkt hatte.

»Was ist damit geschehen?«, fragte sie. »So ein schönes Buch, vollkommen ruiniert!«

Johann hob die Schultern. »Es hat einen Schwertstreich abgefangen und mir damit das Leben gerettet. Deshalb bin ich nicht allzu traurig darüber.«

Das sorgte dafür, dass Sofie ein wenig näher rückte und dabei eine Stelle fegte, die schon recht sauber aussah. »Das klingt nach einer interessanten Geschichte.«

Wer hätte gedacht, dass sich nicht nur Sybilles Kinder mit Kriegsgeschichten unterhalten ließen? »Willst du sie hören?«, fragte Johann.

Sofie nickte eifrig. »Entschuldigt, wenn ich das so sage, aber den Hof zu fegen ist nicht allzu spannend. Wenn Ihr mir die Zeit mit einer Geschichte versüßen könntet, wäre ich sehr froh.«

»Ja, wie ich sehe, ist heute deine Freundin gar nicht da, mit der du sonst so gerne redest.« Johann bemühte sich, den Worten mit einem Lächeln ihre eventuelle Schärfe zu nehmen.

Dennoch senkte das Dienstmädchen beschämt den Kopf. »Ich arbeite immer fleißig, auch wenn wir reden.«

»Das glaube ich«, versicherte Johann. »Aber du hast sie länger nicht mehr gesehen?« Das war nur eine Vermutung.

Sofie nickte. »Seit ein paar Tagen nicht mehr.«

Interessant. Offensichtlich waren Matthias und Jackel nicht die einzigen von Anna Pechts Freunden gewesen, die in den letzten Tagen verschwunden waren. Natürlich konnte das ein Zufall sein, aber wenn, dann war es ein höchst ungewöhnlicher.

»Also, die Geschichte?«, riss Sofie ihn aus seinen Gedanken.

Johann nickte. Wenn Sofie in letzter Zeit sonst nichts von der Lumpensammlerin gehört hatte, nützte es wenig, weitere Fragen zu stellen. Dennoch hatte er etwas erfahren, das sich eventuell als hilfreich erweisen konnte.

Während das Dienstmädchen weiter den Hof fegte, begann er zu erzählen.

KAPITEL 17

Der Markttag fiel diesmal eher armselig aus. Viele der Leute, die normalerweise hier ihre Stände aufbauten, waren wahrscheinlich schon vor Wochen nach Nürnberg gekommen und bettelten jetzt vor den Toren der Kirchen. Das Ergebnis war, dass Anna deutlich mehr für einen Laib Brot, Eier und ein paar Rüben ausgab, als ihr lieb war. Plötzlich war sie froh über die schrumpeligen Äpfel, die sie Marie nicht mitgegeben hatte. Wahrscheinlich sollte sie Kompott daraus machen, bevor sie noch schrumpeliger wurden. Dumm nur, dass das Zeit kostete und es in der Mühle noch immer genug zu tun gab.

Sie schob sich zügig durch die Menge zwischen den Ständen, bis sie beim Eisengitter des schönen Brunnens auf dem Hauptmarkt einen Platz fand, an dem sie nicht ständig jemand anstieß oder ihr in den Weg trat. Nur mehrere junge Frauen standen um den Messingring, der in das Gitter rings um den Brunnen eingelassen war. Es hieß, er solle einem Kindersegen bringen, wenn man daran drehte.

Anna wandte den bunt bemalten Figuren des Brunnens den Rücken zu und starrte über den Platz hinaus, ging im Kopf durch, was sie noch brauchte.

»Fräulein Anna.«

Die vertraute Stimme ließ sie zusammenzucken. Anna holte tief Luft und wandte sich langsam um, bemühte sich um einen unbeteiligten Gesichtsausdruck. »Johann von Treist.«

Er lächelte. »Interessant, wie wir uns in letzter Zeit immer wieder begegnen, nicht wahr? Ich bin vor Kurzem sogar zufällig Eurem Vater über den Weg gelaufen. Er schien sich große Sorgen um Euch zu machen.«

Anna packte den Korb mit ihren Einkäufen fester. Johann von Treist wusste inzwischen eindeutig zu viel über sie. Allerdings, sie wusste inzwischen auch einiges über ihn, von dem er sicher nicht wollte, dass es allgemein bekannt wurde. Das gab ihr ein wenig Sicherheit. »Er ist seit dem Tod meiner Mutter ein wenig verwirrt und trinkt oft zu viel. Wahrscheinlich macht er sich gerade auch wieder Sorgen und fragt sich, wo ich bleibe.«

Das war nicht einmal vollständig gelogen. Annas Vater behielt sie seit ihrem Ausflug nach Sorg deutlich genauer im Auge und fragte immer wieder, wo sie hinging, wenn sie die Mühle verließ.

Johann von Treist trat einen halben Schritt näher, lehnte sich dann auf eine Art gegen das Gitter des Brunnens, die betont entspannt wirkte. Fast, als wollte er diesmal bewusst vermeiden, ihr Angst einzujagen. »Ihr scheint zusammen mit Euren Freunden allerdings auch einige interessante Orte aufzusuchen.«

Nun, das konnte Anna direkt zurückgeben. So leicht würde sie sich nicht bedrohen oder erpressen lassen. »Ihr auch. Ihr scheint auch recht interessante Freunde zu haben.«

Von Treist grinste. »Ihr auch.«

Das ließ sich schwer leugnen. Allerdings hatte Anna im Moment wirklich keine Zeit für Spielchen. Sie blickte zu der

Uhr an den Türmen der Sebalduskirche hinauf, die man von hier aus sehen konnte, dann wieder zu Johann von Treist. »Was wollt Ihr?«, fragte sie schließlich. Dadurch, dass sie um den heißen Brei herumredeten, wurde es ja doch nicht besser.

Sofort wurde Johann von Treist ernst. »Können wir irgendwo ungestört reden?«

Unschlüssig starrte Anna den Kaufmannssohn an. Er wollte ihr nichts tun, da war sie ziemlich sicher. Wenn das seine Absicht gewesen wäre, hätte er sie einfach nicht vor den Räubern retten müssen. Aus irgendeinem Grund hatte er ja auch Jackel und Matthias seinem Begleiter gegenüber nicht verraten. Zumindest so, wie Jackel es erzählte, hatte er mit keinem Wort erwähnt, dass er ihnen zwischen Fürth und Nürnberg schon einmal begegnet war. Und das hätte sicher einige Fragen aufgeworfen.

Allerdings machte das sein Verhalten nur umso verwirrender. Was versuchte er, damit zu erreichen?

»Kommt schon.« Von Treist breite die Arme aus, als wollte er zeigen, dass er unbewaffnet war. Seine Lippen zeigten die Andeutung eines Lächelns, etwas, das ihn durchaus sympathisch wirken ließ. Es war nicht so, als würde Anna nicht verstehen, was Marie an ihm fand. »Ihr habt nichts vor mir zu befürchten.«

Anna schnaubte nicht vollständig überzeugt, aber nickte schließlich. »Kommt mit.«

Es war kaum möglich, sich zu unterhalten, während sie sich durch das Gedränge des Marktes schoben, und darüber war Anna froh. Sie war nicht sonderlich erpicht darauf, Konversation zu betreiben, während ihre Gedanken gleichzeitig darum kreisten, worüber von Treist wohl eigentlich reden wollte.

Sie führte ihn in Richtung der Mühle. Zum einen, weil die Mühle und alle darin Sicherheit zu versprechen schienen. Zum anderen, weil es dort tatsächlich einen Ort gab, an dem man ungestört war. Unterwegs wurden die Straßen leerer, und nun schlenderte Johann von Treist neben ihr her, wirkte dabei, als würde er sie nur freundlicherweise vom Markt nach Hause begleiten. Wenn es doch nur so gewesen wäre.

»Ich hoffe, das Geschäft läuft gut«, sagte er freundlich.

»Ich kann nicht klagen«, gab Anna knapp zurück.

Das sorgte dafür, dass Johann von Treist eine Augenbraue in die Höhe zog. »Interessant. Derzeit klagt sonst jeder.«

Verdammt! Sie musste besser aufpassen, was sie sagte. »Nun, ich versuche die Dinge positiv zu sehen. Anderen geht es schlechter.«

Von Treist lächelte. »Irgendwem geht es immer schlechter.«

»Was machen denn Eure Geschäfte?« Gegenfragen zu stellen schien besser als weiter über den Erfolg des Papiergeschäfts zu reden.

Unter seinem Hut heraus warf Johann von Treist ihr einen neugierigen Seitenblick zu. »Was wisst Ihr denn über meine Geschäfte?«

Wenn das keine Falle war. Anna wog ihre nächsten Worte genau ab. Es gab nichts, das sie wissen sollte, wollte sie nicht zugeben, dass sie entweder auch in Sorg gewesen war oder zumindest eng genug mit Jackel und Matthias zusammenarbeitete, dass diese ihr von ihrem Ausflug nach Sorg erzählt hatten. »Nur, dass Ihr offenbar gerne reist«, sagte sie schließlich. »Seid Ihr meinem Vater nicht am Südtor begegnet?«

Der Anflug von Frustration, der kurz über von Treists Gesicht huschte, verriet ihr, dass sie erfolgreich keine neuen Informationen preisgegeben hatte. Anna erlaubte sich ein kurzes Grinsen und fühlte sich nun nicht mehr ganz so unwohl. Sie konnte mit dieser Situation umgehen, und abgesehen davon, dass er versuchte, unauffällig mehr über das herauszufinden, was sie tat, war Johann von Treist eigentlich recht angenehme Gesellschaft.

»Woher seid Ihr noch bei unserer ersten Begegnung gekommen?«, fragte sie weiter, nun mutiger.

Zu ihrer Überraschung lächelte von Treist nun wieder. »Regensburg«, sagte er. »Sehr schöne Stadt. Der Dom ist beeindruckend.«

Für einen Moment verspürte Anna einen Anflug von Neid. Fürth war das Weiteste, das sie je von Nürnberg aus erreicht hatte. »Reisen muss schön sein«, sagte sie, bevor sie darüber nachdenken konnte.

Johann von Treist hob die Schultern. »Im Moment nicht allzu sehr. Die Straßen sind zu unsicher geworden.«

Kurz vor der Hofeinfahrt der Mühle bog Anna auf einen Trampelpfad, der an der äußeren Mauer entlangführte. Das Geräusch des Mühlrads wurde immer lauter, bis schließlich die Pegnitz in Sicht kam. Zwischen dem Wasser und der Mauer der Mühle gab es einen schmalen Streifen Gras, und direkt neben dem sich drehenden Mühlrad ragte ein Baum über den Fluss. Letzten Sommer hatten Jackel und Kurt einige der Äste zurückstutzen müssen, damit sie sich nicht im Mühlrad verfingen. Ein paar Steine befestigten nahe dem Baum das Ufer, und dort stellte Anna nun ihren Korb ab.

Johann von Treist blickte sich um. »Romantisch«, sagte er mit einem Funkeln in den Augen.

Einen Moment lang starrte Anna ihn düster an. Ja, als junges Mädchen hatte sie sich hin und wieder vorgestellt, einen Verehrer hier herzubringen. Aber dann hatte ihr Vater aufgehört, ihr Vater zu sein, und sie hatte all seine Aufgaben übernehmen müssen. Nun war es einfach nur ein Ort nahe der Mühle, an dem niemand sie belauschen konnte. »Also, was wolltet Ihr?«

Von Treist seufzte, dann setzte er sich auf einen der Steine am Ufer. Seltsam, wie anders sein Verhalten war im Vergleich dazu, wie er sich beim Laden des Tuchhändlers benommen hatte. Dort war er dicht an sie herangetreten, hatte so den Größenunterschied zwischen ihnen betont. Nun machte er sich bewusst kleiner, wie man es bei einem Tier tun würde, das man nicht erschrecken wollte.

Nach einem Moment des Zögerns nahm Anna dicht bei ihrem Korb ebenfalls auf einem Stein Platz.

»Ihr steckt in Schwierigkeiten«, sagte von Treist schließlich geradeheraus. Es wirkte, als wäre er darüber nicht erfreut, was genauso wenig Sinn ergab wie der Rest seines Verhaltens.

»Nicht, wenn Ihr darauf verzichtet, mir welche zu machen«, erwiderte Anna.

Johann von Treist schüttelte den Kopf. »Ich fürchte, so einfach ist das nicht mehr.«

Was hatte das denn zu bedeuten? Fragend legte Anna den Kopf schief, während sie sich bemühte, möglichst unbeeindruckt zu wirken.

»Falls es allerdings irgendjemanden gibt, der bezeugen kann, dass Ihr in den letzten Tagen nicht die Stadt verlassen habt«, fuhr er fort, »könnte Euch das einigen Ärger ersparen.«

Anna presste die Lippen aufeinander, um nicht zu fluchen. So viel also dazu, dass dieser Götz Matthias seine Geschichte abgekauft hatte. Aber warum versuchte Johann von Treist ihr zu helfen? Er hatte doch mit dem Mann mit der Narbe im Gesicht zusammengearbeitet. Versuchte er ihr Vertrauen zu gewinnen in der Hoffnung, dass sie ihm mehr erzählte? Aber wieso? Hatte der alte Silberzahn ihn geschickt, weil er fürchtete, dass sie irgendwie versucht seine Geschäfte zu behindern? Das musste es sein.

Johann von Treist beobachtete sie aufmerksam. »Also nicht.«

Oh nein, er durfte auf keinen Fall zu dem Schluss kommen, dass sie mit Jackel und Matthias in Sorg gewesen war! »Es gibt einige Leute, die bezeugen können, was ich in den letzten Tagen gemacht habe«, sagte sie deshalb schnell. Paul und Marie konnten im Zweifelsfall sicher gute Lügengeschichten erzählen. »Aber ich sehe nicht, warum ich mich vor Euch rechtfertigen sollte!«

Das brachte ihr ein müdes Lächeln ein. »Hört zu«, sagte er plötzlich ernster. »Es mag nicht so scheinen, aber ich versuche, Euch zu helfen. Doch damit ich das tun kann, müsst Ihr und Eure Freunde aufhören, an Orten aufzutauchen, an denen ihr nichts zu suchen habt. Bleibt in der Stadt und bei Eurer Mühle.«

Oh, er wollte ihr also helfen, indem er ihr sagte, was sie tun sollte? Ärger stieg in Anna auf. »Oh, wie großzügig«, spottete sie. »Sagt, womit habe ich das verdient?«

Er seufzte. »Ist es so schwer vorstellbar, dass ich einfach verhindern möchte, dass Euch etwas zustößt?«

»Also wird mir etwas zustoßen, wenn ich nicht tue, was Ihr sagt? Das klingt nach einer Drohung.«

»Es ist keine …!«, fuhr Johann von Treist auf, unterbrach sich dann aber selbst, um tief Luft zu holen. »Es spielt keine Rolle, was ich jetzt sage, oder? Ihr glaubt mir ohnehin nicht.« Er stand auf. »Falls Ihr Euch entschließen solltet, mir ein wenig mehr Vertrauen entgegenzubringen, geht zu Sybille Stromer und sagt ihr, dass Ihr mit mir sprechen wollt.«

Damit wandte er sich ab und ging davon.

Anna starrte ihm nach, bis er hinter der Mauerecke verschwunden war. Plötzlich war sie sich nicht mehr sicher, ob er ihr nicht vielleicht doch helfen wollte. Aber warum sollte er? Warum ergab dieser Mann einfach keinen Sinn? Für einen Moment kämpfte sie mit dem Bedürfnis, ihm nachzulaufen und ihn zu bitten, sich genauer zu erklären. Mehr als vage Andeutungen und Lügen würde sie ja doch nicht bekommen. Das Einzige, was sie wirklich glauben konnte, war, dass sie in Schwierigkeiten steckte. Sie würde die anderen warnen müssen, vorsichtig zu sein.

KAPITEL 18

»Sie dachte, ich will ihr drohen!« Johann ging in Sybilles Küche auf und ab. Allein, an sein Gespräch mit Anna Pecht zurückzudenken, sorgte dafür, dass die Frustration wieder in ihm hochstieg. Wie sollte er ihr begreiflich machen, dass er ihr tatsächlich helfen wollte? Zugegebenermaßen war ihr Misstrauen nicht verkehrt, und unter anderen Umständen hätte er das Geschick bewundert, mit dem sie allen seinen Fragen ausgewichen war. Aber für den Moment wäre es nur allzu praktisch, wenn sie ein klein wenig naiver wäre. Wie sollte er nur ihr Vertrauen gewinnen?

Nachdem er diese Frage eine ganze Weile gewälzt hatte, hatte er schließlich beschlossen, dass es an der Zeit war, Sybille auch in dieses Geheimnis einzuweihen.

»Nun …« Die Tuchhändlerswitwe sah nicht vom Herd auf, wo sie gerade einen Markknochen aus einem Topf fischte, in dem er vor sich hin geköchelt hatte. »Du hast ihr nicht gerade viel verraten. Wie soll sie glauben, dass du es ehrlich mit ihr meinst, wenn sie nicht versteht, warum du ihr helfen willst?«

Johann blieb stehen. »Ich glaube nicht, dass sie es zu schätzen gewusst hätte, wenn ich ihr gesagt hätte, dass ich vermeiden möchte, dass mein Bruder ihr nach dem Leben trachtet.«

Sybille lachte, und wie immer ließ das die Jahre für einen Moment von ihr abfallen. Sie trug den Knochen auf einem Holzbrett zu einem Tisch auf der anderen Seite der Küche. »Du müsstest ihr schon erklären, was genau dein Bruder macht, und wie du darüber denkst. Vertrauen für Vertrauen.«

Johann seufzte. Wie so häufig in letzter Zeit hatte Sybille natürlich recht.

Bevor er jedoch etwas sagen konnte, wechselte sie das Thema: »Wärst du so gut und würdest das Mark hier herausholen?« Sie deutete auf den Knochen.

Skeptisch starrte Johann das Stück an, das ehemals zum Oberschenkel eines Rinds gehört hatte. Er hatte inzwischen bereits mehr Zeit in Sybilles Küche verbracht als in der seines Elternhauses. »Ich glaube nicht, dass ich so etwas schon mal gemacht habe.«

Das ließ sie schmunzeln. »Bei deinem Geschick im Umgang mit Messern sollte das kein Problem für dich darstellen.«

Für einen Moment erstarrte Johann, doch Sybilles Lächeln ließ nicht nach, und schließlich erwiderte er es. Sie sollten nicht darüber scherzen, aber auf diese Weise darüber zu scherzen, nahm ein Gewicht von seinen Schultern, von dem er bisher nicht einmal gewusst hatte, dass es da war.

Während Sybille kurz in der angrenzenden Vorratskammer verschwand, trat Johann an den Tisch und nahm eines der Messer, die dort lagen. Das Mark aus dem Knochen zu kratzen war tatsächlich nicht weiter schwer.

Kurz darauf kehrte sie mit ein paar Rüben zurück und stellte sich mit einem eigenen Brett und einem Messer neben ihn.

»Ich will Anna Pecht nicht mehr über Bartholomäus' Geschäfte erzählen, als unbedingt sein muss«, sagte er nach einer Weile.

»Warum nicht?« Das regelmäßige Klacken von Sybilles Messers beim Schneiden der Rüben begleitete ihre Worte.

»Je mehr Leute davon wissen, desto eher werden irgendwann die falschen Ohren davon erfahren.«

»Ich weiß davon.«

»Das ist etwas anderes.«

Aus dem Augenwinkel sah er sie lächeln. »Würde es dir tatsächlich etwas ausmachen, wenn dein Bruder für seine Verbrechen zur Rechenschaft gezogen würde?«, fragte Sybille nach einer Weile. »Oder fürchtest du, er würde dich mit ins Verderben reißen wollen und erzählen, was du getan hast?«

Darüber dachte Johann einen Moment lang nach. Diese Wahrscheinlichkeit war tatsächlich eher gering. Zumindest solange Bartholomäus nicht vermutete, dass er derjenige war, der seine Geheimnisse verraten hatte. Viel eher würde er Johann beschwören, die Familiengeschäfte weiterzuführen.

»Er ist mein Bruder«, sagte Johann schließlich.

Sybille zuckte mit den Schultern, bevor sie mit dem Schneiden der Rüben fortfuhr. »Und mein Ehemann war mein Ehemann. Manchmal ist Loyalität falsch platziert.«

Fast dasselbe hatten ihm ihre Söhne bereits gesagt. Nachdenklich drehte Johann den Knochen in den Händen und suchte nach Markresten, die er übersehen hatte. »Ja, und Bartholomäus ist ein kaltherziger Bastard. Aber als ich verletzt aus dem Krieg heimkam, hat er ohne zu zögern die besten Ärzte einbestellt.«

»Alles andere hätte auch schlecht ausgesehen«, gab Sybille zu bedenken.

Unschlüssig wiegte Johann den Kopf. »Er hat mir außerdem früher immer den Rücken freigehalten.«

Das Klacken von Sybilles Messer verstummte kurz, während sie sich eine neue Rübe nahm. »Hat er das?«

Johann nickte. »Als unsere Mutter wollte, dass wir alles über die Buchhaltung lernen, hat er mir mit den Aufgaben ausgeholfen, die sie uns gegeben hat, damit ich keinen Ärger bekomme. Er hat immer gesagt, wenn er die Familiengeschäfte übernimmt, braucht er niemanden, der mit ihm über den Zahlen brütet, sondern jemanden, den er in die Welt hinausschicken kann, um Geschäfte für ihn abzuschließen.« Johann ertappte sich dabei, wie er lächelte. »Eine Weile hätte ich nichts lieber getan, als für ihn zu reisen.«

»Was ist dann passiert?«, fragte Sybille.

Johann legte den Knochen und das Messer beiseite und wandte sich ihr ganz zu. »Vater kam unserer Mutter auf die Spur, was die Natur einiger der Geschäfte anging, die sie betrieb. Sie stritten. Und dann starb er.«

Sybille sah von den Rüben auf. »Was für ein Zufall.«

Johann lächelte schief. »Genau das habe ich auch gesagt. Aber Bartholomäus hat mir nie geglaubt, dass Mutter damit etwas zu tun gehabt haben könnte. Und dann hat er nach ihrem Tod einfach dort weitergemacht, wo sie aufgehört hat. Ich konnte es nicht mit ansehen. Also bin ich Söldner geworden.«

Für einen Moment herrschte Schweigen in der Küche, während Sybille die letzte Rübe schnitt. »Du hast auch nie daran gedacht, etwas gegen deine Mutter zu unternehmen?«, fragte Sybille schließlich.

Johann dachte an die Abende, die Bartholomäus damit verbracht hatte, auf ihn einzureden. »Willst du unsere Familie ruinieren, Johann? Willst du das wirklich? Selbst wenn du dich nicht um Mutter scherst, was ist mit mir? Und mit dir?« Im Nachhinein betrachtet, hatte Bartholomäus vielleicht sogar mehr gewusst, als er zugab, denn er hatte Johann auch immer davon abgehalten, Eleonore von Treist mit seinen Vermutungen zu konfrontieren. Mit ihr in Streit zu geraten, so, wie ihr Vater es getan hatte. Vielleicht hatte er Johann in mehr als einer Hinsicht den Rücken freigehalten.

»Damit hätte ich Bartholomäus genauso getroffen wie sie.«

Sybille wiegte nachdenklich den Kopf, dann trug sie die geschnittenen Rüben zu dem Topf auf dem Herd hinüber und kippte sie hinein. »Dein Bruder hat dich nicht verdient.«

Johann lachte. »Ich bin kaum besser als er.«

Über die Schulter warf sie ihm einen zweifelnden Blick zu, sagte aber nichts mehr.

Erst, als die Suppe mit frisch gerollten Markklößchen darin auf dem Herd köchelte, sprach sie schließlich wieder. »Was hast du nun wegen Anna Pecht vor?«

»Hoffen, dass sie Vernunft annimmt. Versuchen, mehr über ihre illegalen Geschäfte herauszufinden. Vielleicht kann ich Bartholomäus davon überzeugen, dass sie keine Gefahr darstellt.«

»Und wenn dein Bruder sich davon nicht überzeugen lässt?«

Johann dachte an das kleine triumphierende Grinsen, das Anna Pecht heute zur Schau getragen hatte, als es ihr gelungen war, all seine Versuche, mehr herauszufinden, abzuschmettern. Er dachte daran, wie ihre abweisende Haltung Sprünge bekommen hatte, als sie über das Reisen geredet hatten. Obwohl sie frustrierend stur war, hatte er ihre Gesellschaft genossen.

Als sich sein Schweigen in die Länge zog, ergriff Sybille schließlich wieder das Wort. »Glaub mir, Johann. Du hast wirklich nicht viel mit deinem Bruder gemein.«

Johann wälzte dieses Gespräch mit Sybille immer noch hin und her, als Bartholomäus Tage später schlecht gelaunt in das Zimmer stapfte, in dem er mit einem Buch an seinem Fensterplatz saß. Götz war zuvor vorbeigekommen, also blickte Johann fragend auf und machte sich auf schlechte Neuigkeiten gefasst.

»Die Ware ist nicht vollständig beim Empfänger angekommen.« Bartholomäus hielt sich nicht mit irgendeiner Art von Einleitung auf.

»Und du denkst, Matthias hat einen Teil davon gestohlen«, vermutete Johann.

»Nun, das liegt nahe, oder nicht?« Bartholomäus machte eine Geste mit seiner ringbesetzten Hand, als würde er auf unsichtbare Beweise deuten. »Er verhält sich seltsam, und während wir denken sollen, dass der Rest seiner Begleiter tot ist, schaffen die ihre Beute in Sicherheit.«

Das ergab tatsächlich in gewisser Weise Sinn. Der alte Mann hatte Jackel nach Anna gefragt, als wäre er sicher, dass sie mit ihm aufgebrochen war. Und Annas Lumpensammler-Freundin hatte sich zur selben Zeit nicht bei Sofie blicken lassen, war aber kurz nach ihrer aller Rückkehr ebenfalls wieder aufgetaucht, wie Johann während einer der letzten Vorlesestunden erfahren hatte. Wenn es Diebesbeute in Sicherheit zu bringen gegeben hätte, würde das erklären, warum die Gruppe sich in Sorg getrennt hatte.

Aber sie konnten doch nicht tatsächlich so dumm sein, oder?

»Gib mir noch ein wenig mehr Zeit«, sagte Johann. »Und ich finde heraus, wer da alles mit drinsteckt.« Er wusste nicht, wie er das anstellen sollte, aber Sybilles Frage hallte wieder in ihm nach. Was, wenn Bartholomäus beschloss, dass Anna Pecht und ihre Freunde sterben mussten? Damit, alles zu verlieren, was er erreicht hatte, wenn er sich weigerte, derjenige zu sein, der die Klinge führte, konnte Johann leben. Im Zweifelsfall sogar damit, dass sein Bruder ihn aus Rache des Mordes an Stromer anklagte. Wenn er rechtzeitig floh, konnte er dem Galgen entgehen, auch wenn der Gedanke weh tat, nie wieder nach Nürnberg zurückkehren zu können. Aber was sollte er dann tun? Wieder in den Krieg ziehen und sich darauf verlassen, dass sein Bruder keinen Halsabschneider fand, der die Aufgabe an seiner Stelle übernahm? Nein, wenn er mit Bartholomäus brach, dann musste er so endgültig mit ihm brechen, dass er Anna kein Leid mehr zufügen konnte. Dann musste er seinen eigenen Bruder verraten und vernichten. Aber war er dazu bereit? Es musste doch einen anderen Weg geben.

Bartholomäus blickte ihn skeptisch an. Jetzt würde sich wohl herausstellen, wie viel Gewicht Johanns Wort bei ihm inzwischen hatte. »Du hast ein zu weiches Herz, Johann. Aber keine Sorge. Ich will meine Ware zurück. Niemand wird sterben, bevor ich nicht genau weiß, wo sie ist.«

Damit drehte er sich um und verließ den Raum.

Allerdings war das kein Versprechen gewesen, Johann tatsächlich mehr Zeit zu geben. Besorgt blickte er seinem Bruder nach. Er hatte eine ungefähre Ahnung, wie Bartholomäus herausfinden wollte, wo seine Ware war. Und für einen von Anna Pechts Freunden würde das keine angenehme Erfahrung werden. Immerhin war sie selbst höchstwahrscheinlich sicher. Unter ihnen allen war sie diejenige mit dem höchsten Stand. Bartholomäus würde sich ein leichteres Opfer suchen.

KAPITEL 19

Ihr Gespräch mit Johann von Treist ließ Anna für eine Weile nicht mehr los. Letztendlich hatte er ihr allerdings einen Gefallen getan, indem er sie gewarnt hatte. Nun war umso deutlicher klar, dass sie nicht so bald zu einer neuen Unternehmung aufbrechen sollten, wenn es nicht unbedingt nötig war. Er wollte, dass sie und ihre Freunde nirgendwo auftauchten, wo sie nichts zu suchen hatten? Gut, das konnte er vorerst haben. Mit den Lumpen, die sie in Sorg gesammelt hatten, und dem, was Marie und Paul auf legalem Wege herbeischafften, konnte sie eine Menge Bögen herstellen, bevor ihr die Vorräte wieder ausgingen.

Dennoch schickte sie Jackel mit einer Warnung zu Marie und Paul, damit diese auch die Köpfe unten hielten. Er blieb lang weg und kam schließlich mit der Meldung zurück, dass er die Nachricht auch gleich noch Matthias überbracht hatte.

Damit blieb Anna als vordringlichstes Problem, herauszufinden, was ihr Vater angestellt hatte, während sie fort gewesen war. Niemand in der Mühle wusste, wie er plötzlich zu Geld gekommen war. Heinrich konnte nur sagen, dass ihr Vater ein paarmal losgezogen war, ohne dass es ihm möglich gewesen war, ihn aufzuhalten.

Tage verstrichen. Langsam ließen Sorge und Aufmerksamkeit ihres Vaters wieder nach und er gab es auf, ständig darauf zu achten, wohin sie ging. Schließlich stolperte er eines Abends wieder betrunken in das kleine Nebengebäude der Mühle, in dem sie lebten. Anna hatte auf ihn gewartet. Vielleicht hätte sie umgekehrt besser auf ihn achtgeben sollen. Aber was sollte sie tun, ihn einsperren?

»Hast du gespielt?«

Er setzte einen beleidigten Gesichtsausdruck auf. »Ich bin dein Vater, du solltest ein wenig respektvoller mit mir umgehen.« Er stolperte tiefer in die Diele. »Wenn ich sage, du musst dir keine Sorgen mehr machen, dann musst du dir keine Sorgen mehr machen.«

»Also hast du nicht gespielt?« Anna wagte es kaum zu hoffen.

»Natürlich nicht! Keine neuen Schulden, wie versproch…« Er unterbrach sich, als Anna abrupt gegen ihn prallte und die Arme um ihn schlang. Er hatte sein Versprechen tatsächlich gehalten? Freude und Erleichterung stiegen in ihr hoch und brachen sich in einem kurzen Lachen Bahn. Ihr Vater stank nach Alkohol, aber für den Moment konnte ihr das kaum weniger egal sein. War es wirklich möglich, dass sie das Schlimmste hinter sich hatten? »Ich bin so stolz auf dich«, murmelte sie an seiner Schulter.

Etwas zögerlich tätschelte ihr Vater ihr den Rücken. »Ich hab's dir doch gesagt. Du solltest nicht so viel an mir zweifeln. Ich hab's dir gesagt.«

Sie nickte vorsichtig, ausnahmsweise ohne das Bedürfnis, darauf hinzuweisen, wie oft er ihr schon Ähnliches versprochen hatte, ohne es zu halten.

Allerdings, die Frage, die ihr immer noch unter den Nägeln brannte, beantwortete das nicht. Nach einem Moment löste Anna sich von ihrem Vater.

»Und das Geld, mit dem du die Schulden zurückbezahlt hast?« Vielleicht war jetzt ein guter Zeitpunkt, um danach zu fragen. Glücklich und betrunken würde er sicher mehr preisgeben als unter normalen Umständen. Während sie sprach, nahm sie seinen Arm und führte ihn in die Küche.

Für einen Moment schien ihr Vater mit sich selbst zu ringen. »Das sollte ein anständiges Mädchen nicht wissen«, sagte er schließlich, während er sich auf einen Stuhl am Esstisch fallen ließ und ihn dabei fast zum Kippen brachte. »Aber ich habe einen Weg gefunden, die Geldverleiher zu überlisten.« Er grinste und zwinkerte ihr zu. »Die Wucherer sind ohnehin alle Sünder, es geschieht ihnen nur recht. Ganz recht geschieht es ihnen.«

Oh nein! Annas erster Impuls war, aufzufahren und sofort eine genauere Erklärung zu verlangen, aber das würde nur dafür sorgen, dass sie erst recht keine bekam. Stattdessen kniete sie sich hin und half ihm, die Stiefel auszuziehen.

»Was ist das für eine List?«, fragte sie.

»Du bist ein gutes Mädchen, Anna, das solltest du wirklich nicht wissen.«

»Ich bin sicher, ich kann …«

»Nein, nein!«, unterbrach er sie. »Ich habe dir versprochen, dass du dir keine Sorgen mehr machen musst. Dein Vater hat sich um alles gekümmert. Alles ist gut.«

Das sorgte nur dafür, dass sich Annas Magen zu einem kleinen Sorgenklumpen zusammenzog. Aber mehr war nicht aus ihm herauszubekommen.

Der nächste Tag war ein sehr geschäftiger Tag in der Mühle. Annas Vater stand schlecht gelaunt und wahrscheinlich mit brummendem Kopf an der Bütte. Sie selbst war die meiste Zeit damit beschäftigt, Bögen zu leimen, die am nächsten Tag ausgeliefert werden mussten. Ein Brillenmacher hatte eine Menge davon bestellt, um geschliffene Gläser darin einzuschlagen und sicher zu verschicken.

Während sie Leim auf die braunen Bögen strich und sie danach auf die Leinen hängte, wälzte Anna die ganze Zeit eine Frage: Wie glaubte ihr Vater, die Geldverleiher überlisten zu können? Wenn er tatsächlich auf eine List gekommen war, die funktionierte, wollte sie sich nicht beschweren. Ein größeres Risiko als das, was sie tat, barg das wahrscheinlich auch nicht. Aber hatte er diese Sache tatsächlich gut durchdacht? Wie wahrscheinlich war das? Gab es überhaupt eine einfache Möglichkeit, Geldverleiher übers Ohr zu hauen? Falls ja, würden das doch sicher mehr Leute tun. Aber diese Frage konnte ihr wahrscheinlich nur jemand beantworten, der sich mit krummen Geschäften auskannte. Jemand wie Matthias.

Und der Gedanke gefiel ihr ganz und gar nicht.

Als der Abend immer weiter fortschritt, zog Anna trotzdem irgendwann Jackel beiseite. »Würdest du zu Matthias laufen und ihm sagen, dass ich ihn etwas fragen muss?«

Jackel nickte eifrig. Der Tag in der Mühle war hart gewesen. Wahrscheinlich war er froh über eine Pause.

Stunden vergingen, ohne dass Anna von Jackel hörte. All die anderen Arbeiter verließen die Mühle, und er war immer noch nicht zurück. Während Anna Suppe vom Vortag für sich und ihren Vater aufwärmte, starrte sie immer wieder durch das Küchenfenster hinaus auf die Straße. Keine Spur von Jackel.

Als ihr Vater zu Bett ging, blieb sie noch wach, mit der Entschuldigung, dass sie noch zerrissene Kleidung ausbessern musste.

Sie verbrachte mehr Zeit damit, draußen auf Schritte zu lauschen, und war jedes Mal am Fenster, wenn jemand vorüberging.

Matthias lebte sicher in keinem guten Viertel. War Jackel in Schwierigkeiten geraten?

Als schließlich jemand gegen die Tür hämmerte, schreckte Anna neben dem Herd hoch, wo sie fast eingedöst war. Sie stolperte in ihrer Eile, zu öffnen, fast über ihren Rocksaum.

Als sie statt einer zwei Gestalten auf der Türschwelle erkannte, glaubte sie im ersten Moment, Jackel habe Matthias mitgebracht. Der Arm des einen Mannes lag über der Schulter des anderen, und er stützte ihn ganz offensichtlich. Also war Matthias etwas zugestoßen!

Doch dann gewöhnten sich ihre Augen an die schlechten Lichtverhältnisse, und sie erkannte in der zerschlagenen Gestalt Jackel. Blut tropfte aus einer Platzwunde an seiner Lippe, und sein rechtes Auge begann, zuzuschwellen. Er machte einen weiteren halben Schritt auf Anna zu, als diese auch endlich verstand, wer sein Begleiter war: Johann von Treist. Das konnte doch nicht wahr sein! Was wollte er hier? Was hatte er mit Jackels Zustand zu tun? Wo war Matthias?

Er setzte ein schiefes Lächeln auf. »Dürfen wir hereinkommen?«

Zögerlich trat Anna einen Schritt zurück. Sie konnte Jackel immerhin schlecht draußen stehen lassen. Von Treist half ihm in die Küche, wo er in den Stuhl fiel, auf dem Anna zuvor gesessen hatte. Jackel nuschelte etwas, das Anna nicht ganz verstand.

»Was?«

»Matthias ist fort«, wiederholte Jackel.

Sofort ging Annas Blick zu Johann von Treist, der abwehrend beide Hände hob. »Schaut mich nicht so an. Ob Ihr es glaubt oder nicht, ich bin nicht für alles Übel auf der Welt verantwortlich.«

Nun, er hatte Jackel hergebracht, das sprach immerhin für guten Willen. Außer natürlich, er wollte die Gelegenheit nutzen, eine weitere Drohung auszusprechen.

»Wer hat Jackel dann so zugerichtet?«, fragte sie.

»Das war ich«, gab von Treist frei heraus zu. »Er hat mich angegriffen. Er kann froh sein, dass ich ihn erkannt habe, sonst wäre er jetzt tot.« Seinem Tonfall nach hätte er genauso gut über das Wetter sprechen können. Während Anna ihn noch mit offenem Mund anstarrte, beugte er sich zu Jackel herunter, packte vorsichtig sein Kinn und drehte sein Gesicht hin und her. »Ich brauche eine Kerze oder sonst eine Lampe.«

Anna war noch zu sehr damit beschäftigt, die Situation zu entwirren, um irgendwelchen seltsamen Aufforderungen nachzukommen. »Ich nehme an, dann seid ihr einander nicht rein zufällig über den Weg gelaufen?« Jackel musste Grund zu der Annahme gehabt haben, dass von Treist etwas mit Matthias' Verschwinden zu tun hatte, anders ließ sich das nicht erklären.

Mit einem genervten Seufzer richtete von Treist sich wieder auf. »Nein. Ich wollte zu Matthias, aber ich war offensichtlich zu spät dran.«

Als Anna ihn skeptisch ansah, stieß er wütend den Zeigefinger in ihre Richtung. »Hör zu. Ich habe mir nicht die Mühe gemacht, Jackel nicht zu erstechen und hier herzubringen, nur um jetzt irgendwelcher Dinge verdächtigt zu werden, die ich nicht getan habe. Er hat einen Schlag gegen den Kopf bekommen und ich möchte sehen, wie es um ihn steht. Könnte ich zu diesem Zweck bitte eine Kerze haben?«

»Ich habe ihn wahrscheinlich wirklich zu Unrecht angegriffen«, mischte sich Jackel ein. Er sprach ein wenig schleppend, aber immerhin schien er ansonsten halbwegs auf der Höhe zu sein.

Nun gut, für den Moment schien Johann von Treist tatsächlich helfen zu wollen. Also suchte Anna nach einem Kerzenstummel, entzündete ihn mit einem Holzspan an den Resten des Herdfeuers und reichte ihn ihrem nächtlichen Gast. Johann von Treist hielt das Licht so dicht vor Jackels Gesicht, wie die Flamme es erlaubte, und zog dabei das Lid seines unverletzten Auges nach oben. Dann reichte er Anna den Kerzenstummel zurück. Diese blies ihn eilig aus. Wachs war immerhin kostbar.

»Es ist nicht allzu schlimm, denke ich.« Von Treist wandte sich erneut Jackel zu. »Aber du musst dich für die nächsten Tage schonen.«

Wie zum Protest setzte sich Jackel etwas gerader in seinem Stuhl auf. »Matthias …«

»Ja«, stimmte Anna zu, »was ist mit Matthias geschehen?« Nun, da sie sicher war, dass ihr Gast vorerst lautere Absichten hatte, fielen ihr auch Jackels zugeschwollenes Auge und seine aufgeplatzte Lippe wieder ein. Eilig suchte sie einen sauberen Lappen heraus und tränkte ihn in kaltes Wasser.

Dankbar nahm Jackel ihn entgegen, wischte sich das Blut aus dem Gesicht und drückte das kühle Tuch dann gegen sein Auge.

»Sein ganzer Unterschlupf war verwüstet«, erklärte er.

Anna warf Johann von Treist einen fragenden Blick zu, in der Hoffnung, dass der etwas mehr hinzuzufügen hatte. Aber er hob nur die Schultern.

»Wirklich?«, fragte sie. »Du behauptest die ganze Zeit, mehr zu wissen als wir, aber wenn es einmal wichtig wäre …« Auch sie ließ nun die höfliche Anrede fallen. In der aktuellen Situation kam ihr das unsinnig vor.

Er lachte. »Oh, ich habe eine Ahnung, aber ich muss erst ein paar Erkundigungen einziehen, bevor ich sicher sein kann. Irre ich mich oder hat euer Matthias ein Talent dazu, in Schwierigkeiten zu geraten?«

Nun, dem ließ sich schwer widersprechen.

»Was für eine Ahnung?« Jackel lehnte sich auf seinem Stuhl vor.

»Nun …« Johann von Treist sah zwischen den beiden hin und her, und in seinen Augen blitzte es auf eine Art, die Anna zum einen ärgerlich attraktiv fand, und die zum anderen sicher nichts Gutes zu bedeuten hatte. »Das kommt darauf an, ob er einen Teil der Ware gestohlen hat, die er vor Kurzem in Sorg hat abliefern sollen.«

Oh, natürlich musste er diesen Moment nutzen, um nach mehr Informationen zu fischen. Anna öffnete bereits den Mund um zu protestieren, bevor ihr einfiel, dass sie darüber eigentlich nichts wissen sollte.

Angesichts ihres Schweigens verdrehte er die Augen. »Anna.« Bei der Art, wie er sie ansah, konnte man wirklich denken, er meinte es ernst. »Ich war dort. Ich weiß, dass es Schmuggelware war. Ich bin genauso in nicht lautere Geschäfte verwickelt wie ihr. Können wir aufhören so zu tun, als wäre das nicht der Fall?«

Das war wohl fair. Nach einem Moment nickte Anna.

»Er hat nichts gestohlen«, antwortete allerdings Jackel an ihrer Stelle. »Er ist nicht dumm.«

»Ist die ganze Ware fort?«, fragte Anna.

Von Treist schüttelte den Kopf. »Nur ein Teil.«

Schlimm genug. Das war wirklich das Letzte, was sie jetzt noch gebrauchen konnte. »Matthias war es sicher nicht«, stimmte sie Jackel zu. Das hätten sie gemerkt, oder nicht? Wenn, dann hätte er seine Beute in einem der Fässer mit den Lumpen verstecken müssen, und der Großteil davon war bereits in der Faulgrube gelandet. Das hätte er sicher nicht riskiert. Außerdem, so leichtsinnig er auch gehandelt haben mochte, so dumm war er doch nun auch wieder nicht.

»Aber da waren ...« Anna stockte. Nur weil Johann von Treist im Moment den Eindruck machte, als wollte er helfen, hieß das noch lange nicht, dass sie alle Vorsicht fahren lassen konnte. »Jackel und Matthias haben mir erzählt, dass die Unterhändler, mit denen sie zu tun hatten, versucht haben, sie um ihre Bezahlung zu betrügen. Wenn etwas fehlt, würde ich mich da umsehen.«

Nun war Johann von Treist derjenige, der sie musterte, als versuche er zu ergründen, ob sie die Wahrheit sagte. Schließlich nickte er. »Wie gesagt, ich muss ein paar Erkundigungen einziehen. Morgen weiß ich mehr. Komm zu Sybille Stromers Haus. Dort reden wir weiter.«

Damit verabschiedete er sich und kurz darauf waren Anna und Jackel allein in der Küche.

»Ich verstehe immer noch nicht, was Johann von Treist eigentlich will!«, murmelte sie.

Jackel hob die Schultern. »Ich glaube, er will etwas anderes als die Leute, für die er arbeitet.«

»Warum arbeitet er dann für sie? Er ist reich, oder nicht?«

Jackel hob nun zum zweiten Mal die Schultern.

»Wir müssen Matthias suchen, Anna«, sagte er nach einer Weile. Flehend blickte er sie an. Matthias war ihm offenbar inzwischen ziemlich ans Herz gewachsen.

Genau genommen war der Schmuggler für seine Schwierigkeiten selbst verantwortlich, aber noch genauer genommen hatte er ihretwegen gelogen und sich deshalb wahrscheinlich verdächtig gemacht. Anna seufzte. »Wir wissen nicht, wo wir anfangen sollen. Aber ich bringe morgen in Erfahrung, was Johann von Treist weiß.«

Jackel lächelte. »Danke.«

Erst als Anna Jackel ein Lager vor dem Herd bereitet hatte und selbst drauf und dran war, zu Bett zu gehen, fiel ihr ein, dass sie eine wichtige Frage nicht gestellt hatte. Paul und Marie. Steckten sie auch in Schwierigkeiten oder ging es ihnen gut?

Anna schlief nur sehr unruhig und wachte am nächsten Morgen auf, noch bevor die Sonne aufgegangen war. Eilig schlüpfte sie in Kleid und Stiefel und war schon unterwegs durch die Straßen Nürnbergs, bevor der Tau sich von den Dächern hob.

Es mochte leichtsinnig sein, in der Dunkelheit in dem Viertel der Stadt unterwegs zu sein, in dem Marie und Paul wohnten, aber die Sonne würde ja bald aufgehen. Sicher schliefen inzwischen selbst die meisten Verbrecher schon. Und sie musste einfach wissen, ob es den Lumpensammlergeschwistern gut ging. Also schob sie fröstelnd die Hände in ihre Rocktaschen, richtete den Blick geradeaus und ging, so schnell sie konnte, ohne zu rennen. Ringsum rumpelten bereits die ersten Wagen durch die Straßen, und die Gestalten, die in den Hauseingängen geschlafen hatten, regten sich. Mehr als einmal glaubte Anna Blicke im Rücken zu spüren, aber nun war es zu spät, um umzukehren.

Bei Pauls und Maries Haus hämmerte sie mit der Faust gegen die Tür, bis Paul verschlafen, aber mit einem Messer in der erhobenen Hand öffnete.

Als er sie erkannte, ließ er die Waffe sinken und blinzelte verwirrt.

»War jemand hier?«, fragte Anna.

Paul blinzelte noch einmal. »Es ist mitten in der Nacht.«

»Es ist fast Morgen. Also war niemand hier und hat versucht, euch anzugreifen?«

Paul schüttelte den Kopf. »Was ist denn los?«

»Matthias ist verschwunden.«

»Was?«

»Matthias ist …« Anna unterbrach sich und blickte die Straße hoch und runter. Sie war sich ziemlich sicher, dass aus einer nahen Gasse mehrere neugierige Augen herauslugten. »Darf ich reinkommen?«

»Oh«, sagte Paul, offenbar immer noch nicht ganz wach. »Sicher.«

Wenig später saßen sie zu dritt in der Küche der Lumpensammler. Marie trug noch ihr Nachthemd und hatte sich einfach eine Decke über die Schultern geworfen. Nun war sie damit beschäftigt, das Feuer im Herd wieder anzufachen.

»Also versucht Johann von Treist, uns tatsächlich zu helfen«, sagte sie.

Paul verdrehte die Augen, aber Anna musste lächeln. Nach allem, was in letzter Zeit passiert war, war es nett zu sehen, wie Marie stur an ihrer positiven Einstellung festhielt. »Ich weiß es noch nicht«, sagte sie trotzdem. »Ich spreche mit ihm, sobald der Tag weit genug fortgeschritten ist, dass es nicht mehr unhöflich ist, an fremder Leute Türen zu klopfen.«

»Was ist, wenn es nur eine List ist, damit du zugibst, was wir getan haben?«, fragte Paul.

Anna hob die Schultern. »Im Moment ist er unsere einzige Spur. Außer, wir wollen Matthias einfach vergessen.«

Mit säuerlicher Miene schüttelte Paul den Kopf. »Er ist mein Freund. Er macht manchmal dummes Zeug, aber er hat mich nie im Stich gelassen.«

Damit war es beschlossene Sache.

Als Anna ging, umarmte Marie sie. »Gib acht.«

Gut, dass sie zwischen all ihrem Optimismus den gesunden Menschenverstand nicht vergessen hatte.

KAPITEL 20

Als Johann von der Pecht'schen Mühle nach Hause zurückkehrte, war Bartholomäus zu seiner Überraschung noch außer Haus. Also setzte Johann sich mit einer Karaffe Wein und zwei Bechern in die Stube und wartete.

Er war sich nicht sicher, ob er Anna und Jackel glauben sollte. Natürlich würden sie behaupten, dass ihr Freund unschuldig war. Inzwischen hätte Johann allerdings einiges darauf verwettet, dass Anna Pecht auch in Sorg gewesen sein musste. Andererseits hatte sie ernsthaft überrascht gewirkt, zu erfahren, dass ein Teil der Ware gestohlen worden war.

Nachdenklich trank Johann einen größeren Schluck Wein. Wenn sie ihm doch einfach sagen würde, was für verbotenen Geschäften sie nachging. Wenn sie am besten nach seiner ersten Warnung auf ihn gehört hätte. Dann müsste er jetzt nicht hier sitzen und sich fragen, wie lange er zulassen konnte, dass Bartholomäus versuchte, Antworten aus jemandem herausprügeln zu lassen.

Als Johann schließlich die Tür hörte und dann Schritte in der Diele, schenkt er den zweiten Becher voll und ging damit Bartholomäus entgegen. Dessen finstere Miene wandelte sich in Überraschung, als sein Bruder ihm den Becher in die Hand drückte. Fragend zog er die Brauen in die Höhe.

»Lass mich raten«, sagte Johann, bemüht um einen unbeteiligten Tonfall. »Du hast deine Handlanger ausgeschickt, um dir Matthias zu schnappen, aber keine brauchbaren Antworten von ihm bekommen.«

»Du bist erstaunlich gut informiert.« Sein Bruder nahm einen großen Schluck aus dem Becher. »Dieser Mann hört nicht auf zu reden, aber alles, wirklich alles, was er sagt, ist vollständig nutzlos.«

Johann bemühte sich, ein Grinsen zu unterdrücken. Das klang nach Matthias. Es klang außerdem, als ginge es ihm noch verhältnismäßig gut. Das machte Johanns Gewissen ein ganzes Stück leichter.

»Ich glaube«, sagte er, »die Waren könnten tatsächlich erst später verloren gegangen sein. Ich habe eine Spur.«

Bei dieser Neuigkeit hellte sich Bartholomäus' Miene auf. »Eine Spur?«

Johann nickte. »Ich sagte doch, ich kann mehr herausfinden. Du hast mir offensichtlich nicht geglaubt.«

Nicht, dass ihn das überraschte, aber Johann hatte wirklich gehofft, dass sein Wort bei Bartholomäus inzwischen mehr Gewicht hatte. Andererseits, wäre Matthias nicht so plötzlich verschwunden und er zur richtigen Zeit am richtigen Ort gewesen, hätte er Anna und Jackel wohl nie dazu gebracht, ihm mehr zu verraten. Dennoch konnte es nie schaden, seinem Bruder ein schlechtes Gewissen einzureden.

»Johann, du musst das verstehen«, beschwichtigte Bartholomäus sofort. »Je länger ich warte, desto eher ist die Ware unwiederbringlich verloren.«

Aus Bartholomäus' Sicht war das wahrscheinlich ein gutes Argument. »Aber dein Weg hat nicht funktioniert, nicht wahr?«, wandte Johann ein. »Spricht also etwas dagegen, dem armen Kerl eine Pause zu gönnen und es mich auf meine Art versuchen zu lassen?«

Nachdenklich schwenkte sein Bruder den Becher mit dem Wein. Er trank noch einen Schluck und nickte anerkennend angesichts von Johanns Wahl. Für einen Moment starrte er noch in den Becher. »Deine Argumente werden immer besser.«

Johann hob die Schultern. »Wenn es darum geht, Menschen so zu manipulieren, dass sie tun, was ich will, habe ich ein großartiges Vorbild.«

Das sorgte dafür, dass ein dünnes Lächeln über Bartholomäus' Lippen spielte. »Wenn ich gewusst hätte, dass man dich einfach zum Auftragsmörder machen muss, damit du dich in die Familiengeschäfte einbringst, hätte ich es viel früher getan.«

Sofort hielt Johann den Atem an. Wie weit hatte sein Bruder ihn durchschaut, um zu diesem Schluss zu kommen?

»Ich sehe doch, was du tust«, fuhr Bartholomäus fort. »Du versuchst andere Lösungen für jedes Problem zu finden, das beinhalten könnte, dass jemand sterben muss.«

Gespielt gleichgültig hob Johann die Schultern. »Willst du behaupten, sicherzugehen, die Richtigen zu erwischen, läge nicht in deinem Interesse?«

Das entlockte Bartholomäus ein kurzes Lachen. »Klang es, als wollte ich behaupten, du handelst nicht in meinem Interesse?«

Johann atmete durch. »Dann wirf mir keine Steine in den Weg. Ich bringe dir die wahren Schuldigen und zumindest eine Spur zu deiner Ware, wenn du mir Zeit gibst.«

Einen Moment lang starrte Bartholomäus noch nachdenklich in seinen Becher, dann nickte er. »Gut.« Er lächelte. »Wir arbeiten gut zusammen, was meinst du?«

Johann beschloss, Bartholomäus' gute Laune zu nutzen. Er schnaubte. »Gut würde ich es nennen, wenn ich nicht selbst in Erfahrung bringen müsste, was du tust.«

Bartholomäus' Lächeln wurde breiter. »Ich werde es mir merken.« Damit wandte er sich der Stiege ins obere Stockwerk zu.

»Bartholomäus!«, rief Johann seinem Bruder nach. Auf der untersten Treppenstufe drehte sich dieser noch einmal um.

»Du wirst Matthias kein Leid zufügen, bis ich zurück bin.«

»Einverstanden, aber er bleibt, wo er ist.«

Das würde er wohl überleben. Johann nickte. »Ich brauche außerdem ein paar Informationen.«

Darüber schien Bartholomäus einen weiteren Moment lang nachzudenken, dann nickte er. »Was immer du willst.«

Eventuell arbeiteten sie manchmal tatsächlich gut zusammen.

Anna Pecht saß in Sybilles Stube, als Johann am nächsten Morgen dort ankam. Die Tuchhändlerswitwe hatte Markus nach ihm geschickt, und der Junge war den gesamten Weg über sehr stolz darauf gewesen, dass ihm dieser Botengang übertragen worden war. Johann hatte ihn eher abwesend gelobt und war in Gedanken bereits anderswo gewesen. Würde sie seinem Plan zustimmen?

Sie wirkte noch immer besorgt und betrachtete ihn eher skeptisch, als er zu ihr trat und sich einen Stuhl heranzog.

Sybille warf Johann ein aufmunterndes Lächeln zu und verschwand dann mit der Entschuldigung tiefer im Haus, dass sie noch zu tun habe.

»Und?«, fragte Anna. »Wo ist Matthias?«

Inzwischen mochte er sie wirklich. »Am Leben«, antwortete Johann knapp. Wenn es sich vermeiden ließ, wollte er ihr immer noch lieber nichts über seinen Bruder erzählen, also wählte er seine Worte vorsichtig. »Und wenn er es bleiben soll, bräuchte ich jemanden, der die Unterhändler identifizieren kann.«

Anna Pecht kniff die Augen zusammen. »Ist dir klar, dass das schon wieder wie eine Drohung klingt?«

Aus irgendeinem Grund freute es ihn, dass sie nicht wieder zur höflichen Anrede wechselte, nachdem sie sie einmal fallen gelassen hatte. Die Aussage an sich war natürlich weniger erfreulich. Er seufzte. Was hatte Sybille gesagt? Vertrauen gegen Vertrauen. »Ich habe die Möglichkeit, Matthias und dem Rest von euch zu helfen, wenn ich die wahren Diebe und die gestohlene Ware finde. Dazu muss ich sie erkennen können.«

Das immerhin schien zu Anna Pecht durchzudringen. Sie nickte, biss sich nachdenklich auf die Unterlippe. »Jackel weiß natürlich, wie sie aussehen.«

»Jackel muss sich ausruhen, auch wenn er sich schon wieder besser fühlt. Mit einem Schlag auf den Kopf sollte man nicht spaßen. Im Krieg habe ich Leute daran sterben sehen, nachdem sie zuvor scheinbar nicht mehr als eine Beule davongetragen hatten.« Nun beobachtete Johann Anna Pecht genau. Er war sich inzwischen so sicher. Sie musste in Sorg gewesen sein.

Nach einem Moment seufzte sie. »Müssen wir die Stadt verlassen?«, fragte sie.

Johann unterdrückte ein triumphierendes Grinsen und nickte.

»Für wie lange?«

»Höchstens ein paar Tage.«

Anna nickte. »Gut. Ich muss ein paar Vorbereitungen treffen.«

»Natürlich«, stimmte Johann zu. Dann fügte er an: »Sag, wie gut kannst du reiten?«

Der kurze Anflug von Panik in ihrem Gesicht sagte ihm alles, was er wissen musste. Natürlich. Sie war ein Stadtkind aus einer Handwerkerfamilie. Wo hätte sie reiten lernen sollen? »Keine Sorge. Ich finde ein ruhiges Pferd für dich. Wie lange brauchst du?«

Sie überlegte kurz. »Zwei Stunden vielleicht.«

Ganz offensichtlich waren sie sich einig, dass es keine Zeit zu verschwenden galt. Sehr gut. Er konnte sich deutlich schlimmere Gesellschaft für diese Unternehmung vorstellen.

»Ach ja«, sagte er noch, als sie bereits aufstand. »Wir haben keine Zeit für einen Seitsattel, aber auch manche Frauen aus gutem Hause tragen lieber eine Hose unter ihrem Rock.«

Annas Gesichtsausdruck nach hatte sie darüber noch gar nicht nachgedacht, aber nun nickte sie grimmig. »Was auch immer dafür sorgt, dass wir schneller vorankommen.«

Wenn sie mit derselben Einstellung ihre Geschäfte betrieb, hatte sie das Potenzial, Bartholomäus noch richtig Ärger zu machen. Johann konnte sich nicht dazu durchringen, darüber traurig zu sein.

KAPITEL 21

Als Anna sich von Johann von Treist auf ein staubig braunes Pferd helfen ließ, fragte sie sich, ob sie irgendwann in ihrem Leben bessere Entscheidungen hätte treffen und nicht an diesem Punkt hätte landen können. Sie war sich nicht sicher. Die meisten schlechten Entscheidungen hatte ihr Vater für sie getroffen.

Immerhin stand das Pferd stoisch da, während sie auf dem Sattel hin und her rutschte und ihre Röcke so sortierte, dass möglichst wenig von der Hose zu sehen war, die sie darunter trug. Sie fühlte sich trotz allem irgendwie nackt.

Johann von Treist erklärte ihr, wie man richtig in einem Sattel saß, und in welche Richtung sie ihr Gewicht verlagern musste, wenn sie wollte, dass das Pferd schneller oder langsamer ging. Nur für den Fall. Dann nahm er die Zügel ihres Pferdes in die Hand und stieg auf sein eigenes. Anna beobachtete ihn mit einer Mischung aus Ärger darüber, dass sie nicht vernünftig reiten konnte, und Erleichterung, dass sie nicht würde selbst reiten müssen.

Dann ging es los.

Sie waren gerade beim nördlichen Stadttor angekommen, als sich der blonde Mann mit der Narbe im Gesicht zu ihnen gesellte. Anna beobachtete ihn misstrauisch. Von ihm hatte von Treist nichts gesagt.

»Götz«, grüßte ihr Begleiter, offensichtlich ebenso überrascht wie sie. »Ich kann mich nicht erinnern, um Verstärkung gebeten zu haben.«

Oh, das fing gar nicht gut an.

Götz lächelte. »Ihr bekommt sie trotzdem.«

Mit leicht säuerlicher Miene nickte von Treist.

»Warum ist sie dabei?« Götz machte eine Kopfbewegung in Annas Richtung, und Anna beschloss spontan, ihn nicht zu mögen.

»Zum einen kann ich für mich selbst sprechen und Fragen über mich können an mich gerichtet werden«, sagte sie. »Zum anderen weiß ich, wie die Männer aussehen, die ihr sucht.«

»Ist das so?« Götz wirkte amüsiert.

»Sei freundlich«, ermahnte Johann ihn.

»Natürlich.«

Während sie durch das Tor aus der Stadt herausritten, blickte Anna zwischen den beiden Männern hin und her. Warum wirkte es, als hätte von ihnen beiden Johann das Sagen, obwohl er Götz ganz offensichtlich nicht einfach fortschicken konnte? Wer war es, der diese ganze Geschichte so kompliziert machte? Es musste jemand sein, für den sowohl Götz als auch Johann arbeiteten. Der alte Silberzahn? Aber hatte Matthias nicht gesagt, dass der vor Götz Angst hatte?

Mit einem Mal fröstelte Anna. Wo war sie hier nur hineingeraten?

Schweigend ritten sie mehrere Stunden lang in Richtung Norden. Als Anna fragte, was ihr Ziel wäre, antwortete Johann nur: »Plech.«

»Das ist ein Ort in der Nähe«, sagte Anna nach einer Weile. »Aber warum Plech?«

»Dort soll es eine Gruppe Banditen geben, die sich hin und wieder auch um den Transport illegaler Ware kümmern.«

Banditen? Nicht schon wieder.

»Keine Sorge«, fuhr Johann fort. »Sie haben ein Abkommen mit …« Er stockte, und Anna hielt den Atem an, hoffte, dass er doch noch weitersprechen würde. Doch schließlich wandte er sich halb zu ihr um und ihre Blicke trafen sich. »Mit meinem Auftraggeber«, beendete er den Satz.

Er musste Anna ihre Enttäuschung ansehen können, denn im nächsten Moment zuckten seine Mundwinkel. »Je weniger du weißt, desto besser, aber wir sind dort nicht in Gefahr.«

»Außer sie haben deinen Auftraggeber wirklich bestohlen«, merkte Anna an, schon allein, um diesen Ausdruck aus seinem Gesicht zu wischen, selbstzufrieden, wie sie fand, und überheblich.

Tatsächlich wurde Johann von Treist sofort ernster. »Außer das, ja.«

Weiter vorne drehte Götz sich in seinem Sattel um und spähte zu ihnen zurück. »Ich hatte nicht vor, den ganzen Tag für den Hinweg zu brauchen!«

Johann von Treist verdrehte die Augen, spornte sein Pferd aber ein wenig mehr an. Ängstlich klammerte Anna sich am Sattel fest, als auch ihr Pferd an Geschwindigkeit zulegte.

»Er ist ziemlich frech, meinst du nicht?«, merkte sie so unschuldig wie möglich an, in der Hoffnung, vielleicht doch noch Informationen zu erhalten.

»Damit ist er nicht der Einzige«, murmelte von Treist.

Diesmal entfuhr Anna ein kurzes Lachen, das noch ein wenig länger wurde, als Johann von Treist ihr einen düsteren Blick zuwarf.

Es war bereits später Nachmittag, als Anna sich schließlich im Wald nahe Plech an einen Baumstamm drückte, um nicht gesehen zu werden. Vorsichtig spähte sie zwischen einigen Ästen hindurch den Hügel hinab, auf dessen Kuppe sie standen. Dort unten gähnte der Schlund einer Höhle unter einem Felsüberhang, gerade hoch genug, dass man sich hineinducken konnte. Davor standen einige Männer in einem bunten Mischmasch aus verschiedener Kleidung. Einer von ihnen trug ein teuer aussehendes grünes Hemd über einer zerrissenen Hose und Stiefeln, die auseinanderzufallen drohten. Ein anderer hatte sich Teile einer Lederrüstung umgeschnallt, die ihm ein wenig zu groß zu sein schien.

Sie waren gerade damit beschäftigt, über irgendetwas zu diskutieren. Zwei von ihnen deuteten in verschiedene Richtungen und schienen sich nicht ganz einigen zu können, wohin sie aufbrechen wollten.

»Erkennst du einen von ihnen?«, flüsterte Johann von Treist, der nicht weit weg von ihr ebenfalls hinter einem Baum lehnte. Anna kniff die Augen zusammen und konzentrierte sich auf die Gesichter der Männer. Und tatsächlich. Der Mann mit den zerschlissenen Stiefeln kam ihr bekannt vor.

»Der dort in dem grünen Hemd.« Sie deutete auf ihn, ohne sich jedoch aus ihrer Deckung zu lösen.

»Seid Ihr sicher?«, fragte Götz von ihrer anderen Seite.

»Ja!«, zischte sie zurück, gerade als die Männer sich endlich einigten und sich einen Trampelpfad entlang in Bewegung setzten, der am Fuß des Hügels in Richtung Westen führte.

»Dann warte bei den Pferden«, sagte Johann von Treist. »Wir sind nicht lange fort.« Er bedeutete Götz, ihm zu folgen. »Komm. Wenn du schon dabei bist, kannst du dich auch nützlich machen.«

Wenig später stand Anna ganz allein in dem fremden Wald. Beim Eingang der Höhle zu ihren Füßen war nur eine Wache zurückgeblieben. Vorsichtig löste sie sich von ihrem Versteck und schlich dorthin zurück, wo sie die Pferde zurückgelassen hatten. Hoffentlich blieben Johann und Götz wirklich nicht lange weg. Sie hatte nicht die geringste Lust, noch im Dunklen auf sie warten zu müssen.

KAPITEL 22

Johann bewegte sich leise den Trampelpfad entlang, den die beiden Männer genommen hatten, Götz dicht hinter ihm. Ihm war nicht wohl dabei, Anna Pecht allein bei den Pferden zurückzulassen, aber wenn alles gut ging, würden sie wirklich nicht lange weg sein. Und hoffentlich würde sich dieses Problem damit lösen lassen – hoffentlich fanden sie die gestohlene Ware.

Der Mann in dem grünen Hemd schlenderte zusammen mit einem anderen zwischen den Bäumen entlang. Sie schienen es nicht sonderlich eilig zu haben und sie hatten kein Gepäck dabei. Also wollten sie wohl nicht weit weggehen. Tatsächlich hatten sie offenbar unterschiedliche Aufgaben, denn nach einer Weile trennten sie sich, und Johann grinste triumphierend. Gut. Dann konnten sie tatsächlich nur den erwischen, den sie erwischen wollten.

»Überhol ihn«, flüsterte Johann Götz zu. »Komm ihm entgegen.«

Götz nickte, dann verschwand er im Unterholz. Allerdings konnte Johann ihn noch eine ganze Weile sehen und hören. Er verzog das Gesicht. Kein Wunder, dass Bartholomäus Sybilles Mann nicht Götz auf den Hals gehetzt hatte. Und auch bei Matthias hatte es einen Kampf gegeben, dem Zustand seines Unterschlupfs nach zu schließen. Wenn man jemanden aus einem schlechten Viertel entführen oder jemanden einschüchtern wollte, leistete Götz wahrscheinlich gute Arbeit. Diskretion war jedoch nicht seine Stärke.

Im nächsten Moment verzog Johann das Gesicht. Er sollte allerdings wirklich nicht stolz darauf sein, dass er es besser konnte.

Dennoch ärgerte es ihn, als der Mann in dem grünen Hemd alarmiert aufsah, während Johann noch dabei war, zu ihm aufzuschließen. Er starrte von Johann fort ins Unterholz, wo Götz wahrscheinlich ein verräterisches Geräusch gemacht hatte. Langsam wanderte die Hand des Mannes zu dem Griff des Messers an seiner Seite.

Bevor er etwas unternehmen konnte, hatte Johann ihn jedoch erreicht. Er packte das Handgelenk des Mannes und drehte seinen Arm auf den Rücken. Mit der anderen Hand setzte er seinem Opfer eine Klinge an die Kehle.

Sofort erstarrte der Mann.

»Schöner Tag heute, nicht wahr?« Johann bemühte sich um einen beiläufigen Tonfall. »Ich hätte da ein paar Fragen.«

KAPITEL 23

Sie hatten die Pferde in einer Senke angebunden, wo sie nun gemütlich auf den Blättern irgendeines Strauches herumkauten. Wenn man sich an einem Ende der Senke auf einen umgefallenen Baumstamm stellte, konnte man von dort zum Weg spähen, der ein Stück von der Höhle entfernt durch den Wald nach Plech führte. Wahrscheinlich konnte man dort auch vom Weg aus gesehen werden, allerdings nur, wenn man zufällig an genau der richtigen Stelle ins Gestrüpp spähte. Anna setzte darauf, dass das nicht so schnell passieren würde, balancierte auf dem Baumstamm und betete inständig, Johann und Götz möchten zurückkehren, bevor die Schatten zwischen den Bäumen zu tief wurden.

Schritte auf dem Weg sorgten dafür, dass Anna zusammenzuckte. Sie packte den Griff des Messers an ihrem Gürtel und duckte sich ein wenig, sodass sie den Weg nur noch gerade so im Blick hatte.

Sie hätte nicht gedacht, dass sie einmal erleichtert aufatmen würde, weil sie Götz' Narbengesicht erspähte, aber genau das tat sie einen Moment später. Kurz darauf kam auch Johann von Treist in Sicht. Er stieß den Mann in dem grünen Hemd vor sich her, auf den Anna zuvor gedeutet hatte.

Stolpernd kam er die Senke hinunter. Bevor er sich richtig fangen konnte, war Johann von Treist bei ihm und stieß ihn weiter. Auf diese Art erreichten sie einen Baum nahe dem, bei dem die Pferde standen. Mit angehaltenem Atem sah Anna zu, wie Johann den Mann grob umdrehte und ihn bei dem Baum zu Boden stieß. Unsanft landete er auf seinem Hosenboden und starrte ängstlich zu Johann von Treist hinauf.

Derweil holte Götz ein Seil aus einer der Satteltaschen. Er packte die Handgelenke des Gefangenen, zerrte sie hinter den Baumstamm und band sie dort zusammen.

Anna wusste nicht, wie lange die beiden Männer schon zusammenarbeiteten, aber es sah alles genau geplant und aufeinander abgestimmt aus. Sie schauderte. Vor allem, als Johann von Treist dann auch noch ein Messer zog und sich vor den Gefangenen hockte. »Du hast Waren gestohlen, wo sind sie?«

Anna presste die Lippen aufeinander, um nicht aus Versehen einen Laut von sich zu geben. Johann von Treist hatte sie nicht ein einziges Mal angesehen, fast als hätte er sie vergessen. Und für den Moment war sie sich ziemlich sicher, dass sie nicht wollte, dass er sich an sie erinnerte. Es war eines, Johann von Treist Andeutungen auf mögliche Gefahren machen zu hören, etwas ganz anderes, zuzusehen, was er selbst tun konnte. Mit einem Mal wurde Anna klar, dass er wirklich nie ernsthaft versucht hatte, ihr zu drohen. Selbst bei ihrer ersten Begegnung, als er die Räuber in die Flucht geschlagen hatte, hatte er im Vergleich eher müde als tatsächlich bedrohlich gewirkt. Jetzt allerdings, während er die Spitze des Messers unter das Kinn des Unterhändlers setzte und dieser förmlich versuchte, nach hinten in den Baumstamm zu kriechen, um ein wenig mehr Abstand zu gewinnen, jagte von Treists Anblick Anna einen Schauer über den Rücken.

»Ich weiß nicht, wovon Ihr redet!«, beteuerte der Unterhändler.

Götz schnaubte. »Ja, klar.« Er machte eine Bewegung, als wollte er sich dem Gefangenen nähern, aber Johann von Treist hob eine Hand, und Götz hielt inne.

»Anna«, sagte der Kaufmannssohn ruhig. Anna zuckte dennoch zusammen, als ihr Name fiel. »Komm bitte mal her.«

Eigentlich wollte sie nicht näher herankommen, trotzdem trat Anna neben Johann von Treist. Als der Mann in dem grünen Hemd sie erblickte, wurden seine Augen groß. Er erkannte sie. Das war immerhin eine Erleichterung. Sie hatten tatsächlich den Richtigen.

»Das ist der Mann, dem Matthias und Jackel das Brillenmacherwerkzeug übergeben haben, nicht wahr?«, fragte Johann von Treist.

Anna nickte, allerdings blieb Johanns Blick auf seinen Gefangenen gerichtet. Also räusperte sie sich. »Ja, das ist er. Er hat versucht, die Ware zu nehmen, ohne zu bezahlen.« Für den Moment dachte sie nicht einmal daran, so zu tun, als sei sie nicht dabei gewesen.

Der Mann schluckte. Kurz flackerte sein Blick zu Anna, blieb dann aber sofort wieder an Johann von Treist hängen. »Das war nur ein Scherz. Wir haben dann doch bezahlt, oder nicht? Wir haben bezahlt!«

»Und dann habt ihr einen Teil der Ware genommen«, sagte Johann von Treist, »und habt gedacht, es würde niemandem auffallen.«

»Nein, nein, das würden wir nie …« Der Mann unterbrach sich selbst, als Johann das Messer noch ein wenig fester unter sein Kinn drückte.

»Du hast Glück.« Von Treists Stimme klang tatsächlich beruhigend. »Denn wir können das wieder in Ordnung bringen. Du sagst mir einfach, wo die Ware ist, und dann wird alles gut.«

Der Mann leckte sich die Lippen, blickte unsicher zwischen Anna und Johann hin und her. Er tat Anna leid. Andererseits hatte er nicht nur versucht, Matthias um seine Bezahlung zu betrügen, sondern sie alle danach auch noch ernsthaft in Schwierigkeiten gebracht, indem er von seinem Auftraggeber gestohlen hatte. Also verschränkte Anna die Arme vor der Brust und bemühte sich um eine harte Miene.

»Wir sollten ihn einfach umbringen«, sagte Götz, ein wenig zu viel Vorfreude in der Stimme für Annas Geschmack. »Hat er nicht noch einen Komplizen? Vielleicht erweist sich der als hilfreicher.«

Kurz glaubte Anna so etwas wie Widerwillen über Johann von Treists Miene huschen zu sehen, aber es war so schnell wieder verschwunden, dass sie sich nicht sicher war. Sie würden nicht tatsächlich einen Mann töten, oder? Anna wurde ein wenig übel. Es ging doch nur darum, die Ware zurückzuholen! Deswegen waren sie hier!

Allerdings, was machte sie sich vor? Diese beiden Männer waren gefährlich. Johann von Treist hatte mehrfach versucht, sie zu warnen, aber nun erst waren die Kreise, in denen er sich bewegte, mehr als nur eine abstrakte Bedrohung. Natürlich konnten sie hier einen kaltblütigen Mord planen. Anna schlang die Arme um ihren Oberkörper und hoffte, der Mann möge einfach tun, was sie von ihm wollten. So hatte sie sich das nicht vorgestellt, als Paul und Marie die Idee aufgebracht hatten, Lumpen zu stehlen.

Johann von Treist beugte sich zu seinem Gefangenen vor, ohne dass seine Miene irgendetwas von seinen Absichten preisgab. »Also?«

»Ich kann sehr hilfreich sein!«, beteuerte der Mann sofort. »Ich zeige euch, wo die Sachen sind, und ihr lasst mich gehen, ja?«

Götz öffnete den Mund, als wollte er protestieren, aber Johann von Treist war schneller. »Natürlich.«

»Gut.« Der Mann lächelte nervös. »Dann müsst ihr mich nur losbinden. Ich führe euch hin, ja?«

Johann von Treist nickte Götz zu, der die Miene verzog, aber die Stricke durchschnitt, die den Mann an den Baum fesselten. Während Götz den Gefangenen in die Höhe zog, wandte Johann von Treist sich Anna zu. »In einer der Satteltaschen deines Pferdes sind Fackeln. Ich nehme an, die werden wir bald brauchen.«

Während Anna die nun sehr tiefen Schatten unter den Bäumen betrachtete, musste sie Johann von Treist zustimmen. Irgendwo in der Ferne glaubte sie ein Käuzchen rufen zu hören. Und um diese Tageszeit war sie mit drei Verbrechern, eventuell sogar Mördern, im Wald unterwegs. Sie fröstelte. Sie hatte nur ein wenig Geld beim Einkauf von Lumpen sparen wollen. Wie war sie nur in diese Sache hineingeraten?

KAPITEL 24

Mit Götz' Hilfe setzte Johann den Mann in dem grünen Hemd auf ein Pferd und fesselte ihm die Hände vor dem Körper. Dann führten sie ihre Pferde aus der Senke und ließen sich von ihrem Gefangenen den Weg weisen.

Es dauerte nicht lange, bis es so dunkel war, dass sie kaum mehr sehen konnten, wohin die Pferde traten. Ohne, dass Johann sie darum geben hätte, hielt Anna kurz an, um ihre Fackel zu entzünden. Im Schein der Flammen beobachtete er sie. Ihre Lippen waren zu einer dünnen Linie zusammengepresst, aber für ein Stadtkind, das vermutlich noch nie eine Nacht im Wald verbracht hatte, hielt sie sich recht tapfer.

Götz tat es ihr nach und entzündete ebenfalls eine Fackel. Nur Johann behielt stattdessen lieber sein Rapier in der Hand.

Schließlich erreichten sie einen weiteren dunklen Höhleneingang, der im Waldboden gähnte wie ein Schlund in die Unterwelt. »Dort drin«, sagte der Mann.

Natürlich konnte Diebesbeute nicht irgendwo versteckt sein, wo man leicht herankam. Johann seufzte und zog ihren Gefangenen von seinem Pferd. »Warte hier«, sagte er zu Anna. Es tat ihm leid, sie in der Dunkelheit allein zu lassen, aber es war nicht so als wäre es dort, wo sie hingingen, in irgendeiner Weise heller.

Während Götz ihnen den Weg leuchtete, stieß Johann den Gefangenen tiefer in die Höhle.

Nach einer Weile blieb der Mann über einem Stück des sandigen Höhlenbodens stehen, der ein wenig aufgewühlter wirkte als der Rest. »Hier ist es. Kann ich jetzt gehen?«

»Nein«, bestimmte Götz. »Du gräbst.«

Johann löste die Fesseln des Möchtegern-Schmugglers und tauschte sein Rapier gegen die ungeladene Steinschloss-Pistole, die er wie immer bei sich trug. Um jemanden an der Flucht zu hindern taugte sie mehr als eine Klinge. Zumindest, solange ihr Gefangener nicht wusste, dass weder Schießpulver noch Munition im Lauf steckten.

Murrend machte sich dieser an die Arbeit. Mit bloßen Händen scharrte er den Sand beiseite, bis er schließlich ein Bündel zutage förderte. Johann nahm es ihm ab und schlug den Stoff auseinander, in den es eingewickelt war. Danach zeigte er den Inhalt Götz. »Gut, dass du und mein Bruder fast den Falschen deswegen umgebracht habt, hm?« Die spitze Bemerkung konnte er sich nicht verkneifen.

Götz zuckte mit den Schultern. »Gut, dass wir nun den Richtigen haben.« Damit zog er das lange Messer, das er bei sich trug, und trat auf den Gefangenen zu.

Dieser riss die Augen auf. »Ihr habt gesagt, ihr lasst mich gehen!«

Götz grinste. »Das hat er gesagt.« Er deutete auf Johann.

Johanns Finger schlossen sich fester um den Kolben seiner Pistole. Wahrscheinlich war es sinnvoller, der Sache einfach ihren Lauf zu lassen. Er hatte seinem Bruder versprochen, ihm die Waren und die Schuldigen zu bringen. Natürlich bedeutete das, dass jemand sterben musste, auch wenn es zumindest jemand war, der sich sein Unglück selbst zuzuschreiben hatte. Dennoch regte sich Widerwillen in ihm.

Als der Schmuggler nach Götz trat, sich zur Seite warf und in Richtung Höhlenausgang rannte, machte Johann deshalb nur einen Schritt zur Seite. Götz fluchte und nahm an ihm vorbei die Verfolgung auf. Unwillkürlich musste Johann grinsen. In Gedanken wünschte er dem Mann viel Glück.

Dann wickelte er sorgfältig das Brillenmacherwerkzeug wieder in das Tuch und folgte den beiden langsam, aber doch schnell genug, bevor das Licht von Götz' Fackel vollständig hinter einer Gangbiegung verschwinden konnte.

Als er aus der Höhle trat, konnte er gerade noch sehen, wie der Schmuggler Götz' Pferd losband und sich in den Sattel schwang. Anna Pecht war zu Johanns Erleichterung auch einfach zur Seite getreten. Ihre Fackel steckte ein wenig abseits im Boden.

Nun allerdings, als Götz an ihr vorbeirannte, streckte sie schnell den Fuß aus. Er stolperte, seine Fackel flog davon und landete im Matsch. In der Zeit trieb der Schmuggler sein erbeutetes Pferd an und galoppierte davon.

Johann konnte nicht anders, er fühlte ein wenig Stolz in sich aufwallen. Er hatte ihr die ganze Zeit schon angesehen, wie unglücklich sie mit den Ereignissen des Tages gewesen war, aber er hatte nicht erwartet, dass sie deswegen etwas unternehmen würde.

Der Stolz schlug schnell in Sorge um, als Götz wieder auf die Füße kam und sich wütend zu Anna umdrehte. Bevor er mehr als einen Schritt auf die Papiermüllerstochter zu machen konnte, packte Johann ihn an der Schulter. »Was denkst du, tust du da?«

»Sie hat mir ein Bein gestellt!«, fuhr Götz auf. »Und deswegen konnte dieser nichtsnutzige Dieb mit meinem Pferd entkommen!«

»Für mich sah es eher so aus, als wäre sie etwas ungeschickt in deinen Weg geraten«, behauptete Johann. »Warum sollte sie dir absichtlich ein Bein stellen?«

Er warf Anna Pecht einen Blick zu, und diese nickte eifrig, während sie gleichzeitig ihre Röcke glättete. »Es tut mir schrecklich leid.«

Götz schnaubte, aber wirkte nun etwas unsicher.

»Wir haben das Wichtigste.« Johann hob das Bündel in die Höhe. »Und wenn der Betrüger und sein Komplize sich noch mal hier blicken lassen, erwischen wir sie auch. Ich bin mir sicher, der Anführer dieser Bande wird nicht glücklich sein zu erfahren, dass zwei seiner Leute in die eigene Tasche gearbeitet haben.«

Nun nickte Götz missmutig, aber offensichtlich beschwichtigt. Bevor er noch länger über den Ablauf der Ereignisse nachdenken konnte, drückte Johann ihm das Bündel in die Hand. »Du solltest das zu unserem Kunden bringen. Er wartet sicher schon darauf.«

Damit, fortgeschickt zu werden, hatte Götz offensichtlich nicht gerechnet, aber er musste wohl einsehen, dass es nicht sinnvoll war, Schmuggelware wieder nach Nürnberg hineinzubringen, wenn sie doch außerhalb davon erwartet wurde. »Ich habe kein Pferd mehr«, wandte er schließlich ein.

»Du kannst meines haben«, bot Johann an. »Ich muss ja nur Fräulein Anna in die Stadt zurückbringen.«

Sichtlich widerwillig nickte Götz. Er drückte das Bündel an seine Brust, dann starrte er Anna noch einmal aus zusammengekniffenen Augen an. »Eines würde mich noch interessieren«, sagte er schließlich. »Wie kommt es, dass Ihr den Unterhändler erkennen konntet?«

Johann hatte sich schon gefragt, wann Götz diese Frage stellen würde. Er beobachtete Anna genau. Nun würde sich wohl zeigen, wie gut sie lügen konnte. Und was er tun würde, sollte sie es vermasseln. Für den Moment war er sich da nicht so sicher.

Anna senkte den Blick und gab sich verlegen. Immer eine gute Taktik, um Zeit zu gewinnen. »Ich war in Sorg«, gab sie schließlich zu. »Die Mühle läuft im Moment nicht so gut, ich brauchte das Geld. Aber wir hatten gesehen, dass ihr kommt, und wir wollten nicht, dass jemand wie er mich erkennt.« Sie deutete auf Johann. »Ich habe einen Ruf zu verlieren.«

Das klang beinahe überzeugend, allerdings war sich Johann dennoch ziemlich sicher, dass sie log. Auch Götz starrte sie noch einen Moment lang misstrauisch an. Schließlich allerdings wandte er sich ab und Johanns Pferd zu. »Sagt unserem Auftraggeber, wo ich bin.«

»Keine Bange«, gab Johann zurück. »Ich bin sicher, er wird froh sein, zu erfahren, dass diese Aufgabe diesmal in fähigen Händen liegt.«

Götz schnaubte aber dann war er fort, und Johann war mit Anna Pecht allein.

KAPITEL 25

Anna zog die Fackel aus dem Boden und sah sich um. Sie war froh, dass Götz fort war. Aber allein der Gedanke, wie er sie angesehen hatte, bevor Johann eingeschritten war, ließ ihre Hände zittern. Es war nicht einmal so, dass sie dem Mann in dem grünen Hemd sonderlich viel Sympathie entgegenbrachte. Aber sie hatte nicht zusehen wollen, wie er direkt vor ihren Augen ermordet wurde. Und der Gesichtsausdruck, mit dem Götz ihn verfolgt hatte, hatte keinen Zweifel an seinen Absichten gelassen.

Johann von Treist dagegen ... Anna spähte zu ihm hinüber. Er musste doch gesehen haben, dass sie Götz das Bein absichtlich gestellt hatte! Sie war nicht gerade unauffällig vorgegangen.

»Geht es dir gut?«, fragte er nun.

Anna hob die Schultern. »Warum hilfst du mir immer wieder?«, fragte sie. »Ich habe gerade jemanden entkommen lassen, der deinen Auftraggeber bestohlen hat.«

Im unsteten Licht der Fackel sah sie ihn lächeln. »Ja«, sagte er. »Danke dafür.«

Verwirrt blinzelte sie ihn an, aber anstelle einer Antwort trat er an das Pferd heran und band es vom Baum los. Mit den Zügeln in der Hand drehte er sich zu ihr um. »Willst du reiten oder gehen? Wir werden es auf jeden Fall heute nicht zurückschaffen, wir brauchen nur irgendwo einen Unterschlupf, wo wir die Nacht verbringen können. Vorzugsweise keine Höhle, vor allem nicht diese hier.«

»Gehen«, entschied Anna. Von Pferden hatte sie vorerst genug.

»Ist wahrscheinlich besser.« Johann von Treist tätschelte dem staubbraunen Pferd den Hals. »Sie ist nicht mehr die Jüngste.« Damit wandte er sich zum Gehen, führte das Pferd hinter sich her.

Anna beeilte sich, nicht den Anschluss zu verlieren. Die Fackel warf flackernde Schatten auf die Bäume ringsum.

»Tut mir leid, dass ich dir vorhin Angst eingejagt habe«, sagte Johann von Treist nach einer Weile. »Als wir den Unterhändler befragt haben.«

»Hast du nicht«, log sie.

Er warf ihr von der Seite her einen skeptischen Blick zu.

Nun gut, wenn er ihr ohnehin nicht glaubte, konnte sie auch die Frage stellen, die ihr keine Ruhe mehr ließ, seit er dem Unterhändler das Messer an die Kehle gehalten hatte. »Hast du schon mal jemanden umgebracht?«, platzte es auch ihr heraus.

Er setzte ein schiefes Lächeln auf. »Ich war im Krieg.«

»Das meine ich nicht.« Und das wusste er sicher ganz genau.

Nach einem Moment seufzte Johann von Treist. »Ich habe jemanden getötet, aber das ist nichts, was ich gerne wiederholen würde. Ich … bin hier in Dinge hineingeraten, von denen ich eigentlich nicht Teil sein wollte, aber bilde mir ein, ich könnte von innen mehr Schaden verhindern, als wenn ich all dem den Rücken kehre.« Er hob die Schultern. »Eventuell ein dummer Gedanke.«

Anna war sich nicht sicher, wie viel davon tatsächlich der Wahrheit entsprach, aber mit einem Mal fühlte sie sich deutlich wohler dabei, mit diesem Mann durch den dunklen Wald zu laufen. Obwohl er ihrer Frage genau genommen ausgewichen war. »Nun«, sagte sie. »Ich weiß nicht, was mit Matthias passiert wäre, wenn du uns nicht geholfen hättest, aber ich glaube, er wird dir sehr dankbar sein, dass du diese Sache aufgeklärt hast.«

Nachdenklich wiegte Johann den Kopf. »Ich schätze schon.«

Anna musterte ihn einen Moment lang im Fackellicht. Der nachdenkliche Gesichtsausdruck, den er nun zur Schau trug, passte so gar nicht zu dem Mann, der zuvor seinem Gefangenen so viel Angst eingejagt hatte, dass er alles preisgegeben hatte, was er wusste. »Also hattest du nie vor, den Gefangenen umzubringen?«, fragte sie schließlich.

Johann hob die Schultern. »Mein … Auftraggeber wird ihn so oder so tot sehen wollen«, sagte er schließlich. »Man hintergeht ihn nicht ungestraft. Aber wenn ich nicht gewollt hätte, dass er entkommt, wäre er nicht entkommen.«

Unwillkürlich musste Anna lachen. »Angeber.«

Das entlockte auch Johann einen überraschten, amüsierten Laut. »Das ist alles, was du dazu zu sagen hast?«

»Oh, ich hätte eine ganze Menge mehr dazu zu sagen«, gab Anna zu, »aber ich versuche, nicht allzu genau darüber nachzudenken, wie tief ich in Schwierigkeiten stecke. Zumindest so lange, wie ich nachts allein mit einem sehr gefährlichen Mann im Wald unterwegs bin.«

Johann neigte den Kopf, als könne er das nachvollziehen. »Ich tue dir nichts.«

»Ja, da bin ich mir auch fast sicher.« Hätte er das gewollt, hätte er es wohl längst getan. Und bevor sie darüber länger nachdenken konnte, lenkte sie ihre Gedanken lieber schnell in eine andere Richtung. »Denkst du, der Unterhändler kommt davon?«

Johann von Treist hob die Schultern. »Nun, wenn der Mann schlau ist und zusieht, dass er möglichst weit von Nürnberg wegkommt, wird es irgendwann nicht mehr der Mühe wert sein, ihm jemanden nachzuschicken.«

»Aber dein Auftraggeber würde es tun? Ihm jemanden nachschicken, nur um sich zu rächen?« Die Vorstellung ließ Anna schaudern, und die Flamme der Fackel flackerte.

»Was denkst du, warum ich die ganze Zeit versuche, dich zu warnen?«, gab Johann von Treist nun etwas ernster zurück.

Anna schluckte. Sie schmuggelte doch nur ein paar Lumpen. Ihr größtes Problem sollte die Stadtgarde sein! »Warum hast du mir das nie direkt gesagt?«

Johann schnaubte. »Was ich gesagt habe, klang so schon genug nach einer Drohung, meinst du nicht?«

Dem konnte Anna schlecht widersprechen. Langsam schüttelte sie den Kopf, versuchte, die neuen Informationen in das einzupassen, was sie bereits gewusst hatte. Schmuggel und Mord und Abkommen mit Räuberbanden. Fast hätte sie Johann gefragt, wie man in so etwas hineingeriet, ohne es zu wollen, aber dann fiel ihr ein, dass ihr immerhin fast dasselbe passiert war.

»Sind meine Freunde und ich nun wieder sicher?«, fragte sie.

»Wenn ihr aufhört, an Orten aufzutauchen, an denen ihr nichts zu suchen habt.« Johann musterte sie von der Seite her. »Ihr schmuggelt Lumpen, oder nicht? Das ist das Einzige, das mir eingefallen ist, was Sinn ergibt.«

Anna presste die Lippen aufeinander, aber letztendlich sah sie keinen Grund, das zu leugnen. Widerwillig nickte sie.

»Siehst du, das ist schon das Problem«, sagte Johann. »Das Schmuggelgeschäft ist fest in unserer Hand. Jeder andere, der es betreibt, gilt als Konkurrent. Und mein Auftraggeber mag keine Konkurrenz.«

Oh verdammt. Das war wirklich das Letzte, was sie gebrauchen konnte. Anna seufzte. Wenn ihr Vater sich daran hielt, keine Schulden mehr zu machen, sollte es reichen, oder nicht? Da war immer noch das Geheimnis darum, wie er meinte, die Geldverleiher überlisten zu können, aber irgendwie würde sie damit auch zurechtkommen.

Auf jeden Fall hatte Anna genug von illegalen Aktivitäten. »Wir hören damit auf«, sagte sie. »Versprochen.«

Johann lächelte, und selbst im Fackellicht wirkte das nun ganz und gar nicht mehr bedrohlich.

Sie fanden schließlich eine alte Jagdhütte, in der sie die Nacht verbringen konnten. Das Dach hatte ein Loch, aber es gab einen Kamin, in dem sie ein Feuer entzünden konnten, auch wenn sie nur einen kleinen Vorrat Feuerholz fanden, das trocken genug war, um zu brennen. Johann von Treist breitete dicht vor dem Kamin die einzige Decke aus, die sie hatten, und Anna rollte sich darauf zusammen.

Inzwischen waren die Nächte meistens empfindlich kalt, und so wachte Anna mitten in der Nacht bibbernd auf. Ihr Blick fiel auf den Kaufmannssohn, der beim Kamin hockte und nicht so aussah, als hätte er überhaupt geschlafen. Als er sah, dass sie wach war, legte er fragend den Kopf schief.

»Zu kalt«, erklärte Anna.

»Wäre mir gar nicht aufgefallen«, sagte er trocken.

Natürlich. Er hatte ja nicht mal eine Decke. Nach einem Moment setzte Anna sich auf und ging zu ihm hinüber. Sie öffnete die Decke, die immer noch über ihren Schultern hing, und breitete ein Ende über ihn aus. Schulter an Schulter saßen sie so eine Weile und starrten in die Glut des Feuers.

»Ich habe vorhin nachgesehen«, sagte er. »Hinterm Haus ist kein Feuerholz mehr, und es hat ein wenig geregnet. Alle Zweige, die man draußen findet, sind nun endgültig feucht.«

Anna schlang die Arme um ihren Oberkörper. »Haben wir ein Glück.«

Johann rieb die Hände aneinander, um sie warm zu bekommen, und Anna rutschte noch ein wenig näher. Es war höchst unschicklich, aber sie würde nicht den Rest der Nacht damit verbringen, zu frieren. »Versteh das nicht falsch«, sagte sie, während sie sich gegen ihn lehnte. »Mir ist einfach nur kalt.«

Johann lachte. »Interessante Ausrede.« Aber er legte die Arme um sie und zog die Decke um sie beide fest.

Ihrer Behauptung zum Trotz klopfte Annas Herz schneller, als sie sich an den Kaufmannssohn kuschelte. Sie spürte seinen Atem in ihrem Haar, und die Wärme, die von seinem Körper ausging. »Kein Wort darüber, wenn wir wieder in der Stadt sind«, sagte sie.

»Kein Wort«, versprach Johann. »Vor allem, da nichts Unschickliches passiert ist und es somit gar nichts zu erzählen gibt. Dir war einfach nur kalt.« Er klang amüsiert.

»Genau«, bestätigte Anna. Vorsichtig bettete sie den Kopf gegen seine Brust. Leise und regelmäßig hörte sie sein Herz schlagen. Er mochte ein Verbrecher sein und mehr Geheimnisse haben als ein Bettler Flöhe, aber heute hatte er sein Bestes getan, um ihr zu helfen.

Johann zog sie noch etwas enger an sich, und ganz langsam hörte Anna auf zu zittern, entspannte sich in der Wärme. »Du bist eine interessante Frau, Anna Pecht.«

»Ich bin einfach nur die Tochter eines Papiermüllers.«

»Du magst die Worte ›einfach nur‹, hm?«

»Das Leben macht die Dinge schon von selbst kompliziert genug«, sagte Anna.

Sie konnte Johanns leises Lachen spüren. »Das ist wahr.«

Als Anna das nächste Mal erwachte, lag sie vor dem kalten Kamin auf dem Boden. Nur noch Asche zeugte von dem Feuer, das sie in der Nacht entzündet hatten. Jemandes Arme hielten sie umschlungen, und es dauerte einen Moment, bevor sie sich daran erinnerte, was in der Nacht geschehen war. Vorsichtig drehte sie sich. Johann von Treist schlief noch. Eine tiefe Falte zwischen seinen Brauen zeugte von einem schlechten Traum. In dem Impuls, die Falte zu glätten, streckte Anna die Hand aus.

Als ihre Finger seine Stirn berührten, riss Johann die Augen auf. Im nächsten Moment fand sich Anna auf dem Rücken wieder. Johann hatte ihre Handgelenke gepackt und drückte sie auf den Boden. Annas Herz machte einen Satz und schlug dann doppelt so schnell weiter. Auch, als er blinzelte und dann verwirrt auf sie hinunterstarrte.

»Oh.«

Mit einem nervösen Lachen stieß Anna den Atem aus, den sie kurzzeitig angehalten hatte. »Es tut mir leid. Ich wollte dich nicht erschrecken.«

Johann ließ sie los und setzte sich gerader auf. »Mir tut es leid.«

Anna blieb noch einen Moment lang auf dem Rücken liegen. Langsam beruhigte sich ihr Herzschlag wieder. Wahrscheinlich hätte sie es wissen müssen. Manchmal halfen ehemalige Soldaten für eine Weile in der Mühle aus. Sie waren oft ein wenig schreckhaft. »Es ist nichts passiert.«

Er blickte mit einem leicht verlegenen Lächeln auf sie hinab. »Das ist ein gutes Motto für diese Nacht, schätze ich. Sollen wir aufbrechen?«

Anna nickte. Diesmal sollte sie besser nicht mehrere Tage wegbleiben.

Als Johann ihr aufhalf, hielt er ihre Hand ein wenig länger fest, als nötig gewesen wäre, und Anna spürte die Wärme der Berührung noch auf ihrer Haut, als sie längst wieder unterwegs waren.

Als die Mauern von Nürnberg schon wieder in Sicht waren, hielt Johann das Pferd an und drehte es so, dass es den Weg versperrte. Sie waren beide zu Fuß gegangen, da die alte Stute nach der Nacht in der Kälte nicht allzu belastungsfähig wirkte, und so blieb Anna stehen und sah Johann fragend an.

Er wandte sich ihr zu und schien einen Moment lang nach Worten zu suchen. »Bevor das Leben wieder alles komplizierter macht …«, begann er schließlich.

Sofort schlug Annas Herz schneller. Langsam, als wollte er sie nicht erschrecken, hob Johann eine Hand. Dann lagen seine Finger unter ihrem Kinn und er drückte es ein wenig hoch, beugte sich vor.

Diesmal hatte sie keine Ausrede. Aber es war Anna egal. Irgendetwas an der Tatsache, dass sie sich außerhalb der Stadtmauern aufhielten, ließ diesen Moment wirken wie etwas, das außerhalb jeglicher Regeln des Anstands existierte.

Im nächsten Moment berührten Johanns Lippen ihre, und es spielte sowieso nichts anderes mehr eine Rolle. Der Kuss war sanft und vorsichtig, als könnte Johann noch nicht ganz glauben, dass er überhaupt so weit gekommen war. Wie von selbst hoben sich Annas Hände und krallten sich in sein Hemd. Das schien Johann als Aufforderung zu nehmen, denn nun zog er sie mit der freien Hand enger an sich und der Kuss wurde fordernder.

Anna wusste nicht, wie lange sie dort standen. Irgendwann zog das Pferd an seinem Zügel und brachte Johann aus dem Gleichgewicht. Er löste den Kuss, und trat einen Schritt zurück, während Annas Lippen noch immer kribbelten.

Für einen Moment sah er sie mit diesem Halblächeln an, das sie bei ihrer ersten Begegnung schon gemocht hatte. Dann trat er noch einmal vor und schob eine Haarsträhne an ihren Platz, die offenbar aus ihrer Haube entkommen war.

»Sag mir Bescheid, falls du nicht bald etwas von Matthias hörst.«

Anna nickte, für den Moment nicht sicher, ob sie ihrer Stimme trauen konnte.

»Und bitte gerate nicht wieder in Schwierigkeiten.«

Das ließ sie schmunzeln. »Ich tue mein Bestes.«

KAPITEL 26

Anna zu küssen war eindeutig ein Fehler gewesen. Warum hatte er das getan? Warum war er so dumm gewesen und hatte das getan? Johanns Gedanken kreisten um diese Frage, während er das Pferd in seinen Stall zurückbrachte und dann die Richtung seines Elternhauses einschlug.

Nach der Nacht in der Hütte hatte es sich angefühlt, als wären all seine Probleme ein Stück weit in den Hintergrund gerückt, immer noch da, aber nicht mehr so dringend. Er hatte dieses Gefühl noch ein bisschen bewahren wollen, hatte noch etwas mitnehmen wollen, bevor er sich wieder der Realität stellen musste. Aber letztendlich hatte er damit nur alles umso komplizierter gemacht. Das Letzte, was er im Moment gebrauchen konnte, war, sich zu verlieben. Vor allem in eine Frau, die wirklich besser damit dran war, sich so weit wie möglich von dem Leben fernzuhalten, das er führte.

Johann seufzte und auf der Schwelle zu seinem Elternhaus schüttelte er alle Gedanken an Anna Pecht ab. Dann erst trat er ein.

Er fand Bartholomäus in seinem Studierzimmer. Sein Bruder hörte sich seinen Bericht schweigend an, dann lächelte er zufrieden. »Gute Arbeit.«

Johann wartete, aber natürlich würde Bartholomäus niemals eingestehen, dass diese Arbeit nur nötig gewesen war, weil er einen Fehler gemacht hatte.

Anstatt noch etwas zu sagen, nahm sein Bruder ein Stück Papier und kritzelte etwas darauf. Dann tröpfelte er etwas Siegelwachs darunter und drückte ein Siegel hinein, das definitiv nicht das Treist'sche Familiensiegel war.

»Das ist alles, was du dazu zu sagen hast?«, fragte Johann.

Bartholomäus schüttelte den Kopf und hielt ihm den Zettel hin. »Da dir Matthias ja am Herzen zu liegen scheint, bring das zum alten Silberzahn.«

Johann warf einen Blick auf den Zettel. Es war eine Aufforderung, Matthias sofort freizulassen.

Wenig später half Johann Matthias aus dem Kellerloch eines heruntergekommenen Hauses in der Nähe der Stadtmauern. Der junge Mann hatte keine ernsthaften Verletzungen, größtenteils blaue Flecken, oberflächliche Kratzer und Quetschungen.

Der alte Silberzahn persönlich reichte Matthias einen Becher Wasser, den dieser gierig herunterstürzte. »Nichts Persönliches«, sagte er. »Aber wenn von weiter oben die Nachricht kommt, dass du uns betrogen hast, muss ich was unternehmen.«

Matthias brachte es fertig, sarkastisch zu lächeln. »Dafür habe ich was gut.«

Der alte Silberzahn breitete die Arme aus. »Doppelte Bezahlung für den nächsten Auftrag?«

»Wie wäre es mit Schmerzensgeld jetzt?«

Johann verdrehte die Augen. War das zu glauben? Da entkam er knapp dem Tod und verwendete die ersten Augenblicke in Freiheit direkt darauf, zu feilschen.

Am Ende handelte Matthias tatsächlich ein wenig Schmerzensgeld heraus, das der Alte widerwillig aus einer Geldbörse abzählte, bevor er sich verabschiedete. Im nächsten Moment standen Johann und Matthias allein in der Hausruine, die windschief an der Innenseite der Stadtmauern lehnte.

»Kommst du allein nach Hause?«, fragte Johann.

»Wie sieht mein Unterschlupf aus?«, fragte der junge Mann anstelle einer Antwort.

»Verwüstet.«

Matthias seufzte. »Das war eindeutig noch zu wenig Schmerzensgeld.«

»Ich schicke dir Jackel vorbei, sobald es ihm wieder gut genug geht«, bot Johann an.

Sofort horchte Matthias auf. »Was ist mit Jackel?«

»Hat mich überrascht, als ich nach dir gesucht habe, und dachte, ich sei für dein Verschwinden verantwortlich. Es geht ihm gut, er muss sich nur schonen.«

Matthias verdrehte die Augen. »Dummkopf.«

»Damit passt ihr ja gut zusammen.«

Das brachte ihm einen misstrauischen Blick ein. Eventuell hatte Götz tatsächlich recht, was die beiden anging.

»Also, kommst du allein nach Hause?«, fragte Johann noch einmal.

Matthias nickte. Als Johann sich allerdings abwenden wollte, hielt er ihn am Ärmel fest. »Schulde ich Euch was?«

Eigentlich war das kein schlechter Gedanke. »Falls Anna Pecht wieder irgendetwas Illegales plant, sag mir Bescheid.«

Oh ja, sie hatte versprochen, dass sie sich in Zukunft aus Schwierigkeiten heraushielt, aber Johann war sich nicht sicher, inwiefern er das glauben sollte. Er war sich auch nicht sicher, ob sie tatsächlich von sich aus zu ihm kommen würde, sollte es wieder Ärger geben. Sie hatte gerade erst aufgehört, Angst vor ihm zu haben. Das hieß noch lange nicht, dass sie ihm traute.

Seine Bitte sorgte dafür, dass Matthias unruhig sein Gewicht von einem Bein auf das andere verlagerte. Auf seinem Gesicht allerdings erschien ein Lächeln. »Kein Problem.«

Wenn das keine Lüge war. Johann seufzte. »Hör zu, ich hätte euch nicht helfen müssen. Irgendwann hättest du die Namen derjenigen ausgespuckt, die mit dir in Sorg waren.«

Matthias öffnete den Mund, um zu protestieren, und Johann hob einen Finger. »Und versuch gar nicht erst so zu tun, als wäre Anna Pecht nicht in diese Sache verwickelt!«

Wieder setzte Matthias zu einem Protest an, wieder schnitt Johann ihm mit einer schnellen Geste das Wort ab. »Und weißt du, was mit jedem passiert wäre, dessen Namen du genannt hättest? Und natürlich mit Jackel, dessen Namen du nicht mal hättest nennen brauchen? Man hätte versucht, aus ihnen herauszubekommen, wo ihr das Diebesgut versteckt habt, und dann wären sie mit aufgeschlitzter Kehle in irgendeiner Gasse gelandet.«

Matthias schluckte, versuchte aber diesmal nicht mehr, irgendetwas zu sagen.

»Ich habe also gerade mehr als einen Tag darauf verwendet, deinen Hintern und den deiner Freunde aus dem Feuer zu ziehen«, fuhr Johann fort. Langsam geriet er in Fahrt, und er hatte es so satt, dass niemand ihm traute. »Und ich hätte fast überhaupt nicht mitbekommen, dass ihr in Schwierigkeiten wart. Sollte also wieder irgendetwas sein, will ich es wissen, bevor die Dinge so schlimm stehen, dass sich vielleicht nichts mehr machen lässt.«

Nun wirkte Matthias ernst und musterte Johann nachdenklich. »Und dass Ihr dadurch Eure gestohlene Ware wiederbekommen habt, war nur ein netter Nebeneffekt, hm?«

Oh, warum versuchte Johann es überhaupt? Mit einem frustrierten Laut machte er einen Schritt zurück. »Wenn du es nicht mit deinem sicher unglaublich reinen Gewissen vereinbaren kannst, mir irgendetwas zu verraten, sorg zumindest dafür, dass sie nicht so schnell noch einmal in Schwierigkeiten gerät.«

Nun grinste Matthias. »Wisst Ihr, dass Ihr Euch wirklich Sorgen um sie macht, nehme ich Euch fast ab.«

Gut, vielleicht nützte es ihm so zumindest ein wenig, dass er Anna nicht mehr aus dem Kopf bekam. »Zu freundlich. Also?«

»Ich kann es versuchen, aber …« Matthias breitete beide Arme aus. »Sie ist ziemlich stur.«

Johann seufzte. »Ich weiß. Versuch es einfach.«

Matthias salutierte nachlässig, nur, um kurz darauf das Gesicht vor Schmerz zu verziehen und sich die Schulter zu halten. »Ihr könnt Euch auf mich verlassen.«

Nun, dass er verlässlich war, hatte der junge Mann wohl bewiesen. Dennoch hatte Johann auf ein wenig mehr gehofft. Mit einem Seufzen wandte er sich ab und machte sich auf den Heimweg.

KAPITEL 27

Annas Gedanken schwirrten nur so in ihrem Kopf, während sie zur Mühle zurückging. Es war mitten am Nachmittag und auf den Straßen herrschte reger Andrang. Sie schlängelte sich zwischen Karren, Lasttieren und Bettlern hindurch, ohne sie wirklich wahrzunehmen. Es war ganz sicher ein Fehler gewesen, Johann von Treist zu küssen, aber das änderte nichts an dem Glücksgefühl, das sie deswegen noch immer hatte. Und daran, dass sie nicht aufhören konnte, den Kuss in Gedanken wieder und wieder durchzugehen. Verärgert über sich selbst, versuchte sie beides abzuschütteln. Er hatte noch immer viel zu viele Geheimnisse, um ihm tatsächlich zu trauen! Und sie konnte es sich im Moment wirklich nicht leisten, über einen Kuss den Kopf zu verlieren. Außerdem war Marie diejenige, die an ihm Interesse hatte. Nicht, dass das je mehr als ein Wunschtraum werden würde, dennoch fühlte Anna sich, als habe sie ihre Freundin verraten.

Bei der Mühle war es diesmal nur Heinrich, der sie begrüßte. Er stand im Hof und sah aus, als habe er auf sie gewartet.

»Ich will dir nicht sagen, wie du diesen Betrieb zu leiten hast«, sagte er, nachdem er sich davon überzeugt hatte, dass es ihr gut ging. »Aber so kann es nicht weitergehen.«

Sofort löste sich das Glücksgefühl in Nichts auf, und eisige Sorge machte sich breit. »Ist irgendetwas passiert?«

»Nun ...« Heinrich machte eine unbestimmte Handbewegung und zog sie tiefer in den Hof hinein. »Es schadet der Moral der Arbeiter, wenn du so oft fort bist. So hat es mit deinem Vater auch angefangen. Einige reden darüber, sich nach neuer Arbeit umzusehen, weil sie denken, die Mühle geht bald endgültig zum Teufel.«

Anna ballte die Hände zu Fäusten. Da bemühte sie sich, genau das zu verhindern, und dann dankten sie es ihr so. Nach einem Moment allerdings zwang sie sich, die Finger wieder zu öffnen. Sie konnten nicht wissen, was sie tat, wenn sie verschwand. »Ich werde in nächster Zeit nicht mehr weggehen«, versprach sie. »Das war das letzte Mal.«

Heinrich wirkte ein wenig erleichtert, als er nickte. »Gut. Nun, dann ist da noch eine Sache. Dein Vater kam heute Morgen betrunken zurück ...«

Oh nein! Sie war doch nur eine Nacht weg gewesen! Wie konnte in so kurzer Zeit so viel schiefgehen? »Hat er gespielt?«

Ohne ein Wort reichte Heinrich ihr einen Zettel. Es war ein Schuldschein. Für einen Moment kämpfte Anna gegen den Impuls an, ihn zu zerknüllen und fortzuwerfen. Stattdessen stopfte sie ihn in ihre Rocktasche. »Wo ist er jetzt?«

»In seinem Bett, nehme ich an.«

»Danke, Heinrich.« Es gelang Anna, Ruhe zu bewahren, auch wenn sie dadurch wahrscheinlich steif und förmlich klang. »Sag den anderen, dass ich zurück bin und gleich wieder mitarbeiten werde. Aber zuerst muss ich nach meinem Vater sehen.«

Heinrich nickte und klopfte ihr kurz auf die Schulter, bevor er sich abwandte und in die Mühle zurückging.

Anna schloss die Hand um den Zettel in ihrer Tasche und ging mit steifen Knien auf das kleine Nebengebäude zu, in dem sie wohnte. Sorge und Wut kämpften in ihrem Inneren um die Vorherrschaft und brachten ihre Hände zum Zittern. Sie würde jetzt herausfinden, wie ihr Vater das Problem mit seinen Schulden zu lösen geglaubt hatte, das nahm sie sich fest vor. Und diesmal würde sie sich nicht abspeisen lassen.

Als Anna durch die Küchentür eintrat, schlief ihr Vater nicht mehr. Stattdessen hantierte er ungeschickt am Herd herum, wohl damit beschäftigt, das Feuer zu entfachen. Auf dem gusseisernen Gestell stand eine Kanne, aus der es nach Kräutern roch. Wenn er direkt nach dem Aufstehen versuchte, Tee zu kochen, dann musste der Kater wirklich schlimm sein.

Ein Teil von Annas Wut verrauchte angesichts seiner Hilflosigkeit. Mit einem Seufzen ging sie neben ihm in die Hocke, schob ihn beiseite und hatte im Nu ein Feuer entfacht. Als die Flammen über Zunder und Feuerholz leckten, drehte sie sich zu ihm um, nur um zu sehen, dass er sie ungläubig anstarrte.

»Du …«, begann er heiser, räusperte sich dann einmal. »Du bist zurück.« Er klang, als könnte er es nicht ganz glauben.

»Ich habe doch gesagt, ich bleibe diesmal nicht lange weg.« Gut, sie hatte ihm persönlich überhaupt nichts erzählt, da sie gewusst hatte, dass er dagegen sein würde. Stattdessen hatte sie Heinrich aufgetragen, allen anderen Bescheid zu sagen, dass sie noch einmal außerhalb der Stadt etwas erledigen musste. Das war sicher mehr als nur ein wenig feige gewesen, aber sie hatte keine Zeit gehabt. Was hätte sie tun sollen?

»Ja, aber ...« Ihr Vater suchte sichtlich nach Worten, beließ es schließlich dabei, sie anzusehen, als sei sie von den Toten zurückgekehrt.

Und langsam ging Anna auf, wo das Problem lag. »Du hast geglaubt, ich bin wieder für eine Weile verschwunden.«

Ihr Vater nickte. »Ich habe mir Sorgen gemacht.«

»Hast du deshalb getrunken?« War die Tatsache, dass sie sich um das Problem mit Matthias hatte kümmern müssen, etwa dafür verantwortlich, dass ihr Vater neue Schulden gemacht hatte? Am liebsten hätte sie geschrien. Warum führten die Versuche, ihre Probleme zu lösen, immer nur zu neuen Problemen?

Für einen Moment wirkte ihr Vater, als würde er über diese Frage nachdenken, dann hob er die Schultern. »Ich weiß es nicht mehr.«

Großartig. Anna beschloss, das Thema zu wechseln. In Dingen herumzustochern, die sich nicht mehr ändern ließen, brachte sie ja doch nicht weiter. »Du hast neue Schulden gemacht.« Sie hielt ihm den Schuldschein hin.

»Oh.« Ihr Vater nahm den Zettel und starrte ihn für eine Weile an. Schließlich hob er noch einmal die Schultern. »Es spielt keine Rolle. Ich kann einfach mehr Geld von den Geldverleihern bekommen. Sie geben einem gerne Geld, wenn man einen Handwerksbetrieb hat.«

»Du hast die Mühle verpfändet?« Anna hatte nicht vorgehabt, ihn anzubrüllen, dennoch zuckte ihr Vater ob ihres

Tonfalls furchtsam zusammen. Stöhnend hielt er sich den Kopf. »Nicht so laut!«

»Du hast die Mühle verpfändet?«, fragte Anna leiser.

»Sie ist nur eine Sicherheit! Für den Fall, dass ich das Geld nicht zurückzahlen kann. Aber das kann ich. Mach dir keine Sorgen!«

Anna atmete tief durch, um nicht gleich schon wieder aufzufahren. »Ich würde mich besser damit fühlen, wenn du mir sagst, wie diese List funktioniert.«

Langsam rappelte sich ihr Vater wieder auf, und auch Anna erhob sich. Für einen Moment wirkte er noch unschlüssig, dann seufzte er. »Ich bin nicht stolz darauf, aber es gibt so viele Geldverleiher allein in Nürnberg, verstehst du? Wenn einer sein Geld zurück will, leihe ich es mir einfach von dem nächsten. Es gibt genug von ihnen, dass man das sehr lange tun kann, und es eröffnen immer wieder neue ihr Geschäft!«

Oh nein … Für einen Moment konnte Anna nicht anders, als ihren Vater einfach nur anzustarren. War das sein Ernst? Hielt er das wirklich für einen guten Plan?

Anna räusperte sich. »Sie werden das nicht ewig mitmachen, das ist dir klar, oder?«

Immerhin zeichneten sich Zweifel auf dem Gesicht ihres Vaters ab. Dann jedoch schüttelte er den Kopf. »Das habe ich auch zuerst gedacht, aber es funktioniert alles so einfach. Man muss nur hingehen und ihnen sagen, dass man eine Investition in sein Geschäft machen will. Dann geben sie einem alles, was man haben möchte. Vor allem, wenn man ihnen sagt, dass sie die Mühle haben können, wenn man es nicht zurückzahlen kann.«

»Aber sie reden miteinander! Irgendwann wird es jemandem auffallen! Irgendwann werden sie auch merken, dass du gar nicht in dein Geschäft investierst!«

Erst, als ihr Vater einen Schritt zurückmachte, bemerkte Anna, dass sie aufgebracht gestikulierte.

»Ich wusste, ich hätte es dir nicht erzählen sollen. Hör zu, Anna, ich verstehe deine Zweifel, aber ich habe das durchdacht. Vertrau mir doch einfach. Es wird alles gut.«

Anna schnaubte, aber biss sich auf die Zunge, um nicht weiter zu streiten. »Bis wann will der erste Geldverleiher sein Geld zurück?«, fragte sie schließlich bemüht ruhig.

»Die erste Zahlung will er nächsten Monat.«

Anna seufzte. Wenn es nur ein Teil war, ließ sich das vielleicht irgendwie hinbekommen. Aber nun fragte sie sich, ob sie Johann vielleicht etwas voreilig das Versprechen gegeben hatte, sich in Zukunft aus allen fragwürdigen Geschäften herauszuhalten.

Ein paar Tage später ging es Jackel wieder gut genug, dass er Anna bei einer Papierauslieferung begleiten konnte. Wolfgang Endter begrüßte sie wenig enthusiastisch. Unglücklich musterte er die Ladung auf Annas Karren. »Wir brauchen nur die Hälfte davon.«

»Was?« Anna konnte kaum glauben, was sie da hörte. Dass er versuchte, die Preise zu drücken, war sie gewohnt. Aber das. »Hast du plötzlich nur noch halb so viel Ware zu verpacken?«

Der Buchdrucker verzog das Gesicht. »Tatsächlich sieht es so aus. Die Preise der Kleinweidenmühle sind so weit gestiegen, dass ich mir nicht mehr so viel Papier leisten kann. Ich bin froh, wenn wir es schaffen, im Geschäft zu bleiben.«

»Du bist mein bester Kunde!« Das hatte Anna eigentlich nicht sagen wollen, aber die Worte waren heraus, bevor sie sie aufhalten konnte. Was sollte sie jetzt tun? Die Geschäfte in letzter Zeit waren nicht schlecht gelaufen, aber wenn Endter nur noch die Hälfte an Packpapier kaufte, bekam sie bis nächsten Monat niemals genug Geld zusammen, um die erste Rate des Geldverleihers zu bezahlen, die neuen Schulden ihres Vaters zumindest zum Teil zu tilgen, und alle Arbeiter in der Mühle zu bezahlen.

»Es tut mir leid, Anna.« Endter hob die Schultern. »Ich werde dir sicher keine Ware abkaufen, die ich nicht brauche.«

Nachdenklich biss sich Anna auf die Unterlippe. Wieder musste sie an die weißen Lumpen denken, die sie gesammelt hatten. Es würde nicht für viele Bögen reichen, aber sie konnte wahrscheinlich doppelt so viel dafür verlangen wie für Packpapier. Sie sah sich schnell auf dem Hof der Druckerei um, um sicherzustellen, dass niemand in der Nähe war, und senkte die Stimme. »Was, wenn ich Schreibpapier für dich herstellen könnte?«

Interesse blitzte in Endters Augen auf, dennoch wiegte er zögernd den Kopf. »Wie viel?«

»Wie viel brauchst du?«, fragte Anna. Sie wollte nicht zugeben, dass sie nur grob schätzen konnte, wie viele Bögen die bisher gesammelten Lumpen ergeben würden.

»Um ehrlich zu sein …« Nun sah sich auch der Buchdrucker ein wenig nervös um. »Wenn du es mir für die Hälfte des Preises verkaufen kannst, den die Kleinweidenmühle nimmt, dann brauche ich so viel, wie du herstellen kannst.«

Anna lächelte, während ihr Herz nervös flatterte. »Lass uns klein anfangen und sehen, wie es läuft?«

Endter nickte. »Ja, lass es uns so machen.« Aber Anna glaubte in seinem Gesicht dieselbe Hoffnung zu erkennen, die auch sie empfand. Die Hoffnung, dass sie sich allen Widrigkeiten zum Trotz vielleicht doch weiter über Wasser halten konnten.

Auf dem Rückweg schmiedete Anna Pläne. »Heinrich darf es nicht erfahren«, erklärte sie Jackel. »Wir müssen die Lumpen in der Faulgrube ein bisschen verstecken, damit er sie nicht bemerkt.« Wahrscheinlich würde es reichen, sie in einer Ecke von den anderen Lumpen ein bisschen getrennt zu halten. Heinrich arbeitete ohnehin so gut wie nie bei der Faulgrube. Und die Zeit dort diente dazu, die Lumpen von Farbstoffen zu befreien. Bei der Ausbeute, die sie gemacht hatten, gab es nur hier und dort ein paar Verzierungen mit farbigem Garn. Das sollte nicht allzu lange dauern.

Jackel blickte Anna von der Seite her skeptisch an. »Und dann? Wenn wir die Bögen schöpfen und pressen, wird er es sehen.«

»Nicht, wenn wir es nachts machen«, gab Anna zu bedenken. Sie war viel zu aufgekratzt, um sich ihre Idee so schnell verderben zu lassen. »Solange der Hadernbrei in den Stampfern ist, wird er noch nichts merken. Da müssen wir nur aufpassen, dass niemand Lumpen schlechterer Qualität in den Bottich gibt, den wir dafür verwenden. Und dann schöpfen und pressen wir nachts und hängen die Bögen so zum Trockenen auf, dass er sie nicht sieht. Ich passe auf, dass er für diese Zeit nichts auf dem Trockenboden zu tun hat.« Je mehr sie redete, desto mehr sprudelten die Ideen aus ihr heraus. »Ich werde Kurt fragen, ob er uns hilft. Mit nur einer Hand kann er froh sein, dass wir ihn noch beschäftigen. Er wird uns nicht verraten. Und Paul und Marie wären auch dabei …«

»Matthias«, sagte Jackel.

Unschlüssig verzog Anna das Gesicht. »Nur, wenn er nicht meint, er könne Schmuggelware im Lagerhaus verstecken oder so was.«

»Er hat aus dem letzten Schrecken gelernt«, behauptet Jackel. »Und wir brauchen zwei Leute an den Bütten, mindestens zwei an der Presse und am besten noch einmal zwei, die die Bögen zum Trocken vorbereiten und aufhängen. Dann später noch einmal so viele wie möglich zum Leimen. Damit es schnell geht.«

Da hatte er natürlich recht.

»Gut«, stimmte Anna ihm schließlich zu. »Wir bringen die Lumpen gleich nachher noch in die Faulgrube. Dann rede ich mit Kurt und du sagst heute Abend Paul, Marie und Matthias Bescheid.«

Jackel nickte eifrig, und Anna musste lächeln. »Danke, dass ich mich auf dich verlassen kann.«

Ein wenig verlegen starrte er auf seine Füße hinab. »Ich arbeite gerne in der Mühle. Es ist ein guter Arbeitsplatz. Und du lässt einen nicht im Stich, selbst, wenn man sich selbst in Schwierigkeiten bringt, so wie Matthias. Natürlich kannst du dich auf mich verlassen, Anna.«

Das war für Jackels Verhältnisse eine erstaunlich lange und emotionale Rede gewesen, und es sorgte dafür, dass Anna sich gleich noch ein wenig besser mit ihrem Plan fühlte.

KAPITEL 28

Johann wusste inzwischen, wie Götz' Schritte auf der Stiege klangen, wenn er zu Bartholomäus' Arbeitszimmer hinaufstieg. Niemand sonst im Haus polterte so die Treppe hinauf. Götz mochte nicht dumm und ein aufmerksamer Beobachter sein, aber für jemanden, der sein Auskommen mit illegalen Geschäften machte, war er erstaunlich wenig bewandert darin, keine Aufmerksamkeit auf sich zu ziehen.

Kurz sah Johann von dem Flugblatt auf, das er an seinem Platz am Fenster las, aber dann vertiefte er sich wieder in seine Lektüre. Er würde nicht anfangen, an Türen zu lauschen, nur weil er wissen wollte, wie Götz die Ereignisse bei Plech darstellte.

Das Flugblatt allerdings enthielt wenig tatsächlich interessante Nachrichten und berichtete stattdessen lang und breit darüber, wie eine verwirrte Magd angeblich den Teufel gesehen habe. Aber immerhin erwähnte es auch, dass sich die Armeen für den Moment von Nürnberg entfernten, was einen ruhigen Winter versprach.

So ruhig er eben sein konnte, wenn zu viele Menschen ihn in den Straßen der Stadt verbringen würden, weil ihre Häuser verwüstet worden waren, während niemand sich um die Ernte kümmerte.

Es dauerte eine Weile, bis Johann schließlich Götz wieder die Stiege herunterpoltern hörte. Etwas später ging die Haustür. Noch etwas später trat Bartholomäus zu Johann in den Raum. Seine Stirn lag in Falten. Kein gutes Zeichen.

»Johann«, begann er, »kann es sein, dass du mir etwas verschwiegen hast?«

Das kam überraschend. Johanns Wissens nach hatte er Bartholomäus tatsächlich alles erzählt, was Götz mitbekommen hatte. Bartholomäus konnte nicht von dem Kuss mit Anna Pecht erfahren haben, oder?

»Mir fällt gerade nichts ein«, log Johann.

Bartholomäus seufzte. »Ich weiß ja von deinem weichen Herz, aber dass du jemanden entkommen lässt, der mich bestohlen hat ...«

Oh, war Götz nun also aufgegangen, dass Johann in der Höhle wenig hilfreich gewesen war? Oder hatte er Johanns Verteidigung von Anna Pecht durchschaut?

»Hat Götz das behauptet, um von seinem eigenen Versagen abzulenken?«, fragte Johann, um Zeit zu gewinnen. Wenn er das Vertrauen seines Bruders verlor, nur weil einer seiner Handlanger einen Groll hegte, wäre das mehr als nur ein wenig ärgerlich. Vielleicht wäre es auf lange Sicht doch besser gewesen, den Unterhändler einfach zu töten? Aber wenn er auf diese Art mit dem Leben von Menschen kalkulierte, was unterschied ihn dann überhaupt noch von seinem Bruder?

Johanns Ausrede sorgte nur dafür, dass Bartholomäus noch unzufriedener wirkte. »Götz hatte im Gegensatz zu dir keine Pistole.«

Darum ging es also! Beinahe hätte Johann gelacht. Natürlich, er hatte die Steinschlosspistole verwendet, um ihren Gefangenen beim Graben in Schach zu halten. »Die war nicht geladen.«

Die Falte auf Bartholomäus' Stirn wurde noch tiefer. »Was?«

»Sie ist nie geladen«, erklärte Johann. »Weißt du, wie schlecht man mit diesen Dingern zielen kann? Und dann wird das Schießpulver feucht. Und nach einem Schuss dauert es ewig, bis man nachgeladen hat. Mit einer Armbrust ist man immer schneller und präziser. Der einzige Vorteil, den Pistolen haben, ist, dass sie Rüstungen durchschlagen können.«

Nun wirkte Bartholomäus vor allem verwirrt. »Du trägst eine vollständig nutzlose Waffe mit dir herum?«

»Niemand weiß, dass sie nicht funktioniert! Sie eignet sich hervorragend, wenn man jemanden am Weglaufen hindern will. Die meisten Leute riskieren es erst gar nicht, eine Kugel in den Rücken zu bekommen.«

Das Gesicht seines Bruders nahm einen nachdenklichen Ausdruck an.

»Du kannst Götz fragen, ob er gesehen hat, wie ich die Pistole geladen habe«, sagte Johann. »Oder ob ich zumindest mal das Pulver überprüft habe. Zu dem Zeitpunkt waren wir fast einen halben Tag gemeinsam unterwegs. Wenn man eine Waffe tatsächlich abfeuern will, sollte man Letzteres hin und wieder tun.«

Bartholomäus verengte die Augen zu Schlitzen. »Das sollte Götz eigentlich auch wissen.«

Johann nickte. Und der Mann war aufmerksam. Dass er das Detail nicht erwähnt hatte, konnte nur bedeuten, dass er wollte, dass Johann Ärger bekam. Innerlich fluchte Johann. Er sah in nächster Zeit wohl besser genauer über seine Schulter. Offensichtlich hatte Götz beschlossen, dass irgendetwas mit dem, was Johann tat, nicht stimmte, aber noch hatte er wohl keine festen Beweise, die er Bartholomäus vorlegen konnte.

»Ich glaube, er mag mich nicht«, sagte Johann wahrheitsgemäß.

»Und warum sollte das der Fall sein?«, fragte Bartholomäus.

Johann hob die Schultern. »Wie lange arbeitet er schon für dich? Seit Mutter tot ist? Aber jetzt muss er meinen Befehlen gehorchen, wenn wir gemeinsam unterwegs sind.«

Das war eventuell nicht mal eine Lüge. Fest stand auf jeden Fall, je mehr Johann dafür sorgen konnte, dass Bartholomäus dem, was Götz sagte, kein Vertrauen schenkte, desto besser.

Für einen Moment schwieg Bartholomäus, rieb sich über das glattrasierte Kinn. Er musterte Johann, als wäre er nicht ganz sicher, wem er mehr trauen sollte.

»Ich habe keine Zeit für Streit zwischen euch«, sagte er schließlich.

»Dann rede mit ihm«, sagte Johann.

»Das werde ich, aber gerade rede ich mit dir.« Bartholomäus setzte ein entschuldigendes Lächeln auf, wie um seinen Worten die Schärfe zu nehmen. »Du bist mein Bruder, Johann, und ich bin gerne bereit, dir entgegenzukommen. Du weißt schon, in Bezug auf dein weiches Herz. Aber nur, wenn du dir Mühe gibst, langjährige, wertvolle Gefolgsleute nicht gegen dich aufzubringen.«

Glaubte Bartholomäus also, er habe Johann fest genug an sich gebunden, um nun wieder Forderungen zu stellen? Und genau genommen hatte er damit recht. Zum einen musste er dem Rat nur von Johanns Rolle bei Tuchhändler Stromers Tod erzählen, um ihm das Genick zu brechen. Zum anderen hatte er soeben wieder Entgegenkommen angeboten. Die Möglichkeit, dass er weiter auf Johann hörte, wenn es darum ging, wer wirklich sterben musste und wer verschont wurde.

»Ich bringe ganz sicher niemanden absichtlich gegen mich auf, Bartholomäus«, sagte Johann.

»Nun, in dem Fall werdet ihr euch sicher bald besser verstehen. Götz ist ein vernünftiger Mann.«

Damit drehte Bartholomäus sich um und verließ den Raum.

Johann starrte noch eine Weile die Tür an, die sich hinter ihm geschlossen hatte. Götz mochte nach Bartholomäus' Maßstäben ein vernünftiger Mann sein. Aber wenn er ahnte, dass Johann nicht vollständig hinter seinem Bruder und dessen Geschäften stand, dann stellte er eine ernsthafte Gefahr dar. Für Johanns Geschmack war Götz eindeutig ein bisschen zu loyal. Er tat auf jeden Fall gut daran, in nächster Zeit vorsichtiger zu sein.

Als Johann am nächsten Tag Sybille von Götz' Intrigen erzählte, hielt diese abrupt darin inne, das Loch in der Hose zu stopfen, die gerade über ihren Knien lag. Sie saßen auf einer Bank bei der Hintertür ihres Hauses und beobachteten Lukas und Markus beim Spielen im Hinterhof. Eigentlich war es schon zu kalt, um draußen zu sitzen, aber offenbar wollte sie ihre Kinder ungern aus den Augen lassen.

»Blond?«, fragte sie nun. »Narbe im Gesicht?«

Mit einem Mal wurde Johann kälter als das Herbstwetter eigentlich zuließ. »Er war hier?«

Sybille nickte. »Er war sogar erstaunlich freundlich. Hat den Wassereimer vom Brunnen hergetragen. Aber er hat sehr viele Fragen gestellt.«

Unwillkürlich wanderte Johanns Hand zu seinem Gürtel, wo er im Moment allerdings nur ein Messer trug. Dass Götz es gewagt hatte, hier aufzutauchen! An einem Ort, an den Johann kam, wenn er genug von Bartholomäus und seinen Geschäften hatte und eine Pause brauchte. »Du hast ihm nichts verraten, nicht wahr?«

Sybille schnalzte mit der Zunge und nahm ihre Näharbeit wieder auf. »Was denkst du von mir? Natürlich habe ich ihm gesagt, dass du hin und wieder hier vorbeischaust, um einer armen Witwe zu helfen. Was ich sehr aufmerksam von dir finde, auch wenn ich vermute, dass es damit zu tun haben könnte, dass dein Bruder den Rest des Hauses auch noch kaufen möchte. Wo er doch das Geschäft schon hat.« Nun blitzte es in Sybilles Augen.

Johann nickte. Es war eine gute Lüge. Wenn Götz Bartholomäus danach fragte, und der kein Interesse an dem Haus bekundete, hatte Sybille sich eben geirrt. Aber trotzdem erweckte die Tatsache, dass sie die Vermutung aufgestellt hatte, den Eindruck, als würde sie Johann nicht ganz trauen. Als wäre ihr Verhältnis nicht das allerbeste. Das würde Götz hoffentlich davon abhalten, hier weiter herumzuschnüffeln.

»Ich kann es immer noch nicht fassen, dass er hier war!«, sagte Johann trotzdem. »Er spioniert mir nach!«

Sybille hob die Schultern. »Soll er ruhig. Hier wird er nichts finden, woraus er dir einen Strick drehen kann. Zumindest nicht in den Augen deines Bruders.«

Da hatte sie natürlich recht. Der Mord an Sybilles Ehemann würde immerhin eher für Johanns Loyalität Bartholomäus gegenüber sprechen. »Es passt mir einfach nicht, dass er dich behelligt«, sagte Johann trotzdem.

Sybille lachte. »Mach dir um mich keine Sorgen.« Dann wurde sie ernster. »Aber sei vorsichtig. Wenn er irgendetwas findet, was er gegen dich verwenden kann, wird er versuchen, deinen Bruder gegen dich aufzubringen.«

Natürlich würde er das. Dennoch schüttelte Johann den Kopf. »Das könnte schwerer werden, als er meint. Bartholomäus weiß, dass ich versuche, Leuten zu helfen, und es stört ihn nicht. Er denkt, er kann es verwenden, um mich bei der Stange zu halten.«

»Das ist gut. Dennoch …« Sybille starrte auf ihre Näharbeit hinab und für einen Moment wirkte sie wieder wie die Frau, die Johann zuerst kennengelernt hatte. Verängstigt und ein wenig schüchtern. Dann jedoch sah sie auf und da war Härte in ihrem Blick. »Du magst in ihm immer noch deinen Bruder sehen, aber ich fürchte, für ihn bist du nur so lange wertvoll, wie du nützlich bist. Gib acht, dass du es rechtzeitig merkst, wenn er zu dem Schluss kommt, dass du mehr Ärger als Nutzen für ihn bedeutest.«

KAPITEL 29

Anna spähte in den Bottich des Stampfers, der ihre reinweißen Hadern zerkleinerte. Einen Tag dauerte ein solcher Vorgang. Der hölzerne Arm des Stampfers bewegte sich vom Mühlrad angetrieben auf und ab und sein metallbeschlagener Kopf fuhr immer wieder auf die in Wasser eingeweichten Lumpenfetzen hinab, die sie zuvor zerkleinert und dann eine Weile in der Faulgrube hatten anfaulen lassen. Inzwischen war aus den Lumpen größtenteils ein weißer Brei geworden. Nur hier und dort sah Anna noch größere Stücke, aber bis zum Abend sollten auch die ordentlich klein gemahlen sein.

Heinrich war im Moment auf dem Trockenboden, um Papierbögen zu leimen, die auszuliefern Anna ihn morgen losschicken würde. Auf diese Art würde er hoffentlich bis zum Abend nicht einmal auf die Idee kommen, den Hadernbrei in den Bottichen zu überprüfen.

Anna löste sich von den Stampfern und ging in Richtung Trockenboden, um Heinrich zu helfen. Dabei kam sie an Jackel vorbei, der mit dem Schöpfsieb an den Bütten stand. »Heute Nacht«, flüsterte sie ihm zu. »Sag den anderen Bescheid.«

Er nickte nur, unterbrach kaum seine Arbeit.

Hoffentlich würde diesmal alles gut gehen und es würden

keine neuen Schwierigkeiten entstehen, gerade wenn sie dabei war, die alten zu überwinden.

Beim Abendessen mit ihrem Vater konnte Anna sich kaum beherrschen, stillzusitzen. Zum Glück zog er sich schnell zum Schlafen zurück, sodass sie ungesehen wieder in die Mühle eilen konnte. Dort warteten Marie und Paul schon vor der Tür. Anna und Marie umarmten einander zur Begrüßung, Paul klopfte ihr mit einem Lächeln auf die Schultern, während er an ihr vorbei in das Gebäude trat. Und für einen Moment hatte Anna einen Kloß im Hals. Natürlich würden alle, die heute Nacht halfen, dieselbe Bezahlung bekommen wie die normalen Arbeiter in der Mühle. Aber sie waren auf Annas Ruf hin gekommen und waren bereit, sich ihretwegen die Nacht um die Ohren zu schlagen. Sie waren gekommen, um ihr zu helfen. Es tat gut, mit diesem Problem nicht allein zu sein.

Gerade, als Anna sich abwenden und den anderen tiefer in die Mühle hinein folgen wollte, kam eine weitere Gestalt über den dunkler werdenden Vorhof. Und wenig später stand in dem Licht, das durch die Tür nach draußen fiel, Matthias vor ihr. Auf seiner linken Wange prangte noch ein langsam verblassender blauer Fleck, der ein wenig verrutschte, als er ein schiefes Lächeln aufsetzte. »Ich glaube, ich hab mich noch nicht bedankt.«

Anna erwiderte das Lächeln und trat zur Seite, um ihn einzulassen. »Du bist hier, oder?«

Er grinste. »Also, was ist der Plan für heute Nacht, furchtlose Anführerin?«

»Das kommt darauf an, was du kannst. Im Zweifelsfall musst du zusammen mit Paul die Presse bedienen. Das erfordert vor allem Kraft.« Anna musterte ihn von der Seite. »Hast du schon mal Papier geschöpft?«

Matthias lachte. »Sehe ich so aus, als wäre ich in meinem Leben schon mal einer ehrlichen Arbeit nachgegangen?«

Anna verdrehte die Augen. Nun, manche von ihnen waren sicher hilfreicher als andere, aber es würde schon gehen. »Wie gut, dass du damit jetzt nicht anfangen musst.«

Einige Stunden später stand Anna neben Marie an den Bütten. Ihre Freundin hatte sich beim Papierschöpfen als erstaunlich begabt erwiesen. Daher hatte sie Jackel abgelöst, der stattdessen derzeit mit Kurt zusammen die Presse bediente. Paul und Matthias arbeiteten auf dem Trockenboden, und manchmal hörte man sie dort oben lachen.

Anna warf Marie einen besorgten Blick zu. »Denkst du, irgendwer sollte mal nach ihnen sehen?«

Marie kicherte und hielt Anna ihr Sieb hin, damit sie überprüfen konnte, ob der Bogen etwas geworden war. »Du kannst sie nicht davon abhalten, herumzublödeln, aber sie werden trotzdem ordentlich arbeiten.«

Anna nickte, um zu bestätigen, dass Marie gute Arbeit bei dem Bogen geleistet hatte. Marie übergab das Sieb an Jackel. Dieser kippte es auf eine Lage Filz aus, auf der der Bogen gepresst werden würde, und reicht es an Marie zurück. Sofort wandte diese sich wieder Anna zu. »Erzähl mir lieber von der Zeit, die du mit Johann von Treist im Wald verbracht hast.«

Oh, natürlich. Wahrscheinlich hatte Matthias ihnen erzählt, was geschehen war. Anna senkte den Kopf, damit ihre Freundin nicht sah, wie sie errötete. Aber es nützte nichts. Grinsend lehnte sich Marie über die Bütte. »Sag bloß, es ist tatsächlich etwas passiert!«

»Es ist überhaupt nichts passiert!«

»Gib es zu, gib es zu«, stimmte Marie einen leisen Singsang an. »Mir kannst du es sagen. Komm schon!«

Anna schnaubte. »Ich dachte, du hast Interesse an ihm. Was freust du dich dann jetzt so?« Tatsächlich hatte sie Marie gegenüber ein etwas schlechtes Gewissen gehabt, des Kusses wegen. Und nun zog ihre Freundin sie einfach damit auf?

»Anna, ich bin eine Lumpensammlerin«, sagte Marie etwas ernster, aber immer noch mit einem Lächeln auf den Lippen. »Ich weiß, dass ich keinen tapferen Recken abbekomme. Aber durch dich kann ich zumindest erfahren, wie es wäre!«

Anna seufzte. Aber so formuliert, konnte sie die Bitte kaum abschlagen. »Es ist wirklich nichts passiert«, begann sie. »Also nicht viel ...«

Als sie schließlich mit ihrer Geschichte fertig war, musste es bald schon Mitternacht sein. Anna spürte vor lauter Müdigkeit ein leichtes Drücken zwischen den Schläfen, und auch Marie gähnte immer häufiger. Aber die Bütte war auch schon deutlich leerer als zuvor. Viele Bögen würden sie dort nicht mehr herausholen können.

Marie spähte in die Holzwanne hinein. »Das hat sich kaum gelohnt.«

»Das waren alle weißen Lumpen, die wir gesammelt haben.«

»Also brauchst du mehr davon?«, fragte Annas Freundin.

»Endter würde auf jeden Fall mehr Schreibpapier kaufen, wenn ich welches mache.« Und sie brauchte das Geld wahrscheinlich früher oder später, wenn sie nicht wollte, dass ihr Vater seine List mit den Geldverleihern tatsächlich in die Tat umsetzte.

Nachdenklich rieb sich Marie die Nase. »Die Lumpensammler der Kleinweidenmühle sind ein ziemlich hochnäsiges Pack mit ihren Privilegienbriefen und so. Um sie zu überzeugen, dass sie dir ihre Lumpen geben anstatt der Kleinweidenmühle, müsstest du ihnen wahrscheinlich so viel Geld zahlen, dass es sich nicht mehr lohnt.«

Anna nickte. Ansonsten hätte sie womöglich auch Johann von Treist fragen können. Immerhin hatte er angedeutet, dass die Leute, für die er arbeitete, auch das Lumpenschmuggel-Geschäft beherrschten. Sicher konnte man von ihnen weiße Hadern kaufen, ohne dass sie nach irgendwelchen Privilegienbriefen fragten. Aber nicht, wenn man das Ergebnis zum halben Preis der Kleinweidenmühle an Endter verkaufen und trotzdem noch einen Gewinn machen wollte. »Aber wir können die Stadt nicht so bald noch mal verlassen, um draußen zu sammeln. Das Risiko ist zu groß, dass es dieser Götz mitbekommt oder jemand anderes, der für ihn arbeitet.«

Sie fragte sich, ob irgendjemand sie wohl selbst gerade in diesem Moment beobachtete. Wenn ja, dann hoffte sie, derjenige würde denken, dass sie heute einfach nur länger arbeiteten.

Marie starrte in den Hadernbrei, ohne weitere Bögen zu schöpfen, während Anna ihr Sieb noch einmal hineintauchte. »Ich habe vielleicht eine Idee«, sagte sie schließlich.

Anna horchte auf. »Wie gefährlich ist sie?«

Marie lachte. »Ich weiß noch nicht. Lass mich erst mit Paul darüber sprechen. Und vielleicht mit Matthias.«

»Also sehr gefährlich?« Wenn Matthias darin verwickelt war, konnte es sich auf jeden Fall nicht um etwas Legales handeln.

»Oh, ich hätte nichts sagen sollen! Wirklich, Anna, ich weiß noch nicht, ob es funktionieren kann. Aber Paul kennt sicher die richtigen Leute. Ich sage dir Bescheid, sobald ich mehr weiß, versprochen.«

Anna lächelte. Allein eventuell eine Möglichkeit zu haben, fühlte sich schon gut an. »Du bist eine gute Freundin.«

Marie wartete, bis Anna ihr Sieb weggestellt hatte, und ergriff dann ihre Hand. »Du auch, Anna. Die meisten hätten Matthias einfach seinem Schicksal überlassen. Und ...« Sie verzog das Gesicht. »Es ist nicht so, als würde ich ihn besonders mögen, aber Leute wie er und Leute wie Paul und ich ... normalerweise sorgt sich niemand um uns. Du bist für uns da, wir sind für dich da.« Dann grinste sie. »Außerdem verdienen wir ganz gut an deinen Unternehmungen.«

Das sorgte dafür, dass Anna lachen musste. »Es klang richtig nett. Und dann musstest du Geld erwähnen.«

Marie knuffte sie in die Seite. »Ich meine es ernst. Wir stehen hinter dir.«

»Danke.«

Als sie schließlich die Reste des Hadernbreis aus der Bütte schöpften, drückte die Müdigkeit sie nicht mehr ganz so schwer nieder.

Etwas, das Anna nicht bedacht hatte, war, dass irgendjemand nach dem Ende der Arbeit auch noch aufräumen musste. Sie schickte Kurt und Jackel fort, weil die am nächsten Tag wieder würden arbeiten müssen und zumindest ein paar Stunden Schlaf bekommen sollten. Erstaunlicherweise blieben Marie, Paul und sogar Matthias. Sie kratzten die letzten weißen Hadernreste aus der Bütte. Anna matschte sie zu einem Klumpen zusammen, den man später wieder zu mehr weißen Hadern hinzugeben konnte. Es sollte immerhin nichts verschwendet werden. Dann füllten sie neue Lumpen in den Bottich des Stampfers, in dem zuvor die weißen Hadern zermahlen worden waren. Zuletzt hängten sie so viele braune Packpapier-Bögen vor das halbfertige Schreibpapier wie möglich, und Anna hoffte, dass es ausreichen würde, dass niemand etwas bemerkte.

Als sie fertig waren, zwitscherten draußen bereits die ersten Vögel. Müde verabschiedeten sich nun auch die letzten von Annas Helfern. Gerade als Paul und Marie aus der Hofeinfahrt auf die Straße bogen, kam ihnen Heinrich entgegen.

Oh nein.

Er sah den beiden Lumpensammlern mit gerunzelter Stirn nach, während er an ihnen vorbeiging, dann wandte er sich mit fragendem Blick Anna zu. »Du bist früh auf!«

Anna lächelte, obwohl sie sich fühlte, als würden ihr die Augen jeden Moment zufallen müssen. Sie würde heute wohl keinen Schlaf mehr bekommen. »Ich versuche mit gutem Beispiel voranzugehen. Und Kurt und Jackel fallen für den Vormittag aus. Die haben gestern wohl irgendeinen Grund zum Feiern gefunden.« Die Lüge kam ihr flüssig über die

Lippen. Inzwischen wurde sie richtig gut darin, sich Ausreden auszudenken. Sie musste nur daran denken, Kurt und Jackel später Bescheid zu sagen.

Missbilligend verzog Heinrich das Gesicht. »Über Kurt wollte ich ohnehin mit dir reden«, sagte er schließlich.

»Er bleibt«, kam Anna jeder Diskussion zuvor. »Er hat sich während der Arbeit hier verletzt, und er kann immer noch genug leisten, auch mit nur einer Hand.«

Das brachte Heinrich zum Lächeln. »Du hast ein gutes Herz, Anna. Ich will nur nicht sehen, dass die Mühle deswegen vor die Hunde geht.«

»Keine Sorge«, sagte Anna bestimmt. »Das wird sie nicht.«

Hoffentlich hatte sie damit recht.

Während sie gemeinsam die Mühle betraten, schien Heinrich einzufallen, dass er noch etwas hatte fragen wollen. »Was haben eigentlich die Lumpensammler so früh schon hier gemacht?«

Verdammt. Es war wohl zu viel verlangt gewesen, dass Heinrich das vergessen haben könnte. Anna zermarterte sich den Kopf, der sich inzwischen anfühlte, als wäre er zur Hälfte mit Hadernbrei gefüllt. »Sie … ähm … sie haben Jackel und Kurt aufgesammelt und hergebracht. Deshalb weiß ich davon.«

Das klang gut, oder nicht?

Heinrich nickte. »Nett von ihnen. Nette Menschen gibt es zu wenige in letzter Zeit.«

Eigentlich konnte sich Anna in der Hinsicht im Moment nicht beschweren. Dennoch gab sie einen zustimmenden Laut von sich.

»Übrigens«, sagte sie, bevor es ihr wieder entfallen konnte, »könntest du heute eine Lieferung ausbringen?«

Immerhin ging es darum, Heinrich vom Trockenboden fernzuhalten.

»Natürlich«, sagte er. »Die, die wir gestern vorbereitet haben, nicht wahr?«

Anna brauchte einen Moment, um sich daran zu erinnern, dass er nicht von dem Schreibpapier sprach. »Ja, genau die. Danke Heinrich.«

Er klopfte ihr auf die Schulter. »Wir werden diesen Tag schon überstehen, auch wenn wir zwei Mann zu wenig sind.«

Anna nickte, auch wenn sie nicht sicher war, ob sie es fertigbringen würde, nicht über den Bütten einzuschlafen. Hoffentlich lohnte sich die durchgearbeitete Nacht.

Letztendlich zog sich Anna schon um die Mittagszeit zurück, als Jackel und Kurt schließlich zur Arbeit erschienen. Kurz raunte sie ihnen zu was sie Heinrich erzählt hatte, dann ging sie zu dem kleinen Haus hinüber, in dem sie mit ihrem Vater wohnte, und fiel ins Bett, sogar ohne die Stiefel auszuziehen.

Bei Tag zu schlafen war seltsam. Unruhig und mit undeutlichen Albtraumbildern im Kopf wachte sie wenige Stunden später wieder auf. Sie richtete ihre Kleidung und ihre Frisur, aß etwas und kehrte wieder zur Arbeit zurück. Noch nie hatte sie sich so zerschlagen gefühlt.

Kaum, dass am Abend alle gegangen waren, holte sie zusammen mit Jackel und Kurt die Bögen Schreibpapier von der Leine und begann, sie zu leimen. Etwas später stießen Paul, Marie und Matthias hinzu.

Während sie Schicht um Schicht Leim auf das Papier strichen, das noch viel zu saugfähig war, als dass man ordentlich darauf hätte schreiben können, schob sich Marie an Anna heran.

»Wir können den Lumpensammlern von der Kleinweidenmühle vielleicht ihre Ladung stehlen.«

Anna blinzelte sie an. »Das ist deine Idee?«

Ihre Freundin nickte eifrig. »Wir müssen dafür die Stadt nicht verlassen! Die Mühle ist außerhalb der Stadtmauern, aber genau wie wir lagern und sortieren sie die Lumpen erst in ihrem Haus, bevor sie sie ausbringen. Und eine von denen ist die alte Lisl.« Marie machte eine kurze Pause, als würde das alles sagen. Als Anna sie nur verständnislos anblickte, fuhr sie fort. »Die hat seit einer Weile ein Auge auf den Paul geworfen, und er ist immer nett zu ihr, weil sie ihm manchmal Dinge zusteckt. Also lenkt Paul sie ab, wir holen die Lumpen aus ihrem Haus, und wir sind auf und davon, bevor sie etwas merkt.«

Nachdenklich wiegte Anna den Kopf. Es klang nicht sonderlich gefährlich. »Lass mich darüber noch mal nachdenken, wenn ich genug geschlafen habe«, sagte sie schließlich.

»Natürlich. Sag einfach Bescheid, wenn du es dir überlegt hast. Auf jeden Fall hätte die es verdient. Dank der hat unsere Mutter damals das Sammelprivileg für die reinweißen Hadern verloren.«

Anna hatte Paul und Marie erst kennengelernt, als sie keine Eltern mehr gehabt hatten, als sie vor ein paar Jahren mit ihrer ersten Fuhre Lumpen bei der Mühle aufgetaucht waren, Paul kaum alt genug, um selbst Geschäfte abzuschließen. »Was ist mit deiner Mutter passiert?«

»Der Winter und der Hunger«, sagte Marie düster.

»Wegen der alten Lisl?«

Annas Freundin hob die Schultern. »Das Privileg zu verlieren hat auf jeden Fall nicht geholfen. Und ich wette, einer der Gründe, warum sie dem Paul immer wieder Leckereien schenkt, ist, dass sie ein schlechtes Gewissen hat.« Sie schnaubte. »Das macht aber jetzt auch nichts mehr besser.«

Das musste schlimm gewesen sein. Kurz hielt Anna den Leimpinsel von sich weg und drückte mit der freien Hand Maries Unterarm. Diese sah auf, warf ihr ein kurzes Lächeln zu. »Es ist schon gut«, sagte sie. »Jetzt haben wir ja dich.«

»Und wir sorgen dafür, dass das auch so bleibt«, versprach Anna. Noch ein Grund, für das Fortbestehen der Mühle zu kämpfen.

Als die leimbestrichenen Bögen schließlich alle wieder zum Trocknen auf den Leinen hingen, konnte Anna sich kaum mehr auf den Beinen halten. Marie führte sie sanft zu ihrem Haus, und Anna bekam nur noch am Rande mit, wie ihre Freundin ihr die Schuhe auszog und sie ins Bett steckte.

»Das sollten wir nicht zu oft machen«, murmelte sie.

Marie lachte. »So oft sollten wir auch keine reinweißen Hadern stehlen. Aber morgen kannst du deine erste Ladung Schreibpapier ausbringen.«

Das war ein guter Gedanke. Damit schlief Anna ein.

KAPITEL 30

Alles in Johann drängte danach, für ein wie zufällig aussehendes Zusammentreffen mit Anna Pecht zu sorgen. Vielleicht konnte er ihr auf den Marktplatz über den Weg laufen oder wenn sie eine Ladung Papier auslieferte. Es wäre eigentlich nicht schwer gewesen. Aber nun, da er wusste, dass Götz ihm nachspionierte, machte er stattdessen lieber einen Umweg, sobald eine Besorgung ihn zu nah an der Mühle vorbeibrachte. So war es wahrscheinlich ohnehin das Beste. Sie wollte sich in Zukunft aus allen illegalen Geschäften heraushalten. Da konnte sie seine Gesellschaft ganz sicher nicht gebrauchen.

Ein paar Tage lang wälzte er das Problem mit Götz hin und her, bis er schließlich zu dem Schluss kam, dass er Bartholomäus' Aufforderung Folge leisten und sich mit dem Mann vertragen würde. Und sei es nur, um mehr über ihn herauszufinden, für den Fall, dass Götz ihm irgendwann direkt in den Rücken fallen wollte.

Als Johann Götz das nächste Mal nach einer Besprechung mit Bartholomäus die Stiege herunterpoltern hörte, legte er die Steinschlosspistole beiseite, deren Mechanismus er gerade geölt hatte, und trat aus seinem Zimmer. Am Fuß der Stufen holte er Bartholomäus' Handlanger ein.

»Götz!«

Der blonde Mann drehte sich um, und Johann bemühte sich um ein Lächeln. »Ich glaube, wir sollten uns mal unterhalten. Wie wäre es, wenn ich dich auf ein Bier einlade?«

Die Narbe in Götz' Gesicht verzog sich ein wenig, als er grinste. »Das schlage ich sicher nicht ab.«

Der erste Frost hatte sich als Raureif auf den Dächern abgesetzt, und Johanns Atem zeigte sich als weiße Wölkchen vor seinem Gesicht, während er gemeinsam mit Götz die Straße hinunterging. Bartholomäus' Handlanger behauptete, er kenne eine gute Schenke, also überließ Johann ihm die Führung. Er merkte erst auf, als sie in eine Parallelstraße zu der Straße einbogen, in der die Pecht'sche Mühle lag. Nicht das beste Viertel und für seinen Geschmack ein bisschen zu dicht an genau dem Ort, den er meiden wollte. Aber da öffnete Götz bereits die Tür eines Hauses, durch dessen Bleiglasscheiben warmes Licht auf die Straße fiel, und Johann folgte ihm in den Gastraum.

Noch saßen an den Tischen nur einige einsame, traurige Gestalten. Götz steuerte einen Ecktisch an und bestellte lautstark das teuerste Bier. Johann ließ ihn gewähren und lehnte sich in seinem Stuhl zurück.

»Warst du eigentlich auch mal Söldner?«, fragte er nach einem Moment, um das Gespräch möglichst freundlich zu beginnen.

»Wie kommt Ihr drauf?« Auch Götz lehnte sich zurück, aber er beobachtete Johann mit seinem üblichen aufmerksamen Blick.

»Die Art, wie du Haltung annimmst, wenn mein Bruder Befehle ausgibt.«

»Wirklich?« Götz lachte. »Wusste gar nicht, dass ich das mache. Aber ja. Ich hab 1617 für Erzherzog Ferdinand gegen Venedig gekämpft.«

Ah. Zu der Zeit hatte Johann noch versucht, sich davor zu drücken, die Feinheiten der Buchhaltung zu lernen. »Venedig, hm? Soll ziemlich stinken.«

Wieder lachte Götz. »So dicht bin ich nie rangekommen. Aber Italien ist nett. Angenehm warm. Die frieren sich jetzt sicher noch nicht den Hintern ab. Und der Wein …«

Ein missmutig dreinblickender Wirt brachte ihnen zwei Becher Bier. Vorsichtig nippte Johann an seinem, und war überrascht, festzustellen, dass es tatsächlich nicht schlecht schmeckte.

Als er Götz wieder ansah, hatte dieser sich ein wenig vorgelehnt. »Aber darüber wolltet Ihr eigentlich nicht sprechen, oder? Es geht darum, dass Euer Bruder verfügt hat, dass wir miteinander auszukommen haben. Und ich muss ehrlich sein, ich hätte nicht erwartet, dass Ihr's versucht.«

Nicht, dass das Johanns wirkliches Ziel gewesen war, aber je mehr Götz redete, desto mehr fühlte er Widerwillen in sich aufsteigen, auch nur so zu tun, als wollte er mit dem Mann auskommen. »Keine Sorge«, sagte er deshalb. »Ich mag dich nicht besonders. Ich dachte nur, ich gebe dir die Gelegenheit, mir direkt zu sagen, ob wir ein Problem haben oder nicht.«

Für einen Moment wirkte Götz überrascht, dann breitete sich ein Grinsen auf seinem Gesicht aus. »Oh, und was macht Ihr, wenn wir eines haben?« Er legte beide Hände um seinen Becher und stützte sich mit den Ellenbogen auf den

Tisch. »Ich glaube nämlich, Euer Bruder unterschätzt Euer ›weiches Herz‹.« Die letzten beiden Worte sprach er aus, als seien sie eine Krankheit. »Ich meine, ich weiß, dass die Waffe nicht geladen war, aber ich glaube, wenn Ihr Euch tatsächlich so sehr um die Geschäfte Eures Bruders sorgen würdet, wie um das Wohlergeben dahergelaufener Diebe, dann wäre die Sache bei Plech anders ausgegangen. Also, was habe ich zu befürchten?«

Johann konnte sich nicht entscheiden, was er mehr hasste. Dass Götz zumindest zum Teil recht hatte oder dass der Mann sich so sicher fühlte, dass er solche Anschuldigungen offen aussprach.

»Also magst du mich nicht, weil du glaubst, dass ich Bartholomäus hintergehe«, sagte er betont ruhig.

»Das kann man wohl so sagen.« Götz nahm einen großen Schluck von seinem Bier. »Wisst Ihr«, fuhr er fort, nachdem er sich den Schaum von der Oberlippe geleckt hatte, »ich habe nicht viele Prinzipien. Genau genommen mag ich Prinzipien nicht mal. Vor allem dieses scheinheilige Getue darüber, dass auf dem Schlachtfeld zu töten etwas anderes sei als brave Bürger umzubringen.«

Johann setzte ein dünnes Lächeln auf. Der Seitenhieb gegen ihn war nicht einmal sonderlich subtil gewesen.

»Aber«, sagte Götz, »ich bin der festen Meinung, man sollte sich einen Herrn suchen und dem dienen, komme, was wolle. Und ich glaube, in dieser Hinsicht unterscheiden sich unsere Ansichten sehr.« Er hob die Schultern. »Aber vielleicht irre ich mich ja. Vielleicht seid Ihr einfach nicht so fähig, wie Euer Bruder meint, und deshalb ist uns der Dieb entkommen.«

Erwartete Götz, dass Johann ihm nun widersprach? Wenn er ihn bei seinem Stolz packen wollte, musste er schon subtiler vorgehen. »Sieht ganz danach aus«, sagte Johann daher nur.

Götz schnaubte, als würde er ihm kein Wort glauben. »Übrigens, Eure Schwärmerei für Anna Pecht ist auch schwer zu übersehen.«

Natürlich hatte Götz das auch bemerkt. Und obwohl Johann das geahnt hatte, schloss sich seine Hand fester um den Becher. »Du interessierst dich sehr für anderer Leute Liebesleben, hm?«

»Wenn es für meine Arbeit wichtig ist.«

»Ich glaube, deine Aufgabe ist, zu tun, was Bartholomäus dir sagt«, gab Johann scharf zurück. Weitere Versuche, sich zu versöhnen, würde Götz ihm doch nur als Schwäche auslegen. Da konnte er genauso gut deutlich machen, dass er sich nicht auf der Nase herumtanzen ließ.

Götz grinste. »Oh, natürlich. Aber manchmal möchte ich auf Befehle vorbereitet sein, die er noch nicht gegeben hat.«

Und das war eine Drohung. Für einen Moment packte Johann seinen Becher noch fester, dann zwang er seine Finger, sich zu entspannen. »Weißt du«, sagte er, »warum ich angefangen habe, mich für die Familiengeschäfte zu interessieren?«

Neugierig legte Götz den Kopf schief.

»Nun, zum einen sähe ich meinen Bruder ungern am Galgen baumeln, ob du es glaubst oder nicht. Aber Tuchhändler Stromer, der hat außerdem seine Kinder halb tot geprügelt. Und ich mag es nicht, wenn jemand diejenigen bedroht, die sich nicht wehren können.«

»Tuchhändler Stromer?« Für einen Moment wirkte Götz, als könne er den Namen nicht ganz einordnen. Dann schien es ihm einzufallen. »Ach, das wart Ihr? Ich habe nie erfahren, was für ein Problem er dargestellt hat.«

»Er hat gedroht, meinen Bruder an den Rat zu verraten.«

»Dumm.« Götz nahm noch einen Schluck. »Was ist mit ihm passiert?«

»Wurde mit aufgeschlitzter Kehle in einer Gasse gefunden.«

Götz hob eine Augenbraue, und nun kehrte etwas von dem Respekt zurück, den er Johann gegenüber nach der Unternehmung in Sorg gezeigt hatte. Schön, dass der Tod von Sybilles Mann so noch einmal einen Nutzen hatte.

Johann beugte sich nun seinerseits vor. »Wir sind auf derselben Seite, wenn es um Leute geht, die sich ihr eigenes Grab schaufeln. Ich will es jedoch nicht sehen, dass Menschen unter die Räder geraten, die eigentlich harmlos sind. Mein Bruder kommt mir in der Hinsicht entgegen. Pass daher auf, dass du nicht zu weit von dem Pfad abweichst, den er vorgibt.«

»Oder ich lande auch mit aufgeschlitzter Kehle in einer Gasse?«, fragte Götz.

»Die Zeiten sind gefährlich.« Johann erhob sich. »Das passiert schneller als man denkt.«

Er ließ ein paar Münzen für das Bier auf den Tisch fallen, dann ging er in Richtung Ausgang davon.

KAPITEL 31

Wolfgang Endter hatte Anna diesmal in einen kleinen Raum gebeten, der an seine Druckerei angrenzte, und den er, dem Schreibpult darin nach zu urteilen, für seine Buchführung nutzte. Dort hielt er einen der frisch gepressten Bögen ins Licht, das durch das Fenster fiel. »Hm …«

Unruhig trat Anna von einem Fuß auf den anderen. Sie hatte sich doch hoffentlich nicht umsonst zwei Nächte um die Ohren geschlagen!

Der Drucker prüfte die Dicke des Papiers mit Daumen und Zeigefinger. Als er zufrieden nickte, wagte Anna es, ein wenig aufzuatmen. »Nimmst du es?«

»Lass mich noch eine Sache prüfen.« Er trug den Bogen zu seinem Schreibpult und öffnete ein Tintenfass, das darauf stand.

»Wenn du den Bogen bekritzelst, bezahlst du ihn mir!«

Endter verdrehte die Augen, nickte aber. Er tauchte eine Schreibfeder in die Tinte und zog damit ein paar Linien auf dem Papier. Stirnrunzelnd betrachtete er das Ergebnis. »Ein bisschen zu saugfähig für Schreibpapier.«

Das konnte doch nicht wahr sein! Wie viel öfter als Packpapier musste man Schreibpapier leimen, damit es die Tinte nicht zu sehr aufsaugte, wenn man darauf schrieb? Keiner von ihnen hatte es genau gewusst. Sie hatten nur hoffen können. Anna trat näher an das Schreibpult heran und betrachtete die Tintenkritzelei. Ein paar ganz kleine Äderchen aus Tinte ließen den Rand der Striche etwas unscharf wirken. Eine Schicht Leim mehr vielleicht. »Das sieht man kaum«, sagte sie. »Und du willst doch ohnehin nicht mit der Feder darauf schreiben, du willst darauf drucken. Druckerschwärze ist zähflüssiger.«

Endter wiegte den Kopf. Oh, so war das also. Versuchte er den Preis zu drücken?

Anna stemmte die Hände in die Hüften. »Es gibt sicher mehr Drucker in der Stadt, die unter den Preisen der Kleinweidenmühle leiden. Wenn du es nicht willst, nimmt es jemand anderes.«

»Jemand, dem du sagen müsstest, dass du ohne Privileg Schreibpapier gepresst hast«, gab Endter zu bedenken.

»Ich könnte es anbieten, ohne dass mein Name überhaupt je fällt.« Wozu kannte sie schließlich Leute, die ihren Lebensunterhalt mit Verbrechen verdienten?

Der Drucker blickte sie überrascht an. Dann starrte er wieder auf den Bogen Papier hinab.

»Du hast mir die Hälfte des Preises versprochen, den du der Kleinweidenmühle zahlst«, erinnerte Anna ihn.

»Für gutes Schreibpapier.« Aber der Protest klang nur noch schwach, und Anna sah das Interesse in seinen Augen.

»Das ist gutes Schreibpapier.«

»Nun gut, nun gut.« In einer Geste der Kapitulation hob Endter beide Hände. »Die Hälfte des Preises der Kleinweidenmühle ist es wohl wert. Sag deinem Gesellen, er soll die Ware abladen.«

Anna konnte sich ein triumphierendes Grinsen nicht verkneifen, Erleichterung ließ sie aufatmen. Was sie aus diesem Handel herausbekam, sollte zumindest für die erste Zahlung an den Geldverleiher reichen.

Gemeinsam mit dem Drucker ging sie durch die große Halle mit den Pressen vorbei zum Hof, wo Jackel beim Karren mit den Kisten wartete. Anna nickte ihm zu, und Endter winkte ein paar seiner eigenen Leute heran, um ihm zu helfen.

Endter beäugte die nicht allzu große Ladung. »Ich brauche mehr.«

Anna musste an den Vorschlag denken, den Marie ihr gemacht hatte. Und an den Rest der Schulden, die ihr Vater hatte. »Gib mir ein paar Tage«, sagte sie schließlich.

Wolfgang Endter lächelte, während er nach seiner Geldbörse griff. »Eines muss man dir lassen. Wenn du dir etwas vornimmst, machst du es auch möglich.«

»Ich kann meine Kunden ja nicht enttäuschen«, gab Anna zurück. »Übrigens, brauchst du nun doch mehr Packpapier?«

Das entlockte dem Drucker ein herzliches Lachen. »Mit der nächsten Lieferung schon, würde ich sagen.« Er zählte die Münzen ab und reichte sie ihr. »Dein Vater kann froh sein, dass er dich hat.«

Anna hob die Schultern und murmelte einen Dank. Wenn das nur jemand ihrem Vater sagen könnte.

Als sie sich schließlich auf den Weg zurück zur Mühle machten, glaubte Anna für einen Moment in einer Seitenstraße eine vertraute Gestalt zu sehen. Als sie genauer hinschaute, war es tatsächlich Johann von Treist, der sich mit düsterer Miene an Bettlern und Fuhrwerken vorbeischob. Er schaute nicht auf und sah sie nicht. Anna hatte schon halb die Hand gehoben, um ihm zu winken, als sie sich eines Besseren besann und sie wieder sinken ließ.

Er hielt in den letzten Tagen Abstand zu ihr, und sie tat wohl besser dasselbe, so sehr sie auch immer wieder an den Kuss denken musste.

Allerdings hätte sie schon gerne gewusst, was für eine Laus ihm heute über die Leber gelaufen war. Seinem Blick nach zu urteilen, musste ihn irgendwer sehr geärgert haben. Hoffentlich hatte das nichts mit ihr und ihren Geschäften zu tun.

Der Gedanke ließ sie einen Moment innehalten, und sie ging erst weiter, als Jackel von hinten gegen sie stieß. Niemand konnte ahnen, dass sie Schreibpapier herstellte, oder? Der einzige Weg, wie Johann von Treist oder sein Auftraggeber davon erfahren würden, war, wenn einer der Leute, die ihr geholfen hatten, oder Endter selbst, ihm davon erzählten. Endter hatte zu viel zu verlieren. Und ihre Freunde? Nun, sie vertraute ihren Freunden.

Das hieß, die Entscheidung stand fest. Sie würden mehr weiße Lumpen brauchen.

»Geh schon mal vor«, sagte sie zu Jackel. »Ich muss noch mit Paul und Marie sprechen.«

Jackel sah sie fragend an. »Wir verlassen nicht wieder die Stadt, oder?«

»Nein, keine Sorge. Aber Marie hatte eine gute Idee, wie wir an mehr Lumpen kommen.«

Das sorgte dafür, dass eine Falte zwischen Jackels Brauen erschien.

»Kein Ärger«, beteuerte Anna. »Ich verspreche es. Und du musst nicht helfen, wenn du nicht willst. Wir machen es auf jeden Fall nur, wenn es sicher genug ist.«

Das schien ihn ein wenig zu beruhigen. »Bring auch Matthias nicht in Schwierigkeiten mit dem alten Silberzahn«, sagte er schließlich.

»Wenn überhaupt, bringt Matthias sich selbst in Schwierigkeiten.«

Das ließ Jackel schmunzeln und er wiegte den Kopf als wolle er sagen, dass er ihr da nicht widersprechen konnte.

»Sag Heinrich, ich gehe kurz bei Marie vorbei, um mit ihr die nächste Lieferung zu besprechen. Das ist nah genug an der Wahrheit.« Dann ließ sie ihn mit dem Karren zurück und eilte davon.

KAPITEL 32

Johann hielt zwar ein Buch in der Hand, aber sein Blick ging durch das Fenster hinaus auf den Hinterhof, wo Sofie gerade Wäsche aufhängte. Nur, dass sie wieder einmal nicht alleine war.

Natürlich durften die Dienstmädchen des Hauses Freunde haben, und er würde auch nicht anfangen, sie dafür zu schelten, dass sie während der Arbeit tratschte. Aber dass es schon wieder Anna Pechts Lumpensammler-Freundin war, die sich in der Nähe des Hauses herumdrückte, macht ihn misstrauisch. Aus zusammengekniffenen Augen beobachtete er die beiden Mädchen. Vielleicht verstanden sie sich einfach gut. Sofie erzählte auf jeden Fall gerne von dieser Marie, fand sie witzig und herzensgut. Ganz sicher wusste Sofie ihr nichts Wichtiges zu berichten. Seit er ihr vorlas, hatte er herausgefunden, dass sie eine schrecklich schlechte Lügnerin war. Wenn sie lauschte und er danach fragte, sah man ihr das schlechte Gewissen immer an. Es war lange her, dass sie zuletzt gelauscht hatte.

Aber vielleicht versuchte Anna Pecht auch ihrerseits, ihn im Auge zu behalten.

Zugegebenermaßen, dieser Gedanke machte ihn ein wenig stolz. Wenn man ein Versprechen gab, sich aus Schwierigkeiten herauszuhalten, dann sollte man zumindest so vorsichtig wie möglich sein, sobald man sich daran machte, es zu brechen. Was ein verdammt guter Grund wäre, ihn beobachten zu lassen.

Johann klappte sein Buch zu. Vielleicht wurde es Zeit, bei Matthias nachzufragen, ob er irgendetwas zu berichten hatte.

Nur wenig später erreichte Johann Matthias' Unterschlupf. Es war nicht tatsächlich ein Haus, eher ein ehemaliger Schuppen, der später zur Wohnstatt umgebaut worden war. Die schief in den Angeln hängende Tür war nicht einmal abgeschlossen. Offensichtlich war Matthias der Meinung, dass er ohnehin nichts besaß, das stehlenswert war. Oder er hatte wertvollen Besitz anderswo versteckt. Auf jeden Fall konnte Johann einfach eintreten, nachdem er auf sein Klopfen keine Antwort erhalten hatte.

Matthias hatte aufgeräumt. Das letzte Mal, als Johann hier gewesen war, war die Strohmatratze aufgeschlitzt und die Asche der Feuerstelle über den Boden verteilt gewesen. Nun war alles wieder an seinem Platz. Johann nahm die einzige Sitzgelegenheit in Beschlag – einen Schemel – und setzte sich so, dass er die Tür im Blick hatte.

Er zog die Steinschlosspistole hervor, die er genau wie sein Rapier nur für alle Fälle mitgenommen hatte, und überprüfte kurz die Ladung. Direkt nach seinem Gespräch mit Götz hatte er zum ersten Mal seit Langem wieder Schießpulver und Munition hineingefüllt. Nun, da der Mann mit der Narbe im Gesicht zu wissen glaubte, dass die Waffe nie geladen war, war es Johann so lieber.

Als er Geräusche an der Tür hörte, steckte er die Waffe schnell wieder weg. Noch wollte er nicht drohen.

Matthias trat mit einem leicht verträumten Lächeln auf dem Gesicht ein, das aber sofort verblasste, als er Johann erspähte. Es dauerte allerdings nur einen Moment, bis er sich wieder fing. Dann schob er betont gelassen die Daumen hinter seinen Gürtel. »Das ist unhöflich.«

»Hätte ich lieber vor der Tür warten sollen?«, fragte Johann. »Ich falle in dieser Gegend ein wenig auf. Wer weiß, welche Geschichten sich die Nachbarschaft zusammengesponnen hätte.«

Matthias grinste. »Ich glaube, das hätte Eurem Ruf eher geschadet als meinem. Der eine oder andere hier in der Straße ist der Meinung, dass ich zu oft Männerbesuch habe. Nicht, dass sie irgendwas beweisen könnten. Aber wenn so ein fein gekleideter Herr hier auftaucht …« Er ließ den Blick einmal anerkennend über Johanns Kleidung schweifen, und dieser musste sich zähneknirschend eingestehen, dass Götz' Menschenkenntnis offenbar tatsächlich erschreckend gut war. »Gibt nicht viel, wofür die reichen Leute in dieses Viertel kommen, nicht wahr?«

Johann setzte ein dünnes Lächeln auf. »Jetzt bin ich erst recht froh, nicht draußen gewartet zu haben. Und keine Sorge, ich bin gleich wieder weg. Ich will nur wissen, ob du mir etwas zu berichten hast.«

Nun schloss Matthias die Tür hinter sich, die immer noch ein wenig offen gestanden hatte, als wollte er sich einen Fluchtweg freihalten. Misstrauisch musterte er Johann. »Wir sind alle brav. Keiner hat vor, wieder die Stadt zu verlassen. Also, abgesehen von mir demnächst. Im Auftrag vom alten

Silberzahn.« Er legte den Kopf schief. »Hoffe, das ist erlaubt.«

Johann schnaubte. Sie wussten beide, dass er das nicht meinte. »Bist du sicher?«, fragte er.

»Natürlich!«, protestierte Matthias, vielleicht ein bisschen zu schnell. Johann betrachtete ihn nachdenklich. Er war sich fast sicher, dass sein Gegenüber die Wahrheit gesagt hatte, als es darum ging, dass niemand vorhatte, die Stadt zu verlassen, aber irgendetwas war im Busch.

»Die Leute, die selbst dem alten Silberzahn Befehle erteilen, betrachten das Schmuggelgeschäft als ihren Bereich, das ist dir inzwischen klar, oder?«, fragte Johann schließlich. »Das schließt Lumpen mit ein.«

»Wir schmuggeln nichts!«, beteuerte Matthias.

»Gut. Weil, dann könnte ich euch wirklich nicht mehr helfen.« Matthias setzte wieder sein Lächeln auf. »Ich weiß die Fürsorge zu schätzen, aber wir wildern nicht im Gebiet Eures Auftraggebers, keine Sorge.«

Als Johann sich wieder auf den Heimweg machte, hatte er immer noch ein schlechtes Gefühl. Aber wer sich nicht helfen lassen wollte, dem konnte man schlecht helfen.

KAPITEL 33

Lisl lebte nicht weit von Paul und Marie entfernt. Ihr heruntergekommenes Heim lag zwischen der Gerberei und weiteren windschiefen Wohnhäusern eingequetscht. Gemeinsam mit Marie spazierte Anna daran vorbei, um einen Blick darauf zu werfen. Sie trug eines von Maries älteren Kleidern, um nicht aufzufallen, und hielt sich den Ärmel unauffällig vor Mund und Nase. Der Gestank von der Gerberei war hier so stark, dass sie das Gefühl hatte, daran ersticken zu müssen. Wie die Anwohner das aushielten, war ihr ein Rätsel.

Marie lachte und zog ihren Arm nach unten. »Lass das und atme durch den Mund. Sonst denken alle noch, du bist eine feine Dame.«

Anna schnaubte, sehr darauf bedacht, danach nicht zu tief einzuatmen. »In dem Kleid?«

»Das war mal mein bestes Kleid!«, entgegnete Marie. Dann aber knuffte sie sie in die Seite, offensichtlich hatte Anna sie nicht beleidigt.

»Wann?«, fragte Anna deshalb.

»Vor zehn Jahren? Mutter hat es ein paarmal weiter und länger genäht.«

Das sah man dem Kleidungsstück auf jeden Fall an. Bevor sie allerdings ganz an dem Haus vorüber waren, konzentrierte Anna sich wieder darauf. Es gab keine Gasse oder Hofeinfahrt, die hinter das Gebäude führte. »Wie sollen wir hier irgendetwas ausrichten, ohne dass jeder in der Straße es mitbekommt?«

Marie grinste. »Wovon braucht man zum Gerben von Leder viel?«

Anna hob die Schultern. Sie wusste alles über die Papierherstellung. Mit Leder hatte sie sich nie beschäftigt.

»Wasser!«, beantwortete Marie ihre eigene Frage und verdrehte dabei die Augen. »Direkt dahinter …« Sie deutete auf die Front des Gebäudes, das deutlich größer war als Lisls Haus. »… verläuft die Pegnitz. Und Matthias sagt, er kann ein Boot besorgen.«

Das klang gar nicht schlecht. Bis auf ein Detail. »Aber wir werden ohne Licht rudern müssen, weil man uns sonst vom anderen Ufer aus sieht.«

»Wir rudern ganz in die Nähe, solange es noch hell ist«, erklärte Marie. »Und dann warten wir. Sobald die Sonne untergegangen ist, müssen wir schnell sein. Die Lisl sitzt oft noch vor dem Haus zum Essen.« Sie deutete auf eine grob gezimmerte Bank neben der Eingangstür.

»Ist es dafür nicht langsam zu kalt?«, fragte Anna.

Marie schnaubte. »Glaub mir, drinnen sorgt der Gestank der Lumpen dafür, dass alles irgendwie gammelig schmeckt. Man sitzt so lange draußen zum Essen, wie es irgendwie geht.«

Langsam nickte Anna. Sie hätte im Lumpenlager der Mühle auch nichts essen wollen.

»Paul wird mit ihr reden und sicherstellen, dass sie nicht so schnell wieder reingeht«, fuhr Marie fort. »Den Rest erledigen Matthias, du und ich.«

Sie hatten beschlossen, dass sie für diese Unternehmung nicht allzu viele Leute sein wollten, also blieb Jackel außen vor. Er würde in der Mühle auf sie warten, um später beim Verladen der Lumpen zu helfen.

»In Ordnung«, sagte Anna schließlich. »Packen wir es an.«

Marie grinste. »Das wollte ich hören.«

Das Boot war alt und an vielen Stellen waren Löcher mit Teer abgedichtet. Anna starrte in das Wasser, das im Bug um ihre Stiefelspitzen schwappte, und hoffte, dass nicht nach und nach mehr hineinlaufen würde.

Ansonsten konnte sie für den Moment nicht viel mehr tun. Matthias und Marie waren gerudert, als hätten sie das schon mal gemacht, und nun hielten sie das Boot in Position, indem sie die Ruderblätter auf ein grasbewachsenes Stück Ufer stemmten, das zum Gelände der Gerberei gehörte. Von hier aus konnte Anna im Halbdunkel zuerst das steil ansteigende Ufer und dann die Rückseite des Gerbereigebäudes und die freie Fläche dahinter sehen. Mehrere große Bottiche waren hier halb in den Boden eingegraben und nun mit Planen bedeckt. An einem Gestell hingen mehrere Häute zum Trocknen. Die Arbeiter waren bereits nach Hause gegangen.

Das Gelände der Gerberei ragte wie eine Halbinsel mit einer steilen Böschung in den Fluss. Hinter Lisls Haus, das ein Stück flussabwärts folgte, gab es keine freie Fläche. Zumindest abgesehen von einem sehr schmalen Streifen, auf dem sich aller möglicher Unrat stapelte. An den allgegenwärtigen Gestank hatte Anna sich inzwischen einigermaßen gewöhnt. Dennoch hoffte sie, dass sie später in nichts allzu Ekliges treten würde.

Mit angehaltenem Atem wartete sie, während das letzte Tageslicht langsam verschwand. Die Schatten zwischen den Rückseiten der Häuser auf beiden Seiten des Flusses wurden immer dunkler. Der Großteil der Farbe verschwand langsam aus der Welt, bis das Wasser schwarz dahinplätscherte und die Bottiche des Gerbers nur noch als Schemen zu erkennen waren.

»Jetzt.« Matthias stieß das Boot vom Ufer ab. Da erst fiel Anna auf, dass er bis eben eine erstaunlich lange Zeit still gewesen war. Zumindest für seine Verhältnisse.

Vorsichtig steuerten er und Marie das Boot unter ein Fenster, das nur noch als schwarzes Rechteck zu erkennen war. Die Straße auf der anderen Seite lag deutlich höher als der Fluss, und ein größerer Teil der Mauer, die bis zum Wasser hinunterreichte, musste vor allem zum Stützen des Fundaments dienen. Das Fenster, das in das Erdgeschoss des Hauses führte, wirkte von hier aus, als läge es im ersten Stock. Wie sollten sie dort hinaufkommen?

Matthias legte sein Ruder ins Boot und warf einen provisorischen Anker ans Ufer, einen Stein, um den er ein Seil gebunden hatte. Er sprang als Erster auf den dünnen Streifen Erde bei der Mauer, bezog direkt unter dem Fenster Position und bildete mit den Händen eine Räuberleiter. »Komm schon, Marie! Du erinnerst dich, wie man einen Fensterladen aufstemmt?«

Annas Freundin verdrehte die Augen, während sie ebenfalls aus dem Boot kletterte. »Es ist nicht allzu schwer. Aber wehe, du spähst mir unter den Rock!«

Matthias grinste. »Ich bin ein Ehrenmann. Was denkst du von mir?«

Marie schnaubte, stellte aber ihren Fuß in Matthias' Hände und hielt sich an seinen Schultern fest, um sich nach oben zu ziehen. Bis Anna ebenfalls aus dem Boot geklettert war, hatte ihre Freundin bereits den Fenstersims zu fassen bekommen und machte sich mit einem Messer in den Spalten zwischen den hölzernen Läden zu schaffen.

Nach einem Moment stieß sie einen leisen, triumphierenden Laut aus, und die Fensterläden schwangen quietschend auf.

»Die Luft ist rein«, flüsterte sie. »Gib mir Schwung.«

Mit einem leisen Ächzen stemmte Matthias sie noch ein wenig höher und im nächsten Moment war Marie im Inneren des Gebäudes verschwunden.

Matthias drehte sich zu Anna. »Jetzt du.«

Anna schluckte. Sie würden tatsächlich in jemandes Haus einbrechen. Wann war ihr Leben nur so schiefgelaufen?

Aber es ergab Sinn, dass Matthias unten wartete. Er mochte schmächtig sein, aber er war einen halben Kopf größer als die beiden Freundinnen und entsprechend schwerer. Anna legte nicht den geringsten Wert darauf, ihm hinaufzuhelfen. Also stellte sie einen Fuß in Matthias' gefaltete Hände und stieß sich mit dem anderen vom Boden ab.

Genau wie Marie bekam sie den Fenstersims beim ersten Versuch zu fassen. Dann spürte sie Finger an ihrem Handgelenk und blickte hinauf in das helle Oval von Maries Gesicht.

»Stell den anderen Fuß auf meine Schulter«, zischte Matthias. Kaum hatte Anna der Aufforderung Folge geleistet, da schob er sie schon weiter nach oben. Sie nutzte den Schwung und stieß sich von seiner Schulter ab. Das entlockte ihm ein gedämpftes Ächzen, aber es erlaubte ihr, sich am Fenstersims hochzustemmen. Marie packte sie an den Schultern und zog sie ins Haus. Etwas unelegant plumpste Anna auf den Boden.

Der Gestank hier war ihr schon deutlich vertrauter. Es roch muffig nach alten Lumpen, genau wie im Lager der Papiermühle. Und zu ihrer Überraschung war es nicht vollkommen dunkel.

Das Haus war nicht groß, schien nur zwei Räume zu haben. Auf der gegenüberliegenden Seite des Zimmers, in dem sie sich befand, stand eine Tür offen. Dahinter konnte Anna den eigentlichen Wohnbereich schemenhaft erkennen. Darunter einen Herd, in dem immer noch ein Feuer glomm. Als sich ihre Augen an den schwachen Schein gewöhnt hatten, stand Anna auf und schlich zu der Tür hinüber. Der Laden eines Fensters, das nach vorne auf die Straße führte, stand offen. Von dort drang das Licht einer Laterne herein, und Anna konnte Stimmen hören. Eine war kratzig, immer wieder von Husten unterbrochen, gehörte wohl Lisl. Sie lachte über irgendetwas, das sie gesagt hatte. Die Stimme, die antwortete, gehörte eindeutig Paul.

»Komm!«, zischte Marie. »Wir müssen uns beeilen!«

Anna nickte und drehte sich wieder um. An einer Seite des Raumes konnte sie die Schatten von Regalen erkennen. Hier lagerte Lisls wohl nicht nur Lumpen. Auf der anderen Seite erhoben sich mehrere unförmige Berge Stoff.

»Die sind alle weiß?«, fragte Anna leise. Im Halbdunkel war es nicht zu erkennen.

»Lass uns nachsehen.« Marie packte ein Stück Stoff und trug es zum nahen Herd, um es dort dicht vor die Glut zu halten. Während ihre Freundin sich in dem vorderen Raum bewegte, lauschte Anna mit angehaltenem Atem auf die Stimmen draußen. Aber das Gespräch bracht nicht ab. Schließlich nickte Marie und schlich vorsichtig wieder zurück. »Der Haufen, von dem ich das genommen habe, auf jeden Fall. Lass uns den zuerst abtragen.«

Schweigend machten sie sich an die Arbeit. Immer wieder nahmen sie Arme voll Lumpen und warfen sie aus dem Fenster. Jedes Mal, wenn Anna eine neue Fuhre aufhob, stieg ihr der Gestank viel zu deutlich in die Nase, und sie hielt den Atem an. Bald war ihr schwindelig, aber unermüdlich machte sie weiter. Unten würde Matthias ihre Beute ins Boot laden und hoffentlich abfahrbereit sein, sobald sie fertig waren.

Es dauerte nicht lang, den Berg abzutragen, den Marie überprüft hatte. Während ihre Freundin noch die letzten Fetzen Stoff aufklaubte, nahm Anna einen Lumpen von einem der anderen Haufen. Vorsichtig schlich sie in den vorderen Raum, lauschte dabei auf das Gespräch draußen.

»… dachte immer, dass du der einzige Vernünftige in dieser Familie bist, Junge«, sagte Lisl gerade. »Deine Schwester sollte langsam mal jemanden finden, den sie heiratet, eh? Dass sie sich immer noch von dir versorgen lässt, ist eine Frechheit. Wenn sie nicht wär, könntest du dir ja auch endlich mal ein nettes Mädel suchen. Wobei die erfahrenen Frauen nicht zu verachten sind, muss ich dir sagen.« Sie lachte. »Wir wissen, was wir tun.«

Anna verzog das Gesicht. Wie gut, dass Marie das nicht hörte. Hastig kniete sie mit dem Stück Stoff vor dem Herd nieder und hielt es in das Licht der Glut. Schwarz. Das konnte sie nicht gebrauchen.

Anna wollte sich schon abwenden, als sich draußen schwere Schritte näherten.

»Lisl!«

Sie schnappte nach Luft. Diese Stimme kannte sie. Aber das konnte nicht sein! Geduckt schob sich Anna in Richtung des Fensters. Dicht daneben drückte sie sich an die Wand und spähte nach draußen.

Lisl und Paul saßen auf der Bank neben der Tür, eine Laterne zwischen ihnen. Beide hatten sich nun zu dem Neuankömmling umgedreht und Anna sah sie nur von hinten. Das Gesicht mit der Narbe auf der Wange allerdings war auch im Halbdunkel nicht zu verwechseln. Annas Magen krampfte sich zusammen. Warum mussten Johanns Auftraggeber und ihre Schergen wirklich überall auftauchen? Stumm fluchte sie in sich hinein.

Götz musterte Paul aus zusammengekniffenen Augen, während Lisl sichtlich unruhig auf ihrer Bank hin und her rutschte. »Ich hatte dich gar nicht so früh erwartet«, sagte sie. »Hatten wir nicht morgen gesagt? Ich bin sicher, wir haben uns auf morgen verabredet.«

Götz schüttelte den Kopf. »Heute.« Dann nickte er in Richtung Paul. »Wer ist das?«

»Nur ein Junge aus der Nachbarschaft.« Lisl drehte sich zu Paul um, und nun erkannte Anna hagere Gesichtszüge, in die der Lampenschein tiefe Schattenlinien grub als sie lächelte. »Es war sehr nett, mit dir zu reden. Komm doch mal wieder vorbei. Ich sehe dich immer gern hier, weißt du?«

Für einen Moment wirkte Paul unschlüssig. Sein Blick

huschte zum Haus und streifte das Fenster, neben dem Anna stand. Da Götz gerade Paul ansah und nicht in ihre Richtung blickte, nutzte Anna die Gelegenheit, um Paul mit einer schnellen Handbewegung zu bedeuten, er solle gehen. Auf keinen Fall durfte er Götz misstrauisch machen. Und sie hatten genug Lumpen für eine weitere Lieferung für Endter. Es wurde Zeit, zu verschwinden

Pauls Augen weiteten sich für einen Moment, dann deutete er ein Nicken an und drehte sich mit einem Lächeln Lisl zu. »War auch nett, mit dir zu reden.«

Anna sah noch, wie er sich erhob, bevor sie schnell zum hinteren Raum huschte. Mit angehaltenem Atem schlich sie am Herd vorbei, während Pauls Schritte sich entfernten. Nur kein verräterisches Geräusch machen!

»Ich hab eine Woche fleißig gesammelt«, sagte Lisl draußen. »Aber dafür ist es nicht so viel. Du kannst nur vielleicht ein Drittel haben. Den Rest muss ich an die Kleinweidenmühle verkaufen, sonst werden sie misstrauisch.«

Kurz fragte sich Anna, wer wohl noch mehr für weiße Lumpen bezahlte als die Kleinweidenmühle. Sicher niemand in Nürnberg, immerhin gab es sonst niemanden mit dem Privileg, Schreibpapier zu schöpfen. Aber wenn man Lumpen in die Stadt schmuggeln konnte, konnte man sie natürlich auch hinausschmuggeln und anderswo teurer verkaufen.

Götz' Antwort klang nicht begeistert, aber nun war Anna wieder zu tief im Haus, um sie zu verstehen. Sie warf den schwarzen Lappen, den sie überprüft hatte, zurück auf seinen Haufen, und trat neben Marie, die sich gerade aus dem Fenster lehnte. »Wir müssen hier weg! Götz ist hier!«

Marie schnappte nach Luft. »Was macht der denn hier?«

»Nachher. Wir müssen hier weg!«

»In Ordnung! Keine Angst, ja? Wir schaffen das.« Noch während Marie redete, schwang sie sich aus dem Fenster. Für einen Moment hing sie mit den Fingerspitzen am Sims, dann ließ sie sich einfach fallen.

»Man landet ganz weich!«, drang kurz darauf der gedämpfte Ruf von unten herauf.

Für einen Moment zögerte Anna trotzdem. Sie musste im Dunkeln auf unebenem Untergrund landen. Wenn sie sich dabei den Knöcheln verletzte, würde sie einiges zu erklären haben. Dann allerdings hörte sie Geräusche an der Haustür. Ihr Herz machte einen Satz. Götz! Selbst im Fluss zu landen war besser, als von ihm erwischt zu werden. Kurz entschlossen schwang sich Anna über den Fenstersims.

Während sie sich an der Außenwand des Hauses hinunterließ, erklangen Schritte im vorderen Raum. »Na dann lass uns mal die Ware sehen.« Das war Götz' Stimme. Der Schein einer Laterne drang in den hinteren Raum.

»Was in Dreiteufelsnamen! Wo sind die ganzen Lumpen hin?«

Gerade als Lisls Fluch erklang, ließ Anna los. Sie kam ein wenig ungeschickt auf und ruderte einen Moment lang mit den Armen, um nicht nach hinten zu kippen.

Es funktionierte nicht. Sie fühlte, wie sich ihr Schwerpunkt immer weiter verlagerte. Gleich würde sie im Wasser landen.

Jemand packte sie am Arm und zog sie in Richtung Boot. Dankbar stolperte Anna ein paar Schritte und fand dann endlich ihr Gleichgewicht wieder. »Kein guter Zeitpunkt, um schwimmen zu gehen«, hörte sie Matthias Stimme. »Schnell, ins Boot!«

Eilig kletterte Anna ins Boot und brachte es heftig zum Schwanken. Erstaunlicherweise war es gar nicht so voll mit Lumpen, wie sie erwartet hatte. Nur ein kleiner Haufen davon stapelte sich im Heck. Marie saß daneben. Kaum, dass Anna im Boot war, drückte sie ihr ein nasses Seil in die Hand. »Hier, halt das fest.«

Anna runzelte die Stirn. »Was ist das?«

»Die Lumpen. Matthias hat sie in ein Netz gesteckt, sie schwimmen im Fluss.«

Oh, das war eine ziemlich gute Idee. Anna schlang sich das Seil zweimal ums Handgelenk, um auf keinen Fall den Halt zu verlieren. Dann griff sie eilig nach den Rändern des Boots, als es wieder schwankte, weil Matthias hineinstieg. Er und Marie griffen nach den Rudern, als Anna über ihnen ein Geräusch hörte. Sie blickte nach oben zum Fenster, aus dem sie geklettert waren. Die Silhouette eines Mannes zeichnete sich dort vor schwachem Licht ab. Götz.

Ein deftiger Fluch erklang.

»Mist, sie haben uns gesehen!«, zischte sie. Halb rechnete sie mit einem Armbrustbolzen oder einer Kugel. Furcht bildete einen eisigen Klumpen in ihrem Magen.

Marie und Matthias stießen die Ruder ins Wasser und ruderten mit aller Kraft. Ein Ruck zerrte an dem Seil in Annas Hand, und sie klammerte sich fester daran. Es schien Ewigkeiten zu dauern, bis das Boot Fahrt aufnahm. In Wirklichkeit waren sie schon ein ganzes Stück den Fluss hinunter, bevor jemand mit einer Laterne aus Lisls Fenster leuchtete. Ihr Licht traf nur noch auf aufgewühltes Wasser.

Doch erst, als sie das Gelände der Gerberei umrundet hatten und das Licht im Fenster von Lisls Haus außer Sicht geriet, wagte es Anna, aufzuatmen. Für den Moment waren sie entkommen.

»Was war das?«, stieß Matthias schließlich hervor. Nun war es so dunkel, dass Anna sein Gesicht nur als Schemen erkennen konnte. Nur ein wenig Mondlicht glitzerte auf dem Wasser des Flusses und verriet ihnen, wohin sie ruderten.

»Götz«, sagte Anna. Ihr Herz klopfte noch immer wie wild. Sie hatte die Hände fest um das Seil verkrampft. Hatte Götz sie erkannt? Diese Frage schwirrte unentwegt in ihrem Kopf herum. Er hatte in der Dunkelheit nicht mehr als Schemen erkennen können, oder? Dennoch nagte an ihr die Furcht, dass das Licht im Raum hinter ihm ausgereicht haben könnte, um etwas mehr auszumachen. Warum hatte sie bloß nach oben geschaut? Sie hätte den Kopf unten halten sollen!

»Was?«, stieß Matthias ein bisschen zu laut hervor.

»Ssch!«, machte Marie.

»Was hat Götz bei einer Lumpensammlerin zu suchen?«, fragte Matthias leiser.

»Ich glaube, sie verkauft einen Teil der Lumpen an ihn«, sagte Anna. Sich darüber Gedanken zu machen war immer noch besser, als weiter in Panik zu geraten. »Johann von Treist hatte erwähnt, dass sein Auftraggeber auch im Lumpengeschäft ist. Aber ich dachte, das heißt, sie schmuggeln genau wie wir Lumpen hinein! Ich dachte nicht, dass sie welche hinausschmuggeln, um sie anderswo zu verkaufen!« Und dass Götz ausgerechnet heute bei Lisl hatte auftauchen müssen, war einfach nur Pech gewesen. Warum konnte sie nicht einmal Glück haben?

Matthias fluchte, während er und Marie nun langsam weiterruderten. »Er kann uns nicht erkannt haben. Es war zu dunkel.«

Es von jemand anderem zu hören war beruhigender, als es sich selbst wieder und wieder vorzusagen. Anna nickte. Götz konnte sie wirklich nicht erkannt haben. Langsam beruhigte sich ihr Herzschlag.

»Was, wenn er auf die Idee kommt, dass Paul etwas mit dem Diebstahl zu tun hat?«, fragte Marie schließlich leise.

Sofort krampfte sich Annas Magen wieder zusammen. Die Möglichkeit, dass irgendjemand Paul mit dem Diebstahl in Verbindung brachte, hatte immer bestanden. Aber da hatten sie gedacht, es nur mit Lisl zu tun zu haben. Und was wollte sie den Bütteln sagen? Dass sie bestohlen worden war, während sie sich mit einem Berufskollegen und Nachbarn unterhalten hatte, also musste er mit den Dieben unter einer Decke stecken? Das klang weit genug hergeholt.

Matthias fluchte. »Wenn er Paul mit dir oder mit mir in Verbindung bringt …« Er deutete auf Anna.

Anna nickte. »Er weiß, dass wir illegalen Geschäften nachgehen. Er wird viel eher als irgendjemand sonst davon ausgehen, dass wir die Diebe gewesen sein könnten.«

»Die Lisl weiß nichts von Matthias«, mischte Marie sich ein.

»Weiß sie, für wen ihr Lumpen sammelt?«, fragte Anna. Vielleicht konnte sie doch einmal Glück haben.

Für einen Moment drang nichts als Schweigen aus Maries Richtung. »Ich fürchte schon«, sagte sie schließlich.

Matthias fluchte noch einmal. »Ich bin geliefert.«

Inzwischen glitt das Boot immer langsamer dahin, weil es kaum möglich war, zu erkennen, wo sie hinfuhren. Aber Anna wagte nicht einmal zu erwähnen, dass sie jetzt eine Lampe anzünden könnten. Vielleicht lief Götz am Ufer entlang und versuchte, sie zu finden.

Als hätte er denselben Gedanken, steuerte Matthias das Boot näher ans Ufer. Ein Baum streckte hier seine Äste über das Wasser, und der Schmuggler warf den improvisierten Anker zwischen die Wurzeln. Marie zog ihr Ruder ins Boot, und für eine Weile saßen sie einfach da und lauschten. Sollte Götz versuchen, sie zu Fuß zu verfolgen, würde er sie hier nie finden und schließlich aufgeben.

»Ich muss Paul warnen«, flüsterte Marie nach einem Moment. »Was, wenn die Lisl diesem Götz sagt, wo wir wohnen?«

Das war vielleicht kein guter Gedanke, aber ein wichtiger. Und so langsam erinnerte Anna sich daran, dass sie doch eigentlich die Anführerin dieser Unternehmung sein sollte. Die anderen steckten vielleicht ihretwegen in Schwierigkeiten. Sie musste dafür sorgen, dass ihnen nichts geschah.

»Mach das«, sagte sie. »Kommt zur Mühle. Ihr könnt beide die Nacht dort verbringen. Danach sehen wir weiter. Vielleicht kommt er ja doch nicht darauf.« Anna musste sich einfach an diese Hoffnung klammern. Was war die Alternative? Die Lumpen zurückgeben und hoffen, dass alles vergeben und vergessen wurde? Anna dachte an den Unterhändler in dem grünen Hemd und musste schlucken.

Marie erhob sich langsam, um aus dem Boot zu klettern. Sorge drückte Anna mit einem Mal das Herz zusammen. »Sei vorsichtig.«

Ihre Freundin drückte kurz ihre Schulter, dann war sie fort.

Als Nächstes wandte Anna sich Matthias zu. »Du solltest auch nicht in deinen Unterschlupf zurück, bis wir wissen, ob sie uns auf die Schlichte gekommen sind oder nicht.«

Sie glaubte, ihn lächeln zu sehen. »Jawohl, furchtlose Anführerin. Und was, wenn sie uns auf die Schliche gekommen sind?«

Anna holte tief Luft. »Im schlimmsten Fall müssen wir alle die Stadt verlassen. Aber so weit wird es nicht kommen. Ich überlege mir was.«

Auch wenn sie nicht die geringste Vorstellung hatte, was. Aber sie tat das alles doch, um die Mühle nicht zu verlieren. Es durfte nicht sein, dass sie nun selbst dafür gesorgt hatte, dass genau das eintrat.

Am Ende war sie vielleicht gar nicht besser als ihr Vater. Vielleicht kamen ihr ihre eigenen Ideen nur besser vor, aber letztendlich hätte sie sich genauso gut am Glücksspiel versuchen können in der Hoffnung, seine Schulden zurückzugewinnen.

Vielleicht war sie viel zu kurzsichtig und dumm gewesen.

»Weißt du«, sagte Matthias. »Das glaube ich dir sogar.«

Anna schluckte. Setzte er wirklich immer noch seine Hoffnungen in sie?

KAPITEL 34

»Was?« Der Ruf schallte durchs ganze Haus und ließ Johann zusammenzucken. Nicht lange zuvor war Götz wieder die Stiege hinaufgepoltert, diesmal ziemlich früh am Morgen. Nun legte Johann das Buch beiseite, aus dem er Sofie gerade hatte vorlesen wollen, während sie die Möbel abstaubte. Er hatte eine Ausgabe der Historia von D. Johann Fausten gefunden, und die Geschichten darin schienen sie zu faszinieren. Auf jeden Fall schaute sie reichlich enttäuscht, als sich abzeichnete, dass es mit dem Vorlesen heute wohl nichts werden würde.

Johann lauschte, aber nach diesem einen Ausbruch hatte Bartholomäus sich offensichtlich wieder beruhigt. Auf jeden Fall war nichts mehr zu hören. Dennoch stand er auf. »Ich lese dir später vor.«

Sofie nickte schicksalsergeben, und Johann machte sich auf den Weg zum Studierzimmer seines Bruders. Auf halbem Weg blickte er sich noch einmal um. Das Dienstmädchen folgte ihm nicht.

Johann klopfte, wartete aber nicht darauf, dass Bartholomäus ihn hereinbat. Als er eintrat, verstummte Götz, der gerade irgendetwas gesagt hatte, und drehte sich auf seinem Platz vor Bartholomäus' Schreibpult zur Tür um. Seine Augen verengten sich zu Schlitzen, als er Johann erkannte. Dieser erwiderte den Blick bewusst mit einem Lächeln, bevor er sich an seinen Bruder wandte. »Wenn du nicht willst, dass das ganze Haus mithört, solltest du dich darum bemühen, ein bisschen leiser zu sein, Bartholomäus.«

»Nun, es hat immerhin den Vorteil, dass ich dich nicht rufen lassen musste.« Bartholomäus winkte ihn herein. »Du bist doch offenbar gut darin, Diebe zu finden.«

»Es wurde schon wieder etwas gestohlen?« Johann trat neben Götz, allerdings ohne wie er Haltung anzunehmen. Bartholomäus' Handlanger starrte ihn noch immer düster an, schien aber keinen Grund zu finden, aus dem er Einspruch gegen Johanns Anwesenheit erheben konnte.

Bartholomäus nickte, scheinbar ohne die Spannungen im Raum zu bemerken. »Eine Ladung reinweißer Hadern, die sehr gut in Richtung Erlangen hätte verkauft werden können.«

Und die ganz ohne Zweifel nicht rechtmäßig in Bartholomäus' Besitz gelangt waren, aber offensichtlich hielt Johanns Bruder es dennoch für eine Frechheit, dass er nun seinerseits bestohlen worden war.

»Habt ihr irgendeinen Verdacht, wer es gewesen sein könnte?«, fragte Johann.

Bartholomäus machte eine auffordernde Geste in Richtung Götz.

»Ich habe drei Leute in einem Boot gesehen, aber es war zu dunkel, um mehr zu erkennen«, erklärte dieser steif. »Und die einzige andere Person, die zu dem Zeitpunkt in der Nähe war, war ein Lumpensammler, der in der Gegend lebt. Die Lumpensammlerin, von der wir die Hadern hätten bekommen sollen, sagt, dass sie hin und wieder mit ihm redet. Dass sie genau das auch zum Zeitpunkt des Diebstahls getan hat, ist also nicht sonderlich verdächtig.«

»Das ist wenig«, konnte sich Johann nicht verkneifen.

Götz' Blick wurde noch ein wenig düsterer, aber er sagte nichts.

»Wir wissen nicht, was sie damit vorhaben«, ergänzte Bartholomäus. »Vielleicht haben sie die Ware bereits aus der Stadt gebracht. Die Hadernpreise sind im Moment in Nürnberg niedriger als an vielen anderen Orten. Das würde sich lohnen.«

»In dem Fall finden wir sie nie«, sagte Johann.

»Sofern sie nicht gerade Zwischenhändler verwenden, zu denen ich Kontakte habe, ja. Glaubt denn wirklich jeder in letzter Zeit, er könne mir auf der Nase herumtanzen?« Bartholomäus ballte die beringte Hand zur Faust.

»Und wenn sie in der Stadt bleiben?«, fragte Johann. »Welche Möglichkeiten haben sie dann?« Immerhin machte es wenig Sinn, über Szenarien nachzudenken, in denen sie ohnehin nichts tun konnten.

Nachdenklich legte Bartholomäus die Fingerspitzen aneinander. »Nun, wenn sie nicht gerade versuchen, an die Kleinweidenmühle zu verkaufen, was dumm wäre, bliebe nur die Möglichkeit, dass eine der anderen Papiermühlen ohne Privileg Schreibpapier herstellt. Abnehmer dafür gibt es sicher.«

»Wie praktisch«, sagte Götz, »dass wir eine Papiermüllerin kennen, die sich nicht sonderlich um das Gesetz zu scheren scheint und offenbar Geld braucht.«

Johann versuchte sein Gesicht ausdruckslos zu halten, während Sorge und Wut heiß in ihm aufstiegen. Ein Blick zur Seite verriet ihm, dass Götz selbstzufrieden grinste, und es war schwer, nicht auszuholen, um ihm das Grinsen aus dem Gesicht zu wischen.

Gut, Anna Pecht schmuggelte Lumpen für den eigenen Gebrauch. Aber Johann hätte darauf gewettet, dass Götz sie nur erwähnt hatte, um ihm eins auszuwischen.

Als Johann sich wieder nach Bartholomäus umsah, starrte dieser ihn nachdenklich an.

»Was?«, fuhr Johann auf. »Du traust doch nicht ernsthaft Anna Pecht zu, dass sie nachts in ein Haus einbricht und eine Ladung Lumpen stiehlt?«

Je mehr er selbst allerdings darüber nachdachte, desto weniger glaubte er, dass sie es nicht tun würde. Sie war ohne zu zögern bereit gewesen, ihn zu begleiten, als es darum gegangen war, Matthias' Unschuld zu beweisen. Wenn sie etwas erreichen wollte, gab es wahrscheinlich wenig, wovor sie haltmachen würde. Und hatte er selbst nicht den Verdacht gehabt, dass sie wieder etwas plante? Warum musste Matthias ihr gegenüber nur so verflucht loyal sein?

Bartholomäus hob die Schultern. »Das lässt sich herausfinden, nicht wahr?«

Oh, nein! »Sie ist eine angesehene Bürgerin der Stadt. Du wirst sie kaum aus ihrer Wohnung zerren und zur Befragung in einen Keller sperren können, ohne dass es auffällt.«

Vage war sich Johann der Tatsache bewusst, dass er sich zu sehr aufregte und damit verdächtig machte. Er atmete tief durch, versuchte sich zu beruhigen. Götz' Grinsen, das er immer noch aus dem Augenwinkel sah, half dabei nicht.

»Vielleicht sollte ich mir doch den Lumpensammler mal vorknöpfen, mit dem unsere Lieferantin geredet hat«, sagte

Götz. »Vielleicht hat er doch die Ablenkung für jemanden gespielt, und dann kann er uns sagen, für wen.«

Wenn Götz mit Vorknöpfen dasselbe meinte wie das, was er mit Matthias gemacht hatte, tat Johann der Lumpensammler jetzt schon leid. Was ihn außerdem beunruhigte, war die Tatsache, dass Anna Pecht tatsächlich Freunde unter den Lumpensammlern hatte. Immer mehr Hinweise deuteten in ihre Richtung. Johann wandte sich an Bartholomäus. »Ein Lumpensammler mag keinen sonderlich hohen Stand bekleiden, aber auch ihn kann man nicht behandeln wie einen deiner Schmuggler. Vor allem, wenn man dabei so ein Chaos anrichtet wie Götz.«

Bartholomäus setzte ein dünnes Lächeln auf. »Du meinst, Götz ist nicht subtil genug.«

»Götz ist nie subtil.«

Neben Johann machte Götz ein Geräusch, als wolle er auffahren, aber Bartholomäus hob eine Hand. »Mein Bruder hat nicht Unrecht. Es gibt einen Grund, warum ich ihn zu Stromer geschickt habe und nicht dich.« Er wandte sich wieder Johann zu. »Warum geht ihr nicht gemeinsam zu dem Lumpensammler, und du zeigst unserem guten Götz hier, wie man es macht, hm?«

Oh nein, das war ganz sicher nicht das Ziel, das Johann mit seinen Sticheleien verfolgt hatte. Aber es war wohl immer noch besser als die Alternative. Und für den Moment hatte er damit den Fokus von Anna abgelenkt. Er seufzte. »Gerne.«

»Ich bin sicher, ihr werdet gut zusammenarbeiten«, behauptete Bartholomäus.

Johann allerdings hörte ihm schon kaum mehr zu. Er

musste Anna warnen. »Wir machen uns gleich auf den Weg.« Er wandte sich an Götz. »Ich muss noch ein paar Sachen holen. Warte unten auf mich.«

Bartholomäus lächelte. »Ich wusste doch, dass du mich nicht enttäuschen würdest, Johann.« Damit wandte er sich den Papieren auf seinem Schreibtisch zu.

Gemeinsam mit Götz verließ Johann den Raum. Bartholomäus' Handlanger nickte ihm zu. »Bis gleich dann.«

Während Götz die Treppe hinunterpolterte, starrte Johann ihm nach. Er hatte keine Zeit, zur Pecht'schen Mühle zu gehen, und selbst wenn, hätte er dabei wahrscheinlich einen Schatten gehabt. Er musste sich also etwas anderes überlegen, um Anna zu warnen. Und zwar schnell.

Kurz entschlossen machte er sich auf die Suche nach Sofie. Nach einer Weile fand er sie immer noch beim Abstauben der Möbel. Sie sah überrascht auf. »Ihr müsst nicht fort?«

Oh, natürlich. Meistens, wenn es Probleme mit Bartholomäus gab, war Johann danach erst einmal eine Weile fort.

»Leider schon«, antwortete Johann. »Aber wegen etwas anderem und ich werde nicht lange fort sein. Offenbar wird sich nur eine Lieferung Schreibpapier verzögern, weil jemand einer Lumpensammlerin der Kleinweidenmühle alle Lumpen gestohlen hat.«

Das brachte ihm einen weiteren überraschten Blick ein. Normalerweise erzählte er nichts darüber, was sie in Bartholomäus' Studierzimmer besprachen. Dann allerdings schüttelte Sofie den Kopf und schnalzte missbilligend mit der Zunge. »Die Zeiten werden auch immer schlechter. Jetzt stehlen sie schon Lumpen.«

»Nicht wahr?«, stimmte Johann zu, während er sich bereits seine nächsten Worte zurechtlegte. Was musste er sagen, damit Annas Lumpensammlerfreundin eine möglichst ausführliche Warnung übermittelt bekam, sobald sie das nächste Mal mit Sofie redete? »Eventuell sind es sogar die Lumpensammler untereinander. Einer hat die rechtmäßige Besitzerin in ein Gespräch verwickelt, um sie abzulenken, während ihr die Lumpen unter der Nase weggestohlen wurden. Ziemlich dreist, nicht wahr?« Natürlich wusste er noch nicht, ob das tatsächlich stimmte, aber auf diese Art ließ sich der Verdacht am besten weitergeben.

Sofie vergaß beinahe, mit dem Staubtuch über ein Regal zu wischen, während sie Johann mit großen Augen anstarrte. Was für ein Glück, dass sie Gerüchte und Sensationsgeschichten so sehr liebte. »Aber das heißt, dann werden sie die Diebe bald schnappen, nicht wahr? Sie müssen diesen Kerl ja nur nach seinen Komplizen befragen.«

Ebenfalls ein Glück, dass das Dienstmädchen nicht ganz dumm war. Johann nickte. »Nachher schicken sie jemanden zu seinem Haus.«

Nun leuchteten Sofies Augen förmlich angesichts von so vielen interessanten Neuigkeiten. »Oh du meine Güte! Und so etwas in unserer Stadt! Das muss ich nachher …«

Sie unterbrach sich und sah plötzlich schuldbewusst aus. Johann hoffte, sie hatte sagen wollen, dass sie das nachher ihrer Freundin erzählen musste. Allerdings tat er so, als habe er es nicht gehört. »Ich lese dir vor, wenn ich zurückkomme, in Ordnung?«

Sofie nickte, aber sie wirkte nicht ganz so aufgeregt bei der Aussicht als sonst. Offensichtlich hatte sie immer noch an den Neuigkeiten zu knabbern. Gut. Auf diese Art würden sie Anna hoffentlich schnell erreichen.

Nur wenig später stand Johann in dem leeren, schäbigen Haus, in dem der Lumpensammler zumindest bis vor Kurzem noch gewohnt haben musste. Viel gab es hier nicht zu sehen. Nur einen Herd, zwei Schlaflager und ein magerer Haufen Lumpen in einer Ecke, der zum größten Teil aus Kartoffelsäcken zu bestehen schien. In einer Truhe waren ein paar Habseligkeiten verstaut. Größtenteils Kleidung, sowohl für einen Mann als auch für eine Frau.

Götz sah sich unschlüssig um. »Warten wir?«

Immerhin hörte er noch immer auf Befehle von Johann. Dieser ging zum Herd hinüber und legte eine Hand darauf. Er war vollkommen kalt. Als er nach der Klappe griff, um sie zu öffnen, strichen seine Finger über ein paar Eiskristalle auf dem Gusseisen. Wenn hier heute Morgen jemand Essen zubereitet oder sich zumindest gewärmt hätte, wäre zumindest noch ein wenig Restwärme übrig. Johann schüttelte den Kopf und erhob sich wieder. »Das wird nicht viel nützen.«

»Und was nun, Meister des subtilen Vorgehens?«, spottete Götz.

Unwillkürlich wanderte Johanns Hand zum Griff seines Rapiers. Wie überzeugend klang es, wenn er behauptete, der Gesuchte habe sie angegriffen und Götz getötet? Wenn man bedachte, dass sie es mit einem Lumpensammler zu tun hatten, wahrscheinlich nicht sehr. Außerdem folgte Götz' Blick der Bewegung. Also änderte Johann die Richtung und schob stattdessen die Daumen hinter den Gürtel.

»Wir fragen, ob irgendeiner der Nachbarn weiß, wo er ist.« Und früher oder später würden sie auch fragen müssen, ob irgendeiner der Nachbarn wusste, für welche Papiermühle diese beiden Lumpensammler arbeiteten. Und wenn dann Annas Name fiel, würde Götz seine Vermutung bestätigt sehen und sich nicht die Mühe machen, mehr Beweise zu suchen. Johann verfluchte den Tag, an dem er Streit mit Götz angefangen hatte.

»Oder weißt du was?«, sagte er kurz entschlossen. »Warum betreibst du nicht freundliche Konversation mit den Nachbarn? Ich überprüfe derweil, ob es einen Drucker oder eine Schreibstube gibt, die sich die Preise der Kleinweidenmühle in letzter Zeit nicht mehr leisten konnte. Falls du nicht weiterkommst, können wir so vielleicht mehr herausfinden.« Und vielleicht fand er so auch Hinweise, die von Anna fortdeuteten.

Für einen Moment musterte Götz ihn misstrauisch. »So viel Einsatz«, spottete er schließlich.

Johann lächelte dünn. »Ich kann nicht zulassen, dass man meinen Bruder bestiehlt, nicht wahr?«

KAPITEL 35

Anna schwenkte das Sieb in der Bütte, zog es aus dem Wasser und starrte dann auf das Ergebnis hinunter. Die Hadern lagen nicht eben, die eine Seite des Bogens war viel dicker als die andere. Missmutig tauchte sie das Sieb wieder ins Wasser und versuchte es noch einmal.

Es lag nicht so sehr daran, dass sie wenig geschlafen hatte. Genau genommen fühlte sie sich so, als habe sie in der Nacht nichts anderes gemacht, als sich unruhig hin und her zu wälzen. Aber auch müde konnte sie normalerweise gutes Papier schöpfen.

Wenn ihre Hände nur nicht so zittern würden. Wenn sie sich nur nicht so fühlen würde, als müsste sie jeden Moment das Wenige, was sie zum Frühstück gegessen hatte, wieder loswerden.

»Brauchst du Hilfe, Anna?«

Sie fuhr zusammen. Sie hatte nicht einmal gemerkt, dass Heinrich neben sie getreten war. »Ähm … ja …«, brachte sie nach einem Moment hervor. »Ich fühle mich heute wohl nicht so gut.«

Ohne eine weitere Frage zu stellen, nahm sich Heinrich auch ein Sieb. Anna fragte sich, ob er ahnte, dass sie gestern wieder unterwegs gewesen war. Eigentlich sollte er es nicht wissen können. Aber bei Heinrich war sie sich nie so sicher.

»Dann ist ja gut, dass heute die beiden Lumpensammler zur Verstärkung hier sind«, brummte er.

Anna nickte. Auf diese Art hatte sie Pauls und Maries Anwesenheit bei der Mühle erklärt. Nun stand Paul an der Presse und Marie war zusammen mit Jackel eine Ladung Papier ausbringen. Anna hatte sie vor allem deshalb mit Jackel mitgeschickt, damit sie einen Vorwand hatte, durch die Stadt zu wandern und sich umzuhören, ob die Leute schon über den Diebstahl von gestern Nacht redeten. Nie hatte sie gedacht, dass das Warten auf Neuigkeiten sie derart mitnahm.

Nur für Matthias' Anwesenheit hatte sie allerdings keine überzeugende Ausrede gefunden. Ein weiterer Helfer wäre langsam auffällig geworden. Als Anna am Morgen das Haus verlassen hatte, hatte er deshalb noch auf einem improvisierten Lager vor dem Herd geschlafen. Da ihr Vater am Abend zuvor sogar noch später als sie selbst heimgekommen war (wenn auch glücklicherweise ohne neue Schulden), hatte sie ihm gegenüber behauptet, er habe Matthias mitgebracht und ihm einen Platz zum Schlafen angeboten. Es kam ihr gemein vor, die Tatsache auszunutzen, dass ihr Vater sich oft nicht mehr daran erinnern konnte, was er tat, wenn er trank. Aber es funktionierte.

Für eine Weile arbeiteten sie schweigend. Anna spähte immer wieder zum Eingang der Mühle. Als endlich Marie hereinstürzte, atmete sie auf. Hoffentlich gab es gute Neuigkeiten!

Das Gesicht ihrer Freundin erzählte allerdings eine ganz andere Geschichte. Marie hielt zügig auf die Bütten zu, fast, als müsse sie sich beherrschen, um nicht zu rennen. »Anna!«, rief sie über das Geräusch der Stampfer hinweg. »Es gab ein kleines Problem mit der Auslieferung! Ich habe es nicht ganz verstanden, aber Jackel stellt draußen gerade noch den Karren weg, dann kann er es dir erklären.«

Anna schluckte. Sie glaubte nicht, dass es tatsächlich ein Problem mit der Lieferung gegeben hatte. Marie versuchte nur, eine Möglichkeit zu finden, wie sie in Ruhe reden konnten. Eilig stellte sie ihr Sieb beiseite und trocknete sich die Hände an der Schürze ihres Kleides ab. »Übernimm hier«, sagte sie zu Heinrich. »Ich höre mir das mal an.«

Auf dem Hof saß Jackel auf dem Wagen, der schon längst wieder an seinem Platz stand. Marie, die neben Anna herging, spielte nervös am Saum ihrer Schürze. Das allein sorgte dafür, dass Anna die beiden am liebsten direkt bestürmt hätte, was sie in Erfahrung gebracht hatten. Stattdessen winkte sie sie weiter zu dem kleinen Nebengebäude, in dem sie mit ihrem Vater wohnte.

Eilig scheuchte sie ihre beiden Freunde hinein, sobald sie die Tür geöffnet hatte. Sie fanden Matthias in der Küche, wo er auf einem Bratenstück herumkaute, das Anna eigentlich für den kommenden Sonntag aufgehoben hatte. Sie seufzte. Das hatte sie nun davon, jemanden in ihr Haus einzuladen, der noch nie einer ehrlichen Arbeit nachgegangen war.

Mitten im Kauen sah Matthias irritiert auf. Eilig schluckte er den Bissen hinunter. »Gibt es Ärger?«

»Noch nicht«, sagte Anna. Dann wandte sie sich Marie zu, die eine Ecke ihrer Schürze inzwischen ziemlich zerknittert hatte. »Also ...«

»Bei den von Treists sind sie Paul auf die Spur gekommen!«, platzte ihre Freundin heraus.

Anna fluchte auf eine Art, die dafür sorgte, dass Matthias überrascht eine Augenbraue hob. Dann fiel ihr etwas auf.

»Moment … die von Treists?« Das war nicht nur Johann, oder? Und natürlich ergab das Sinn. Das erste Mal, als Johann sie gewarnt hatte, als sie vor Stromers Tuchhandel gestanden hatten, da war es doch um seinen Bruder gegangen. Mit allem anderen, was in der Zwischenzeit geschehen war, hatte sie daran gar nicht mehr gedacht. Johanns Bruder war sein Auftraggeber? Konnte das sein? Oder sie arbeiteten beide für jemand anderen.

»Nun ja, es war so«, redete Marie derweil weiter. »Ich bin hingegangen, um mit Sofie zu sprechen, dem Dienstmädchen. Ich dachte, falls Johann von Treist was über unsere Unternehmung gestern erfahren hat, hat sie vielleicht was gehört. Und sie hatte tatsächlich was gehört.« Je mehr Marie redete, desto mehr gestikulierte sie, als brauche ihre Aufregung irgendein Ventil. »Ich hab's mir haarklein von ihr erzählen lassen. Sie sagt, zuerst hat Johann von Treists Bruder sich über irgendetwas aufgeregt. Für eine Weile haben sie sich alle in seine Studierstube eingeschlossen, und sie hat sich nicht getraut, zu lauschen. Dein Johann hat sie wohl schon mal erwischt, Anna, und sie will nicht, dass er aufhört, ihr vorzulesen, oder sie vielleicht sogar rauswirft.«

»Er ist nicht mein Johann«, protestierte Anna.

»Jetzt ist er's«, sagte Matthias. »Weiter?«

Marie schien die Unterbrechung kaum wahrzunehmen. »Auf jeden Fall, als er dann wieder rauskam, hat er ihr haarklein von dem Lumpendiebstahl erzählt. Das macht er sonst nie, sagt sie. Also, ihr irgendwas zu erzählen, worüber sie reden. Er hat auch gesagt, dass sie denken, dass Paul eine Ablenkung war, und sie jemanden zu ihm schicken wollen.« Marie holte tief Luft. »Deshalb bei den von Treists. Weil er von dem Diebstahl durch seinen Bruder erfahren hat. Und was kümmert der sich schon um irgendwelche Lumpen?«

Außer er war derjenige, der Götz losgeschickt hatte, um eben jene Lumpen bei Lisl abzuholen. Anna nickte. Also war der ältere von Treist an den illegalen Geschäften beteiligt.

Immerhin war es gut gewesen, dass Marie und Paul die Nacht und den heutigen Tag in der Mühle verbracht hatten. Aber mehr als ein wenig Zeit würde ihnen das nicht verschaffen. Anna fühlte sich elend. Sie hatte alles ruiniert.

»Es tut mir so leid.« Sie ließ den Kopf hängen. »Jetzt steckt ihr meinetwegen in Schwierigkeiten. Ich dachte wirklich, ich hätte einen besseren Plan als mein Vater, aber am Ende hätte sein Plan immerhin nur die Mühle ruiniert.«

Sie hatte ihnen versprochen, irgendeinen Ausweg zu finden. Aber für den Moment konnte sie nur daran denken, wie Johann ihr erzählt hatte, was sein Auftraggeber mit Leuten tat, die ihn bestahlen. Sie konnten froh sein, wenn sie alle lebendig aus dieser Sache herauskamen!

»Es war ein guter Plan!«, protestierte Marie. »Niemand von uns konnte wissen, dass die von Treists auch Interesse an Lisls Lumpen haben.«

»Es war wirklich ein guter Plan«, stimmte auch Jackel zu.

Matthias dagegen strich sich nachdenklich über das Kinn. »Du sagst, von Treist erzählt dem Dienstmädchen sonst nie irgendwas?«, fragte er.

Marie nickte eifrig. »Normalerweise verhindert er, dass sie

lauschen kann. Wie gesagt, er hat sie auch schon erwischt. Da hat sie schon gedacht, er würde sie rauswerfen.«

»Meinst du, er weiß, dass Sofie und du immer die Köpfe zusammensteckt?«, fragte der Schmuggler weiter.

Worauf wollte Matthias hinaus? Doch im nächsten Moment schnappte Anna nach Luft. »Du meinst, er hat versucht, uns eine Warnung zukommen zu lassen? Warum ist er dann nicht einfach persönlich hergekommen?«

Matthias hob die Schultern. »Er ist nicht derjenige, der dort alle Fäden zieht, so viel steht fest.«

»Vielleicht können wir ihn aber um Hilfe bitten!«, schlug Marie vor. »Vielleicht gibt es irgendetwas, das er tun kann.«

»Ich weiß nicht, ob man ihm wirklich trauen kann«, sagte Matthias. Dann allerdings sah er Anna an und grinste. »Aber ich glaube, er hat auf jeden Fall einen Narren an Anna gefressen. Also wäre es vielleicht einen Versuch wert.«

Allein der Gedanke, einen Grund zu haben, Johann von Treist wiederzusehen, ließ Annas Herz schneller schlagen und ihre Probleme mit einem Mal ein bisschen weniger schlimm erscheinen. Vielleicht konnte er wirklich etwas tun. Andererseits … »Wenn sein Bruder derjenige ist, der die Fäden zieht, müsste er sich gegen ihn stellen, um uns zu helfen.«

»Oder er kann ein gutes Wort für uns einlegen!«, ließ sich Marie vernehmen, optimistisch wie immer.

»Viel zu verlieren haben wir nicht«, merkte Matthias an.

»Vorausgesetzt, sie können die Spur wirklich zu uns zurückverfolgen.« Nachdenklich kaute Anna auf ihrer Unterlippe. Danach sah es allerdings aus. Sie würden nur herumfragen müssen, für wen Paul arbeitete, damit ihr Name fiel.

»In Ordnung«, sagte Anna schließlich. »Ich nehme an, ihr wollt, dass ich mit ihm rede?«

Ringsum nickten ihre Freunde. Anna verstand immer noch nicht, wie sie es geschafft hatte, dass sie alle ihr Vertrauen in sie setzten. Aber sie durfte sie nicht enttäuschen! Sie musste einfach irgendeinen Weg finden, wiedergutzumachen, was sie angerichtet hatte.

»Dann wünscht mir Glück.« Was hatte Johann gesagt? Wenn sie Kontakt zu ihm aufnehmen wollte, dann musste sie sich an Sybille Stromer wenden. Und sie musste ja nicht gleich mit der Tür ins Haus fallen. Sie konnte zuerst einmal vorsichtig in Erfahrung bringen, was er wusste. Danach konnte sie weitersehen.

Als Anna zu den Bütten zurückkehrte, sah Heinrich sie aus zusammengekniffenen Augen an. »Es gibt ein Problem, nicht wahr?«

Anna schüttelte den Kopf. »Es hat sich alles geklärt, denke ich.«

»Das meine ich nicht«, sagte er.

Anna hielt die Luft an, ihr Magen verkrampfte sich. Möglichst unbeteiligt sah sie von dem Sieb auf, nach dem sie gerade hatte greifen wollen. Natürlich hatte er geahnt, dass etwas nicht stimmte. Das tat er die ganze Zeit schon. Aber hatte er nicht gesagt, er wolle keine Fragen stellen? Sie hatte darauf gehofft, dass er letztendlich auf ihrer Seite war.

»Was meinst du dann?«, fragte sie.

»Anna, ich merke doch, dass etwas nicht stimmt. Du bist zu viel mit diesen beiden Lumpensammlern unterwegs.« Er beugte sich über die Bütte und sah sie eindringlich an. »Ich weiß, dass du dein Bestes tust, um die Mühle über Wasser zu halten, und ich habe nichts gegen die eine oder andere Mogelei in schlechten Zeiten. Aber es darf nicht überhandnehmen. Wenn du zu weit auf die schiefe Bahn gerätst, bringst du uns alle eher in Gefahr, als dass du der Mühle hilfst.«

Als ob Anna das nicht selbst schon bemerkt hätte. Sie schluckte. »Es ist alles in Ordnung, Heinrich. Wenn es wirklich ein Problem gibt, sage ich dir Bescheid, versprochen.«

Für einen Moment blickte er sie noch skeptisch an. »Das hoffe ich. Das hoffe ich wirklich.« Er wandte sich wieder seiner Arbeit zu. »Dass du mir nicht wirst wie dein Vater, Mädchen. Ich bin zu alt, um in irgendwelche Probleme mit hineingezogen zu werden, hörst du? Dies ist ein ehrlicher Betrieb, und so soll es auch bleiben.«

Anna zwang sich zu einem Lächeln. »Alles ist gut.«

Das Schlimmste an der Lüge war, dass sie tatsächlich klang wie ihr Vater.

KAPITEL 36

Als Johann nach Hause zurückkehrte, sah er Götz gerade aus der Vordertür treten. Bartholomäus' Handlanger nickte ihm zu und wollte an ihm vorbeigehen, aber Johann hielt ihn am Arm zurück. »Was herausgefunden?«

Götz grinste. »Anna Pecht.«

Verdammt! Johann hatte nur erfahren, dass so gut wie jeder Drucker in der Stadt über die Papierpreise schimpfte. Mehrere von ihnen hatten weniger Papier gekauft als zuvor. Einige sagten, auch der Verkauf ihrer Bücher laufe derzeit nicht so gut. Irgendetwas, das Anna entlasten würde, hatte er nicht. Im Gegenteil. Es gab einen Drucker, den die Pecht'sche Mühle regelmäßig mit Packpapier belieferte und der sich erstaunlich gut im Geschäft hielt. Alles deutete auf sie.

»Und das reicht Bartholomäus?«, fragte Johann.

Götz grinste nur, machte sich aus seinem Griff los und ging davon.

Bastard! Johann fluchte stumm. Aber von Bartholomäus würde er wahrscheinlich schneller Antworten erhalten. Langsam wandte er sich von Götz ab, kämpfte den Impuls nieder, ins Haus zu stürmen. Denn genau darauf würde Götz warten. Erst als die Tür hinter Johann zufiel, eilte er die Stufen zum Studierzimmer seines Bruders hinauf. Vor der

Tür hielt Johann inne und atmete einmal tief durch, bevor er eintrat.

Bartholomäus sah mit einem erfreuten Lächeln von seinen Papieren auf. »Da bist du ja! Ich habe schon auf dich gewartet.«

»Hast du das?« Johann war sich nicht sicher, ob es ihm gelang, sich seine Sorgen nicht anmerken zu lassen.

»Aber natürlich.« Bartholomäus faltete die Hände in einer selbstzufriedenen Geste über dem Bauch. »Das wird dir gefallen.«

Langsam schloss Johann die Tür und trat näher. Dabei musterte er seinen Bruder misstrauisch. Was hatte er sich nun schon wieder ausgedacht?

»Du hast einen guten Einfluss auf Götz«, fuhr Johanns Bruder fort. »Ich habe ihn noch nie so gut und unauffällig arbeiten sehen. Er hat einige interessante Dinge in Erfahrung gebracht.«

»Zum Beispiel?« Johann wünschte sich, sein Bruder möge endlich damit aufhören, um den heißen Brei herumzureden.

»Nun, der Name des Lumpensammlers ist offenbar Paul. Er hat eine Schwester namens Marie. Er ist befreundet mit einem gewissen Matthias. Und den Namen habe ich in letzter Zeit wahrlich zu oft gehört. Paul und seine Schwester arbeiten vorwiegend für Anna Pecht. Und Matthias hat vor Kurzem in Kreisen, die an dem alten Silberzahn Bericht erstatten, Erkundigungen darüber eingezogen, wo er ein Boot herbekommen kann.«

Dann war Sofies Lumpensammler-Freundin also die Schwester ihres Verdächtigen. Mit einem Mal bereute Johann es, Götz nicht einfach erstochen zu haben. »Wirklich gute Arbeit«, sagte er stattdessen.

»Nicht wahr?« Bartholomäus strahlte. »Und ich muss sagen, mein erster Impuls war, ein Exempel zu statuieren. Ich bin es leid, dass in letzter Zeit jeder meint, mir auf der Nase herumtanzen zu können.«

Johann wurde kalt. Genau das hatte er versucht, zu verhindern. Aber natürlich hatte Anna Pecht ihr Versprechen nicht halten können und wieder etwas Dummes anstellen müssen!

»Allerdings dachte ich dann, was würde mein lieber Bruder tun?«

Johann wagte es kaum, zu atmen. Sollte es ihm tatsächlich gelungen sein, einen positiven Einfluss auf Bartholomäus zu haben? »Und was würde ich tun?«, fragte er.

Sein Bruder lächelte dünn. »Nun, zuallererst einmal tiefer graben, würde ich sagen. Das habe ich getan. Ich habe mich gefragt, warum so ein nettes Mädchen so sehr auf die schiefe Bahn gerät. Und vorhin hat mir einer meiner Informanten das hier gebracht.« Er schob Johann ein Stück Papier hin.

Dieser nahm es und betrachtete es mit gerunzelter Stirn. Es war ein Schuldschein. Keine allzu große Summe, aber für einen Papiermüller sicher bereits schwer aufzubringen. Und der Name Pecht stach Johann sofort ins Auge. »Ihr Vater hat Schulden?«

Bartholomäus grinste. »Bei einem meiner Geldverleiher.«

»Wie praktisch.« Johann reichte den Schuldschein zurück. Er war sich noch immer nicht sicher, worauf sein Bruder hinauswollte.

»Nicht wahr?«, sagte Bartholomäus wieder. »Und angeblich braucht er das Geld, um seine Mühle auszubauen, aber mein Informant hat mir außerdem zugetragen, dass er bekannt dafür ist, sich dem Glücksspiel hinzugeben.«

Nun, das erklärte einiges. Allerdings konnte Johann sich nicht vorstellen, dass Bartholomäus deswegen Mitleid mit Anna hatte. »Und was gedenkst du mit diesen Informationen zu tun?«

»Oh, ganz einfach. Ich wollte schon immer meine eigene Quelle für Schreibpapier, weißt du? Ich will diese Mühle und ich werde Anna Pecht anbieten, für mich zu arbeiten. Das sollte dir zusagen, oder nicht?«

Das klang überraschend gut. Konnte das schon alles sein? Es war genau das, was Johann sich gewünscht hatte. Die Art von Zusammenarbeit, die er sich vorstellen konnte. Lag Bartholomäus daran tatsächlich auch etwas? Gab er sich Mühe, weil er wollte, dass Johann glücklich war? Misstrauisch beäugte Johann seinen Bruder. »Und dafür erlässt du ihr ihre Schulden?«

»Oh nein«, sagte Bartholomäus. »Dafür verzichte ich großzügigerweise darauf, dafür zu sorgen, dass ihr Vater im Schuldturm landet. Ihre Schulden kann sie abarbeiten.«

Johann presste die Lippen zusammen. Das würde Anna ganz und gar nicht gefallen.

»Was ist?«, fragte Bartholomäus. »Ich dachte, du freust dich. Ist das nicht die Art, wie du die Dinge angehen möchtest?«

Das war tatsächlich exakt die Vorgehensweise, die Johann vorgeschlagen hätte, wäre es um jemanden gegangen, der ihm weniger bedeutete. »Ist das wirklich alles?«, fragte er schließlich.

»Natürlich«, beteuerte Bartholomäus. »Nun ja, Matthias

muss selbstverständlich sterben. Der hat schon eine Warnung erhalten. Ich kann nicht zulassen, dass meine eigenen Leute denken, sie kämen ungestraft davon, wenn sie mich hintergehen. Aber keine Sorge. Das ist keine heikle Angelegenheit. Darum kann Götz sich kümmern.«

Deshalb hatte der Bastard also so gegrinst! Er wusste wahrscheinlich besser als Bartholomäus, wie ungern Johann irgendeinen von Annas Freunden tot sehen wollte. Johann seufzte. »Hast du mal daran gedacht, dass du all diesen Ärger nicht hättest, wenn du dich an legale Geschäfte halten würdest?«

Bartholomäus sah ihn an, als sei er nicht ganz sicher, ob Johann einen Scherz gemacht hatte. »Denkst du, legale Geschäfte halten dieses Haus in Stand, bezahlen mehrere Dienstboten, gutes Essen, gute Kleidung und die Ärzte, die dafür gesorgt haben, dass du wieder laufen kannst, ohne zu humpeln? Die Zeiten sind hart, Johann. Du kannst nicht ausgerechnet jetzt anfangen alles zu hinterfragen, was wir tun.« Er kniff die Augen zusammen. »Oder willst du mir damit sagen, dass ich in dieser Sache nicht auf deine Hilfe zählen kann?« Er setzte eine verletzte Miene auf, von der Johann nicht einmal genau sagen konnte, ob sie gespielt war oder nicht. »Ich dachte wirklich, ich hätte sie zu deiner Zufriedenheit gelöst.«

Er hatte sich tatsächlich Mühe gegeben, es Johann recht zu machen. Das war vielleicht das Schlimmste daran. Johann seufzte. »Du willst, dass ich Anna Pecht dein Angebot unterbreite?«, fragte er.

Bartholomäus hob die Schultern. »Du scheinst darin besser zu sein als ich. Offensichtlich vertrauen dir die Leute mehr oder was auch immer. Auf jeden Fall wäre es mir eine große Hilfe.«

Und immerhin war es besser als Bartholomäus' alte Methoden. »Wenn du mir so entgegenkommst, wie könnte ich da ablehnen?«, behauptete Johann. Im Mindesten würde er Anna damit ein wenig Zeit verschaffen und sich mit ihr treffen können, ohne dass es verdächtig war.

Bartholomäus' Lächeln wirkte sehr echt. »Siehst du. Ich sage doch, wir arbeiten gut zusammen.«

»Ich mache mich gleich auf den Weg.« Mit diesen Worten drehte Johann sich um und bemühte sich, den Raum nicht zu überstürzt zu verlassen. Würde er Götz auf dem Weg zu Matthias' Unterschlupf noch einholen können? Allerdings, wenn die beiden Lumpensammler nicht in ihr Haus zurückgekehrt waren, würde der Schmuggler das sicher auch nicht getan haben. Trotzdem, in dem Viertel, in das Bartholomäus' Handlanger unterwegs war, würde es nicht auffallen, wenn man ihm in irgendeiner Gasse auflauerte. Er konnte es beenden. Bartholomäus würde davon ausgehen, dass Matthias sich diesmal erfolgreicher gewehrt hatte. Und damit hätte er ein Problem weniger, um das er sich kümmern musste. Aber was dann? Matthias bei der Flucht helfen, Anna davon überzeugen, für Bartholomäus zu arbeiten. Würde sie darauf eingehen? Er dachte daran, wie sie Götz ein Bein gestellt hatte, damit ein Mann entkommen konnte, den sie weder kannte noch wahrscheinlich sonderlich mochte. Sie würde Bartholomäus nicht einfach so ihre Mühle überlassen, oder?

Johann war so in Gedanken versunken, dass er Sofie kaum bemerkte, die ihm auf der Stiege entgegenkam. »Oh!«, sagte sie, während sie eilig zur Seite trat, damit er sie nicht umrannte. »Euch habe ich gesucht. Da ist ein Junge für Euch an der Tür. Er sagt, es sei dringend.«

»Danke«, murmelte Johann und schob sich an ihr vorbei. Wenn Sybille nach ihm schickte, würde Götz warten müssen. Hoffentlich hatte sie nicht auch noch schlechte Neuigkeiten.

KAPITEL 37

Wieder einmal saß Anna in der Stube von Sybille Stromer an deren Esstisch. Wieder einmal hatte die Tuchhändlerswitwe sie dort alleingelassen, um einen ihrer Söhne loszuschicken, damit er Johann holen ging. Nun allerdings kam sie mit einem Becher in der Hand zurück, den sie vor Anna abstellte. »Trink, Kind. Du siehst aus, als könntest du es gebrauchen.«

Verwirrt nahm Anna den Becher und nippte daran. Es war unverdünnter Wein. Sah man ihr ihre Sorgen so deutlich an? »Danke«, sagte sie einfach.

»Es geht mich natürlich nichts an«, sagte Sybille Stromer, »aber wenn etwas Schlimmes geschehen ist, kann Johann sicher helfen.«

Wenn es nur so wäre. Wenig überzeugt wiegte Anna den Kopf.

Sybille lächelte. »Ich weiß, er wirkt ein bisschen unheimlich am Anfang. Und manchmal braucht er eine Weile, bis er die richtige Entscheidung trifft. Aber er hat ein gutes Herz, das verspreche ich dir.«

Fast wollte Anna es glauben. Sie seufzte. »Es ist nur … Wie soll ich ihn richtig einschätzen, wenn es so viel gibt, das er mir nicht erzählt?«

»Das sage ich ihm schon die ganze Zeit.«

Ihrer Lage zum Trotz musste Anna lachen. »Er hört nicht gut auf Ratschläge?«

Sybille hob die Schultern. »Ich habe das Gefühl, was auch immer man ihm sagt, er betrachtet es immer erst von allen Seiten, bevor er danach handelt.«

»Hat er Euch ... ähm ... dir auch geholfen?«

Sybille Stromer nickte. »Er hilft mir immer noch.«

»Tatsächlich?«, fragte Anna, bevor sie sich zurückhalten konnte. »Wobei?«

Nun huschte kurz ein verschmitztes Lächeln über Sybilles Stromers Gesichts. »Ich habe nicht nach deinen Problemen gefragt, nicht wahr?«

Oh. Aber natürlich musste es sich um etwas handeln, das sich jenseits des Gesetzes bewegte. Eilig trank Anna noch einen Schluck Wein. »Verzeihung.«

Sybille Stromer winkte ab. »Schon gut. Und glaub mir, es wird sich alles richten.«

Anna wünschte, sie könnte genauso zuversichtlich sein.

KAPITEL 38

Als Johann eintrat, sah er gerade noch, wie Anna sich aufrichtete und das Kinn vorschob. Wenn sie seine Warnung erhalten hatte, machte sie sich bestimmt schreckliche Sorgen, aber offensichtlich wollte sie sich davon nichts anmerken lassen.

Sybille klopfte ihm aufmunternd auf die Schulter. »Denk dran«, flüsterte sie. »Vertrauen gegen Vertrauen. Du hast immer noch zu viele Geheimnisse vor ihr.« Dann zog sie sich zurück und schloss die Tür hinter sich.

Johann räusperte sich und trat näher. Ein paar lose Haarsträhnen hingen Anna ins Gesicht, die sie nicht zu bemerken schien, und er versuchte, nicht daran zu denken, wie er ihr das letzte Mal eine davon aus den Augen gestrichen hatte. Er musste sich auf das Wesentliche konzentrieren. Das Wichtigste zuerst.

»Sag mir bitte, dass Matthias sich irgendwo versteckt«, begann er. Wenn er sich in dieser Hinsicht irrte, endete das für den jungen Mann ganz sicher unschön.

Anna blinzelte verwirrt, dann verhärtete sich ihre Miene. »Ich habe keine Ahnung, wo …«

»Anna«, unterbrach Johann sie, während er sich einen Stuhl heranzog. »In diesem Moment ist jemand zu Matthias' Unterschlupf unterwegs, um ihn zu töten. Ist er dort oder nicht?«

Annas Augen weiteten sich vor Schreck, aber schließlich schüttelte sie den Kopf. »Er ist in Sicherheit.«

Johann atmete auf.

»Was …«, begann Anna. »Wieso Matthias?«

Den ganzen Weg hierher hatte Johann sich zurechtgelegt, was und wie viel er ihr sagen wollte. Wie er sie überzeugen konnte. Nun war es alles fort. Da waren nur noch die Sorge und Unsicherheit in Annas Augen. Wenn er ihr wirklich helfen wollte, musste er ihr Vertrauen gewinnen. Nicht nur das Vertrauen darauf, dass er ihr nichts tun würde, das sie auf dem Weg von Plech zurück nach Nürnberg ihm schon entgegengebracht hatte. Sondern auch das Vertrauen, dass er tatsächlich nach ihren besten Interessen handelte. Und Sybille hatte recht. Er hatte immer noch zu viele Geheimnisse vor Anna. Er musste offener zu ihr sein, sie als gleichberechtigt akzeptieren.

»Weil mein Bruder meint, er müsse deutlich machen, dass es Konsequenzen hat, wenn die Leute, die für ihn arbeiten, ihn verraten.«

Annas Augen wurden noch größer. Dann vergrub sie das Gesicht in den Händen. »Ich habe es ja geahnt. Dein Bruder, hm?«

Johann schwieg, wartete, bis sie die Neuigkeit verarbeitet hatte. Schließlich rieb sie sich mit den Händen über das Gesicht und holte tief Luft. »Was ist mit dem Rest von uns?«

Nun würde sich zeigen, ob er tatsächlich so überzeugend sein konnte, wie Bartholomäus dachte. »Mein Bruder hat ein Angebot für dich.«

Anna hörte ihm mit steinerner Miene zu, während Johann ihr den Plan seines Bruders darlegte. Als er fertig war, griff sie nach dem Becher, der vor ihr auf dem Tisch stand, und trank einen großen Schluck.

»Ich soll ihm alles geben, was ich habe, und dann für ihn arbeiten. Nachdem er einen meiner Freunde umgebracht hat.«

»Das wird er nicht«, sagte Johann. »Ich bringe Matthias aus der Stadt. Er kann anderswo ein neues Leben anfangen.«

»Das …«, begann Anna verärgert, hielt dann aber inne. Als sie weitersprach, wurde ihre Miene ein wenig weicher. »Das ist ein sehr freundliches Angebot, aber ich weiß nicht, ob er das will. Und es ändert nichts daran, dass dein Bruder die Dreistigkeit besitzt, mir alles zu nehmen, was ich habe.« Nun wurde sie wieder lauter. »Alles! Und zu denken, ich muss ihm auch noch dankbar dafür sein!«

Johann seufzte. Natürlich war es ein schlechtes Angebot. Das wusste er selbst. Aber es war das Beste, das sie bekommen würde, und er war hergekommen mit der Absicht, es ihr schönzureden. Auf die Art würde er zumindest dafür sorgen, dass sie sicher war. Sie und all ihre Freunde.

Aber alle Sorge und alle Unsicherheit waren nun aus ihrem Blick verschwunden. Stattdessen funkelte Wut darin. Wut, die ihn daran erinnerte, wie er sich gefühlt hatte, als selbst Bartholomäus ihm nicht hatte glauben wollen, dass der Tod seines Vaters kein Zufall gewesen war.

Nein, er würde ihr ganz sicher nicht sagen, dass sie froh sein sollte, weil es nicht schlimmer gekommen war.

»Was ist mit dir, Johann?«, fragte Anna. »Du sagst, du willst uns helfen, aber du arbeitest für ihn.« Plötzlich schien ihr ein Gedanke zu kommen. »Hat er etwas gegen dich in der Hand?«

Johann nickte langsam. Ja, da war der Mord an Tuchhändler Stromer. Aber wieso kam ihm seine Antwort dann trotzdem wie eine Lüge vor? Er arbeitete nicht für Bartholomäus, weil er fürchtete, am Galgen zu landen, nicht wahr? Er hatte versucht, Einfluss zu nehmen. Und war ihm nicht gerade erst ein Fortschritt gelungen? Hoffte er nicht ein wenig darauf, seinen Bruder wiederzubekommen? Den, für den er hatte reisen wollen?

Doch Annas Miene wurde weicher, ein Teil der Wut verschwand aus ihrem Blick. Nun wirkte sie vor allem müde und niedergeschlagen.

»Das spielt für deine Entscheidung keine Rolle«, sagte Johann schnell. Mit einem Mal wurde ihm bewusst, dass er ihren Zorn nicht verschwinden sehen wollte. Sie hatte das Recht darauf.

»Oh, aber es spielt eine Rolle, wenn es darum geht, ob ich mich auch darüber ärgern sollte, dass du nicht mehr tust, als mir ein schlechtes Angebot zu unterbreiten.«

Das saß. Johanns Augen verengten sich.

»Du hast dich selbst in Schwierigkeiten gebracht, nachdem du mir versprochen hast, es nicht zu tun! Und ich habe natürlich wieder erst davon erfahren, als bereits alles zu spät war.«

Der Funken flackerte in ihren Augen wieder auf. »Ich wäre sehr glücklich, wenn ich mein Versprechen hätte halten können. Aber nicht jeder ist so reich wie deine Familie!«

Oh, nun wurde ihm das also zum Vorwurf gemacht. »Du hättest zumindest mit mir reden können! Ich hätte …«

Ruckartig stand Anna auf. Ihr Stuhl kratzte über den Boden und kippelte gefährlich. »Nur, weil du mich einmal geküsst hast, hast du kein Mitspracherecht in meinem Leben, Johann von Treist! Und bis vorhin wusste ich noch nicht einmal, dass dein eigener Bruder derjenige ist, vor dem ich mich fürchten sollte! Du bekommst genau so viel Vertrauen zurück, wie du in mich setzt! Und du hast mir immer kaum mehr als das Nötigste gesagt!«

Es war das Echo von Sybilles Worten in Annas, das Johanns Wut wie ein kalter Guss löschte. In einer beruhigenden Geste hob er eine Hand. »Es lässt sich nicht mehr ändern«, sagte er. »Bitte, denk über Bartholomäus' Angebot nach.«

Auch Anna holte tief Luft. »Das werde ich«, sagte sie schließlich knapp. »Bis wann habe ich Zeit?«

Bartholomäus hatte überhaupt nichts über Bedenkzeit gesagt, aber da würde er Johann wohl entgegenkommen müssen. »Reicht dir bis morgen?«

Anna nickte.

»Und bitte sag Matthias, dass er mich über Sybille kontaktieren kann, falls er Hilfe brauchen sollte.«

Wieder nickte sie. Dann wandte sie sich ab und verließ den Raum.

Johann konnte hören, wie Sybille Anna nach draußen begleitete und verabschiedete. Aber er starrte einfach nur den halb geleerten Becher auf dem Tisch an. Genau genommen hatte er gerade einiges erreicht. Bartholomäus war ihm entgegengekommen und wahrscheinlich würde Anna das Angebot am Ende annehmen.

Allerdings fühlte es sich nicht wie ein Erfolg an. Im Gegenteil. Er fühlte sich, als habe er auf ganzer Linie versagt.

»Johann …«

Als Johann sich umdrehte, stand Sybille im Türrahmen. Sie schüttelte den Kopf. »Was tust du da bloß?«

»Ich versuche, das Schlimmste zu verhindern«, schnappte er.

Mit einem Seufzer auf den Lippen trat sie ein und schloss die Tür hinter sich. »Ich bin nicht umhin gekommen, eure Unterhaltung mit anzuhören. Und wie es aussieht, ist dein Bruder dabei, diesem Mädchen alles wegzunehmen, was ihr etwas bedeutet. Das Erbe ihrer Familie.«

»Ich weiß«, gestand Johann ein, »aber immerhin lässt er sie nicht umbringen. Ich könnte mir nie verzeihen, wenn …«

Für einen Moment sah sie ihn schweigend an. Dann holte sie tief Luft. »Mein Mann hat sehr genau Buch über alle seine Geschäfte geführt. Und damit meine ich wirklich alle.«

Im ersten Moment verstand Johann nicht, wovon Sybille sprach. Verwirrt blinzelte er sie an.

»Dein Bruder wollte wissen, ob es Aufzeichnungen über die Schmuggelgeschäfte gibt, die sie gemeinsam betrieben haben. Ich habe ihm gesagt, es gibt keine. Aber ich habe mehrere Bücher voll davon, gut versteckt hinter den offiziellen Büchern.«

»Du hast Material versteckt, das Bartholomäus an den Galgen bringen könnte?«, fragte Johann ungläubig. Er hatte gewusst, dass Sybille deutlich verschlagener war, als es auf den ersten Blick den Anschein gehabt hatte, aber das hatte er nicht mal ihr zugetraut.

»Ich war jahrelang mit jemandem verheiratet, dessen Laune jederzeit ins Schlechte umschlagen konnte. Ich bin immer auf das Schlimmste vorbereitet.«

Fast hätte Johann gefragt, ob sie auch etwas gegen ihn selbst in der Hand hatte, aber das war offensichtlich. »Warum sagst du mir das jetzt?«

»Weil ich denke, dass es Zeit wird, dass du dich für eine Seite entscheidest, Johann. Wenn ich dem Rat diese Bücher bringe, lässt das den Mord an meinem Mann in einem ganz anderen Licht erscheinen.«

Und Anna Pecht würde ihre Mühle behalten können. Johann nickte. »Und ich gehe mit Bartholomäus unter.«

Sybille schüttelte den Kopf. »Du hast mich nach Hause gebracht, als dein Bruder versucht hat, mich dazu zu überreden, hinter seinem Rücken gegen meinen armen, verstorbenen Ehemann vorzugehen. Wir haben dich eingeladen, zum Abendessen zu bleiben, aber mein Mann wurde noch einmal fortgerufen. Du hast hier zu Ende gegessen, bis es langsam so spät wurde, dass ich begonnen habe, mir Sorgen um meinen Mann zu machen. Dann bist du losgegangen, um ihn zu suchen, aber unverrichteter Dinge zurückgekehrt. Das war lange nach der Zeit, zu der er gestorben ist.«

Unwillkürlich musste Johann lächeln. »Du hast das genau durchdacht.«

»Wie gesagt, ich bin immer auf das Schlimmste vorbereitet.«

Johann nickte. In den vergangenen Tagen hatte er sich mehr als einmal eingestehen müssen, dass er seinen Bruder nicht würde zurückbekommen können. Den, für den er gerne gearbeitet hätte. Das hatte Bartholomäus vorhin deutlich genug gemacht. Er wollte die Geschäfte so weiterführen, wie ihre Mutter das getan hatte, und daran würde sich nichts ändern. Und wollte Johann damit wirklich auf Dauer leben?

Mit den schlechten Kompromissen, wie er sie gerade auch Anna angeboten hatte?

»Johann«, sagte Sybille, »ich weiß, er ist dein Bruder. Aber …«

»Ich weiß«, unterbrach Johann sie. Er würde sich nicht selbst belügen. Bartholomäus lag wohl wirklich etwas daran, dass sie gut zusammenarbeiteten. Dass sie gemeinsam die Familiengeschäfte führten. Und nicht einfach nur deswegen, weil Johann nützlich war. Sie hatten allerdings vollkommen unterschiedliche Vorstellungen davon, wie sie ihr Leben führen wollten. Genau deshalb war er doch in den Krieg gezogen. »Seit er angefangen hat, mir immer mehr entgegenzukommen, habe ich gehofft, ich könnte genug Einfluss auf ihn nehmen, damit es funktioniert.«

Sybille lächelte traurig. »Und er hat sicher dasselbe gedacht. Dass er dich dazu bringen kann, die Dinge irgendwann so zu sehen wie er. Willst du das?«

»Ganz sicher nicht.«

Sybilles Lächeln wurde breiter. »Wusste ich es doch.«

Johann konnte nicht anders, er musste das Lächeln erwidern. »Ich will nicht, dass dir oder deinen Kindern etwas geschieht«, sagte er. »Also bitte geh nicht mit den Büchern deines Mannes zum Rat. Zumindest nicht sofort. Ich werde mir etwas überlegen.«

Nun ernst, nickte Sybille. »Vielleicht solltest du zuerst mit Anna sprechen. Immerhin hast du ihr gerade das Herz gebrochen, weil sie glaubt, du stehst in einer Zeit der Not nicht voll hinter ihr. Eine Entschuldigung ist angebracht.«

»So schlimm war mein Verhalten diesmal aber nicht!«, protestierte Johann.

Sybille lachte. »Ich habe euch bis in die Küche streiten hören!«

Oh. Etwas verlegen räusperte sich Johann. »Sie kann so schrecklich stur sein.«

»Und du auch.« Sybille stemmte die Hände in die Hüften. »Komm schon. Spring über deinen eigenen Schatten und entschuldige dich bei ihr dafür, dass du ihr diese Angebot gemacht hast, das ganz sicher eine Beleidigung für jeden klugen Geschäftsmann war.«

Nun, mit der Einschätzung von Bartholomäus' Angebot hatte sie ganz ohne Zweifel recht. »Zu meiner Verteidigung«, sagte Johann dennoch, »sie hat meinem Bruder eine Ladung reinweißer Hadern unter der Nase weggestohlen. Klug war das sicher nicht.« Allerdings hatte sie auch nicht gewusst, dass sie Bartholomäus bestahl. Der Plan an sich war gut gewesen, das musste er zugeben. Und dass sie die Dreistigkeit besessen hatte, ihn auszuführen, machte ihn auf seltsame Art stolz.

»Johann von Treist!«, schalt Sybille, aber nun mit einem amüsierten Funkeln in den Augen. »Eines sage ich dir. Wenn du als Junggeselle stirbst, dann hast du das nur dir selbst zuzuschreiben.«

Er konnte nicht anders, er musste kurz lachen. »Mach dir darum keine Sorgen. Und ich werde mich bei ihr entschuldigen, weil sie es verdient hat, nicht, weil ich hoffe, dass sie mich heiratet.«

Das Feuer in Annas Blick allerdings stand ihm immer noch deutlich vor Augen. Er mochte es, genau wie die Tatsache, dass sie zornig anstatt ängstlich reagiert hatte. Genau wie ihre Entschlossenheit. Aber auch ihr Lächeln in den Momenten, das immer dann zum Vorschein kam, wenn sie einen Triumph errang.

»Das ist ein guter Anfang.« Nun wirkte Sybille zufrieden. »Viel Glück.« Damit schob sie ihn förmlich aus dem Haus.

Draußen wurde Johann schnell wieder ernst. Nun, da er die Entscheidung getroffen hatte, sich gegen seinen Bruder zu stellen, war ihm leichter ums Herz, auch wenn er Bartholomäus gegenüber Schuldgefühle verspürte. Aber es gab einige wichtige Fragen zu klären. Die wichtigste davon lautete, wie er seinen Bruder stürzen konnte, ohne dass man die Erschütterungen in ganz Nürnberg spürte. Oder besser. Ohne dass jemand dabei zu Schaden kam, der ihm etwas bedeutete. Wie zum Beispiel die schrecklich sture, aber bewundernswerte Anna Pecht.

Und es brachte wenig, ohne einen funktionierenden Plan zu ihr zu gehen. Die Entschuldigung würde noch eine Weile warten müssen.

KAPITEL 39

Die letzten Sonnenstrahlen des Tages fielen durch die Fenster des Trockenbodens, als sie sich alle dort versammelten. Hier oben war es ziemlich kalt, wenn man sich nicht durch Arbeit warmhielt, aber nun, da die Arbeiter gegangen waren, war es ein guter Ort für ein ungestörtes Treffen. Draußen heulte der Wind um die Häuser. Von unten drang nur das Geräusch der Stampfer zu ihnen herauf.

Sie saßen im Kreis auf dem Boden. Marie, Paul, Matthias, Jackel und Anna. Marie hatte die Hände in die Ärmel ihres Kleides geschoben, Jackel und Matthias hockten ziemlich dicht zusammen. Auch Anna hatte die Arme um ihren Oberkörper geschlungen, um sich warm zu halten. »Ich habe Bedenkzeit bis morgen«, beendete sie ihren Bericht.

Düsteres Schweigen senkte sich über die kleine Gruppe. Anna hatte Matthias direkt nach ihrer Rückkehr vom Hause Stromer bereits gesagt, dass er gejagt wurde, aber er hatte sich geweigert, direkt die Stadt zu verlassen. Er hatte behauptet, in der Mühle werde ihn vorerst niemand finden. Anna hoffte, er hatte recht.

»Es klingt nicht, als hättest du eine Wahl«, sagte Marie schließlich.

Anna nickte, aber dann schüttelte sie den Kopf. Sie war wütend gewesen, als sie Sybille Stromers Haus verlassen hatte. Und das war sie immer noch. Aber sie hatte über das nachgedacht, was Bartholomäus von Treist so großzügig ein Angebot nannte. Sie wusste, dass es vernünftig wäre, es einfach anzunehmen. Aber jedes Mal, wenn sie daran dachte, die Mühle aufzugeben, blutete ihr das Herz. Dies war ihr Zuhause. Sie war zwischen den Stampfern, der Presse und dem Trockenboden aufgewachsen. Ihr Vater hatte den Betrieb von Grund auf aufgebaut. Bevor der Tod seiner Frau ihn zerrüttet hatte, war die Mühle sein ein und alles gewesen. Und auch wenn Anna hier weiter würde arbeiten können, allein der Gedanke, dass jemand anderes über ihre Mühle bestimmte und verfügte, machte sie wütend.

Johanns Bruder hatte alles. Hunderte Menschen arbeiteten bereits für ihn, Menschen wie Matthias. Sie schmuggelten, stahlen, stellten verbotene Waren her und bekamen nur einen mageren Lohn dafür, ohne zu wissen, in wessen Tasche der Reichtum floss. Warum konnte er ihr diese kleine Ecke nicht einfach lassen? Sobald sie nicht mehr in Schwierigkeiten geriet, wenn sie die Stadt verließ, sammelte sie ihre Lumpen auch gerne wieder selbst, anstatt sie zu stehlen. Sie konnte ein wenig Schreibpapier für Endter herstellen und die Schulden ihres Vaters abbezahlen. Mehr wollte sie doch nicht. »Ich mag es nicht«, sagte Anna.

»Niemand hier mag es«, sagte Paul.

»Nein, ich meine …« Anna richtete sich gerader auf. »Ich meine, es macht mich wütend. Er hat mehr, als er selbst je braucht. Aber wenn sich jemand auch nur ein kleines Stückchen davon nimmt, dann setzt er alles daran, denjenigen zu vernichten. Ich mag es aus Prinzip nicht.«

Matthias lachte. »So ist das Leben, furchtlose Anführerin. So ist es immer. Je weiter unten du sitzt, desto schneller lernst du das.«

»Was willst du denn tun?«, fragte nun auch Jackel. Von ihnen allen wirkte er besonders bedrückt und mutlos.

Das war die große Frage. Den ganzen Nachmittag über hatte Anna Gedanken und Ideen gewälzt. Sie wusste nicht, ob bei dem, was ihr in den Sinn gekommen war, tatsächlich etwas Gutes dabei war. Aber sie wollte nicht aufgeben, ohne es zumindest vorgeschlagen zu haben. »Wir haben einen Vorteil, mit dem Bartholomäus von Treist nicht gerechnet hat. Wir wissen, wer er ist.«

»Und?«, fragte Paul.

»Er kontrolliert die gesamte Unterwelt von Nürnberg!« So schwer war das doch nun auch wieder nicht zu sehen. »Wir brauchen nur einen Beweis für irgendetwas, das er getan hat. Sobald wir den zum Rat bringen, ist es aus für ihn.«

»Er wird sich irgendwie herauswinden«, sagte Paul. »Das schaffen solche Leute immer.«

»Und dann stecken wir nur in noch größeren Schwierigkeiten«, fügte Jackel hinzu.

Wahrscheinlich hatten sie recht. Langsam atmete Anna aus, sackte dabei in sich zusammen. Es ging nicht nur um sie. Sie musste an alle denken, die für die Mühle arbeiteten. An ihren Vater. Und an ihre Freunde. Sie konnte sie nicht weiter in Gefahr bringen. Sie nickte. »Gut. Ich sage …«

Sie hielt inne. Hatte da nicht gerade die Tür geklappert? Über das Geräusch der Stampfer war es schwer zu sagen, aber wenn es draußen ein bisschen wehte, fiel die Tür manchmal hart ins Schloss, egal was man tat. »Habt ihr das auch gehört?«

Marie und Matthias nickten. Jackel und Paul starrten sie nur ratlos an.

»Wartet einen Moment.« Anna stand auf und schlich zur Treppe. Vorsichtig tastete sie sich Stufe um Stufe nach unten, spähte durch das Geländer an den Stampfern vorbei in Richtung Tür.

Nichts.

Allerdings, an der gegenüberliegenden Wand stapelte sich Packpapier, das am nächsten Tag noch in Kisten verstaut werden musste. Einige der obersten Bögen waren verrutscht, wie durch einen Luftzug …

Bei allem Pech, das sie heute schon gehabt hatte, war ein Lauscher das Letzte, was sie gebrauchen konnte. Sie musste zumindest wissen, wer es war!

Anna eilte die Treppe hinunter, ignorierte die Rufe ihrer Freunde. Sie stürzte zur Tür hinaus – und sah gerade noch Heinrich durch die Hofeinfahrt auf die Straße treten.

Oh nein.

»Heinrich!« Sie wusste nicht, ob es klug war, ihm nachzulaufen. Vielleicht sollte sie ihn einfach ziehen lassen und am nächsten Tag so tun, als sei sie an diesem Abend gar nicht hier gewesen. Vielleicht hatte er gar nichts gehört und nur irgendetwas vergessen. Aber es gab schon genug Unsicherheiten in ihrem Leben, und das musste sie jetzt einfach wissen. »Heinrich!«

Sie holte ihn auf der Straße dicht beim Tor ein. Als er sich zu ihr umdrehte, war seine Miene verschlossen und hart. Anna schluckte. Er hatte etwas gehört. »Ich habe dich über den Hof gehen sehen«, log sie. »Stimmt etwas nicht?«

»Eine ganze Menge stimmt nicht«, sagte er düster.

»Heinrich, was …?« Was hatte er gehört? Konnte sie das irgendwie wiedergutmachen? Sie brauchte ihn. Er leitete die Mühle in ihrer Abwesenheit. Er wusste, wie man all die Maschinen reparierte, wenn sie kaputtgingen.

»Ich bin deiner Familie lange treu geblieben, Anna«, unterbrach er sie. »Auch nach dem Tod deiner Mutter, als dein Vater erst dem Suff und dann dem Glücksspiel verfallen ist. Auch als wir alle nur noch sehr unregelmäßig bezahlt wurden, weil das Geld hinten und vorne nicht reichte. Dein Vater …« Er holte tief Luft. »Dein Vater war mein Freund. Und ich hatte immer hohe Hoffnungen in dich. Aber nun gehst du denselben Weg wie er.« Er hob eine Hand, als Anna protestieren wollte. »Du verstrickst dich immer tiefer in Schwierigkeiten. Ich möchte nicht danebenstehen und zusehen, wie ihr gemeinsam die Mühle zugrunde richtet. Ich hatte es dir eigentlich morgen sagen wollen, aber ich gehe. Such dir einen anderen Mühlenbaumeister.«

»Heinrich …« Aber was sollte sie sagen? Die Mühle ging zugrunde. Es war das Beste für ihn, wenn er sich irgendwo eine andere Arbeit suchte. Anna ließ den Kopf hängen. »Danke für deine guten Dienste.«

Das sorgte dafür, dass seine Miene ein wenig weicher wurde. »Gib auf dich acht, Anna.«

Damit drehte er sich um und ging davon.

Anna sah ihm nicht nach. Stattdessen ging sie langsam in die Mühle zurück. Die anderen blickten ihr von der Tür aus besorgt entgegen. Sie seufzte. Was für einen Zweck hatte es überhaupt noch, zu kämpfen? Heinrich hatte recht, sie waren verloren, wenn sie jetzt die falsche Entscheidung traf. Sie holte tief Luft, dann hob sie ihren Blick. »Ich gehe morgen zu Bartholomäus von Treist und sage ihm, dass ich das Angebot annehme.«

Alle vier ihrer Freunde starrten betreten auf ihre Schuhe. Aber Marie und Paul sollte es damit eigentlich gut gehen. Eventuell konnten sie sogar die Mühle weiter beliefern.

Die Mühle würde auch weiterhin Leute wie Jackel brauchen. Vor allem nun, da Heinrich fort war. Dennoch arbeiteten seine Kiefermuskeln, als wäre er alles andere als glücklich.

An Matthias blieb Annas Blick schließlich hängen. »Du solltest am besten gleich zu Sybille Stromer gehen. Johann hilft dir aus der Stadt. Und …« Sie tastete nach ihrer Geldbörse. Wenn sie die Schulden ihres Vaters ohnehin abarbeiten sollte, konnte sie ihr Geld auch an jemanden geben, der es dringender brauchte als Bartholomäus von Treist. Sie fischte einige Münzen heraus und drückte sie Matthias in die Hände. Dieser starrte sie überrascht an. »Es tut mir leid.«

Jackel räusperte sich. »Ich … ich gehe mit ihm.«

Überrascht starrte Anna ihn an. Andererseits, die beiden schienen sich sehr gut zu verstehen, wieso also nicht? Dass Jackel nicht für Bartholomäus arbeiten wollte, konnte sie gut verstehen. Es hieß auch, dass die Mühle noch einen Mann weniger hatte, aber das war nun nicht mehr ihr Problem, nicht wahr? Sollte sich Bartholomäus von Treist darum kümmern.

Anna drückte auch Jackel ein paar Münzen in die Hände. »Viel Glück.«

Er lächelte wackelig. »Dir auch.«

Marie trat vor und umarmte Anna. »Wenn du noch einmal bei irgendetwas Hilfe brauchst, sag einfach Bescheid.«

Paul klopfte ihr auf die Schulter. »Wir sehen uns hoffentlich.«

Nach und nach verstreuten sich ihre Freunde in alle Himmelsrichtungen, und Anna blieb auf dem dunklen Hof allein zurück. Sie schlang die Arme um ihren Oberkörper, nicht nur gegen den kalten Wind.

Sie schluckte mehrmals, aber diesmal ließen sich die Tränen nicht zurückhalten. Während sie über den Hof zu dem kleinen Haus hinüberging, in dessen Küchenfenster noch ein schwacher Lichtschein flackerte, liefen sie frei über ihre Wangen. Sie fand ihren Weg fast blind, wischte sich nur halbherzig die Tränen ab, als sie eintrat.

»Anna!«, rief ihr Vater aus der Küche. Er klang erstaunlich nüchtern. »Ich habe mit dem Essen auf dich gewartet.«

»Ich habe keinen Hunger.«

Vielleicht klang das etwas zu armselig. Auf jeden Fall stand im nächsten Moment ihr Vater vor ihr. Ein Blick in ihr Gesicht, und er zog sie an sich, strich ihr vorsichtig über das Haar. »Anna, was ist denn passiert?«

Oh ja. Er musste die Neuigkeit auch noch erfahren. »Wir müssen die Mühle abgeben.«

»Was?« Er schob sie von sich, versuchte ihr ins Gesicht zu sehen. »Was redest du denn da? Wir müssen die Mühle doch nicht verkaufen. Schau, ich habe noch kaum etwas getrunken heute, und ich gehe nicht mehr spielen, ich verspreche es. Es wird alles gut.«

Genau das hatte sie Heinrich doch heute erst gesagt. Ein Schluchzer schüttelte Anna, und sofort zog ihr Vater sie wieder an sich, murmelte beruhigende Worte. So hatte sie ihn lange nicht mehr erlebt. Nicht mehr seit dem Tod ihrer Mutter. Fast wollte sie glauben, dass er wieder ihr alter Vater war. Der, der sein Geschäft aufgebaut und es zum Erfolg geführt hatte. Fast wollte sie glauben, dass er tatsächlich alles gut machen konnte.

Vielleicht war das der Grund, warum alles aus ihr heraussprudelte. Alles, was geschehen war.

Am Anfang stellte er noch viele Zwischenfragen, konnte kaum glauben, was sie ihm da erzählte. Gegen Ende wurde er immer schweigsamer.

Als Anna fertig war, saßen sie in der Stube, zwei Schüsseln Suppe unangetastet zwischen ihnen. In einer müden Geste wischte ihr Vater sich über das Gesicht. »Ich gehe in den Schuldturm«, sagte er schließlich. »Es macht mir nichts aus. Du musst die Mühle nicht …«

Anna schüttelte den Kopf. »Er will die Mühle und er bringt Leute um, die nicht tun, was er will. Wenn eine Drohung nichts nützt, droht er mit etwas anderem.«

Düster starrte ihr Vater auf seine Suppe hinab. »Es tut mir so leid.«

»Mir auch«, sagte Anna. »Ich dachte, ich könnte alles besser machen als du, aber …«

»Oh, nein, nein!«, unterbrach ihr Vater sie. »Ich bewundere deinen Einfallsreichtum. Dein Plan war besser als meiner.«

Unwillkürlich musste Anna lachen. Wer hätte gedacht, dass ihr Vater tatsächlich mit Lumpenschmuggel und dem illegalen Pressen von Schreibpapier einverstanden gewesen wäre? Vielleicht waren sie sich wirklich viel zu ähnlich, genau wie Heinrich gesagt hatte. Schnell holte sie die Realität ihrer Situation allerdings wieder ein. »Das nützt uns jetzt auch nichts mehr.«

»Das ist wahr.« Er seufzte. »Du solltest etwas essen. Wer weiß, wie die Zukunft aussieht.«

Anna nickte, aber viel von der kalten Suppe bekam sie nicht herunter.

Zerschlagen schleppte sie sich schließlich zu Bett. Was auch immer die Zukunft brachte, es sah düster aus. Aber es nützte nichts, ihr unausgeschlafen entgegenzutreten.

KAPITEL 40

Beim Licht einer Kerze blätterte Johann in Briefen und Dokumenten. Er lehnte halb über Bartholomäus' Schreibpult, einen Arm darauf gestützt. Er wagte es nicht, sich wirklich hinzusetzen. Sein Bruder war unten beim Essen und würde hoffentlich noch eine Weile nicht heraufkommen. Dennoch zuckte Johann bei jedem Geräusch zusammen. Wenn er hier erwischt wurde, hatte er sich Bartholomäus zum Feind gemacht, ohne damit auch nur das Geringste zu erreichen.

Sein Magen knurrte. Er hatte vorgeschützt, keinen Hunger zu haben. Vielleicht konnte er später noch ein Stück Braten stibitzen.

Dann endlich fand er, was er suchte. Er hatte doch geahnt, dass sein Bruder sich auch in seinen illegalen Geschäften nicht ausschließlich auf mündliche Absprachen verlassen würde. Das hätte Vertrauen erfordert. Kompliziertere Vereinbarungen hatte er aufgeschrieben. Bezeichnungen und Namen waren oft vage, aber wenn das nicht reichte, konnte er immer noch auf die Bücher von Tuchhändler Stromer zurückgreifen.

Diese hatten ihn auf jeden Fall überhaupt erst auf die Idee gebracht, dass auch Bartholomäus Aufzeichnungen über Verbotenes haben könnte. Man führte nicht die Herrschaft über die dunkle Seite einer ganzen Stadt und behielt alle Zahlen im Kopf, nicht wahr?

Das Schloss einer flachen Kiste weigerte sich hartnäckig, aufzugehen, und eine Suche nach dem Schlüssel blieb erfolglos. Sie hatte allerdings genau die richtigen Maße, damit auch eines der offiziellen Bücher hineingepasst hätte, die beim Fenster säuberlich nach Jahren sortiert in einem Regal standen. Als Johann sie schüttelte, glaubte er Papier knistern zu hören. Unschlüssig wiegte er sie in der Hand. Bartholomäus würde so oder so bald merken, dass ihm Dokumente gestohlen worden waren, oder? Johann würde so oder so schnell handeln müssen. Kurz entschlossen stellte er die Kiste auf den Stapel an Dokumenten, die er bereits gefunden hatte.

Was er hier tat, würde seinen Bruder an den Galgen bringen. Der Gedanke ging durch Johann wie ein körperlich spürbarer Schlag. Seinen Bruder. Seinen einzigen noch lebenden Verwandten. Eilig schob er ihn fort. Er hatte seine Entscheidung getroffen. Keine faulen Kompromisse mehr. Außerdem kannte Bartholomäus die Risiken, die mit dem einhergingen, was er tat. Es war seine freie Entscheidung gewesen, sie einzugehen, anstatt sich mit ein bisschen weniger Reichtum zu begnügen.

Jetzt war keine Zeit für Grübeleien, er musste sich beeilen. Johann raffte die Dokumente zusammen, die er gefunden hatte, und nahm die Kerze vom Schreibpult. Von der Tür her ließ er noch einmal einen Blick durch den Raum schweifen. Abgesehen von den Dingen, die fehlten, war alles so, wie er es vorgefunden hatte. Mit dem Ellenbogen schob er die Tür auf und trat aus dem Raum.

Auf dem Weg in sein eigenes Zimmer hörte er das Klopfen an der Eingangstür. Die Tür der Küche öffnete sich, jemand eilte durch die Diele. Sofies Stimme erklang, die jemanden begrüßte. Dann die von Götz.

Johann fluchte leise. Dass Götz um diese Stunde hier auftauchte, konnte nichts Gutes bedeuten. Hatte er Matthias doch gefunden?

Eines nach dem anderen. Johann beschleunigte seine Schritte. In seinem Zimmer angekommen, stellte er die Kerze ab und wickelte die Dokumente in ein Tuch, verschnürte alles zu einem festen Bündel. Mit dem Schloss der Kiste konnte er sich später beschäftigen. Zuerst musste er die Beweise in Sicherheit bringen, nur für den Fall.

Mit dem Bündel unter dem Arm eilte er zur Treppe. Auf halber Höhe blieb er stehen, um zu lauschen, aber unten in der Diele war wieder alles still. Er eilte weiter – nur um Sofie mit einem Ohr an der Tür zur Stube vorzufinden.

Nun, das machte immerhin einiges einfacher. »Sofie.«

Sie zuckte zusammen und wirbelte herum. Als sie ihn erkannte, weiteten sich ihre Augen vor Schreck. »Ich habe nicht … Ich habe nur …«

Johann machte eine beruhigende Geste. »Was hast du gehört?«

»Gar nichts! Ich …«

»Sofie«, unterbrach er sie, kämpfte darum, sich seine Ungeduld nicht zu sehr anmerken zu lassen. »Was hast du gehört?«

»Etwas über Papiermühlen und Lumpen«, gab sie schließlich zu. »Und ich musste an meine Freundin Marie denken und … Es tut mir leid! Ich weiß, ich hätte das nicht tun sollen!«

Johann biss die Zähne zusammen. Gerade hatte er wirklich keine Zeit für Sofies schlechtes Gewissen. Vor allem wenn Götz tatsächlich wegen Anna hier war. »Komm her.«

Zögerlich trat Sofie von der Tür der Stube fort und auf ihn zu. »Es tut mir wirklich …«

Johann hob eine Hand und sie verstummte. »Ich weiß. Und ich habe ein Angebot für dich: Wenn du mir einen Gefallen tust, vergesse ich, was ich gesehen habe.«

Sofort hellte sich Sofies Miene auf. Eifrig nickte sie. »Natürlich! Sehr gerne!«

Johann streckte ihr das Bündel entgegen. »Bring das hier zu Sybille Stromer. Kennst du den Tuchhandel Stromer?«

Wieder nickte Sofie.

»Gut. Sybille Stromer wohnt im Haus dahinter. Du klopfst an der Hintertür. Du gibst ihr das hier und sagst ihr, dass es von mir kommt. Sie wird schon wissen, was sie damit tun muss. Und du erzählst niemandem, wo du warst. Vor allem nicht Margarete.«

Die ältere Dienstmagd würde sonst womöglich noch Bartholomäus gegenüber etwas sagen.

»Hast du das verstanden?«

»Ja, natürlich! Ihr könnt Euch auf mich verlassen!« Sofie nahm das Bündel entgegen und drückte es an ihre Brust als wäre es ein wertvoller Schatz. »Wann soll ich …?«

»Jetzt sofort.«

»Oh.« Kurz bekam ihre Diensteifrigkeit Risse. Sie warf einen Blick zur Haustür, hinter der es schon dunkel war, wie Johann wusste.

»Es ist noch nicht so spät und der Weg führt nur durch die guten Teile der Stadt.«

Sie riss sich sichtlich zusammen und nickte. »Ich mache mich sofort auf den Weg!«

Johann lächelte. »Wenn du zurückkommst, wartet ein wenig Geld unter dem Buch auf meinem Fensterplatz auf dich. Nimm dir ein paar Tage frei. Hast du Verwandte außerhalb der Stadt?«

Verwirrt legte Sofie den Kopf schief. »Oh … ähm … eine Cousine in Erlangen.«

»Sehr gut. Geh die besuchen.«

Nun wirkte Sofie besorgt. »Ist etwas passiert?«

Eigentlich wollte Johann sie nur nicht in der Nähe haben, wenn Leute kamen, um Bartholomäus Fragen zu stellen. Aber das konnte er ihr schlecht sagen. »Wolltest du dich nicht sofort auf den Weg machen?«

»Natürlich!« Mit einem letzten besorgten Blick zurück verschwand das Dienstmädchen nach draußen.

Johann wartete, bis die Haustür sich geschlossen hatte, dann öffnete er die Tür, an der Sofie gerade noch gelauscht hatte.

Vor Bartholomäus standen die Reste seiner Mahlzeit, aber er rührte sie nicht mehr an. Stattdessen hörte er mit düsterer Miene Götz zu, der ausnahmsweise nicht Haltung angenommen, sondern sich einen Stuhl herangezogen hatte.

»Das ist das, was dieser Heinrich gehört hat«, schloss Götz gerade seinen Bericht. Verdammt! Johann hätte eindeutig weniger Zeit vertrödeln sollen. Aber Sofie mit den Beweisen zu Sybille zu schicken war ihm wichtig erschienen.

»Und der Mann sagt sicher die Wahrheit?«, fragte Bartholomäus.

Götz hob die Schultern. »Es hat eine ganze Weile gebraucht, bis ich ihn dazu gebracht hatte, überhaupt irgendwas auszuspucken. Aber dann war ihm besonders wichtig zu betonen, dass er mit dieser Sache nichts zu tun hat. Er hat sich wirklich fast ins Hemd gemacht.« Dann drehte er den Kopf und sah Johann an. Auf seinem Gesicht erschien wieder dieses selbstzufriedene Grinsen, das Johann inzwischen mehr als alles andere hasste.

Auch Bartholomäus blickte auf. »Offenbar hat Anna Pecht ihre Bedenkzeit dazu genutzt, flammende Reden gegen mich zu halten«, begrüßte er Johann. »Vor einer Gruppe von Leuten, unter denen sich auch jemand befand, dessen Beschreibung auf Matthias passt.« Bei diesem Worten warf er Götz einen düsteren Blick zu. »Der sich immer noch seines Lebens erfreut, wie es scheint.«

Natürlich gab Anna Pecht so leicht nicht auf. Natürlich planten sie und ihre Freunde etwas. Aber hatte Bartholomäus davon unbedingt jetzt schon erfahren müssen?

»Also, Johann.« Sein Bruder sah ihn an. »Ich brauche jemanden, der diese Sache mit kundiger Hand ein für alle Mal beendet, bevor sie vollständig außer Kontrolle gerät. Und ich weiß, dass dir diese Leute aus mir unerfindlichen Gründen am Herzen liegen. Aber ich denke, es wird Zeit, dich sehr deutlich für eine Seite zu entscheiden. Meine oder ihre?«

Johann spürte Götz' Blick auf sich ruhen wie den einer Krähe auf den Schlachtfeldern, die versuchte, festzustellen, ob man schon tot genug war, um eine schmackhafte Mahlzeit abzugeben. Und vielleicht hätte ihn das aus dem Konzept gebracht, hätte er seine Entscheidung nicht längst getroffen. So erwiderte er ihn hart. »Deine Seite natürlich, Bruder«, log er. »Wir arbeiten doch wirklich gut zusammen, nicht wahr?«

Während er sprach, konnte er sehen, wie sich Götz' Augen zu Schlitzen verengten. Würde Bartholomäus' Handlanger nun ihren Streit erwähnen? Aber er blieb stumm.

Bartholomäus lächelte. »Ich wusste, dass ich mich auf dich verlassen kann.«

Ein sichtlicher Ruck ging plötzlich durch Götz. Er stand auf. »Braucht Ihr Hilfe?«

Johann verzog das Gesicht zu einem abfälligen Lächeln. »Ich habe vorhin noch im hintersten Winkel des Hauses gehört, wie du hereingekommen bist. Ich glaube, ich bin allein besser dran.«

Er hätte darauf gewettet, dass Götz ihm trotzdem folgen würde. Aber vielleicht gab ihm das die Gelegenheit, endlich zu tun, was er schon viel früher hätte tun sollen.

Als Johann sich wieder Bartholomäus zuwandte, betrachtete sein Bruder ihn mit nachdenklichem Blick. Schließlich nickte er. »Dann kann ich nun unbesorgt schlafen. Glaube mir, dein Einsatz wird nicht ohne Lohn bleiben.«

Johann nickte und wandte sich ab, während sein Herz laut hämmerte. Jetzt gab es kein Zurück mehr.

»Auf ein Wort noch, Götz«, sagte Bartholomäus hinter ihm. Götz setzte sich wieder.

Johann schloss die Tür sorgfältig hinter sich und ging zur Treppe, um die ersten paar Stufen hinaufzusteigen. Als er weit genug oben war, dass man in der Stube wahrscheinlich nicht mehr auf seine Fußtritte lauschen würde, hielt er inne und schlich zur Tür zurück.

Wie Sofie zuvor legte er das Ohr dagegen.

»Ich bin nicht dumm«, hörte er Bartholomäus sagen, und Johann hasste es, dass er in diesem Fall sogar recht hatte. »Er hat einen Narren an dieser Anna Pecht gefressen, nicht wahr?«

Götz' Lachen drang durch das Holz. »Das kann man so sagen.«

»Ich wusste spätestens, dass etwas faul war, als er den Auftrag ohne Murren übernommen hat.« Bartholomäus seufzte und Johann verfluchte, dass er nicht mehr protestiert hatte. »Es wäre wohl zu schön gewesen, um wahr zu sein.«

»Es tut mir leid.«

»Nein, tut es dir nicht. Du magst ihn nicht.«

»Aus gutem Grund, möchte ich meinen.«

Wieder ein Seufzen von Bartholomäus, und Johann fühlte selbst einen Anflug von Trauer in sich aufsteigen. Es wäre wohl wirklich zu schön gewesen, wenn sie wieder Brüder hätten sein können.

»Natürlich. Nun ja … Hör zu. Johann wird noch ein wenig warten wollen. Noch ist es zu früh für Mord, und er muss zumindest so tun, als würde er seine Versprechen halten. Du dagegen gehst sofort los. Zünde die Mühle an, wenn es sein muss. Lass es so aussehen, als wäre er es gewesen.«

Jegliche Traurigkeit verrauchte und machte eisiger Kälte in Johanns Herz Platz. Mit einem Mal war er sehr froh, dass die Beweise schon auf dem Weg zu Sybille waren. Sollte er diese Nacht nicht überleben, ging Bartholomäus zumindest mit ihm unter.

Noch einmal drang die Stimme seines Bruders durch das Holz. »Ich will Johann wirklich nicht am Galgen enden sehen, aber er lässt mir wohl kaum eine Wahl.«

Oh, warum hatte ihre Mutter nur mit diesem elenden Familiengeschäft anfangen müssen? Johann schluckte einen plötzlichen Kloß herunter. »Ja«, flüsterte er. »So geht es mir auch.«

Wenig später, während er in seinem Zimmer noch das Nötigste zusammenpackte, hörte er unten die Haustür ins Schloss fallen. Sofort verschlang die Sorge um Anna alle anderen Gefühle. Er hatte eine Entscheidung getroffen und er hatte ein Ziel und er musste sich beeilen, wenn er nicht alles verlieren wollte. Mit präzisen, geübten Bewegungen gürtete er seine Waffen, stellte sicher, dass die Pistole geladen und das Pulver nicht feucht war und warf sich dann ein Bündel über die Schultern. Er hielt kurz an seinem Fensterplatz inne, um wie versprochen etwas Geld für Sofie zu hinterlassen. Dann schlich er durch die Hintertür hinaus.

Kaum, dass ihn die kalte Novemberluft umfing, begann er zu rennen. Er musste Götz überholen und die Mühle vor ihm erreichen. Und dann würde heute Nacht jemand sterben, aber das war ganz sicher weder Anna noch einer ihrer Freunde.

KAPITEL 41

Anna starrte in die Dunkelheit ihrer kleinen Schlafkammer und lauschte auf das Klappern des Mühlrads, das niemals stillstand. Es hatte gut getan, mit ihrem Vater zu reden und sich von ihm trösten zu lassen. Aber ihre Probleme lösten sich dadurch nicht in Luft auf. Ab Morgen würde es nicht mehr ihre Mühle sein. Der Gedanke schnürte ihr die Kehle zu.

Nun, genau genommen war es nie ihre Mühle gewesen. Sie hatte immer ihrem Vater gehört. Aber es hatte sich nie so angefühlt. Sie hatte all die wichtigen Entscheidungen getroffen. Sie hatte dafür gesorgt, dass das Geschäft nicht schon vor Jahren den Bach runtergegangen war.

Ein Geräusch holte sie aus ihren düsteren Gedanken. War das nicht gerade die Tür gewesen? Schritte auf der Stiege? Paul und Marie waren wieder nach Hause zurückgekehrt, und Matthias war mit Jackel bei Sybille Stromer. Der Einzige, der in der Nacht durchs Haus schleichen könnte, war ihr Vater, und dessen Schnarchen drang gerade in diesem Moment durch die Wand.

Plötzliche Angst legte sich eisig um Annas Herz und sorgte dafür, dass sie sich im Bett aufsetzte. Bartholomäus von Treist hatte jemanden ausgeschickt, Matthias zu töten. Was, wenn derjenige nun hier nach dem Schmuggler suchte?

Mit angehaltenem Atem lauschte sie. Das Klappern des Mühlrads überdeckte viele Geräusche, aber knarrte da nicht wieder Holz? Nicht draußen, sondern drinnen auf der Stiege.

Langsam schlug Anna die Decke zurück. Im fast vollständig dunklen Raum sah sie sich nach einer Waffe um. Schließlich tastete sie nach der Ständerlampe aus Ton auf ihrem Nachttisch. Sie hatte einen Henkel, damit man sie dazu benutzen konnte, den Weg durch das Haus zu finden. Aber gleichzeitig eignete dieser sich bestimmt auch gut, um sie zu packen und jemandem auf dem Kopf zu zerschmettern. Anna hoffte allerdings, dass es dazu nicht kommen würde.

Ganz langsam schwang sie die Beine aus dem Bett, hoffte, dass der alte Holzrahmen nicht knarren würde. Vielleicht sollte sie nach ihrem Vater rufen? Aber was, wenn sie ihn dadurch in Gefahr brachte? Wenn der Eindringling Matthias suchte, würde er vielleicht ohnehin wieder verschwinden, wenn er eben diesen nicht fand.

Allerdings, im Bett liegen und darauf warten, dass er seinen Irrtum bemerkte, wollte sie auch nicht. Vorsichtig setzte Anna die Füße auf den Boden und schlich an einen Platz neben der Tür. Mit zum Schlag erhobener Lampe und klopfendem Herzen wartete sie.

Wenn nun niemand die Tür öffnete, würde sie sich reichlich dumm vorkommen. Im nächsten Moment knarrte eine Bodendiele dicht vor ihrem Zimmer! Anna hielt den Atem an. Ganz langsam schwang die Tür auf.

Anna konnte den Atem der Person hören, die im Rahmen stand, aber sah nichts als die Andeutung eines Arms in der

Dunkelheit. Noch ein Schritt vor, dann konnte sie ihn leicht mit der Lampe treffen.

Stattdessen allerdings fiel ein schwacher Lichtschein in den Raum. Der Eindringling hatte offenbar eine Sturmlaterne dabei, bei der er nun eine Blende ein Stück beiseite geschoben hatte. Eilig wandte Anna den Blick ab, um ihre Nachtsicht nicht zu verlieren.

Der schwache Lichtstrahl strich über ihr Bett, über die unordentliche Decke und einige Kissen. Das Bett war sehr eindeutig leer, und nun verfluchte Anna die Tatsache, dass sie es nicht ein wenig so hergerichtet hatte, dass es so aussah, als lege noch jemand darin.

Für einen Moment zögerte sie dennoch. Sollte sie abwarten, ob er gleich wieder umdrehen würde, oder sollte sie gleich zuschlagen?

Bevor sie sich entscheiden konnte, fiel der Lichtstrahl plötzlich auf sie, blendete sie. Keine Zeit mehr, über irgendetwas nachzudenken. Keine Zeit mehr zum Zögern. Sie sprang vor und schwang die Lampe nach vorne.

Der tönerne Sockel traf auf Widerstand. Jemand ächzte und der Eindringling stolperte einen Schritt zurück. Dabei klapperte seine Laterne zu Boden. Für einen Moment fiel der Lichtstrahl auf blondes Haar und eine Narbe. Götz! Dann erlosch die Flamme.

In der plötzlichen Dunkelheit hörte Anna das Geräusch einer Klinge, die aus ihrer Scheide gezogen wurde. Ihr Herz machte einen plötzlichen Satz und raste dann weiter. War Götz doch nicht nur hier, um Matthias zu suchen? Aber sie hatte doch Bedenkzeit!

»Anna?«

Der Ruf erklang plötzlich von unten. Anna erkannte Johanns Stimme. Beinahe hätte sie vor Erleichterung aufgeschluchzt: »Johann, Hilfe!«

Erst im nächsten Moment ging ihr auf, dass sie nicht wusste, auf welcher Seite Johann im Moment eigentlich stand. Aber er konnte nicht gekommen sein, um im Auftrag seines Bruders zu töten, oder?

»Anna!« Schritte erklangen auf der Stiege, begleitet von einem Licht.

Langsam sah sie immerhin wieder Schemen. Götz hatte sich halb zur Treppe umgewandt. Also hatte er nicht mit Johann gerechnet? Anna beschloss, alles auf eine Karte zu setzen. Johann mochte sie heute enttäuscht haben, aber er versuchte, ihr zu helfen. Sie schleuderte Götz die Lampe entgegen und duckte sich an ihm vorbei, während er fluchend auf den Boden zurücksank.

Johann war nur ein heller Fleck am Fuß der Treppe, aber sein Licht sorgte immerhin dafür, dass sie die Stufen erkennen konnte. Immer zwei auf einmal nehmend raste Anna sie hinab. Das Licht bewegte sich ein wenig zur Seite. Dann packte eine Hand sie am Arm, und Johann zog sie hinter sich. »Wo sind die anderen?«

»Nur mein Vater. In seinem Zimmer oben.« Oh, Götz würde doch hoffentlich ihrem Vater nichts tun?

Aber da erschien er schon am Kopfende der Treppe, nun deutlich erkennbar im Lichtstrahl von Johanns Laterne.

Johann hob seine Pistole, die Waffe, die er ihr bei seinem ersten Treffen gezeigt hatte. »Noch ein Schritt und du bist tot!«

Götz blieb tatsächlich stehen. Er kniff die Augen gegen das

Licht zusammen, dann grinste er plötzlich spöttisch. »Ist das die Pistole, die nie geladen ist? Du musst mich ja für sehr dumm halten.« Damit machte er einen weiteren Schritt nach vorne.

Im nächsten Moment hallte ein Schuss durch das Haus. Er ließ Anna zusammenzucken und klingelte laut in ihren Ohren. Erschrocken sah sie zu, wie Götz' Miene plötzlich erstarrte. Für einen Moment schwankte er am Kopfende der Treppe, dann fiel er nach vorne, überschlug sich einmal, blieb schließlich dicht vor Johanns Füßen liegen. Auf der Brust seines Hemdes prangte ein roter Fleck.

Anna starrte ihn an. Er war nicht der erste Tote, den sie sah, und er sah deutlich weniger unheimlich aus, als der Erhängte draußen bei dem Bauernhof. Aber er lag auf der Treppe ihres eigenen Hauses, ihres Heims. Der Tod war über ihre Schwelle gekommen, und das dort hätte genauso gut sie sein können. Wenn Johann nur einen Moment später aufgetaucht wäre.

Diese Erkenntnis ließ Annas Knie weich werden. Sie nahm einen tiefen, zittrigen Atemzug.

»Anna?« Sie hatte gar nicht bemerkt, wie Johann sich zu ihr umgedreht hatte. »Bist du verletzt?«

Langsam schüttelte Anna den Kopf. Ein weiterer Atemzug ging schon ein wenig leichter. »Danke.«

Johann lächelte. »Ich bin froh, dass ich es rechtzeitig geschafft habe. Wo sind die anderen?«

Moment, irgendetwas stimmte mit der Frage nicht. »Ich dachte …«, begann Anna. »Ich meine, hast du Matthias und Jackel nicht geholfen, die Stadt zu verlassen? Sie haben sich auf den Weg zu Sybille Stromer gemacht.«

Plötzlich war Anna richtig übel. Was, wenn ihnen was geschehen war? »Und Marie und Paul sind wieder zu Hause. Wir dachten, wenn dein Bruder mir so ein Angebot macht und ich es ja annehme morgen, dann … Wir dachten, sie sind nicht mehr in Gefahr!«

»Du wolltest sein Angebot annehmen?« Johann klang überrascht. »Götz hat behauptet, du habest flammende Reden gegen Bartholomäus gehalten.« Düster starrte er auf den Toten hinab. »Dieser Bastard!«

Nun ja, in gewisser Weise hatte sie das schon. »Woher wollte er das wissen?«, fragte Anna. Wenn Götz gesehen hatte, wie sie alle beisammen gesessen hatten, dann waren die anderen ganz ohne Zweifel in Gefahr!

»Ein Mann namens Heinrich …«

Nun war es an Anna, zu fluchen. Dass ausgerechnet Heinrich sie so verraten würde, hatte sie nicht erwartet. Doch im nächsten Moment schwang ihre Wut in Sorge um. Wer sagte denn, dass Heinrich sie freiwillig verraten hatte? »Geht … gehst es ihm gut?«

»Ich weiß es nicht«, gestand Johann. Dann sah er sich um. »Wir sollten …«

»Anna?« Diesmal klang die Stimme vom Kopfende der Treppe ängstlich.

»Hier, Vater!«, rief Anna. »Es ist alles gut!«

Im nächsten Moment spähte ihr Vater die Stiege hinunter. Als sein Blick auf Götz fiel, zuckte er zurück. »Herrgottimhimmelnochmal! Ist der Mann tot?«

Johann wandte sich zu ihm um. »Ich fürchte schon. Und es tut mir leid, Eure Nachtruhe zu stören, aber er hat versucht, Eure Tochter umzubringen.«

Für einen Moment starrte Annas Vater mit großen Augen auf die Leiche hinab. »Nun«, murmelte er schließlich. »Ich schätze, in dem Fall ist das verzeihlich.«

Anna konnte nicht anders, sie musste lachen. Die gesamte Situation war zu absurd. Als sie sich langsam wieder beruhigte, begegnete sie Johanns Blick, in dem es ebenfalls funkelte. Allerdings wurde er schnell wieder ernst.

»Wir müssen zu Sybille und nachsehen, was aus Matthias und Jackel geworden ist«, sagte er. »Sie hat sich nicht bei mir gemeldet, um mir zu sagen, dass ich sie aus der Stadt bringen soll.«

Anna presste die Lippen aufeinander und nickte. Hoffentlich war Götz zuerst hierhergekommen! Hoffentlich ging es ihren Freunden gut und es gab irgendeinen anderen Grund, warum sie nicht von ihnen gehört hatte.

»Du … ähm …« Johanns Blick wanderte an ihr hinunter, und da war das Funkeln wieder. »Solltest dir nur etwas anziehen.«

Nun erst fiel Anna ein, dass sie noch immer nichts als ein Nachtgewand trug. Sie spürte, wie ihr die Hitze in die Wangen stieg. »Gib mir einen Moment.«

Damit raffte sie ihren Rock und stieg vorsichtig über Götz hinweg.

»Einen Augenblick!«, erklang die Stimme ihres Vaters über ihr. »Anna, du gehst auf keinen Fall mit einem fremden Mann mitten in der Nacht irgendwo hin!«

»Dann sollte ich mich wohl besser vorstellen.« Aus dem Augenwinkel sah Anna, wie Johann den Hut lüpfte. »Johann von Treist. Und es tut mir leid, aber ich brauche die Hilfe Eurer Tochter dabei, meinem Bruder das Handwerk zu legen.

Außer natürlich, Ihr verliert gerne an ihn Eure Mühle und wahrscheinlich, betrachtet man die Umstände, auch Euer Leben.«

Annas Vater fluchte lang und blumig. Dann richtete er sich sichtlich gerader auf. »Ich komme mit!«

Als Anna die oberste Stufe erreichte und ihn skeptisch ansah, hob er schnell einen Finger. »Keine Widerrede! Ich lasse dich nicht allein da rausgehen, und dabei bleibt es.«

Anna fühlte eine Welle der Zuneigung zu ihrem Vater in sich aufsteigen. »Kannst du mir dann einen Gefallen tun?«, fragte sie. »Du weißt doch, wo Paul und Marie wohnen, oder?«

»Die Lumpensammler?« Ihr Vater nickte.

»Ich weiß nicht, ob dieser Mann dort …« Sie deutete auf Götz hinunter. »… zuerst bei ihnen war oder nicht …«

»Das war er nicht«, unterbrach Johann sie von unten. »Ich weiß, wo er herkam, ich war ihm dicht auf den Fersen.«

Sofort atmete Anna etwas freier. »Oh, Gott sei Dank! Aber sie sollten trotzdem erfahren, was geschehen ist.«

Damit stieg sie über die zerbrochenen Reste ihrer Lampe und trat in ihr Zimmer. So sehr sie sich auch Sorgen um Ihre Freunde machte, Johann war hier, um ihr zu helfen. Und das sorgte dafür, dass alles gleich weniger schlimm erschien.

Anna und Johann kamen als Erste bei dem Haus an, das ehemals der Stromer'sche Tuchhandel gewesen war. Ringsum lag die Stadt im Schlaf. Nur irgendwo weit entfernt bellte ein Hund. Ein Kind weinte.

Johann zog Anna in die Seitengasse, die hinter das Haus führte. Als sie die Hintertür erreichten, ließ er ihre Hand los und griff nach seinem Rapier. Anna hielt die Sturmlaterne höher, die er zuvor in der Mühle schon dabeigehabt hatte.

Johann rüttelte an der Tür, aber sie war verschlossen. Für einen Moment starrte er sie unschlüssig an, was dafür sorgte, dass Anna leise lachte. Lachen war ein guter Weg, um ihre Sorgen auf Abstand zu halten. »Der Herr der Nürnberger Unterwelt ist dein Bruder, aber ein einfaches Schloss ist ein Hindernis für dich?«

Johann hob die Schultern. »Meine Verbrecherkarriere währt noch nicht sonderlich lang. Vorher war ich ehrlicher Söldner. Falls man die als ehrlich bezeichnen möchte.«

Schön zu wissen, dass er seinen Humor auch nicht ganz verloren hatte. Anna trat neben ihn. Klopfen konnten sie nicht, so viel stand fest. Immerhin bestand die Möglichkeit, dass etwas im Haus nicht in Ordnung war. »Diese Türen sind doch meistens nur mit einem einfachen Riegel gesichert«, sagte sie schließlich. Genau wie die Fensterläden in Lisls Haus. »Hast du ein Messer?«

Ohne eine weitere Frage reichte Johann ihr eine kurze Klinge. Kurz berührten sich ihre Finger über dem Griff, und Anna blickte auf, direkt in lächelnde Augen.

Das mochte sie an ihm, stellte sie fest. Wenn er nicht gerade glaubte, mehr als sie über die Gefahren zu wissen, in die sie sich begab, traute er ihr zu, dass sie wusste, was sie tat. Er hatte nicht einmal vorgeschlagen, dass sie zu Hause wartete, bis er ihre Probleme für sie gelöst hatte. Stattdessen war es sogar seine Idee gewesen, sie mitzunehmen. So einen Mann fand man nicht oft.

Allerdings, darüber konnte sie sich wirklich später Gedanken machen. Eilig drehte Anna sich zur Tür um. Sie schob die Klinge in den Spalt zwischen Tür und Rahmen, der zum Glück breit genug dafür war. Marie hatte gesagt, es war nicht schwer, oder? Ganz langsam zog Anna das Messer nach oben, bis sie einen Widerstand spürte. Das musste der Riegel sein. Wenn sie ihn mit der Klinge einfach hochdrücken konnte …

Zwei Versuche, dann hatte sie es geschafft. Die Tür schwang einen Spalt breit auf. Triumphierend drehte Anna sich zu Johann um.

Während er das Messer wieder nahm, hob er beeindruckt die Augenbrauen. »Ich nehme an, das lernt man, wenn man in die Häuser von Lumpensammlern einbricht, um sie zu bestehlen?«

Anna grinste. »Ganz genau.«

»Dann lass uns mal nachsehen, ob hier alles in Ordnung ist.« Damit zog er sein Rapier und schob die Tür ganz auf.

Anna schob die Blende der Lampe weit genug zu, dass nur noch ein schwacher Strahl herausdrang, dann folgte sie ihm. Sie schlichen durch eine leere Küche und von dort in einen Gang. Johann ließ eine Tür links liegen, die in den vorderen Teil des Hauses führte, und hielt stattdessen auf die Stube zu.

Durch die Tür drangen Stimmen.

Johann hielt inne. »Das ist Matthias, oder?«

Natürlich hörte Matthias nie auf zu reden. Anna nickte. Während sie lauschte, antwortete eine Stimme, die nach Sybille Stromer klang. Schließlich steckte Johann seine Waffe weg und klopfte an die Tür »Sybille?«

»Johann?«, kam die überraschte Antwort von der anderen Seite.

Als Johann im nächsten Moment die Tür aufschob, stellte Anna sich auf die Zehenspitzen, um über seine Schulter zu spähen. Rund um den Esstisch saßen Sybille, Matthias und Jackel. Zwischen ihnen lagen Dokumente und Bücher aufgestapelt.

Sybille Stromer blickte ihnen besorgt entgegen. »Du meine Güte! Ist etwas passiert?«

Johanns Schulter sackten nach unten, als er sich sichtlich entspannte. »Nun, wir dachten, euch sei etwas passiert. Aber ich bin froh, dass das nicht der Fall ist.«

Matthias grinste. »Das Gegenteil ist der Fall! Das hier …« Er deutet auf die Dokumente auf dem Tisch. »… ist eine Goldgrube.«

Neben ihm schnaubte Jackel und stieß ihn mit der Schulter an. »Du kannst es nicht mal lesen.«

»Das heißt nicht, dass ich euch nicht zuhöre, wenn ihr daraus vorlest!«

Aber Anna hörte ihm nur noch mit halbem Ohr zu. Stattdessen starrte sie die Dokumente an. »Was ist das alles?«

Neben ihr räusperte sich Johann. »Ich habe alles zusammengesucht, was als Beweis für Bartholomäus' illegale Aktivitäten gelten könnte.«

Langsam drehte sich Anna zu ihm um. Hatte sie das gerade richtig gehört? »Was ist daraus geworden, von innen das Schlimmste verhindern zu wollen?«

Er hob die Schultern, auch wenn sie glaubte, kurz die Andeutung von Traurigkeit über sein Gesicht huschen zu sehen. »Das hat nicht sonderlich gut funktioniert, nicht wahr?«

Anna lächelte. »Das ist sicher nicht leicht für dich. Danke.«

Wieder erschien dieses Halblächeln auf Johanns Gesicht, das sie so sehr mochte. Für einen Moment blickte er sie einfach nur an, und wenn es nach Anna gegangen wäre, hätten sie noch den Rest der Nacht so stehen bleiben können.

Dann allerdings räusperte sich Sybille. »Vielleicht möchtet ihr uns auf den neusten Stand bringen und dann bei der Durchsicht der Bücher helfen?«

Wie sich herausstellte, waren Matthias und Jackel und das Dienstmädchen mit den Dokumenten, die Johann gefunden hatte, gerade zur rechten Zeit bei Sybille angekommen. Matthias hatte die Kiste öffnen können, die bei den Dokumenten dabei gewesen war. Dort hatten sich einige Geschäftsbücher von Bartholomäus von Treist befunden, die sich teilweise mit den Aufzeichnungen von Tuchhändler Stromer deckten. Insgesamt ergab sich ein vernichtendes Bild für Johanns Bruder.

Deshalb hatten Matthias und Jackel beschlossen, vorerst nicht die Stadt zu verlassen und stattdessen dabei zu helfen, Bartholomäus von Treist zu Fall zu bringen.

»Wenn ich es vermeiden kann«, sagte Matthias, »lasse ich mich sicher nicht von so einem aufgeblasenen Kaufmann aus meiner Stadt vertreiben.«

Nicht viel später stieß auch Annas Vater mit Marie und Paul hinzu. Gemeinsam beendeten sie die Durchsicht der Dokumente schnell und machten sich dann daran, einen Plan zu schmieden.

»Ich bringe diese Sachen zum Rat«, sagte Johann. »Ich will nicht, dass irgendjemand anderes sich zur Zielscheibe macht.«

»Johann, mein Lieber«, sagte Sybille. »Wenn du dich zur Zielscheibe machst, weiß ich, wer direkt als Nächste wieder ins Kreuzfeuer gerät.« Sie nickte in Annas Richtung.

Obwohl das alles andere als gute Aussichten waren, schickte der Gedanke, dass sie Johann genug bedeutete, als dass man ihn durch sie treffen konnte, ein warmes Kribbeln durch Annas Körper. Und an ihr sollte der Plan sicher nicht scheitern. »In meinem Haus liegt derzeit die Leiche eines Mannes, der geschickt wurde, um mich zu töten«, sagte sie. »Ich bin eine Zielscheibe, solange Johanns Bruder auf freiem Fuß ist.«

»Das sind wir alle«, sagte Matthias. »Jetzt hat er gar keine andere Wahl mehr. Er muss Stärke beweisen, oder jeder, der davon erfährt, wird meinen, er müsse nicht mehr für ihn arbeiten und könne auch sein eigenes Geschäft betreiben.«

Annas Vater bekreuzigte sich. »Gott sei mein Zeuge. Wenn wir die nächsten Tage überleben, werde ich nie wieder spielen und nie wieder trinken.«

Sybille schnalzte mit der Zunge. »Meiner Erfahrung nach lässt der Herr nicht mit sich handeln. Aber eine gute Idee ist das sicher, wenn Ihr danach nicht wieder in Schwierigkeiten geraten wollt.«

Anna mochte Sybille immer mehr, je länger sie sie kannte.

»Ich werde auf jeden Fall nie wieder Lumpen schmuggeln«, sagte Paul.

»Aber, Paul«, Matthias lehnte sich grinsend über den Tisch. »Wo soll Anna dann ihre reinweißen Hadern herbekommen? Soweit ich weiß, wartet ein gewisser Buchdrucker immer noch auf eine neue Lieferung. Und dann vielleicht auf noch eine.«

Marie nickte eifrig. »Seine Freunde lässt man nicht im Stich! Vor allem, wenn sie lukrative Geschäfte betreiben!«

»Nun«, gab Paul zu, schon wieder etwas weniger ängstlich, »das ist natürlich wahr.«

Das brachte Anna zum Lachen. »Ihr seid unmöglich.« Allerdings hätte sie gleichzeitig kaum froher über die Wahl ihrer Freunde sein können.

Neben Anna rieb sich Johann müde die Schläfen. »Bevor ihr über neue verbotene Geschäfte redet, sollten wir erst einmal die Folgen der letzten überleben. Gibt es also irgendwelche Einwände dagegen, dass ich die Unterlagen zum Rat bringe?«

Ringsum wurden die Köpfe geschüttelt.

»Aber gib auf dich acht«, sagte Anna.

Er lächelte ihr zu. »Natürlich.«

KAPITEL 42

Mit steinerner Miene sah Johann zu, wie die Büttel Bartholomäus am nächsten Tag aus dem Haus führten. Es hatte nicht viel gebraucht, um den Rat zu überzeugen. Sybille hatte Johann den Namen des Freundes genannt, den ihr Mann dort gehabt hatte. Bei dem war er direkt vorgelassen worden. Man hatte ihn angehört, immerhin war er ein von Treist, und dann hatte man sich die Dokumente angesehen. Damit war die Sache besiegelt gewesen.

Nun beobachtete Johann, wie sein Bruder protestierte und sich wehrte, aber die Büttel zerrten ihn einfach weiter. Für einen Moment sah Bartholomäus auf, und erblickte Johann. Purer Hass zeichnete sich auf seiner Miene ab. »Verräter!«

Das Wort traf, aber Johann erwiderte den Blick seines Bruders. Er war nicht derjenige gewesen, der sich wie der Herrscher der Stadt aufgespielt hatte.

Dann spürte er eine Hand, die sich in seine legte. Johann riss den Blick von seinem Bruder los und sah Anna an, die neben ihm stand. Sie lächelte zu ihm hoch, und die seltsame Mischung aus Wut und Trauer, die er bei Bartholomäus' Anblick empfand, wurde etwas leichter zu tragen.

»Du schuldest ihm nichts«, sagte sie. »Er wollte nicht dich zum Bruder, er wollte das, was er hoffte, aus dir machen zu können.«

Johann nickte. »Ich schätze, dasselbe wollte ich von ihm.«

Anna hob die Schultern, schwieg aber. Für eine Weile sagte keiner von ihnen ein Wort.

»Möchtest du heute zum Abendessen vorbeikommen?«, fragte sie schließlich unvermittelt.

Als Johann Anna überrascht ansah, errötete sie ein wenig. »Ich meine nur, vielleicht möchtest du nicht allein in dem Haus ... Aber wenn du nicht möchtest ...«

Johann lächelte. »Ich komme gern.«

Es war einen Tag später, als Johann die Nachricht erreichte, dass sein Bruder entkommen war. »Sie haben keine Ahnung, wer ihm geholfen hat«, erklärte Matthias, der die Nachricht überbracht hatte. Er redete dabei um ein Stück Braten herum, das Margarete ihm unter Protest serviert hatte. Sie hatte dabei irgendetwas davon gemurmelt, dass Bartholomäus nie zugelassen hätte, dass man in seinem Haus Gesindel bewirtschaftete. Johann freute sich schon auf den Tag, an dem Sofie aus Erlangen zurückkam. »Aber Hilfe hatte er auf jeden Fall. Und wenn er schlau ist, verlässt er die Stadt.«

Johann kam nicht gegen einen erleichterten Seufzer an. Eventuell würde das später noch einmal Ärger bedeuten, aber für den Moment war er tatsächlich froh, Bartholomäus nicht am Galgen baumeln sehen zu müssen. »Danke«, sagte er.

Matthias stopfte sich ein weiteres Stück Braten in den Mund und zuckte gleichzeitig mit den Schultern. »Hab den alten Silberzahn reden hören. Dachte mir, das könnte Euch interessieren.«

»Du arbeitest immer noch für ihn?«, fragte Johann.

Matthias nickte. »Er arbeitet jetzt halt für sich selbst. Nürnbergs Unterwelt sortiert sich gerade neu, aber er sitzt in recht sicherer Position. Wird sich schon fügen.«

Nun, Verbrechen würde es wohl immer geben. »Hast du ein Auge darauf, ob einer von Bartholomäus' Möchtegern-Nachfolgern Annas Geschäften in die Quere kommen könnte?«, fragte Johann.

Matthias grinste. »Natürlich. Wollt Ihr regelmäßige Berichte? Gegen ein paar Gulden lässt sich das sicher einrichten.« Damit spießte er ein weiteres Stück Braten auf.

Angesichts von Matthias' üblicher Geschäftstüchtigkeit musste Johann schmunzeln. »Ich wüsste Berichte sehr zu schätzen.« Margarete würde sich mit dem Gesindel abfinden müssen, dass im Hause Treist ein und aus ging. Es war ohnehin nicht so, als hätte seine Familie nach Bartholomäus' Festnahme noch einen nennenswert guten Ruf.

»Immer ein Vergnügen mit einem von Treist Geschäfte zu machen.« Matthias schob sich ein weiteres Stück Braten in den Mund.

KAPITEL 43

Die Geldbörse an Annas Seite wog schwer, als sie eine Woche später neben dem leeren Karren herging, den Jackel zog. Endter hatte diesmal nichts an dem Schreibpapier auszusetzen gehabt und gleich eine neue Ladung bestellen wollen. Sie hatte ihn vertrösten müssen. Bevor sie neue Lumpen sammeln konnte, würden sich die Dinge erst ein wenig beruhigen müssen. Außerdem, die Armeen waren inzwischen weit von Nürnberg fort, und der Winter würde verhältnismäßig ruhig werden. So bald würde es keine verlassenen Dörfer mehr geben, in denen sie auf einfache Beute hoffen konnten.

Dennoch, für die Schulden ihres Vaters und den Lohn der Arbeiter in der Mühle würde es reichen. Johann hatte zudem mehrmals angedeutet, dass Geld kein Problem darstellte. Aber sie mochte den Respekt, den er ihr entgegenbrachte, zu sehr, um ihm auf der Tasche zu liegen, wenn es auch anders ging.

Und bisher sah es gut aus. Ihr Vater trank zwar immer noch. Wenn er es nicht tat, fingen seine Hände an zu zittern und er wurde ganz elend. Aber es war immer wenig genug, dass er klar blieb und kräftig in der Mühle mit anpacken konnte. Das war auch nötig, seit Heinrich fehlte. Anna hatte sich nach ihm erkundigt, aber alles, was sie in Erfahrung hatte bringen können, war, dass er am Leben war. Seine Frau hatte sie zeternd davongejagt und ihr verboten, sich je wieder in der Nähe blicken zu lassen. Das tat immer noch weh.

Auch Annas Vater nahm den Verlust schwer, aber gespielt hatte er seitdem nicht mehr. Manchmal erkannte sie wieder den Mann in ihm, der er vor dem Tod ihrer Mutter gewesen war. Es war fast, als hätte die knappe Begegnung mit dem Tod seinen Lebensmut wiederhergestellt.

Als Anna und Jackel die Einfahrt der Mühle erreichten, lehnte Matthias dort an der Mauer. Er winkte, und Anna wusste ohne hinzusehen, dass Jackels Miene sich aufhellen würde.

»Anna, darf ich dir Jackel entführen?«, rief Matthias ihnen entgegen.

Anna lachte. »Sobald er den Karren zurückgestellt hat!«

Sofort beschleunigte Jackel seine Schritte.

Als sie in den Hof einbogen, wartete Johann bei der Tür zur Mühle. Nun war sie es, deren Miene sich aufhellte. Anna rannte ihm entgegen, und er nahm ihre Hände, lächelte sie an.

Dann allerdings ging sein Blick kurz mit gerunzelter Stirn über ihre Schulter. Als Anna sich umdrehte, lösten Matthias und Jackel sich gerade aus einer Umarmung.

»Sie mögen einander sehr«, sagte Anna. »Lass sie.«

»Oh, ich mache mir nur Sorgen, dass sie irgendwann zu unvorsichtig werden.«

Nun drehte Anna sich wieder zu Johann um. »Zu unvorsichtig?«

Ein amüsiertes Funkeln trat in Johanns Augen. »Wie meintest du denn ›mögen einander sehr‹?«

Einen Moment lang blinzelte sie Johann verwirrt an, dann ging ihr langsam auf, was er zu sagen versuchte. Sie sah sich noch einmal nach Jackel und Matthias um, die nun auf dem Weg hinaus auf die Straße waren, und wandte sich dann wieder zu Johann um. »Oh.« So hatte sie es nicht gemeint, aber nun ergab vieles mehr Sinn.

»Lass sie«, sagte er.

Anna öffnete den Mund, um etwas zu sagen, aber für den Moment fehlten ihr die Worte. Schließlich schloss sie ihn wieder und nickte. Wer war sie schon, über anderer Leute Glück zu urteilen?

Johanns Lächeln wurde breiter, und das Funkeln stand immer noch in seinen Augen. »Ich wollte dich etwas fragen.«

Die Art, wie er das sagte, ließ Annas Herz mit einem Mal schneller schlagen. Plötzlich lag Spannung in der Luft. »Ja?«

Nun wirkte Johann ein wenig nervös, befeuchtete sich die Lippen, bevor er fortfuhr. »Ich weiß, dass du es nicht gerne hast, wenn dir jemand in deine Geschäfte hineinredet. Und dass du vor allem keinen Mann möchtest, der alles für sich beansprucht, wofür du so lange gekämpft hast.«

»Nun ja …«, begann Anna. Inzwischen konnte sie sich durchaus einen Mann vorstellen, mit dem sie ihre Mühle teilen würde. Dem sie genug vertraute, um zu wissen, dass er nicht alles wieder ruinieren würde, wofür sie gearbeitet hatte. »Eventuell …« Wie fasste man so etwas in Worte? Für den Moment schwieg sie.

Das Funkeln kehrte in Johanns Augen zurück. »Ich möchte dir deshalb einen Vorschlag machen.«

Nun hielt Anna den Atem an.

»Ich hätte gerne eine Frau, die mir in meine Geschäfte hineinredet«, gab er zu. »Genau genommen würde ich gerne alles, was von Bartholomäus' Geschäften noch übrig ist, mit einer ganz bestimmten Frau teilen.«

Anna konnte nicht anders, ein glückliches Lachen brach sich Bahn. »Du willst nur, dass ich die Buchführung für dich mache«, neckte sie ihn.

Mit einem schiefen Grinsen hob Johann die Schultern. »Nun, ich würde mich auf jeden Fall nicht beschweren.« Dann griff er in seine Jackentasche und zog etwas Kleines heraus, das im Licht des Spätherbstes glitzerte. Es war ein goldener Ring. »Vor allem hätte ich dich aber gerne an meiner Seite.«

Und wen kümmerte schon die Schicklichkeit? Anna warf sich nach vorne und fiel Johann glücklich lachend um den Hals.

DANKSAGUNG

Zur Fertigstellung eines Romans bedarf es immer mehr Leute, als man meint. Die Idee zu diesem hier hatte ich schon vor Jahren, während ich an der Uni in einem Seminar über Papierherstellung saß. Aber so ganz wollte ich mich nie an einen historischen Roman heranwagen. Es ist vor allem Melanie Metzenthin zu verdanken, dass ich es trotzdem versucht habe.

Außerdem danke ich meinen fleißigen Testlesern und Cheerleadern Mikael Beyer, Sandra Routhieau und Fabiola Nonn, die Logiklücken und sonstige Fehler gefunden und mir über die Stellen hinweggeholfen haben, in denen ich dachte, ich schreibe einfach nur großen Blödsinn zusammen. Ihr seid meine Helden!

LESEPROBE

BIRGIT
JASMUND
Das
Geheimnis
der
Porzellan
malerin
HISTORISCHER
ROMAN
atb

EINS

Was soll ich mit dem Schund? Sie stiehlt mir meine Zeit! Geh sie fort!« Der Mann, weder jung noch alt, mit Locken wie Babyhaar unter einer zerknautschten Kappe, und mit schmalen, beinahe weiblichen Händen, deren Nägel sorgfältig poliert waren, funkelte sie an. Sein gepflegtes Äußeres wurde getrübt durch die Farbspritzer an seinen Händen, den fleckigen Malerkittel und seine höhnisch zusammengezogenen Augenbrauen.

»Das sind Zeichnungen und Bilder. Ich bin immer sehr für mein Talent gelobt worden.« Geraldine blickte dem Mann fest in die Augen. Sie wollte sich nicht einschüchtern lassen. Nicht von jemandem, der schrie und dessen Gesichtsfarbe sich rötete, dessen runde Backen zitterten und dessen spitze Nase nahe daran war, in den Himmel zu ragen. Die Mappe mit ihren Werken hielt sie in den Händen und wartete darauf, dass der Mann vor ihr sie nahm und durchblätterte.

Das Firmament präsentierte sich an diesem Märztag grau. Es sah sogar so aus, als könnten jeden Moment Schneeflocken aus den Wolken rieseln. Dazu wehte ein Wind, der die Kälte noch einmal deutlicher spüren ließ.

Mit einer Hand hielt Geraldine den Jackenkragen am Hals zusammen und umklammerte gleichzeitig den Riemen eines Stoffbeutels, der über ihrer Schulter hing und ihre gesamte Habe enthielt. Der Wind fuhr ihr unter die Röcke, in die Ärmel und zerrte an den Bändern, mit denen sie ihre Haube unter dem Kinn zusammengebunden hatte.

»Talent, dass ich nicht lache! Kaum kritzelt ein Weib ein paar Striche aufs Papier, glaubt es an Talent. Kein Weib bringt es in den Künsten zu wahrer Meisterschaft. Auf keinen Fall ohne eine strenge Lehrzeit.« Dem Mann schien die Kälte weniger auszumachen. Er kümmerte sich nicht um den Wind, der mit seinen Locken spielte und ihm die Kappe vom Kopf zu wehen drohte. Wunderbarerweise hielt sie doch etwas an ihrem Platz.

»Ich hatte eine Lehrzeit – in Köln. Peter Augustin Schmitz hat mich zusammen mit seinem Sohn Johann Jacob unterrichtet. Es waren insgesamt vier Jahre.«

»Den Mann kenne ich nicht. Interessiert mich nicht.«

Diese Art Antwort war zu erwarten gewesen. Geraldine hätte am liebsten mit dem Fuß aufgestampft. Wie schön war die Zeit in Köln mit der Familie Schmitz gewesen. Nie hatte sie an ihrem Talent gezweifelt, nur weil sie eine Frau war. Der alte Schmitz hatte sie in jeder Hinsicht gefördert, dabei war sie weder mit ihm verwandt, noch schuldete er ihr etwas. Aus reiner Freundlichkeit hatte er es getan und weil man ein Talent wie ihres nicht brachliegen lassen dürfe. Das hatte er mehrfach wiederholt, bevor er ihr vor drei Monaten nahegelegt hatte, sein Haus zu verlassen. Der Grund dafür war Johann Jacob gewesen. Der junge Mann hatte es sich in den Kopf gesetzt, Geraldine heiraten zu wollen. Dem alten Schmitz war das nicht recht gewesen, er wünschte sich für seinen Sohn und Erben eine Frau aus standesgemäßer Familie, die ihn in der Welt voranbrachte, nicht eine Frau ohne Heimat und Familie.

Geraldine hatte Köln verlassen müssen und war nach Osten gewandert. Sie wollte den Plan in Angriff nehmen, der seit Jahren ihre Gedanken beherrschte. Vorerst musste sie sich jedoch mit diesem dreisten Mann auseinandersetzen.

»Peter Augustin Schmitz und sein Sohn arbeiten für den Kölner Kurfürsten«, informierte sie den uneinsichtigen Menschen knapp. Das war geschönt, aber die Zeichnungen des jungen Johann Jacob Schmitz hatten den Kurfürsten immerhin beeindruckt.

»Hat sie schon auf Porzellan gemalt?«

»Ja«, log Geraldine und schöpfte Hoffnung. Das war immerhin die erste vernünftige Frage, die ihr im Verlauf dieses Gesprächs gestellt wurde.

»Sie lügt!«, entlarvte ihr Gegenüber sie sofort. »In Köln malt niemand auf Porzellan.«

»Lassen Sie es mich versuchen. Sind Sie nicht mit mir zufrieden oder der Meinung, ich könne es nicht lernen, werde ich gehen und nie wieder nach Arbeit fragen. Schauen Sie wenigstens einmal meine Zeichnungen an, ehrenwerter Meister.«

»Das brauche ich nicht zu sehen!« Er schlug ihren Arm beiseite, und die Mappe fiel zu Boden. »Ein Weib fragt nach Arbeit wie ein Mann! Am Ende will sie noch den gleichen Lohn wie einer unserer Meister. Eine Dahergelaufene aus der Fremde!«

Darauf hatte Geraldine gewartet und war richtiggehend erstaunt, dass es erst so spät kam. Ihr Haar war schwarz und ihre Haut dunkler als die der einheimischen Frauen, sie wies einen sanften sandbraunen Schimmer auf. Da konnte sie sich vor der Sonne schützen, so viel sie wollte, sie glich einer Andalusierin, wurde häufig genug als Zigeunerin beschimpft. Wahrscheinlich könne sie weder lesen, noch schreiben, noch richtig denken. Es sei geradezu ein Wunder, dass sie Deutsch spreche. Das waren noch die freundlichsten Bemerkungen, sie kannte auch schmerzhaftere. Was blieb ihr übrig, als darauf hinzuweisen, dass sie nicht nur Deutsch, sondern auch Spanisch, Niederländisch und Französisch beherrsche? Dass sie diese Sprachen nicht nur sprechen, sondern auch schreiben und lesen könne? Ob jemand eine Kostprobe wolle? Das wollte nie jemand.

Geraldine schluckte auch diesmal, verbot es sich, eine Locke ihres Haares um den Finger zu wickeln, und zwang die Andeutung eines wissenden Lächelns in ihre Mundwinkel. »Bei mir kommt rotes Blut, wenn ich mich in den Finger steche. Wie ist das bei Ihnen?«

Weil sie hübsch und zart war und sehr wohl wusste, wie Männer auf sie reagierten, spekulierte sie darauf, dass sich nach diesen Worten die Spannung lösen würde und endlich ein vernünftiges Gespräch möglich wäre. Sie hatte die Rechnung ohne ihr Gegenüber gemacht. Dessen rote Gesichtsfarbe vertiefte sich. Die Nase zeigte nun wirklich in die Wolken.

»Impertinente Person! Pack sie sich hinfort!«

Ihre Zeichenmappe und die Arbeitsproben lagen immer noch auf dem gepflasterten Hof der Meißner Albrechtsburg verstreut. Der Mann hatte den Fuß halb erhoben, um darauf herumzutrampeln. Nur Geraldines stahlharter Blick ließ ihn innehalten. Wenn sein Fuß auch nur ein Eckchen ihrer Zeichnungen berührte … Sie würde auf dem Hof über ihn herfallen, und es wäre ihr ganz egal, dass er größer und stärker war als sie und dass sich in den Türen und am Tor der Albrechtsburg inzwischen eine kleine Zuschauermenge angesammelt hatte.

»Hinfort mit ihr!«, schrie der Mann, sein zitternder Finger wies in Richtung Domplatz.

Geraldine wusste, dass es besser wäre zu gehen, aber sie konnte nicht anders. Aus dem über ihrer Schulter hängenden Stoffbeutel fummelte sie ein an einem verschlissenen Samtband hängendes Medaillon hervor.

»Werfen Sie einen Blick auf das Bild darin. Ich bitte Sie inständig.«

»Das wagt sie noch!« Er schlug ihr das Medaillon aus der Hand. Es landete auf den Zeichnungen.

Bevor Schlimmeres geschah, stürzte sich Geraldine darauf und raffte es wieder an sich. Der Mann hatte sich unterdessen abgewandt und strebte mit langen Schritten seinem Arbeitsplatz in der Malerwerkstatt zu. Eine Windbö lupfte seine Kappe, aber es gelang ihm im letzten Augenblick, sie festzuhalten. Geraldine schob die Zeichnungen zurück in die Mappe und klopfte den Schmutz ab, bevor sie den Vorplatz der Albrechtsburg verließ. Obwohl ihr hundeelend war, der Hunger in ihren Eingeweiden wühlte, ihre Barschaft nur noch ein paar Groschen betrug, was kaum für eine Mahlzeit und einen Schlafplatz reichte, ging sie langsamen Schrittes und hoch erhobenen Hauptes. Der Weg schien ihr unendlich weit, und sie spürte Blicke wie Dolche in ihrem Nacken.

»Wer hat euch das Gaffen erlaubt? An die Arbeit, ihr faulen Hunde!« Klatschen, als würden Hände auf Tische oder Wangen geschlagen, begleitete die Rede dieser wohlbekannten Stimme, die sie vor wenigen Augenblicken angeschrien hatte.

In Höhe des Doms beschleunigte Geraldine ihre Schritte. Es fehlte nicht viel, und sie wäre den Meißner Burgberg hinuntergerannt. Es musste ihr gelingen, eine ihrer Zeichnungen zu verkaufen, damit sie sich eine warme Mahlzeit und einen Schlafplatz leisten konnte. In Meißen ließ sich bestimmt jemand finden, der ihre Kunst zu würdigen wusste. In ihren Träumen hatte sie sich stets ausgemalt, dass man in der Porzellanmanufaktur von ihrem Talent beeindruckt wäre. War sie erst einmal in Lohn und Brot, könnte sie sich wieder ihrer Suche widmen.